重点大学计算机专业系列教

数据库理论与应用

李合龙 董守玲 谢乐军 等 编著

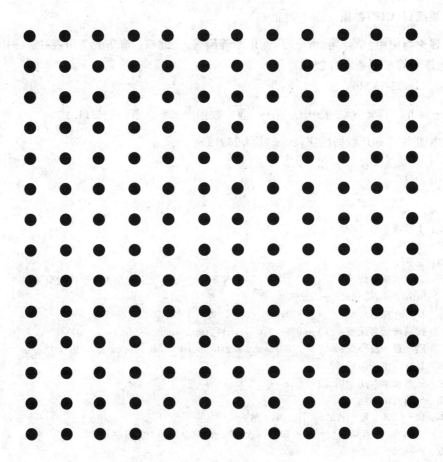

清华大学出版社
北京

内 容 简 介

本书是根据普通高等教育"十一五"国家级规划教材的指导精神而编写的。

本书比较全面系统地介绍了数据库技术的基本原理和应用实践,由浅入深讲述了数据库的历史、数据库技术的发展趋势、关系数据模型和语言、数据库的管理及数据仓库。最后介绍数据库示例——Delphi 的基础知识,为读者更深入的学习提供了方向。通过本课程的学习,既可在学术方面,又可在社会所需的职业技能方面得到提高。本书最大的特点是概念清晰易懂,语言表达精练,理论与应用紧密结合,是关于数据库的难得的参考教材。

本书可作为希望学习和了解数据库理论和应用技术的高等院校计算机专业、电子商务专业教材,适合数据库的初学者及希望了解关系数据库的读者,也可作为相关专业的广大技术科研工作者的参考书。

图书在版编目(CIP)数据

数据库理论与应用/李合龙,董守玲,谢乐军等编著. —北京:清华大学出版社,2008.10
(重点大学计算机专业系列教材)
ISBN 978-7-302-18026-5

Ⅰ. 数… Ⅱ. ①李… ②董… ③谢… Ⅲ. 数据库系统 Ⅳ. TP311.13

中国版本图书馆 CIP 数据核字(2008)第 096919 号

责任编辑:丁 岭 李 晔
责任校对:焦丽丽
责任印制:王秀菊

出版发行:清华大学出版社   地   址:北京清华大学学研大厦 A 座
         http://www.tup.com.cn   邮   编:100084
         社 总 机:010-62770175   邮   购:010-62786544
         投稿与读者服务:010-62776969,c-service@tup.tsinghua.edu.cn
         质 量 反 馈:010-62772015,zhiliang@tup.tsinghua.edu.cn
印 刷 者:北京市清华园胶印厂
装 订 者:三河市李旗庄少明装订厂
经   销:全国新华书店
开   本:185×260 印 张:20.75 字 数:505 千字
版   次:2008 年 10 月第 1 版   印   次:2008 年 10 月第 1 次印刷
印   数:1~3000
定   价:29.00 元

出版说明

随着国家信息化步伐的加快和高等教育规模的扩大,社会对计算机专业人才的需求不仅体现在数量的增加上,而且体现在质量要求的提高上,培养具有研究和实践能力的高层次的计算机专业人才已成为许多重点大学计算机专业教育的主要目标。目前,我国共有 16 个国家重点学科、20 个博士点一级学科、28 个博士点二级学科集中在教育部部属重点大学,这些高校在计算机教学和科研方面具有一定优势,并且大多以国际著名大学计算机教育为参照系,具有系统完善的教学课程体系、教学实验体系、教学质量保证体系和人才培养评估体系等综合体系,形成了培养一流人才的教学和科研环境。

重点大学计算机学科的教学与科研氛围是培养一流计算机人才的基础,其中专业教材的使用和建设则是这种氛围的重要组成部分,一批具有学科方向特色优势的计算机专业教材作为各重点大学的重点建设项目成果得到肯定。为了展示和发扬各重点大学在计算机专业教育上的优势,特别是专业教材建设上的优势,同时配合各重点大学的计算机学科建设和专业课程教学需要,在教育部相关教学指导委员会专家的建议和各重点大学的大力支持下,清华大学出版社规划并出版本系列教材。本系列教材的建设旨在"汇聚学科精英、引领学科建设、培育专业英才",同时以教材示范各重点大学的优秀教学理念、教学方法、教学手段和教学内容等。

本系列教材在规划过程中体现了如下一些基本组织原则和特点。

1. 面向学科发展的前沿,适应当前社会对计算机专业高级人才的培养需求。教材内容以基本理论为基础,反映基本理论和原理的综合应用,重视实践和应用环节。

2. 反映教学需要,促进教学发展。教材要能适应多样化的教学需要,正确把握教学内容和课程体系的改革方向。在选择教材内容和编写体系时注意体现素质教育、创新能力与实践能力的培养,为学生知识、能力、素质协调发展创造条件。

3. 实施精品战略,突出重点,保证质量。规划教材建设的重点依然是专业基础课和专业主干课;特别注意选择并安排了一部分原来基础比较好的优秀教材或讲义修订再版,逐步形成精品教材;提倡并鼓励编写体现重点大学计算机专业教学内容和课程体系改革成果的教材。

4. 主张一纲多本,合理配套。专业基础课和专业主干课教材要配套,同一门课程可以有多本具有不同内容特点的教材。处理好教材统一性与多样化的关系;基本教材与辅助教材以及教学参考书的关系;文字教材与软件教材的关系,实现教材系列资源配套。

5. 依靠专家,择优落实。在制订教材规划时要依靠各课程专家在调查研究本课程教材建设现状的基础上提出规划选题。在落实主编人选时,要引入竞争机制,通过申报、评审确定主编。书稿完成后要认真实行审稿程序,确保出书质量。

繁荣教材出版事业,提高教材质量的关键是教师。建立一支高水平的以老带新的教材编写队伍才能保证教材的编写质量,希望有志于教材建设的教师能够加入到我们的编写队伍中来。

教材编委会

CONTENTS

目录

第 1 章　数据库基础知识 ………………………………………………… 1

1.1　数据库技术的产生与发展 ……………………………………… 1

1.1.1　人工管理阶段 ……………………………………… 1

1.1.2　文件系统阶段 ……………………………………… 2

1.1.3　数据库阶段 ………………………………………… 2

1.1.4　高级数据库阶段 …………………………………… 3

1.2　数据库的基本概念 ………………………………………………… 4

1.2.1　信息与数据 ………………………………………… 4

1.2.2　数据库 ……………………………………………… 5

1.2.3　数据库系统 ………………………………………… 5

1.3　数据模型 …………………………………………………………… 6

1.4　数据库体系结构 …………………………………………………… 6

1.4.1　数据独立性 ………………………………………… 6

1.4.2　数据库三级模式结构和二级功能映射 …………… 7

1.5　数据库的重要性及发展趋势 ……………………………………… 8

1.5.1　数据库的重要性 …………………………………… 8

1.5.2　数据库的发展趋势 ………………………………… 9

小结 …………………………………………………………………… 10

综合练习 1 …………………………………………………………… 10

第 2 章　数据模型 ………………………………………………………… 13

2.1　数据模型概述 ……………………………………………………… 13

2.1.1　数据模型的定义 …………………………………… 13

2.1.2　数据模型中的一些基本概念 ……………………… 14

2.2　E-R 模型 …………………………………………………………… 15

2.3　层次数据模型 ……………………………………………………… 16

2.4　网状数据模型 ……………………………………………………… 17

2.5　关系数据模型 ……………………………………………………………… 18

2.6　数据模型与数据模式 ………………………………………………………… 19

小结 ……………………………………………………………………………… 19

综合练习 2 ……………………………………………………………………… 19

第 3 章　关系数据模型 …………………………………………………………… 21

3.1　关系模型的数据结构 ………………………………………………………… 21

3.1.1　关系 …………………………………………………………………… 21

3.1.2　关系模式 ……………………………………………………………… 23

3.1.3　关系数据库 …………………………………………………………… 24

3.2　关系数据操作 ………………………………………………………………… 24

3.2.1　关系操作的分类 ……………………………………………………… 24

3.2.2　空值处理 ……………………………………………………………… 25

3.2.3　关系代数和关系演算 ………………………………………………… 26

3.2.4　关系数据语言 ………………………………………………………… 26

3.3　关系的完整性约束 …………………………………………………………… 27

3.3.1　实体完整性 …………………………………………………………… 28

3.3.2　参照完整性 …………………………………………………………… 28

3.3.3　用户定义的完整性 …………………………………………………… 28

3.3.4　完整性约束的作用 …………………………………………………… 29

3.4　关系代数 ……………………………………………………………………… 29

3.4.1　传统的集合运算 ……………………………………………………… 30

3.4.2　专门的关系运算 ……………………………………………………… 31

3.5　关系演算 ……………………………………………………………………… 37

3.5.1　元组关系演算 ………………………………………………………… 37

3.5.2　域关系演算 …………………………………………………………… 40

3.5.3　关系代数、元组演算、域演算的等价性 …………………………… 41

小结 ……………………………………………………………………………… 41

综合练习 3 ……………………………………………………………………… 41

第 4 章　关系数据库标准语言——SQL ………………………………………… 45

4.1　SQL 概述 ……………………………………………………………………… 45

4.2　数据定义 ……………………………………………………………………… 47

4.2.1　SQL 的基本数据类型 ………………………………………………… 48

4.2.2　基本表的创建、修改和撤销 ………………………………………… 48

4.2.3　索引的创建和撤销 …………………………………………………… 51

4.3　数据查询 ……………………………………………………………………… 52

4.3.1　SQL 的查询语句 ……………………………………………………… 53

4.3.2　单表查询 ……………………………………………………………… 54

4.3.3 连接查询 ·· 60

4.3.4 嵌套查询 ·· 62

4.3.5 集合查询 ·· 65

4.4 数据更新 ··· 66

4.4.1 插入数据 ·· 66

4.4.2 修改数据 ·· 68

4.4.3 删除数据 ·· 68

4.5 视图管理 ··· 69

4.5.1 视图的创建与删除 ································ 69

4.5.2 视图操作 ·· 71

4.5.3 视图的优点 ······································· 73

4.6 数据控制 ··· 74

4.6.1 授予权限 ·· 74

4.6.2 收回权限 ·· 76

4.7 嵌入式 SQL ·· 76

4.7.1 嵌入式 SQL 的说明部分 ······················ 77

4.7.2 嵌入式 SQL 的可执行语句 ···················· 78

4.7.3 动态 SQL 简介 ··································· 80

4.8 SQL Server 简介 ··· 81

4.8.1 SQL Server 的特点 ····························· 81

4.8.2 SQL Server 的性能 ····························· 83

4.8.3 SQL Server 的安装 ····························· 86

4.8.4 SQL Server 的管理工具 ························ 90

4.8.5 SQL Server 的基本操作 ························ 96

4.8.6 SQL Server 中的程序设计 ····················· 97

4.8.7 存储过程 ·· 100

小结 ·· 102

综合练习 4 ·· 102

第 5 章 关系数据库的查询优化 ································ 105

5.1 查询优化概述 ·· 105

5.2 查询优化的必要性 ······································· 106

5.3 关系代数表达式的等价变换 ····························· 108

5.4 查询优化的一般准则 ····································· 110

5.5 关系代数表达式的优化算法 ····························· 111

5.5.1 语法树 ·· 111

5.5.2 优化算法 ·· 111

小结 ·· 115

综合练习 5 ·· 115

第6章　关系数据库规范化理论·· 117

　6.1　问题的提出、分析和解决·· 117

　　　6.1.1　问题的提出·· 117

　　　6.1.2　问题的分析·· 118

　　　6.1.3　问题的解决方案·· 118

　6.2　规范化·· 118

　　　6.2.1　函数依赖·· 119

　　　6.2.2　范式·· 120

　　　6.2.3　1NF·· 120

　　　6.2.4　2NF·· 121

　　　6.2.5　3NF·· 122

　　　6.2.6　BCNF·· 123

　　　6.2.7　多值依赖·· 125

　　　6.2.8　4NF·· 127

　　　6.2.9　规范化小结·· 127

　6.3　数据依赖的公理系统·· 128

　　　6.3.1　函数依赖的推理规则··· 128

　　　6.3.2　函数依赖的闭包 F^+ 及属性的闭包 X_F^+ ···························· 130

　　　6.3.3　最小函数依赖集··· 130

　6.4　模式分解·· 132

　　　6.4.1　模式分解的定义··· 132

　　　6.4.2　分解的无损连接性的判别·· 133

　　　6.4.3　保持函数依赖的模式分解·· 134

　小结··· 137

　综合练习6·· 137

第7章　数据库设计·· 140

　7.1　数据库设计概述·· 140

　　　7.1.1　数据库设计的任务、内容和特点·· 140

　　　7.1.2　数据库系统的生命周期·· 141

　7.2　需求分析·· 142

　　　7.2.1　需求分析的任务··· 142

　　　7.2.2　需求分析的主要内容·· 143

　　　7.2.3　需求分析的步骤··· 144

　　　7.2.4　需求分析说明书··· 145

　7.3　概念设计·· 145

　　　7.3.1　概念结构设计概述·· 145

　　　7.3.2　数据抽象与局部概念设计··· 147

7.3.3 全局概念设计 ·· 150
7.4 逻辑设计 ·· 152
7.4.1 E-R 图向关系模型的转换 ···································· 152
7.4.2 关系模型向 RDBMS 支持的数据模型转换 ···················· 155
7.4.3 数据模型的优化 ·· 156
7.4.4 设计用户子模式 ·· 156
7.5 数据库的物理设计 ·· 157
7.5.1 集簇设计 ·· 157
7.5.2 索引设计 ·· 158
7.5.3 分区设计 ·· 158
7.5.4 评价物理设计 ·· 159
7.6 数据库的实施 ·· 160
7.7 数据库的维护 ·· 161
小结 ·· 162
综合练习 7 ·· 162

第 8 章 数据库的安全性和完整性 ·· 165
8.1 数据库的安全性 ·· 165
8.1.1 数据库安全性问题的提出 ······································ 165
8.1.2 数据库安全性保护范围 ·· 166
8.1.3 数据库管理系统中的安全性保护 ································ 167
8.1.4 SQL 中的安全性机制 ·· 171
8.1.5 数据库的安全标准 ·· 173
8.2 数据库的完整性 ·· 174
8.2.1 数据库完整性问题的提出 ······································ 174
8.2.2 完整性基本概念 ·· 175
8.2.3 完整性约束条件 ·· 175
8.2.4 完整性规则和完整性控制 ······································ 176
8.2.5 参照完整性控制 ·· 179
8.2.6 SQL 中的完整性约束机制 ······································ 181
8.2.7 触发器 ·· 182
小结 ·· 184
综合练习 8 ·· 185

第 9 章 数据库事务管理 ·· 186
9.1 事务的基本概念 ·· 186
9.1.1 事务 ·· 186
9.1.2 事务基本操作与活动状态 ······································ 188
9.1.3 事务处理 SQL 语句 ·· 189

9.2 数据库恢复技术 …………………………………………………………… 190

　　9.2.1 数据库故障分类 …………………………………………………… 190

　　9.2.2 数据库恢复的主要技术 …………………………………………… 192

　　9.2.3 数据库恢复策略 …………………………………………………… 195

　　9.2.4 数据库的复制与镜像 ……………………………………………… 196

9.3 并发控制 …………………………………………………………………… 196

　　9.3.1 并发的概念 ………………………………………………………… 196

　　9.3.2 并发操作引发的问题 ……………………………………………… 197

　　9.3.3 事务的并发控制 …………………………………………………… 199

　　9.3.4 封锁 ………………………………………………………………… 201

　　9.3.5 封锁粒度 …………………………………………………………… 202

　　9.3.6 封锁协议 …………………………………………………………… 203

　　9.3.7 活锁与死锁 ………………………………………………………… 206

小结 ……………………………………………………………………………… 208

综合练习 9 ……………………………………………………………………… 208

第 10 章　对象数据库系统 …………………………………………………… 210

10.1 对象数据库系统概述 …………………………………………………… 210

10.2 对象数据类型 …………………………………………………………… 211

　　10.2.1 关系数据模型扩充 ……………………………………………… 212

　　10.2.2 对象与类型 ……………………………………………………… 213

　　10.2.3 E-R 的扩充——对象联系图 …………………………………… 214

　　10.2.4 对象数据类型 …………………………………………………… 215

10.3 ORDB 中的定义语言 …………………………………………………… 215

10.4 ORDB 中的查询语言 …………………………………………………… 219

10.5 面向对象数据库基本概念 ……………………………………………… 222

　　10.5.1 对象 ……………………………………………………………… 222

　　10.5.2 类型(类) ………………………………………………………… 224

10.6 持久化 C++ 系统 ……………………………………………………… 227

　　10.6.1 持久化语言与嵌入式语言的区别 ……………………………… 227

　　10.6.2 持久化语言的基本概念 ………………………………………… 228

　　10.6.3 持久化 C++ 系统 ……………………………………………… 229

10.7 对象数据库管理系统 …………………………………………………… 229

　　10.7.1 面向对象数据库管理系统 ……………………………………… 229

　　10.7.2 对象关系数据库管理系统 ……………………………………… 231

小结 ……………………………………………………………………………… 232

综合练习 10 …………………………………………………………………… 233

第 11 章 数据仓库 ··· 234

11.1 数据仓库的概念 ··· 234

11.1.1 数据仓库的特征 ··· 235

11.1.2 操作数据库系统与数据仓库的区别 ························· 236

11.1.3 数据仓库类型 ··· 237

11.2 数据仓库组织与体系结构 ··································· 237

11.2.1 数据仓库体系结构 ··· 238

11.2.2 数据仓库的数据组织 ······································· 238

11.2.3 粒度与分割 ··· 239

11.2.4 数据仓库的元数据 ··· 240

11.3 如何建立数据仓库 ··· 241

11.3.1 数据仓库的开发流程 ······································· 241

11.3.2 数据仓库设计 ··· 242

11.3.3 数据抽取模块 ··· 243

11.3.4 数据维护模块 ··· 243

11.4 数据仓库应用 ··· 244

11.5 数据挖掘 ··· 245

11.5.1 数据挖掘的定义 ··· 245

11.5.2 数据挖掘技术分类 ··· 245

11.5.3 数据挖掘的基本过程 ······································· 246

小结 ··· 247

综合练习 11 ··· 247

第 12 章 应用程序访问数据库 ··································· 249

12.1 Delphi 基本概念 ··· 249

12.2 Delphi 开发环境 ··· 250

12.3 Delphi 数据库组件 ··· 251

12.4 ADO 组件 ··· 252

12.4.1 ADD 组件概述 ··· 252

12.4.2 用 ADO 组件访问后台数据库 ························· 253

12.5 QuickReport 报表设计 ······································· 257

12.6 Delphi 数据库应用程序开发 ······························· 259

小结 ··· 262

综合练习 12 ··· 263

参考答案 ··· 264

附录 实验 ··· 298

参考文献 ··· 314

数据库基础知识

数据库技术产生于 20 世纪 60 年代中期,是当时进行数据管理的最新技术,是计算机科学的重要分支,它的出现极大地促进了计算机应用向各行各业的渗透。

本章概括地讲述了数据库技术所涉及的大部分知识,目的是使读者对数据库有一个整体的认识,为今后的学习打下基础;并且介绍了数据库的重要性以及发展趋势,使读者能认识到学习数据库知识的必要性。

1.1 数据库技术的产生与发展

数据库技术并不是在计算机产生的同时就出现的,而是随着计算机技术的不断发展,由于图书馆、政府、商业和医疗机构等领域的需要而出现的产物。数据库技术的核心是数据处理。所谓数据处理是指对数据进行分析和加工的技术过程,包括对各种原始数据的分析、整理、计算、编辑等的加工和处理。数据处理可分为数据计算和数据管理,其中,数据管理是数据处理的主要内容和核心部分。数据管理的发展主要分为人工管理阶段、文件系统阶段、数据库阶段和高级数据库阶段。

1.1.1 人工管理阶段

在人工管理阶段(20 世纪 50 年代中期以前),计算机主要用于科学计算。当时,外部存储器只有磁带、卡片和纸带等,还没有磁盘等字节存取存储设备。在软件方面只有汇编语言,尚无数据管理方面的软件。数据处理的方式基本上是批处理。

这一阶段的数据管理有下列特点:

(1) 数据不保存在计算机内。

(2) 没有专用的软件对数据进行管理。

(3) 只有程序(program)的概念,没有文件(file)的概念。数据的组织方式必须由程序员自行设计与安排。

（4）面向数据的程序。即一组数据对应一个程序。

1.1.2　文件系统阶段

在文件系统阶段（20 世纪 50 年代后期至 60 年代中期），计算机不仅用于科学计算，还用于信息管理。随着数据量的增加，数据的存储、检索和维护问题变得更加紧迫，数据结构和数据管理技术迅速发展起来。此时，外部存储器已有磁盘、磁鼓等直接存取存储设备。软件领域出现了高级语言和操作系统。操作系统中的文件系统是专门管理外存的数据管理软件。数据处理的方式有批处理，也有联机实时处理。

这一阶段的数据管理有以下特点：

（1）数据以文件形式可长期保存在外部存储器的磁盘上。

（2）数据的逻辑结构与物理结构有了区别，但比较简单。

（3）文件组织已多样化。有索引文件、链接文件和直接存取文件等。

（4）数据面向应用。即数据不再属于某个特定的程序，可以重复使用。

（5）对数据的操作以记录为单位。

但是这样的数据存放方式无法对数据进行有效的统一管理。具体表现在以下几个方面：

（1）程序员编写应用程序非常不方便。应用程序的设计者需要对程序所使用的文件的逻辑结构和物理结构都了解得非常清楚。而计算机操作系统只提供将文件打开、关闭、保存等非常低级的操作，对数据的修改、查询操作则需要应用程序来解决。如果程序所需要的数据存放在不同的文件中，而且这些文件的存储格式又迥然不同，那么就给应用程序的开发带来了巨大的麻烦，程序员要为程序中所用到的每一个文件都写好相应的接口，而且不同的文件格式相差很大，这样就大大地增加了编程的工作量，从而使得在文件级别上开发应用程序的效率非常低下，严重影响应用软件的发展。

（2）文件结构的每一处修改都将导致应用程序的修改，从而使得应用程序的维护工作量特别大。编过程序的人都有这种体会，就是每当自己开发完毕的程序需要修改的时候，又不得不将源程序重新修改、编译、链接。其麻烦程度可想而知。

（3）计算机操作系统中的文件系统一般不支持对文件的并发访问。在现代计算机系统中，为了充分发挥计算机系统的资源使用效率，一般都允许多个程序"同时"运行，即并发性。对数据库系统同样有并发性的要求，现在比较大型的数据库都有非常强的并发访问机制，这样可以充分利用数据库服务器的软、硬件资源，避免浪费。

（4）由于基于文件系统的数据管理缺乏整体性、统一性，在数据的结构、编码、表示格式等诸多方面不能做到标准化、规范化，不同的操作系统有风格迥异的表示方式，因此在一定程度上造成了数据管理的混乱。另外，基于文件系统的数据管理在数据的安全性和保密性方面难以采取有效的措施，在一些对安全性要求比较高的场合，这种安全上的缺陷是完全不允许的。

1.1.3　数据库阶段

在 20 世纪 60 年代后期、70 年代初，随着计算机性能的提高和价格的下降，用于管理的费用超过了用于科学计算的费用，为了降低管理的费用，人们针对文件系统的重要缺点，逐步发展了以统一管理数据和共享数据为主要特征的系统,这就是数据库系统。

1964 年,美国通用电气公司开发成功了世界上的第一个数据库系统——IDS (integrated data store)。IDS 奠定了网状数据库的基础,并且得到了广泛的发行和应用,成为数据库系统发展史上的一座丰碑。1969 年,美国国际商用机器公司(IBM)也推出世界上第一个层次数据库系统(information management system,IMS),该系统同样在数据库系统发展史上占有重要的地位。

20 世纪 70 年代初,E. F. Codd 在总结前面的层次、网状数据库优缺点的基础上,提出了关系数据模型的概念,提出了关系代数和关系演算。在整个 20 世纪 70 年代,关系数据库系统无论从理论上还是实践上都取得了丰硕的成果。在理论上,确立了完整的关系模型理论、数据依赖理论和关系数据库的设计理论(在后面将重点讲述这些关系数据库的基本理论);在实践上,世界上出现了很多著名的关系数据库系统,如 System R、INGRES、Oracle 等。

和文件系统相比,数据库系统有许多特点,具体表现在以下几个方面:

(1) 数据库系统向用户提供高级接口。在文件系统中,用户要访问数据,就必须了解文件的存储格式、记录的结构等;而在数据库系统中,这一切都不需要。数据库系统为用户处理了这些细节,向用户提供非过程化的数据库语言(即通常所说的 SQL 语言),用户只要提出需要什么数据,而不必关心如何获得这些数据。对数据的管理完全由数据库管理系统(DBMS)来实现。

(2) 查询的处理和优化。查询通常指用户向数据库系统提交的一些对数据操作的请求。由于数据库系统向用户提供了非过程化的数据操作语言,因此对于用户的查询请求就由 DBMS 来完成,查询的优化处理就成了 DBMS 的重要任务。

(3) 并发控制。前面曾经提到,文件系统一般不支持并发操作,这就大大限制了系统资源的有效利用。在数据库系统中,情况就不一样了。现代的数据库系统都有很强的并发操作机制,多个用户可以同时访问数据库,甚至可以同时访问同一个表中的不同记录。这就极大地提高了计算机系统资源的使用效率。

(4) 数据的完整性约束。凡是数据都要遵守一定的约束,最简单的一个例子就是数据类型,例如定义为整型的数据就不能是浮点数。由于数据库中的数据是持久的和共享的,因此对于使用这些数据的单位来说,数据的正确性显得非常重要。

1.1.4 高级数据库阶段

从 20 世纪 80 年代末开始,关系系统逐步取代层次系统和网状系统,成为主流产品。计算机硬件技术飞速发展以及计算机理论的日益成熟促使计算机应用不断深入,产生了许多新的应用领域,例如计算机辅助设计、计算机辅助制造、计算机辅助教学、办公自动化、智能信息处理和决策支持等。

这些新的领域对数据库系统提出了新的要求。但是由于应用的多元化,不能设计出一个统一的数据模型来表示这些新型的数据及其相互关系,因而出现了百家争鸣的局面,产生了演绎数据库、面向对象数据库、分布式数据库、工程数据库、时态数据库和模糊数据库等新型数据库的研究和应用。后面的章节将重点介绍面向对象数据库、分布式数据库以及数据仓库。

不过到目前为止,在世界范围内得到主流应用的还是经典的关系数据库系统,比较知名的如 Sybase、Oracle、Informix、SQL Server 和 DB2 等。

1.2 数据库的基本概念

当前世界经济的发展从工业经济转向了信息经济、知识经济、网络经济和 Internet 经济,经济增长模式从工业经济的数量累积型转变成信息经济下的效率增长型。信息和知识成为社会发展的动力,信息成为继材料和能源之外的又一重要资源,信息资源是决定人类未来发展前途的宝藏,成为人类社会的又一重要支柱,信息处理的能力是社会发展的尺度。对信息的有效利用已成为推动经济和社会发展的积极因素,成为人类进步的重要标志。信息社会的最主要特征是知识剧增、信息爆炸,数据库是处理信息最先进的工具,信息无所不在,数据库也无所不在。

信息技术的发展和应用,对人们具体计算的要求降低了,但对数据的采集、分析、归纳然后做出解释并提取出有用信息的要求提高了;随着计算机人工智能的发展和使用,对解决问题过程中逻辑推演的要求降低了,但对实际问题构造模型,然后利用计算机处理这个模型,解决实际问题的要求提高了。数据库技术为人们采集、存储数据、方便快捷地提取数据、分析处理数据提供了有力的技术支持。

1.2.1 信息与数据

随着社会的发展和科学技术的进步,人们对信息这个名词越来越熟悉,然而对于信息的定义,从各个角度有着各种各样的解释。一般认为,信息是人们进行各种活动所需要的知识,是现实世界各种状态的反映。

信息同物质与能量一样,也是一种宝贵的资源,合理利用信息可增加人们的知识,提高人们对事物的认识能力。现代的人类已进入信息时代,不论是生产、科学研究、社会活动,还是个人的生活都离不开信息。仅知识形态的信息,每年都以指数规律增长着,这种情况常用"信息爆炸"来形容。计算机科学与现代通信技术的飞速发展和普及,为人们提供了先进的手段,只有利用计算机才能帮助人们处理大量信息,以实现信息管理工作的科学化和现代化。

数据是描述信息的符号,是数据库系统研究和处理的对象。数据的形式各种各样,使用中常分为 3 大类:一类是用于表示事物数量的数值化数据,另一类是用于表示事物名称或文本内容的非数值性字符数据(字符串),还有一类是用于表示"是"或者"非","成立"或者"不成立"的逻辑性数据。

数据是信息的具体表现形式,信息是数据有意义的表现,它们有联系,也有一定的区别,但在一般场合对它们不加区别,如信息处理和数据处理,往往指同一回事。

数据处理是指从某些已知的数据出发,推导加工出一些新的数据,这些新的数据又表示了新的信息。

数据管理是指数据的收集、整理、组织、存储、维护、检索、传送等操作,这部分操作是数据处理业务的基本环节,而且是任何数据处理业务中必不可少的共有部分。

数据处理是与数据管理相联系的,数据管理技术的优劣,将直接影响数据处理的效率。

1.2.2　数据库

先来看一个数据库的例子。现在,几乎所有的单位都通过银行发工资,几乎所有的人都在银行有存款,越来越多的人在银行贷款。当个人存取钱时,输入密码和账号,出纳员在计算机上操作,完成存取账目修改,再收或给现金。这项工作用到了数据库技术,银行的数据库中详细地记录着储户个人的姓名、账号、密码、金额和住址等信息,存取钱的过程,实际是查询数据库、修改数据库数据的过程。

那么什么是数据库呢?

数据库(database,DB)是指长期保存在计算机的存储设备上,并按照某种模型组织起来的,可以被各种用户或应用共享的数据的集合。数据库技术是为了使数据便于人们访问、操作和更新而产生的一种数据存储组织技术。

一般来说,数据库应该具有如下性质:

(1) 用综合的方法组织数据,具有较小的数据冗余。

(2) 可供多个用户共享,具有较高的数据独立性。

(3) 具有安全控制机制,能够保证数据的安全、可靠。

(4) 允许并发地使用数据库。

(5) 能有效、及时地处理数据。

(6) 保证数据的一致性和完整性。

(7) 具有较强的易扩展性。

目前,最流行的数据库是关系数据库,其中的数据以表格的形式组织,用户能使用不同的方式识别和访问这些数据。这将在后面章节中重点介绍。

1.2.3　数据库系统

数据库系统(database system,DBS)是指计算机以一定方式组织存储信息的系统。数据库系统主要由数据库管理系统(database management system,DBMS)、数据库应用程序、数据库和数据库管理员(database administor,DBA)组成。

因此,一个完整的 DBS 可以由以下式子表示:DBS=DBMS+DB+DBA+APP。

其中数据库管理系统是整个数据库系统的核心,它是一种系统软件,其主要功能是对数据库进行统一管理。数据的插入、修改和检索均要通过数据库管理系统进行。平常我们说 Oracle 是一个数据库,其实这是不准确的。数据库是数据的汇集,而 Oracle 提供的是各种管理数据库的功能。应该说,Oracle 是一个 DBMS。

数据库应用程序使我们能够获取、显示和更新由 DBMS 存储的数据。一般来说,DBMS 和数据库应用程序都驻留在同一台计算机上并在同一台计算机上运行,很多情况下两者甚至结合在同一个程序中,以前使用的大多数数据库系统都是用这种方法设计的。但是随着 DBMS 技术的发展,目前的数据库系统正向客户机/服务器模式发展。客户机/服务器数据库将 DBMS 和数据库应用程序分开,从而提高了数据库系统的处理能力。数据库应用程序运行在一个或多个用户工作站(客户机)上,并且通过网络与运行在其他计算机上(服务器)的一个或多个 DBMS 进行通信。

数据库管理员负责创建、监控和维护整个数据库,使数据能被任何有权使用的人有效使用。他需要根据企业的数据情况和要求,指定数据库建设和维护的策略,并对这些策略的执行提供技术支持,是在全局层次上对技术层进行控制。数据管理员对系统保持最佳状态和效率起着很重要的作用,因此数据库管理员一般是由业务水平较高、资历较深的人员担任。

数据库应用程序、数据库管理系统、数据库以及数据库管理员之间的对应关系可用图 1-1 来表示。

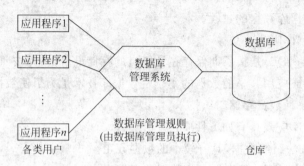

图 1-1   数据库系统阶段应用程序与数据之间的对应关系

1.3   数据模型

数据模型是在数据库设计过程中产生的一种概念,它研究的问题是如何以逻辑和物理方式安排和识别数据。在数据库中用数据模型这个工具来抽象、表示和处理现实世界中的数据和信息。通俗地讲,数据模型就是对现实世界的模拟。数据模型由数据结构、数据操作和完整性约束 3 个要素组成。

从应用的角度看,数据模型可分成概念模型和结构数据模型两个不同的层次。

数据模型的引入使得读者能够对客观事物及其联系进行有效的描述与刻画。第 2 章将对数据模型进行更详细的讲述,并且介绍几种常见的数据模型。

1.4   数据库体系结构

本节主要介绍数据的独立性以及数据库的三级模式结构和二级功能映射。

1.4.1   数据独立性

数据独立是数据库的关键性要求。数据独立性(data independence)是指应用程序和数据库的数据结构之间相互独立,不受影响,即应用程序不因数据性质的改变而改变,而数据的性质也不因应用程序的改变而改变。它分成物理数据独立性和逻辑数据独立性两个级别。

物理独立性是指数据的物理结构变化不影响数据的逻辑结构,即用户和用户程序不依赖于数据库的物理结构。

数据的逻辑独立性是指当数据库重构造时,如增加新的关系或对原有关系增加新的字段等,用户和用户程序不会受影响。逻辑独立性意味着数据库的逻辑结构的改变不影响应用程序,但是逻辑结构的改变必然影响到数据的物理结构。层次数据库和网状数据库一般能较好地支持数据的物理独立性,而对于逻辑独立性则不能完全地支持。

1.4.2　数据库三级模式结构和二级功能映射

　　数据库是一个复杂的系统。数据库的基本结构可以分成 3 个层次:物理级、概念级和用户级。因此,数据模式也相应地分为 3 种。

　　(1) 内模式(internal schema)。数据库最内的一层。它是数据库在物理存储方面的描述,定义所有内部记录类型、索引和文件的组织方式,以及数据控制方面的细节。它将全局逻辑结构中所定义的数据结构及其联系按照一定的物理存储策略进行组织,以达到较好的时间与空间效率。

　　(2) 概念模式(conceptional schema)。数据库的逻辑表示,包括每个数据的逻辑定义以及数据间的逻辑联系。它是数据库中全部数据的整体逻辑结构的描述,是所有用户的公共数据视图,综合了所有用户的需求。它处于数据库系统模式结构的中间层,与数据的物理存储细节和硬件环境无关,也与具体的应用程序、开发工具及高级程序设计语言无关。

　　(3) 外模式(external schema)。用户所使用的数据库,是一个或几个特定用户所使用的数据集合(外部模型),是用户与数据库系统的接口,是概念模型的逻辑子集。外模式面向具体的应用程序,定义在逻辑模式之上,但独立于存储模式和存储设备。设计外模式时应充分考虑到应用的扩充性。当应用需求发生较大变化,相应外模式不能满足其视图要求时,该外模式就必须做相应改动。

　　由上面的定义可知,只有存储数据库是物理上真正存在的,概念数据库是存储数据库的抽象,而外部数据库是概念数据库的部分抽取。

　　数据库系统体系结构三级模式实质上是对数据的 3 个级别抽象,它的基本意义在于将 DBS 中数据的具体物理实现留给物理模式,使得用户与全局设计者不必关心数据库的具体实现与物理背景。为了能够保证在数据库系统内部实现这 3 个抽象层次的联系和转换,还必须在这 3 个模式之间提供两级映射,这就是概念模式/内模式映射和外模式/概念模式映射。

　　(1) 概念模式/内模式映射。概念模式/内模式映像存在于概念级和内部级之间,用于定义概念模式和内模式之间的对应性。例如,说明逻辑记录和字段在内部是如何表示的。数据库中概念模式/内模式映像是唯一的,该映像定义通常包含在模式描述中。为了保证数据的物理独立性,在数据库的存储结构正在改变的情况下(例如选用了另一种存储结构),数据库管理员必须修改概念模式/内模式映像,使概念模式保持不变,从而使应用程序不受影响,保证数据与程序的物理独立性。

　　(2) 外模式/概念模式映射。外模式/概念模式映像存在于外部级和概念级之间,用于定义外模式和概念模式之间的对应性。为了保证数据的逻辑独立性,当概念模式改变时,数据库管理员必须修改有关的外模式/概念模式映像,使外模式保持不变。应用程序是依据数据的外模式编写的,从而应用程序不必修改,保证了数据与程序的逻辑独立性。

　　三级模式与二级映射如图 1-2 所示。

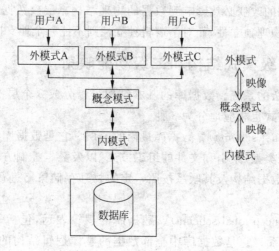

图 1-2　三级模式与二级映射

综上所述,数据库的二级映射保证了数据库外模式的稳定性,从而从底层保证了应用程序的稳定性,除非应用需求本身发生变化,否则应用程序一般不需要修改。这样,数据与程序之间的独立性使得数据的定义和描述可以从应用程序中分离出去。

1.5　数据库的重要性及发展趋势

1.5.1　数据库的重要性

数据库研究跨越计算机应用、系统软件和理论 3 个领域,其中应用促进新系统的研制开发,新系统带来新的理论研究,而理论研究又对前两个领域起着指导作用。数据库系统的出现是计算机应用发展的一个里程碑,它使得计算机应用从以科学计算为主转向以数据处理为主,并使计算机得以在各行各业乃至家庭普遍使用。在它之前的文件系统虽然也能处理持久数据,但是文件系统不提供对任意部分数据的快速访问,而这对数据量不断增大的应用来说是至关重要的。

为了实现对任意部分数据的快速访问,就要研究许多优化技术。这些优化技术往往很复杂,普通用户难以实现,所以就由系统软件(数据库管理系统)来完成,而提供给用户的是简单易用的数据库语言。由于对数据库的操作都由数据库管理系统完成,所以数据库就可以独立于具体的应用程序而存在,从而数据库又可以为多个用户所共享。因此,数据的独立性和共享性是数据库系统的重要特征。数据共享节省了大量人力、物力,为数据库系统的广泛应用奠定了基础。

数据库系统的出现使得普通用户能够方便地将日常数据存入计算机并在需要的时候快速访问它们,从而使的计算机走出科研机构进入各行各业、进入家庭。

数据库是信息资源开发利用的基础,各行各业均需应用信息系统,而数据是信息系统的核心。国际互联网络的信息系统都离不开数据库的支持,信息化建设是三分技术,七分设备,十二分的数据库建设;信息高速公路就像铺路架桥,而缺乏数据库的网络和系统则相当于有路没有车,有车没有货。也就是说,没有数据库,不可能充分发挥网络应有的作用。

几乎所有从事商业的人,都能从数据库中受益,传统数据库是解决商业事务处理而发展起来的。几乎所有的商业活动都利用数据库技术,尤其是电子商务。

数据库是其他很多系统的核心或重要组成部分,如:

- MIS(management information system,管理信息系统)。
- DSS(decision support system,决策支持系统)。
- ICAI(intelligent computer assisted instruction,智能计算机辅助教学)。
- CBI(computer-based instruction,计算机辅助教学)。
- ITS(intelligent transpoitation system,智能运输系统)。
- ES(expert system,专家系统)。
- CAD(computer assisted design,计算机辅助设计)。

高技术、高资金密集度的行业和部门正在建立、开发全行业性的大型数据库,并逐步实现本行业或部门的综合信息系统,把巨额的投资变成有用的信息资源,使数据库对生产、管理和经营带来巨大的经济效益。

现在,凡是计算机领域的高新技术在数据库中都有应用,如,面向对象技术与数据库的结合产生了面向对象的数据库;多媒体技术与数据库的结合出现了多媒体数据库,还有与并行处理技术、分布处理技术和人工智能相结合的并行数据库、分布式数据库、智能数据库等。

由此可见,数据库确实具有巨大的重要性。

1.5.2 数据库的发展趋势

数据、计算机硬件和数据库应用,这3者推动着数据库技术与系统的发展。数据库要管理的数据的复杂度和数据量都在迅速增长;计算机硬件平台的发展仍然遵循着摩尔定律;数据库应用迅速向深度、广度扩展。尤其是互联网的出现,极大地改变了数据库的应用环境,向数据库领域提出了前所未有的技术挑战。这些因素的变化推动着数据库技术的进步,出现了一批新的数据库技术,如 Web 数据库技术、并行数据库技术、数据仓库与联机分析技术、数据挖掘与商务智能技术、内容管理技术、海量数据管理技术等。限于篇幅,本小节不可能逐一展开来阐述这些方面的变化,只是从这些变化中归纳出数据库技术发展呈现出的突出特点。

1."四高"

即 DBMS 具有高可靠性、高性能、高可伸缩性和高安全性。数据库是企业信息系统的核心和基础,其可靠性和性能是企业领导人非常关心的问题。因为系统一旦崩溃就会给企业造成巨大的经济损失,甚至会引起法律的纠纷。最典型的例子就是证券交易系统,如果在一个行情来临的时候,由于交易量的猛增,造成数据库系统的处理能力不足,导致数据库系统崩溃,将会给证券公司和股民造成巨大的损失。

事实上,数据库系统的稳定和高效也是技术上长久不衰的追求。此外,从企业信息系统发展的角度上看,一个系统的可扩展能力也是非常重要的。由于业务的扩大,当原来的系统规模和能力已经不再适应新的要求的时候,不是重新更换更高档次的机器,而是在原有的基础上增加新的设备,如处理器、存储器等,从而达到分散负载的目的。数据的安全性是另一个重要的课题,普通的基于授权的机制已经不能满足许多应用的要求,新的基于角色的授权机制以及一些安全功能要素,如存储隐通道分析、标记、加密和推理控制等,在一些应用中成为切切实实的需要。

2. "互联"

即数据库系统要支持互联网环境下的应用,要支持信息系统间"互联互访",要实现不同数据库间的数据交换和共享,要处理以 XML 类型的数据为代表的网上数据,甚至要考虑无线通信发展带来的革命性的变化。与传统的数据库相比,互联网环境下的数据库系统要具备处理更大量的数据以及为更多用户提供服务的能力,要提供对长事务的有效支持,要提供对 XML 类型数据的快速存取的有效支持。

3. "协同"

即面向行业应用领域要求,在 DBMS 核心基础上,开发丰富的数据库套件及应用构件,通过与制造业信息化、电子政务等领域应用套件捆绑,形成以 DBMS 为核心的、面向行业的应用软件产品家族。满足应用需求,协同发展数据库套件与应用构件,已成为当今数据库技术与产品发展的新趋势。

小结

数据管理技术经历了人工管理、文件系统、数据库和高级数据库技术 4 个阶段。数据库系统是在文件系统的基础上发展而成的,同时又克服了文件系统的 3 个缺陷:数据的冗余、不一致性和联系性差。

数据模型是对现实世界进行抽象的工具,用于描述现实世界的数据、数据联系、数据语义和数据约束等方面内容。

数据库是存储在一起集中管理的相关数据的集合。数据库的体系结构是对数据的 3 个抽象级别。它把数据的具体组织留给 DBMS 去做,用户只需抽象地处理逻辑数据,而不必关心数据在计算机中的存储,减轻了用户使用系统的负担。由于三级结构之间往往差别很大,存在着两级映射,因此使 DBS 具有较高的数据独立性:物理数据独立性和逻辑数据独立性。

数据库技术对社会的正常运作起着很重要的作用,因此学习数据库知识是必要而且迫切的。

综合练习 1

一、填空题

1. 数据语言包括_____和数据操作语言两大部分。

2. 数据独立性(data independence)是指_____和_____之间相互独立,不受影响。

3. 数据库(database,DB)是指长期保存在计算机的存储设备上,并按照某种_____组织起来的,可以被各种用户或应用共享的_____的集合。

4. 数据库系统主要由_____、_____、_____以及_____4大部分组成。

5. 数据模式分为_____、_____和_____3种。

二、选择题

1. 数据库技术处于人工管理阶段的时间段是( )。

    A. 20世纪60年代中期以前   B. 20世纪50年代中期以前

    C. 从20世纪70年代到90年代   D. 一直是

2. 数据库技术处于文件系统阶段的时间段是( )。

    A. 一直是   B. 20世纪50年代中期以前

    C. 20世纪50年代后期到60年代中期 D. 20世纪80年代以后

3. 数据库技术处于数据库系统阶段的时间段是( )。

    A. 20世纪60年代后期到现在   B. 20世纪60年代到80年代中期

    C. 20世纪80年代以前   D. 20世纪70年代以前

4. 数据模型是( )。

    A. 现实世界数据内容的抽象   B. 现实世界数据特征的抽象

    C. 现实世界数据库结构的抽象   D. 现实世界数据库物理存储的抽象

5. 实际的数据库管理系统产品在体系结构上通常具有的相同的特征是( )。

    A. 树状结构和网状结构的并用

    B. 有多种接口,提供树状结构到网状结构的映射功能

    C. 采用三级模式结构并提供两级映射功能

    D. 采用关系模型

6. 以下不属于数据模式的有( )。

    A. 设计模式   B. 概念模式   C. 逻辑模式

    D. 固定模式   E. 内模式

7. 数据操作包含( )内容。

    A. 操作   B. 关于操作的函数   C. 有关的操作规则

    D. 规则映射   E. 规则的函数表象

8. "型"是指对某一类数据的( )方面进行的说明。

    A. 静止特征   B. 变化特征   C. 物理存储空间

    D. 结构   E. 属性

9. 数据库管理系统是为了进行( )操作而配置的。

    A. 数据库的建立   B. 数据库的映射   C. 数据库的连接

    D. 数据库的使用   E. 数据库的维护

三、问答题

1. 数据和信息之间的关系是什么?

2. 什么是数据库？它具有什么性质？

四、实践题

1. 调研你所在的单位（企业或学校）内部所用的数据库，说明其重要性。

2. 你存在人工管理数据的麻烦吗？如果有，你会如何应用数据库技术去帮助你解决问题呢？

数据模型　　　　第2章

如第1章所述,数据模型是用来描述数据的一组概念和定义,是对一个单位的数据的模拟。数据模型是实现 DBMS 的基础,它对系统的复杂性和性能影响很大。一方面,我们寻求接近计算机数据的物理表示的数据模型,以提高系统性能;另一方面,我们又希望数据模型具有很强的描述能力,能够接近于现实,方便地描述事物。

本章讲述了数据模型的定义和作用,并详细介绍几种常见的数据模型。

2.1　数据模型概述

数据建模是建立用户数据视图模型的过程,是开发有效的数据库应用的最重要的任务。如果数据模型能够正确表示管理对象的数据视图,则开发出的数据库是完整有效的,在数据库及其应用开发中,数据建模是随后工作的基础。数据建模的过程,实际也是筛选和抽取信息、表达信息的过程。通过对管理对象进行数学建模的训练,就可以提高解决实际问题的能力。数据建模包括了构建概念模型和计算机数据模型。

2.1.1　数据模型的定义

数据模型是在数据库设计过程中产生的一种概念,它研究的问题是如何以逻辑和物理方式安排和识别数据。在数据库中用数据模型这个工具来抽象、表示和处理现实世界中的数据和信息。通俗地讲,数据模型就是对现实世界的模拟。数据模型由数据结构,数据操作和完整性约束3个要素组成:

(1)数据结构。研究对象类型的集合,用于精确地描述系统的静态特性,如实体、属性、联系、数据项、记录、域、关系等。

(2)数据操作。对数据库中对象(型)的实例(值)允许执行的操作和操作规则的集合。用于描述系统的动态特性,如数据库的检索和更新,关系的交、差、并,操作的优先级等。

(3)数据的约束条件。保证数据正确、有效和相容的完整性规则的集合,如年龄必须大于零,关系必须满足实体完整性和参照完整性等。

从应用的角度看,数据模型可分成两个不同的层次:

(1) 概念模型。也称为信息模型,它是按用户的观点来对数据和信息建模,是现实世界到机器世界的一个中间层次,是数据库设计人员和用户之间进行交流的语言。

(2) 结构数据模型(基本数据模型)。结构数据模型或基本数据模型主要包括网状模型、层次模型、关系模型、对象模型等,它是按计算机系统的观点对数据建模。

数据模型的引入使得读者能够对客观事物及其联系进行有效的描述与刻画。一个数据模型将说明什么信息要被包含在数据库中,这些信息将被如何使用,以及数据库中的各个组成实体之间是如何联系的。例如,一个数据模型将指出用名称和信用卡账号代表一个顾客;产品代码和价钱代表一个商品,如此顾客和商品之间是一个一对多的关系。当一个数据库被设计好并插入数据后,其规划将难以被改变。因此一个设计良好的数据模型应该尽量减少修改数据库规划的需要。数据模块化可以加强应用程序的可维护性和模块重用性,这些都有利于减低开发的成本。一种数据模块化语言是一种公式化的语言,它用符号来描绘数据结构和一组操作符来处理和确认数据。数据模型设计是数据库设计的核心问题之一,它的好坏将在很大程度上决定一个数据库设计的质量。一个好的数据模型应该既能真实地模拟现实世界,又容易被人所理解,并且便于在计算机上实现。

目前最被广泛应用的数据模块化方法是实体联系模型(entity-relationship model,E-R模型),关系数据模型是最为广泛应用的数据模型。

2.1.2 数据模型中的一些基本概念

1. 实体(entity)

客观存在并可相互区别的事物称为实体。可以是具体的人、事、物或抽象的概念。

2. 属性(attribute)

实体所具有的某一特性称为属性。一个实体可以由若干个属性来刻画。

3. 关键字(key)

实体概念的关键之处在于一个实体能够与别的实体相互区别,因此每个实体都有本身的关键字(也称为标志符或关键码)。实体的关键字是唯一能标志实体的属性的集合。

4. 域(domain)

属性的取值范围称为该属性的域。

5. 实体型(entity type)

用实体名及其属性名集合来抽象和刻画的某一类实体称为实体型。

6. 实体集(entity set)

同型实体的集合称为实体集。

7. 联系（relationship）

现实世界中事物内部以及事物之间的联系在信息世界中反映为实体内部的联系和实体之间的联系。分为一对一联系（1:1），一对多联系（1:n），多对多联系（m:n）。

1）一对一联系

如果对于实体集 A 中的每一个实体，实体集 B 中至多有一个实体与之联系，反之亦然，则称实体集 A 与实体集 B 具有一对一联系，记为 1:1。

2）一对多联系

如果对于实体集 A 中的每一个实体，实体集 B 中有 n 个实体（n≥0）与之联系，反之，对于实体集 B 中的每一个实体，实体集 A 中至多只有一个实体与之联系，则称实体集 A 与实体集 B 有一对多联系，记为 1:n。

3）多对多联系

如果对于实体集 A 中的每一个实体，实体集 B 中有 n 个实体（n≥0）与之联系，反之，对于实体集 B 中的每一个实体，实体集 A 中也有 m 个实体（m≥0）与之联系，则称实体集 A 与实体 B 具有多对多联系，记为 m:n。

2.2　E-R 模型

P. P. S. Chen 在 1976 年提出了实体-联系模型，简称 E-R 模型，他用 E-R 图来抽象表示现实世界的数据特征，这是一种表达能力强、易于掌握的概念数据模型。

1. 实体（型）的表示

E-R 模型用矩形来表示实体（型），矩形框内写明实体名，如图 2-1 所示。

> 学生　　　教室

图 2-1　实体的表示

2. 属性的表示

E-R 模型用椭圆形来表示属性，并用无向边将其与相应的实体连接起来，如图 2-2 所示。

图 2-2　属性的表示

3. 联系的表示

联系本身用菱形表示，菱形框内写明联系名，并用无向边分别与有关实体连接起来，同时在无向边旁标上联系的类型（1:1、1:n 或 m:n）。

联系的属性：联系本身也是一种实体型，也可以有属性。如果一个联系具有属性，则这些属性也要用无向边与该联系连接起来，如图2-3所示。

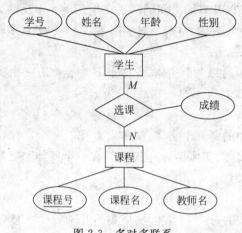

图 2-3 多对多联系

现在举一个设计 E-R 模型的具体例子。

【例 2-1】 库存业务的管理模式语义如下：

在一个仓库可以存放多种器件，一种器件也可以存放在多个仓库中。

一个仓库有多个职工，而一个职工只能在一个仓库工作。

一个职工可以保管一个仓库中的多种器件，由于一种器件可以存放在多个仓库中，当然可以由多名职工保管。

从上面的语义可以知道：

在仓库和器件之间存在一个多对多的联系——库存。

在仓库和职工之间存在一个一对多的联系——工作。

在职工和器件之间存在一个多对多的联系——保管。

于是我们可以得到 E-R 图，如图2-4所示。

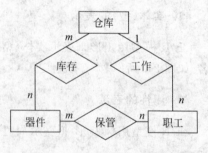

图 2-4 库存业务 E-R 图

2.3 层次数据模型

层次模型是数据处理中发展较早、技术上也比较成熟的一种数据模型。它的特点是将数据组织成有向有序的树结构。层次模型由处于不同层次的各个结点组成。除根结点外，其余各结点有且仅有一个上一层结点作为其"双亲"，而位于其下的较低一层的若干个结点作为其"子女"。结构中结点代表数据记录，连线描述位于不同结点数据间的从属关系（限定为一对多的关系）。对于如图2-5所示的地图 M 用层次模型表示为如图2-6所示的层次结构。

层次模型的特点是记录之间的联系通过指针来实现，查询效率较高。与文件系统的数据管理方式相比,层次模型是一个飞跃,用户和设计者面对的是逻辑数据而不是物理数据,用户不必花费大量的精力考虑数据的物理细节。逻辑数据与物理数据之间的转换由 DBMS 完成。

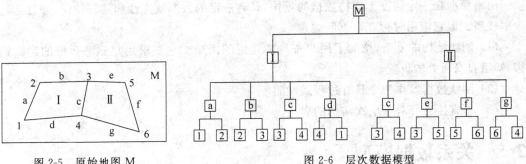

图 2-5　原始地图 M　　　　　　　　　图 2-6　层次数据模型

层次模型反映了现实世界中实体间的层次关系,层次结构是众多空间对象的自然表达形式,并在一定程度上支持数据的重构,但其应用时存在以下问题:

(1) 由于层次结构的严格限制,对任何对象的查询必须始于其所在层次结构的根,使得低层次对象的处理效率较低,并难以进行反向查询。数据的更新涉及许多指针,插入和删除操作也比较复杂。根结点的删除意味着其下属所有子结点均被删除,必须慎用删除操作。

(2) 层次命令具有过程式性质,它要求用户了解数据的物理结构,并在数据操纵命令中显式地给出存取途径。

(3) 模拟多对多联系时导致物理存储上的冗余。

(4) 数据独立性较差。

2.4　网状数据模型

网状数据模型是数据模型的另一种重要结构,它是用网络结构来表示实体之间联系的数据模型,反映着现实世界中实体间更为复杂的联系。其基本特征是,结点数据间没有明确的从属关系,一个结点可与其他多个结点建立联系。如图 2-7 所示的 4 个城市的交通联系,不仅是双向的而且是多对多的。如图 2-8 所示,学生甲、乙、丙、丁、选修课程,其中的联系也属于网络模型。

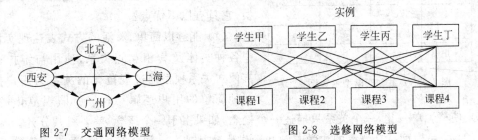

图 2-7　交通网络模型　　　　　　图 2-8　选修网络模型

网络模型用连接指令或指针来确定数据间的显式连接关系,是具有多对多类型的数据组织方式,网络模型将数据组织成有向图结构。结构中结点代表数据记录,连线描述不同结点数据间的关系。

数据库理论与应用

有向图结构比层次结构具有更大的灵活性和更强的数据建模能力。网络模型的优点是可以描述现实生活中极为常见的多对多的关系,其数据存储效率高于层次模型,但其结构的复杂性限制了它在空间数据库中的应用。

网络模型在一定程度上支持数据的重构,具有一定的数据独立性和共享特性,并且运行效率较高。但它应用时存在以下问题:

(1) 网状结构的复杂,增加了用户查询和定位的困难。它要求用户熟悉数据的逻辑结构,知道自身所处的位置。

(2) 网状数据操作命令具有过程式性质。

(3) 不直接支持对于层次结构的表达。

2.5 关系数据模型

在层次与网络模型中,实体间的联系主要是通过指针来实现的,即把有联系的实体用指针连接起来,而关系模型则采用完全不同的方法。

关系模型是根据数学概念建立的,它把数据的逻辑结构归结为满足一定条件的二维表形式。此处,实体本身的信息以及实体之间的联系均表现为二维表,这种表就称为关系。一个实体由若干个关系组成,而关系表的集合就构成为关系模型。

关系模型不是人为地设置指针,而是由数据本身自然地建立它们之间的联系,并且用关系代数和关系运算来操纵数据,这就是关系模型的本质。

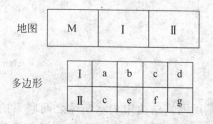

在生活中表示实体间联系的最自然的途径就是二维表格。表格是同类实体的各种属性的集合,在数学上把这种二维表格叫做关系。二维表的表头,即表格的格式是关系内容的框架,这种框架叫做模式,关系由许多同类的实体所组成,每个实体对应于表中的一行,叫做一个元组。表中的每一列表示同一属性,叫做域。

对于如图 2-5 所示的地图,用关系数据模型则表示为如图 2-9 所示。

关系数据模型是应用最广泛的一种数据模型,它具有以下优点:

(1) 能够以简单、灵活的方式表达现实世界中各种实体及其相互间关系,使用与维护也很方便。关系模型通过规范化的关系为用户提供一种简单的用户逻辑结构。所谓规范化,实质上就是使概念单一化,一个关系只描述一个概念,如果多于一个概念,就要将其分开。

图 2-9　关系数据模型示意图

(2) 关系模型具有严密的数学基础和操作代数基础——如关系代数、关系演算等,可将关系分开,或将两个关系合并,使数据的操纵具有高度的灵活性。

(3) 在关系数据模型中,数据间的关系具有对称性,因此,关系之间的寻找在正反两个方向上难度是一样的,而在其他模型如层次模型中从根结点出发寻找叶子的过程容易解决,相反的过程则很困难。

目前,绝大多数数据库系统采用关系模型,但它的应用也存在着如下问题:

(1) 实现效率不够高。由于概念模式和存储模式的相互独立性,按照给定的关系模式重新构造数据的操作相当费时。另外,实现关系之间联系需要执行系统开销较大的联接操作。

(2) 描述对象语义的能力较弱。现实世界中包含的数据种类和数量繁多,许多对象本身具有复杂的结构和含义,为了用规范化的关系描述这些对象,则需对对象进行不自然的分解,从而在存储模式、查询途径及其操作等方面均显得语义不甚合理。

(3) 不直接支持层次结构,因此不直接支持对于概括、分类和聚合的模拟,即不适合于管理复杂对象的要求,它不允许嵌套元组和嵌套关系存在。

(4) 模型的可扩充性较差。新关系模式的定义与原有的关系模式相互独立,并未借助已有的模式支持系统的扩充。关系模型只支持元组的集合这一种数据结构,并要求元组的属性值为不可再分的简单数据(如整数、实数和字符串等),它不支持抽象数据类型,因而不具备管理多种类型数据对象的能力。

(5) 模拟和操纵复杂对象的能力较弱。关系模型表示复杂关系时比其他数据模型困难,因为它无法用递归和嵌套的方式来描述复杂关系的层次和网状结构,只能借助于关系的规范化分解来实现。过多的不自然分解必然导致模拟和操纵的困难和复杂化。

2.6 数据模型与数据模式

第 1 章中提及到数据模式的概念,这里有必要再强调数据模型与数据模式的区别。

数据模型是描述数据的手段,而数据模式是用给定数据模型对具体数据的描述。两者不应混淆,正如不应把程序设计语言和用程序设计语言所写的一段程序混为一谈。

同时,数据模式也要和数据实例相互区别。数据模式是相对稳定的,而实例是变动的。数据模式反映的是一个单位的各种事物的结构、属性、联系和约束,实质上是用数据模型对一个单位的模拟;而实例反映数据库的某一时刻的状态。

小结

数据模型是对现实世界进行抽象的工具,用于描述现实世界的数据、数据联系、数据语义和数据约束等方面内容。数据模型分成概念模型和结构模型两大类。前者的代表是实体联系模型,后者的代表是层次、网状、关系和面向对象模型。关系模型是当今的主流模型,面向对象模型是今后发展的方向。

综合练习 2

一、填空题

1. 数据模型由_____、_____和_____ 3 个要素组成。

2. 数据建模包括构建概念模型和_____。

3. 3大经典数据模型包括_____、_____以及_____。

4. 客观存在并可相互区别的事物称为_____。

5. 网状数据模型是用_____来表示实体之间联系的数据模型。

二、选择题

1. 实体内部的联系和实体之间的联系不包括(　　)。

  A. 一对一   B. 一对多   C. 多对多   D. 零对多

2. 对于某高校的关系数据库,以下(　　)可以作为学生信息表的主键。

  A. 姓名   B. 学号   C. 宿舍号   D. 性别

3. E-R模型中,用(　　)表示实体,用(　　)表示属性。

  A. 星形   B. 矩形   C. 椭圆   D. 三角形

4. 在关系数据模型中,数据间的关系具有(　　)。

  A. 对称性   B. 非对称性 C. 抽象性   D. 周期性

5. 以下属于非关系数据模型的有(　　)。

  A. 层次模型   B. 网状模型

  C. 关系模型   D. 面向对象数据模型

  E. 概念模型

6. 数据模型概念中包含的内容包括(　　)。

  A. 数据的静态特征   B. 数据的动态特征

  C. 数据的物理特征   D. 数据的完整性特征

  E. 数据的存储特征

7. 以下属于关系模型与层次模型的区别的是(　　)。

  A. 关系模型没有指针   B. 关系模型表示简单而且统一

  C. 关系模型需要连接   D. 关系模型不存在缺陷

  E. 关系模型不存在数据冗余

三、问答题

1. 数据库领域采用的数据模型有哪些? 它们各自的特点是什么?

2. 关系模型的优点有哪些?

3. 区别数据模型与数据模式。

四、实践题

续第1章的实践题目,现在尝试对你的学校所选用的关系数据模型进行模拟。

关系数据模型

第 2 章介绍了数据模型。数据模型多种多样,在传统的 3 大数据模型中,层次、网状数据模型由于其不可克服的缺陷,已经很少应用了;而关系数据模型是其中应用最广泛的一种数据模型,有必要对其进行深入的学习。

本章主要介绍关系数据模型(简称关系模型)。关系模型是建立在集合代数的基础上的,是由数据结构、关系操作集合、关系的完整性约束 3 部分构成的一个整体。

(1) 数据结构。数据库中全部数据及其相互联系都被组织成"关系"(二维表格)的形式。关系模型基本的数据结构是关系。

(2) 关系操作集合。关系模型提供一组完备的高级关系运算,以支持对数据库的各种操作。关系运算分成关系代数和关系演算两类。

(3) 数据完整性规则。数据库中数据必须满足实体完整性、参照完整性和用户定义的完整性共 3 类完整性规则。

下面将分别从这 3 个方面去讨论,接着再探讨实现关系运算的两种方式:关系代数和关系演算。

3.1 关系模型的数据结构

关系模型的数据结构就是指关系,讨论关系模型的数据结构就是要定义关系。为了更好地学习和理解,下面分别从数学上和形式上介绍关系的概念。

3.1.1 关系

1. 关系的数学描述

1) 域(domain)

定义:域是具有相同数据类型的值的集合。

例如,整数、实数、有理数、无理数、{'男','女'}、长度为 4 字节的字符串的集合、大于 0 小于 100 的自然数等都可以是域。

数据库理论与应用

2) 笛卡儿积(cartesian product)

定义：给定一组域 $D_1, D_2, \cdots, D_n$，其中的各个域可以相同。$D_1, D_2, \cdots, D_n$ 的笛卡儿积为：

$$D_1 \times D_2 \times \cdots \times D_n = \{(d_1, d_2, \cdots, d_n) \mid d_i \in D_i, i = 1, 2, \cdots, n\},$$

关于笛卡儿积还有以下几个概念值得注意。

元组：笛卡儿积中每一个元素 $(d_1, d_2, \cdots, d_n)$ 叫做一个 n 元组(n-tuple)或简称元组(tuple)。

分量：笛卡儿积元素 $(d_1, d_2, \cdots, d_n)$ 中的每一个值 d_i 叫做一个分量(component)。

基数：若 $D_i(i = 1, 2, \cdots, n)$ 为有限集，其基数为 $m_i(i = 1, 2, \cdots, n)$，则 $D_1 \times D_2 \times \cdots \times D_n$ 的基数 M 为：$M = \prod\limits_{i=1}^{n} m_i$。

例如，D_1 的基数是 3，D_2 的基数是 2，则 $D_1 \times D_2 = 3 \times 2 = 6$。

有了域和笛卡儿积的概念作为基础，下面我们来定义一下关系。

3) 关系(relation)

$D_1 \times D_2 \times \cdots \times D_n$ 的子集叫做在域 $D_1, D_2, \cdots, D_n$ 上的关系，表示为：

$$R(D_1, D_2, \cdots, D_n)$$

其中，R 表示该关系的名称；n 称为关系 R 的元数(度数)；关系中的每个元素是关系中的元组，通常用 t 表示。

2. 关系的形式描述

关系从形式上可以看做一张满足特定规范性要求的二维表格(table)，其行(row)称为元组(tuple)，其列(column)表示属性。表 3-1 就是一个关系。

表 3-1   二维表格

学号	姓名	性别	年龄	班级
0011841064	张红	女	21	计算机 A 班
0011010102	李力	男	20	计算机 B 班
0011841053	王新	男	21	计算机 C 班

虽然关系从形式上看是一张二维表格，但是严格地说，关系是一种规范化了的二维表格，在关系数据模型中，对关系有如下规范性限制：

(1) 元组分量的原子性。关系中的每一个属性值都是不可分解的，不允许出现组合数据，更不允许表中有表。

(2) 元组个数的有限性。关系中元组的个数总是有限的。

(3) 元组的无序性。关系中不考虑元组之间的顺序，元组在关系中应是无序的，即没有行序。因为关系是元组的集合，所以按集合的定义，集合中的元素无序。

(4) 元组的唯一性。关系中不允许出现完全相同的元组。

(5) 属性名的唯一性。关系中属性名不允许相同。

(6) 分量值域的同一性。关系中属性列中分量具有与该属性相同的值域。

(7) 属性的无序性。关系中属性也是无序的(但是这只是理论上的无序，在使用时可按习惯考虑列的顺序)。

由上面的规范性限制可知,关系中不允许出现相同的元组,所以关系中的元组是互不相同的,但是这并不要求不同元组的每一项属性值都不同,而只是要求不同元组的所有属性值不能都相同,但可以有部分属性值相同。例如在表 3-1 中,"年龄"这一属性值就有很多元组是相同的,但由于各个元组并不是所有属性值都相同,所以各个元组还是互不相同的。当然,并不是任何属性值都可以相同,例如在表 3-1 中,若"学号"这一属性值相同,则是不允许的,因为每个学生应该有不同的学号。也就是说,"学号"可以唯一地标识不同的学生,"学号"属性值相同则表示同一个学生,而"姓名"、"性别"、"年龄"属性值相同则不一定是同一个学生。基于数据处理等原因,需要识别关系中的元组,因此需要考虑能够起标识作用的属性子集,由此引入了"键"的概念。

可以唯一决定其他所有属性的值(也即唯一地标识元组)的属性集称为键,键由一个或几个属性组成。实际应用中主要有下列几种键。

(1) 超键(super key)。能唯一标识元组的属性集合。例如在表 3-1 中,"学号"+"姓名"+"性别"+"年龄"、"学号"+"姓名"+"性别"、"学号"+"姓名"、"学号"+"姓名"+"班级"等都是超键。

(2) 候选键(candidate key)。能唯一标识元组的属性或属性组,而其任何真子集无此性质,则该属性或属性组称为候选键,有时也称作键。可见,候选键就是不含多余属性的超键。候选键可以有一个或多个,例如在表 3-1 中,"学号"即为候选键;若规定学生不同名,则"姓名"也是候选键。

(3) 主键(primary key)。若一个关系有多个候选键,则选定其中一个为主键(primary key)。一个关系只能有一个主键。

例如在表 3-1 中,若规定没有同名的学生,则"学号"、"姓名"为候选键;当然也可以选"学号"作为主键。

在关系模式中,常在主键下加下划线标出,包含在任一候选关键字中的属性称为主属性(prime attribute)。

不包含在任何候选键中的属性称为非键属性(non-key attribute)。

(4) 全键(all key)。在有些关系中,主键不是关系中的一个或部分属性集,而是由所有属性组成,这时主键也称为全键。

(5) 外键(foreign key)。如果某个关系 R 中的属性或属性组 K 是另一关系 S 的主键,但不是本身的键,则称这个属性或属性组 K 为此关系 R 的外键。例如,有以下 3 个关系:

S(<u>学号</u>,姓名,性别)
C(<u>课程号</u>,课程名,学分,选修课程号)
SC(<u>学号,课程号</u>,成绩)

其中,S 是学生的情况;C 是课程的情况;SC 是学生选课情况,下划线表示主键。在关系 SC 中,属性"学号"是引用了关系 S 的主键,属性"课程号"是引用了关系 C 的主键,但都不是本身的键,故这两个属性是外键。

3.1.2 关系模式

在数据库中需要区别"型"和"值"。在关系数据库中,关系模型可以认为是属性的有限集合,因而是型,关系是值。关系模式就是对关系的描述,也只能通过对关系的描述来理解。

关系模式是从以下 3 个方面进行描述从而显现关系的本质特征：

（1）关系是元组的集合，关系模式需要描述元组的结构，即元组由哪些属性构成，这些属性来自哪些域，属性与域有怎样的映射关系。

（2）同样由于关系是元组的集合，所以关系的确定取决于关系模式赋予元组的语义。

（3）关系是会随着时间流逝而变化的，但现实世界中许多已有事实实际上限定了关系可能的变化范围，这就是所谓的完整性约束条件。关系模式应当刻画出这些条件。

按照这样的要求，可以给出关系模式的形式化定义如下：

关系的描述称为关系模式（relation schema）。它应当是一个五元组，可以形式化地表示为：

$R(U, D, \mathrm{DOM}, F)$

R——关系名；

U——组成该关系的属性名集合；

D——属性组 U 中属性所来自的域；

DOM——属性向域的映像集合；

F——属性间数据的依赖关系集合。

说明：关系模式通常可以简记为 $R(U)$ 或 $R(A_1, A_2, \cdots, A_n)$，其中，R 为关系名，$A_1, A_2, \cdots, A_n$ 为属性名。

3.1.3　关系数据库

定义：在一个给定的应用领域中，所有实体及实体间联系的关系的集合构成一个关系数据库。

说明：

（1）在关系数据库中，实体以及实体间的联系都是用关系来表示的。

（2）关系数据库也有型和值之分。关系数据库的型也称为关系数据库模式，是对关系数据库的描述，是关系模式的集合。关系数据库的值也称为关系数据库，是关系的集合。关系数据库模式与关系数据库的值通常统称为关系数据库。

（3）这种数据库中存放的只有表结构。

3.2　关系数据操作

3.2.1　关系操作的分类

关系模型中的数据操作也称为关系操作。关系操作建立在关系的基础之上，一般分为数据查询和数据更新两大类。数据查询操作是对数据库进行各种检索；数据更新是对数据库进行插入、删除和修改等操作。

1. 数据查询（data query）

（1）用户可以查询关系数据库中的数据，它包括一个关系内的查询和多个关系的查询。

（2）关系查询的基本单位是元组分量，查询的前提是关系中的检索或者定位。

(3) 关系数据查询(定位过程)分解为以下 3 种基本操作:

① 关系属性指定。指定一个关系内的某些属性,用它可以确定关系这个二维表中的列。

② 关系元组选择。用一个逻辑表达式给出关系中满足此表达式的元组,用它可以确定关系这个表的行。

用上述两种操作即可确定一张二维表内满足一定行、一定列要求的数据。

③ 两个关系合并。这主要用于多个关系之间的查询,其基本步骤是先将两个关系合并为一个关系,由此将多个关系相继合并为一个关系。

将多个关系合并为一个关系之后,再对合并后的关系进行上述两个定位操作。

关系检索或定位完成之后,就可以在一个或者多个关系间进行查询,查询的结果也是关系。

综上所述,数据查询的基本操作就是:

(1) 一个关系内的属性指定。

(2) 一个关系内的元组选择。

(3) 两个关系的合并。

2. 数据更新(data change)

数据更新可分为数据删除、数据插入和数据修改 3 种基本操作,下面分别加以讨论。

1) 数据删除(data delete)

(1) 数据删除的基本单位为元组,其功能为将指定关系内的指定元组删除。

(2) 数据删除是两个基本操作的组合,一个关系内的元组选择(横向定位)和关系中元组的删除操作。

2) 数据插入(data insert)

(1) 数据插入是针对一个关系而言,即在指定关系中插入一个或多个元组。

(2) 数据插入中不需要定位,仅需要对关系中的元组进行插入操作,即是说,插入只有一个基本动作:关系元组插入操作。

3) 数据修改(data update)

(1) 数据修改是在一个关系中修改指定的元组与属性值。

(2) 数据修改可以分解为两个更为基本的操作,先删除需要修改的元组,再插入修改后的元组即可。

3.2.2 空值处理

在关系操作中还有一个重要问题——空值处理。

在关系元组的分量中允许出现空值(null value)以表示信息的空缺。空值通常具有以下两个含义:

(1) 未知的值。

(2) 不可能出现的值。

在出现空值的元组分量中一般可用 NULL 表示。目前一般关系数据库系统中都支持空值处理,但是它们都具有以下两个限制:

（1）主键中不允许出现空值。关系中主键不能为空值，主要是因为关系元组的标识，如果主键为空值，则失去了其标识的作用。详细的论述见3.3节。

（2）定义有关空值的运算。在算术运算中如出现空值，则结果也为空值；在比较运算中如出现空值，则其结果为F（假）；此外在进行统计时，如SUM、AVG、MAX、MIN中有空值输入时忽略空值，而在进行COUNT操作时如有空值则其值为0。

3.2.3 关系代数和关系演算

在关系操作中如果以集合方法作为关系运算的基础，则数据操作语言称为关系代数语言，相应的运算就是关系代数运算。如果将关系的基本组成成分作为变元，以其作为基本运算单位，并且以数理逻辑中的谓词演算作为相应的关系演算的理论基础，就是关系演算。

可知从代数方式和逻辑方式来看，关系运算可以分为两个部分：关系代数和关系演算。

关系代数使用关系运算来表达查询要求，关系演算是用谓词来表示查询要求。

在关系演算中，如果谓词中的变元是关系中的元组，则称之为元组关系演算；如果谓词变元是关系中的域，则称之为域关系演算。

关系代数、元组关系演算和域关系演算的理论基础是相同的，3类关系运算可以相互转换，它们对数据操作的表达能力也是等价的，如图3-1所示。

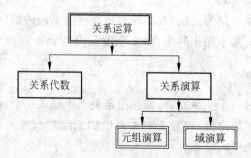

图3-1 关系代数和关系演算

3.2.4 关系数据语言

1. 关系数据语言

关系代数、元组关系演算和域关系演算实质上都是抽象的关系操作语言，简称关系数据语言，主要分成3类，如表3-2所示。

表3-2 关系数据语言分类

关系数据语言	关系代数语言		如 ISBL
	关系演算语言	元组关系演算语言	如 ALPHA
		域关系演算语言	如 QBE
	具有关系代数与关系演算双重特点的语言		如 SQL

（1）关系代数。用对关系的运算来表达查询要求的方式。

（2）关系演算。用谓词来表达查询要求的方式。关系演算又可按谓词变元的基本对象是元组变量还是域变量分为元组关系演算和域关系演算。

（3）结构化查询语言（structured query language，SQL）。不仅具有丰富的查询功能，而且具有数据定义和数据控制功能，是集查询（query）、数据定义语言（DDL）、数据操纵语言（DML）和数据控制语言（DCL）于一体的关系数据语言。由于 SQL 充分体现了关系数据语言的优点与长处，因此现在已经成为关系数据库的标准语言。

说明：

（1）关系代数、元组关系演算和域关系演算 3 种语言在表达能力上是完全等价的。

（2）关系代数、元组关系演算和域关系演算均是抽象的查询语言，这些抽象的语言与具体的 DBMS 中实现的实际语言并不完全一样。但它们能作为评估实际系统中查询语言能力的标准或基础。

可以用图 3-2 来表示关系数据语言的分类与关系。

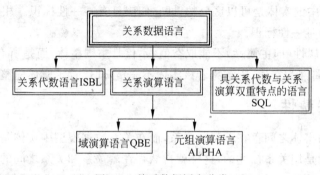

图 3-2　关系数据语言分类

2. 关系数据语言的特征

（1）关系数据语言与具体的 RDBMS 中实现的实际语言并不完全相同，但它们能够作为评价实际系统中查询语言的标准和基础。

（2）实用中的查询语言除了提供关系代数和关系演算的功能外，还提供了许多附加功能，例如聚集函数、关系赋值、算术运算等。

（3）关系数据语言是高度非过程化语言，由于存取路径的选择由 DBMS 通过优化完成，所以用户不必请求 DBA 为其建立特殊的存取路径，同时用户也不必求助于循环结构就可以完成数据操作。

3.3　关系的完整性约束

在数据库中数据的完整性约束是指保证数据正确的特性。它主要包括两方面的内容：

（1）与现实世界中应用需求的数据的相容性和正确性。

（2）数据库内数据之间的相容性和正确性。

在关系数据模型中一般将数据完整性约束分为 3 类：

(1) 实体完整性。

(2) 参照完整性。

(3) 用户定义完整性。

下面分别对这 3 类完整性约束及其作用进行简要论述。

3.3.1 实体完整性

实体完整性(entity integrity)是要保证关系中的每个元组都是可识别和唯一的。其规则为：若属性 A 是基本关系 R 的主属性，则属性 A 不能取空值。实体完整性是关系模型必须满足的完整性约束条件，也称为关系的不变性，关系数据库管理系统可以用主关键字实现实体完整性，这是由关系系统自动支持的。

关于实体完整性约束的几点说明：

(1) 实体完整性是针对基本表而言的，一个基本表通常对应现实世界的一个实体集。如考生关系对应于考生的集合。

(2) 现实世界中的实体是可以区分的，即它们应具有唯一性标识。相应地，在关系数据模型中以主键作为唯一性标识。

(3) 主键中的属性(即主属性)不能取空值，不仅是主键整体，而是所有主属性均不能为空。反过来，若主属性为空值，则意味着该实体不完整，即违背了实体完整性。

3.3.2 参照完整性

现实世界中的实体之间存在着某种联系，而在关系数据模型中实体是用关系来描述的、实体之间的联系也是用关系描述的，这样就自然存在着关系和关系之间的参照或者引用。

参照完整性(referential integrity)定义为：若属性(或属性组) F 是基本关系 R 的外键，它与基本关系 S 的主键 K 相对应(基本关系 R 和 S 不一定是不同的关系)，则对于 R 中每个元组在 F 上的值必须为：

(1) 或者取空值(F 的每个属性值均为空值)。

(2) 或者等于 S 中某个元组的主码值。

参照完整性也是关系模型必须满足的完整性约束条件，是关系的另一个不变性。

3.3.3 用户定义的完整性

实体完整性和参照完整性适用于任何关系数据库系统。此外，往往还需要一些特殊的约束条件，用户定义的完整性(user defined integrity)就是针对某一具体关系数据库的约束条件，它反映某一具体应用所涉及的数据必须满足的语义要求。

关系模型应提供定义和检验这类完整性的机制，以便用统一的、系统的方法处理它们，而不要由应用程序承担这一功能。

在用户定义完整性中最常见的是限定属性的取值范围，即对值域的约束，所以在用户定义完整性中最常见的是域完整性约束。

【例 3-1】 一个完整性约束的例子。

课程(课程号,课程名,学分)

• "课程号"属性必须取唯一值。

- 非主属性"课程名"也不能取空值。
- "学分"属性只能取值{1,2,3,4}。

后面这 3 点就是用户定义的完整性约束条件。

3.3.4 完整性约束的作用

(1) 在执行插入操作时检查完整性。

执行插入操作时需要分别检查实体完整性规则、参照完整性规则和用户定义完整性规则。

(2) 执行删除操作时检查完整性。

执行删除操作时一般只需检查参照完整性规则。

(3) 执行更新操作时检查完整性。

执行更新操作可以看作是先删除旧的元组，然后再插入新的元组，所以执行更新操作时的完整性检查综合运用了上述两种情况。

3.4 关系代数

关系代数是一种抽象的查询语言，是关系数据操纵语言的一种传统表达方式，它是用对关系的运算来表达查询的。与一般的运算一样，运算对象、运算符和运算结果也是关系代数的 3 个要素。关系代数的运算对象是关系，关系代数的运算结果也是关系，关系代数用到的运算符包括 4 类：集合运算符、专门的关系运算符、比较运算符和逻辑运算符，如表 3-3 所示。

表 3-3　关系代数的运算符

运　算　符		含　义
集合运算符	∪	并
	—	差
	∩	交
	×	广义笛卡儿积
专门的关系运算符	σ	选择
	Π	投影
	⋈	连接
	÷	除
比较运算符	>	大于
	≥	大于等于
	<	小于
	≤	小于等于
	=	等于
	≠	不等于
逻辑运算符	¬	非
	∧	与
	∨	或

集合运算将关系看成元组的集合,其运算是从关系的"水平"方向角度来进行的。

专门的关系运算不仅涉及行而且涉及列。比较运算符和逻辑运算符都是用来辅助专门的关系运算符进行操作的。

关系代数的运算可以分为两大类,即:

(1) 传统的关系运算(集合运算)。交、差、并。

(2) 专门的关系运算。广义笛卡儿积、选择、投影、连接、除。

在讨论之前先对下文出现的一些记号加以解释:

① $R(A_1,A_2,\cdots,A_n)$ 表示关系模式。

$t\in R$ t 是 R 的一个元组,元组 t 属于关系 R。

$t[A_i]$ 或 $t. A_i$ 元组 t 中相应于属性 A_i 的一个分量。

② 若 $A=\{A_{i1},A_{i2},\cdots,A_{ik}\}$,其中 A_{i1}、A_{i2}、$\cdots$、A_{ik} 是 A_1、A_2、$\cdots$、A_n 中的一部分,则 A 称为属性列或域列。$t[A]=(t[A_{i1}],t[A_{i2}],\cdots,t[A_{ik}])$ 表示元组 t 在属性列 A 上诸分量的集合。$\overline{A}$ 则表示 $\{A_1,A_2,\cdots,A_n\}$ 中去掉 $\{A_{i1},A_{i2},\cdots,A_{ik}\}$ 后剩余的属性组。

(3) R 为 n 目关系,S 为 m 目关系。$t_r\in R,t_s\in S,\widehat{t_r t_s}$ 称为元组的连接(concatenation)。它是一个 $(n+m)$ 列的元组,前 n 个分量为 R 中的一个 n 元组,后 m 个分量为 S 中的一个 m 元组。

(4) 给定一个关系 $R(X,Z)$,X 和 Z 为属性组。当 $t[X]=x$ 时,x 在 R 中的象集(Images Set)为 $Z_x=\{t[Z]|t\in R,t[X]=x\}$,它表示 R 中属性组 X 上值为 x 的诸元组在 Z 上分量的集合。

下面分别对传统关系的运算和专门的关系运算加以讨论。

3.4.1 传统的集合运算

传统的集合运算是二目运算,包括 4 种运算:并、差、交、广义笛卡儿积。

1. 并(union)

定义:设关系 R 和关系 S 具有相同的目 n(即两个关系都有 n 个属性),且相应的属性取自同一个域,则关系 R 与关系 S 的并由属于 R 或属于 S 的元组组成。其结果关系仍为 n 目关系。记作:

$$R\cup S=\{t\mid t\in R \vee t\in S\}$$

理解:首先选择 R 中的所有元组,然后选择 S 中不属于 R 的元组。

【例 3-2】 关系 R 与 S 的并运算。

关系 R			关系 S			关系 $R\cup S$		
A	B	C	A	B	C	A	B	C
a_1	b_1	c_1	a_1	b_1	c_1	a_1	b_1	c_1
a_2	b_2	c_2	a_2	b_2	c_2	a_2	b_2	c_2
a_3	b_3	c_3	a_1	b_3	c_3	a_3	b_3	c_3
						a_1	b_3	c_3

2. 差（difference）

定义：设关系 R 和关系 S 具有相同的目 n，且相应的属性取自同一个域，则关系 R 与关系 S 的差由属于 R 而不属于 S 的所有元组组成。其结果关系仍为 n 目关系。记作：

$$R\text{-}S = \{t \mid t \in R \wedge \neg t \in S\}$$

【例 3-3】 关系 R 与 S 的差运算。

关系 R-S

A	B	C
a_3	b_3	c_3

3. 交（intersection）

定义：设关系 R 和关系 S 具有相同的目 n，且相应的属性取自同一个域，则关系 R 与关系 S 的交由既属于 R 又属于 S 的元组组成。其结果关系仍为 n 目关系。记作：

$$R \cap S = \{t \mid t \in R \wedge t \in S\}$$

【例 3-4】 关系 R 与 S 的交运算。

关系 R∩S

A	B	C
a_1	b_1	c_1
a_2	b_2	c_2

4. 广义笛卡儿积（extended cartesian product）

定义：两个分别为 n 目和 m 目的关系 R 和 S 的广义笛卡儿积是一个 $(n+m)$ 列的元组的集合。元组的前 n 列是关系 R 的一个元组，后 m 列是关系 S 的一个元组。若 R 有 k_1 个元组，S 有 k_2 个元组，则关系 R 和关系 S 的广义笛卡儿积有 $k_1 \times k_2$ 个元组。记作：

$$R \times S = \{t_r t_s \mid t_r \in R \wedge t_s \in S\}$$

【例 3-5】 关系 R 与 S 的笛卡儿积。

关系 R

A	B	C
a_1	b_1	c_1
a_2	b_2	c_2

关系 S

D	E
d_1	e_1
d_2	e_2

笛卡儿乘积关系 R×S

A	B	C	D	E
a_1	b_1	c_1	d_1	e_1
a_2	b_2	c_2	d_1	e_1
a_1	b_1	c_1	d_2	e_2
a_2	b_2	c_2	d_2	e_2

3.4.2 专门的关系运算

专门的关系运算包括选择、投影、连接、除等。

1. 选择（selection）

（1）选择又称为限制（restriction）。

（2）选择运算是从指定的关系中选择某些元组形成一个新的关系，被选择的元组是用

数据库理论与应用

满足某个逻辑条件来指定的。

选择运算表示为：

$$\sigma_F(R) = \{t \mid t \in R \wedge F(t) = 'True'\}$$

其中 F 表示选择条件，它是一个逻辑表达式，取逻辑值'真'或'假'。

注意：逻辑表达式 F 的基本形式为：$X_1 \theta Y_1 [\varnothing X_2 \theta Y_2]$

θ 表示比较运算符，它可以是 $>$、$\geqslant$、$<$、$\leqslant$、$=$ 或 $\neq$。X_1、Y_1 等是属性名或常量或简单函数。属性名也可以用它的序号来代替。$\varnothing$ 表示逻辑运算符，它可以是 $\neg$、$\wedge$ 或 $\vee$。[ ]表示任选项，即[ ]中的部分可以要也可以不要。因此选择运算实际上是从关系 R 中选取使逻辑表达式 F 为真的元组。这是从行的角度进行的运算。

（3）举例说明。

【例 3-6】 选取关系 Student 中的所有女生。

关系 Student

Sno	Sname	Ssex	Sage	Class
S01	刘振	男	20	200001
S02	王建	男	19	200002
S03	沈倩	女	21	200003
S04	刘丽	女	20	200004

在关系 Student 中选取所有的女生，其运算表达式为 $\sigma_{Ssex='女'}(\text{Student})$。

选择结果关系如下表所示。

$\sigma_{Ssex='女'}(\text{Student})$选择结果关系

Sno	Sname	Ssex	Sage	Class
S03	沈倩	女	21	200003
S04	刘丽	女	20	200004

2. 投影（projection）

（1）定义：关系 R 上的投影是从 R 中选择出若干属性列组成新的关系。记作：

$$\pi_A(R) = \{t[A] \mid t \in R\}$$

其中 A 为 R 的属性列。

（2）投影操作主要是从列的角度进行运算：

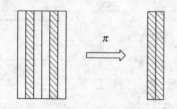

（3）举例说明。

【例 3-7】 选取 Students 关系中所有的 Sname、Sage、Class。

关系运算表达式为：

$$\prod_{Snae, Sage, Class}(Students) \text{ 或者 } \prod_{2,4,5}(Students)$$

投影结果关系

Sname	Sage	Class
刘振	男	200001
王建	男	200002
沈倩	女	200003
刘丽	女	200004

注意：投影之后如果产生了完全相同的行，应取消这些完全相同的行，只保留一个。

3. 连接(join)

(1) 连接也称为 θ 连接。

(2) 定义：从两个关系的笛卡儿积中选取属性间满足一定条件的元组。记作：

$$R \underset{A\theta B}{\bowtie} S = \{\widehat{t_r t_s} \mid t_r \in R \wedge t_s \in S \wedge t_r[A]\theta t_s[B]\}$$

其中 A 和 B 分别为 R 和 S 上度数相等且可比的属性组；θ 是比较运算符。连接运算从 R 和 S 的笛卡儿积 $R \times S$ 中选取(R 关系)在 A 属性组上的值与(S 关系)在 B 属性组上值满足比较关系 θ 的元组。

(3) 两类常用连接运算。

① 等值连接(equi-join)。

θ 为"="的连接运算称为等值连接。它是从关系 R 与 S 的笛卡儿积中选取 A、B 属性值相等的那些元组，即等值连接为 $R \underset{A=B}{\bowtie} S = \{\widehat{t_r t_s} \mid t_r \in R \wedge t_s \in S t_r[A] = t_s[B]\}$。

【例 3-8】 有 R 和 S 两个关系如下：

关系 R

A	B	C
a_1	b_1	5
a_1	b_2	6
a_2	b_3	8
a_2	b_4	12

关系 S

B	E
b_1	3
b_2	7
b_3	10
b_3	2
b_5	2

查询关系 R 中属性 B 与关系 S 中属性 B 相等的等值连接。

$$R \underset{R.B=S.B}{\bowtie} S$$

A	$R.B$	C	$S.B$	E
a_1	b_1	5	b_1	3
a_1	b_2	6	b_2	7
a_2	b_3	8	b_3	10
a_2	b_3	8	b_3	2

② 自然连接。

自然连接(natural join)是一种特殊的等值连接，它要求两个关系中进行比较的分量必须是相同的属性组，并且要在结果中把重复的属性去掉。即若 R 和 S 具有相同的属性组 B，则自然连接可记作：

$$R \bowtie S = \{ \widehat{t_r t_s} \mid t_r \in R \land t_s \in S \land t_r[B] = t_s[B] \}$$

自然连接做了 3 件事：

- 计算广义笛卡儿积 $R \times S$。
- 选择满足条件 $r[A_i] = s[B_j]$ 的所有元组。
- 去掉重复的属性。

【例 3-9】 关系 R_1 与 R_2 的自然连接。

关系 R_1		
A	B	C
a_1	b_1	3
a_1	b_2	5
a_2	b_2	2
a_3	b_1	8

关系 R_2		
B	C	D
b_1	3	d_1
b_2	4	d_2
b_2	2	d_1
b_1	8	d_2

$R_1 \bowtie R_2$			
A	B	C	D
a_1	b_1	3	d_1
a_2	b_2	2	d_1
a_3	b_1	8	d_2

4. 除(division)

(1) 定义：给定关系 $R(X,Y)$ 和 $S(Y,Z)$，其中 X、Y、Z 为属性组。R 中的 Y 与 S 中的 Y 可以有不同的属性名，但必须出自相同的域集。R 与 S 的除运算得到一个新的关系 $P(X)$，P 是 R 中满足下列条件的元组在 X 属性列上的投影：元组在 X 上分量值 x 的象集 Y_x 包含 S 在 Y 上投影的集合。记作：

$$R \div S = \{ t_r[X] \mid t_r \in R \land \pi_y(S) \subseteq Y_x \}$$

其中 Y_x 为 x 在 R 中的象集，$x = t_r[X]$。

(2) 除操作是同时从行和列角度进行运算如图 3-3 所示。

(3) 理解除法运算。

可以用下面的例子说明除法运算的计算过程。

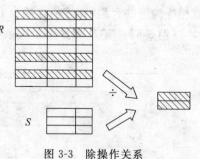

图 3-3　除操作关系

【例 3-10】 关系 T 与 R 的除法运算。

关系 T			
A	B	C	D
a_1	b_1	c_1	d_1
a_1	b_1	c_2	d_2
a_1	b_1	c_3	d_3
a_2	b_2	c_2	d_2
a_3	b_3	c_1	d_1
a_3	b_3	c_2	d_2

关系 R	
A	B
a_1	b_1
a_3	b_3

关系 P	
C	D
c_1	d_1
c_2	d_2

T 中的属性组 $T(A,B)$ 与 R 中的属性组 $R(A,B)$ 对应,其中 $T(A)$ 和 $R(A)$ 有相同的域,$T(B)$ 和 $R(B)$ 也有相同的域。从 T 的值可以看出,当 $T(A,B)$ 的值为 (a_1,b_1) 或 (a_3,b_3) 时,对应的属性组 $T(A,B)$ 就包含了 R 表,此时就称 $P\{(c_1,d_1),(c_2,d_2)\}$ 为 T 除以 R 的结果。由于 $R\times P$ 是表 T 的一个组成部分,表 T 的其余部分可以看做是"余数",由此就称为"除法"运算的来源。如果有 $R\times P\subseteq T$,则除法运算可以写为 $P=T\div R$。

下面给出 $T\div R$ 的严格数学定义:设有关系 $T(X,Y)$ 和 $R(Y)$,X 和 Y 为属性组,则

$$T\div R = \prod_X(T) - \prod_X\left(\prod_X(T)\times R - T\right)$$

由于除法采用的是逆运算,而逆运算的进行是要有条件的,这里关系能被关系"除"的充分必要条件是:

(1) T 包含 R 的所有属性。

(2) T 中应有某些属性不出现在 R 中。

由上述除法的定义,如果关系 T 和 R 的度数分别为 n 和 $m(n>m>0)$,则除的结果 $S=T\div R$ 是一个度数为 $(n-m)$ 的满足下述性质的最大关系:S 中的每个元组 u 与 R 中每个元组 v 所组成的元组 (u,v) 必在关系 T 中。为叙述方便,假设 R 的属性为 T 中后 m 个属性,则 $S=T\div R$ 的具体计算步骤为:

(1) $P=\prod\limits_{1,2,\cdots,(n-m)}(T)$(计算 T 在 1、2、$\cdots$、$(n-m)$ 列的投影)。

(2) $W=(P\times R)-T$(计算在 $P\times R$ 中但不在 T 中的元组)。

(3) $V=\prod\limits_{1,2,\cdots,(n-m)}(W)$(计算 W 在 1、2、$\cdots$、$(n-m)$ 列的投影)。

(4) $T\div R=P-V$(计算在 P 中但不在 V 中的元组,即得 $T\div R$)。

上面所涉及的关系如下:

关系 T

A	B	C	D
a_1	b_1	c_1	d_1
a_1	b_1	c_2	d_2
a_1	b_1	c_3	d_3
a_2	b_2	c_2	d_2
a_3	b_3	c_1	d_1
a_3	b_3	c_2	d_2

关系 R

C	D
c_1	d_1
c_2	d_2

关系 P

A	B
a_1	b_1
a_3	b_3
a_2	b_2

关系 W

A	B	C	D
a_2	b_2	c_1	d_1

关系 V

A	B
a_2	b_2

关系 $T\div R=P-V$

A	B
a_1	b_1
a_3	b_3

5. 综合运用

以学生-课程数据库为例,给出几个综合应用多种关系代数运算进行查询的例子。如图 3-4 所示。

数据库理论与应用

Student

学号 Sno	姓名 Sname	性别 Ssex	年龄 Sage	所在系 Sdept
841001	张三	男	20	CS
841002	李四	女	19	IS
841003	王五	女	18	MA
841004	刘六	男	19	IS

Course

课程号 Cno	课程名 Cnam	选修课 Cpno	学分 Ccredit
1	数据库	5	4
2	数学		2
3	信息系统	1	4
4	操作系统	6	3
5	数据结构	7	4
6	数据处理		2
7	C 语言	6	4

SC

学号 Sno	课程号 Sno	成绩 Grade
841001	1	92
841001	2	85
841001	3	88
841002	2	90
841002	3	80

图 3-4 学生-课程关系

【例 3-11】 查询至少选修了 1 号课程和 3 号课程的学生号码。

解：首先建立一个临时关系 K，然后计算 $\prod\limits_{Sno,Cno}(SC) \div K$，如图 3-5 所示。

$\prod\limits_{Sno,Cno}(SC)$

Sno	Cno
841001	1
841001	2
841001	3
841002	2
841002	3

K

Cno
1
3

$\prod\limits_{Sno,Cno}(SC) \div K$

Sno
841001

图 3-5 例 3-11 的运算过程

【例 3-12】 查询选修了 2 号课程的学生的学号。

解：首先选出课程号为 2 号的学生记录，然后投影学号列，即 $\prod\limits_{Sno}(\sigma_{Cno='2'}(SC))$，如图 3-6 所示。

$\sigma_{Cno='2'}(SC)$

Sno	Cno
841001	2
841002	2

$\prod\limits_{Sno}(\sigma_{Cno='2'}(SC))$

Sno
841001
841002

图 3-6 例 3-12 的运算过程

【例 3-13】 查询选修了全部课程的学生的学号和姓名。

解：$\prod\limits_{Sno,Cno}(SC) \div \prod\limits_{Cno}(Course) \bowtie \prod\limits_{Sno,Sname}(Student)$

由于并没有学生选修了全部课程,所以结果为空。

3.5　关系演算

关系演算是以数理逻辑中谓词演算为基础的关系数据语言。与关系代数不同,使用关系演算只需用谓词公式给出查询结果应当满足的条件即可,至于查询怎样实现是由系统自行解决的,因而是高度非过程化的语言。按谓词变元不同可分为:

(1) 元组关系演算(tuple relational calculus),这种演算以元组变量作为谓词变元的基本对象。

元组关系演算的代表语言为 ALPHA。

(2) 域关系演算(domain relational calculus),这种演算以域变量作为谓词变元的基本对象。

域关系演算的代表语言为 QBE。

下面分别论述。

3.5.1　元组关系演算

元组关系演算是以元组变量作为谓词变元的基本对象的演算。

1. 关系与谓词的联系

1) 由关系 R 确定的谓词 P

根据数理逻辑可以知道,关系可用谓词表示,n 元关系可以用 n 元谓词表示。设有关系 R,它有元组 $(r_1, r_2, \cdots, r_m)$,定义 R 对应 $P(x_1, x_2, \cdots, x_n)$ 一个谓词。

当 $t = (r_1, r_2, \cdots, r_m)$ 属于时,t 为 P 的成真指派,而其他不在 R 中的任意元组 t 则是 P 的成假指派。即是说,由关系 R 定义一个谓词 P 就具有如下性质:

$P(t) = \mathrm{T}$(当 t 在 R 中)。

$P(t) = \mathrm{F}$(当 t 不在 R 中)。

2) 由谓词 P 表示关系 R

由于关系代数中 R 是元组集合,一般而言,集合可以用满足它的某种特殊性质来刻画与表示。如果谓词 P 表述了 R 中元组的本质特性,就可以将关系 R 写为 $R = \{t \mid P(t)\}$。

这个公式就建立了关系(元组集合)的谓词表示,称为关系演算表达式。

2. 关系演算表达式

为了得到关系演算表达式的数学定义,需要先给出"原子公式"和"关系演算公式"的定义。

1) 原子公式(atoms)

下述 3 类称为原子公式:

(1) 谓词 $R(t)$ 是原子公式。

(2) $u(i)\theta v(j)$ 是原子公式。

(3) $u(i)\theta a$ 是原子公式。

数据库理论与应用

其中，$t=(r_1,r_2,\cdots,r_m)$ 是 P 的成真指派；$u(i)$ 表示元组 u 的第 i 个分量；$u(i)\theta v(j)$ 表示 u 的第 i 个分量与 v 的第 j 个分量有关系 θ，a 是常量。

2）关系演算公式

利用原子公式可以如下地递归定义关系演算公式：

(1) 每个原子是一个公式。其中的元组变量是自由变量。

(2) 如果 P_1 和 P_2 是公式，那么 $\neg P_1$、$P_1 \vee P_2$、$P_1 \wedge P_2$ 和 $P_1 \rightarrow P_2$ 也都是公式。

(3) 如果 P_1 是公式，那么 $(\exists_s)(P_1)$ 和 $(\forall_s)(P_1)$ 也都是公式。

(4) 公式只能由上述 4 种形式构成，除此之外构成的都不是公式。

在元组关系演算的公式中，有下列 3 个等价的转换规则：

(1) $P_1 \wedge P_2$ 等价于 $\neg(\neg P_1 \vee \neg P_2)$；$P_1 \vee P_2$ 等价于 $\neg(\neg P_1 \wedge \neg P_2)$。

(2) $(\forall_s)(P_1(s))$ 等价于 $\neg(\exists_s)(\neg P_1(s))$；$(\exists_s)(P_1(s))$ 等价于 $\neg(\forall_s)(\neg P_1(s))$。

(3) $P_1 \rightarrow P_2$ 等价于 $\neg P_1 \vee P_2$。

3）公式中运算的优先次序

(1) 比较运算符：$<$、$>$、$\leqslant$、$\geqslant$、$=$、$\neq$。

(2) 量词：$\exists$、$\forall$。

(3) 否定词：$\neg$。

(4) 合取、析取、蕴含运算符：$\wedge$、$\vee$、$\rightarrow$。

4）关系演算表达式

有了公式 φ 的概念，以公式 φ 作为特性就构成一个由若干元组组成的集合，即关系 R，这种形式的元组集合就称为关系演算表达式。关系演算表达式的一般形式为 $\{t|\varphi(t)\}$。其中，$\varphi(t)$ 为公式，t 为 φ 中出现的自由变元。关系演算表达式也简称为关系表达式或者表达式。

5）关系演算的安全限制

在实际问题中，有可能出现无限关系的问题和无限验证的过程，例如：

(1) 对于表达式 $\{t|\neg R(t)\}$，其语义是所有不在关系 R 中的元组集合。如果关系中某一属性的定义域是无限的，则 $\{t|\neg R(t)\}$ 就是一个具有无限元组的集合，此时该式所表示的关系就是一个无限关系的问题，当然要求出它的所有元组是不可能的。

(2) 另外，如果要判定表达式 $(\exists t)(w(t))$ 为假，必须对 t 的所有可能取值进行验证，当且仅当其中没有一个值为真时，才可判定该表达式为假，如果 t 的取值范围是无穷的，则验证过程就是无限的。

正因为如此，需要对关系演算加以必要的限制。人们将不产生无限关系和不出现无限验证的关系演算表达式称为安全表达式，将为达到这种目的而采取的措施称为安全性限制。

对表达式进行安全性限制，通常的做法是对其中的公式 φ 进行限制。对于 φ 来说，定义一个有限的符号集 $\text{DOM}(\varphi)$，而 φ 的符号集 $\text{DOM}(\varphi)$ 由两类符号组成：

(1) φ 中的常量符号。

(2) φ 中涉及的所有关系的所有元组的各个分量。

$\text{DOM}(\varphi)$ 是有限集合，如果将关系演算限制在 $\text{DOM}(\varphi)$ 上就是安全的，不会出现任何无限问题。

一般认为，一个表达式 $\{t|\varphi(t)\}$ 要成为安全的，其中的公式 φ 就应该满足下面 3 个

条件：

(1) 若 t 满足公式 φ，即 t 使得 φ 为真，则 t 的每个分量必须是 $\text{DOM}(\varphi)$ 中的元素。

(2) 对 φ 中每一个形为 $(\exists t)(w(t))$ 的子公式，如 u 满足 W，即 u 使得 w 为真，则 u 的每一个分量一定属于 $\text{DOM}(\varphi)$。

(3) 对 φ 中每一个形为 $(\forall t)(w(t))$ 的子公式，如 u 不满足 W，即 u 使得 w 为假，则 u 的每一个分量一定属于 $\text{DOM}(\varphi)$；也就是说，若 u 的某个分量不属于 $\text{DOM}(\varphi)$，则 $w(u)$ 为真。

6) 5 个基本数据操作的元组演算表示

关系操作有 5 种基本操作，它们在关系代数中分别对应 5 种基本运算，可以将这 5 种基本运算用一阶谓词演算中的公式表示。

设有关系 R、S，其谓词表示为 $R(t)$ 和 $S(t)$，此时有：

(1) 并。$R \cup S = \{t \mid R(t) \vee S(t)\}$。

(2) 差。$R - S = (t \mid R(t) \wedge \neg S(t))$。

(3) 选择。$\sigma_F(R) = \{t \mid R(t) \wedge F\}$，其中 F 是一个谓词公式。

(4) 投影。

$$\prod_{ui1, ui2, \cdots, uik}(R) = \{t^{(k)} \mid (\exists u)R(u)$$
$$\wedge\ t[1] = u[i_1] \wedge t[2] = u[i_2] \wedge \cdots \wedge t[k] = u[i_k]\}$$

其中 $t^{(k)}$ 所表示的元组有 k 个分量；$t[i]$ 表示 t 的第 i 个分量；$u[j]$ 表示 u 的第 j 个分量。

(5) 笛卡儿积。

$$R \times S = \{t^{(t+s)} \mid \exists u \exists v(R(u) \wedge S(v) \wedge t[1]$$
$$= u[i_1] \wedge t[2]$$
$$= u[i_2] \wedge \cdots \wedge t[r] = u[i_r] \wedge t[r+1]$$
$$= v[j_1] \wedge t[r+2] = v[j_2] \wedge \cdots \wedge t[r+s] = v[j_s])\}$$

【例 3-14】 图 3-7 中的 (a)、(b) 是关系 R 和 S，(c)～(g) 分别是下面 5 个元组表达式的值。

A	B	C
1	2	3
4	5	6
7	8	9

(a) 关系 R

A	B	C
1	2	3
3	4	6
5	6	9

(b) 关系 S

A	B	C
3	4	6
5	6	9

(c) 关系 R_1

A	B	C
4	5	6
7	8	9

(d) 关系 R_2

A	B	C
1	2	3
3	4	6

(e) R_3

A	B	C
4	5	6
7	8	9

(f) R_4

R.B	S.C	R.A
5	3	4
8	3	7
8	6	7
8	9	7

(g) R_5

图 3-7　例 3-14 的各个运算对象

数据库理论与应用

$$R_1 = \{t \mid S(t) \wedge t[1] > 2\}$$
$$R_2 = \{t \mid R(t) \wedge \neg S(t)\}$$
$$R_3 = \{t \mid (\exists u)(S(t) \wedge R(u) \wedge t[3] < u[2])\}$$
$$R_4 = \{t \mid (\forall u)(R(t) \wedge S(u) \wedge t[3] > u[1])\}$$
$$R_5 = \{t \mid (\exists u)(\exists v)(R(u) \wedge S(v) \wedge u[1] > v[2] \wedge t[1]$$
$$= u[2] \wedge t[2] = v[3] \wedge t[3] = u[1])\}$$

3.5.2　域关系演算

域关系演算以域变量作为谓词变元的基本对象。

1. 域演算表达式

域演算表达式是形为 $\{t_1 t_2 \cdots t_k \mid \phi(t_1 t_2 \cdots t_k)\}$ 的表达式。其中，t_1、t_2、$\cdots$、t_k 是域变量。

2. 3 类原子公式

(1) $R(t_1, t_2, \cdots, t_k)$。

其中，R 是关系名；t_1、t_2、$\cdots$、t_k 是域变量；$R(t_1, t_2, \cdots, t_k)$ 表示由分量 $t_1, t_2, \cdots, t_k$ 组成的元组属于关系 R。

(2) $t_i \theta u_j$。

其中，t_i 和 u_j 是域变量；θ 是比较运算符；$t_i \theta u_j$ 表示 t_i 和 u_j 满足比较关系 θ。

(3) $t_i \theta c$ 或者 $c \theta t_i$。

其中，t_i 是域变量；c 是常量；θ 是比较运算符；$t_i \theta c$ 或者 $c \theta t_i$ 表示 t_i 和 c 满足比较关系 θ。

3. 域演算举例

R			S	
A	B		A	B
1	2		1	4
3	4		2	3

(1) $R_1 = \{xy \mid R(xy) \vee S(xy)\}$

A	B
1	2
3	4
1	4
2	3

(2) $R_2 = \{xy \mid (\exists u)(\exists v)(R(xy) \wedge S(uv) \wedge x = u)\}$

A	B
1	2

(3) $R_3 = \{ yx \mid (\forall u)(\exists v)(R(xy) \land S(uv) \land y > u) \}$.

B	A
4	3

3.5.3　关系代数、元组演算、域演算的等价性

关系代数和关系演算所依据的理论基础是相同的,因此可以进行相互间的转换。

在讨论元组关系演算时,实际上就研究了关系代数中 5 种基本运算与元组关系演算间的相互转换;在讨论域关系演算时,实际上也涉及了关系代数与域关系演算间的相互转换,由此可以知道,关系代数、元组关系演算、域演算 3 类关系运算是可以相互转换的,它们对于数据操作的表达能力是等价的。结合安全性的考虑,经过进一步的分析,人们已经证明了如下重要结论:

(1) 每一个关系代数表达式都有一个等价的安全的元组演算表达式。

(2) 每一个安全的元组演算表达式都有一个等价的安全的域演算表达式。

(3) 每一个安全的域演算表达式都有一个等价的关系代数表达式。

按照上述 3 个结论,即得到关系代数、元组关系演算和域演算的等价性。

小结

关系模型由数据结构、关系操作集合、关系的完整性约束 3 部分构成。

关系运算理论是关系数据库查询语言的理论基础。只有掌握关系运算理论,才能深刻理解查询语言的本质和熟练使用查询语言。

关系可以定义为元组的集合,因此,关系在应用中可以看作是加了某些特定要求的二维"表格"。关系模型必须遵循 3 个完整性规则,即实体完整性规则、参照完整性规则和用户定义的完整性规则。

关系查询语言建立在关系运算基础之上。关系运算主要分为关系代数和关系演算两类。关系代数以集合论中代数运算为基础;关系演算以数理逻辑中谓词演算为基础。关系代数和关系演算都是简洁的形式化语言,是理论研究和实际应用有力工具。关系代数、安全的元组关系演算、安全的域关系演算在关系的表达和操作能力上是完全等价的。由于关系代数和关系演算语言具有程度不同的非过程性质,所以关系查询语言属于非过程性语言。

综合练习 3

一、填空题

1. 关系模型是建立在集合代数的基础上的,是由 _____ 、_____ 、_____ 3 部分构成的一个整体。

2. 关系模型基本的数据结构是 _____ 。

3. 关系运算分成 _____ 和 _____ 两类。

4. 数据库中数据必须满足_____、_____和用户定义的完整性共 3 类完整性规则。

5. 虽然关系从形式上看是一张二维表格,但是严格地说来,关系是一种_____了的二维表格。

6. _____ 可以认为是属性的有限集合,因而是型,关系是值。

7. 一个给定的应用领域中,所有实体及实体之间的联系的关系的集合构成一个_____。

二、选择题

1. 以下( )说法是正确的。

   A. n 目关系必有 n 个属性

   B. n 目关系可以有多于 n 个属性

   C. n 目关系可以有 n 个属性,也可有少于 n 目属性

   D. n 目关系可有任意多个属性

2. 范式(normal form)是指( )。

   A. 规范化的等式   B. 规范化的关系

   C. 规范化的数学表达式   D. 规范化的抽象表达式

3. 以下关于关系数据库中型和值的叙述,正确的是( )。

   A. 关系模式是值,关系是型

   B. 关系模式是型,关系的逻辑表达式是值

   C. 关系模式是型,关系是值

   D. 关系模式的逻辑表达式是型,关系是值

4. 被称为关系的两个不变性,应该由关系系统自动支持的是( )。

   A. 逻辑完整性和步骤完整性   B. 逻辑完整性和参照完整性

   C. 参照完整性和结构完整性   D. 实体完整性和参照完整性

5. 以下关于外键和相应的主键之间的关系,正确的是( )。

   A. 外键并不一定要与相应的主键同名

   B. 外键一定要与相应的主键同名

   C. 外键一定要与相应的主键同名而且唯一

   D. 外键一定要与相应的主键同名,但不一定唯一

6. 关系模型必须满足的完整性约束条件有( )。

   A. 实体完整性   B. 参照完整性   C. 结构完整性

   D. 步骤完整性   E. 逻辑完整性

7. 运算的 3 大要素是( )。(多选)

   A. 运算对象   B. 运算符   C. 运算结果

   D. 运算方法   E. 运算效率

8. 按谓词变元的不同,关系演算可分为( )。

   A. 逻辑关系演算   B. 元组关系演算   C. 数量关系演算

   D. 域关系演算   E. 常态关系演算

9. 以下关于元组关系演算中修改操作的叙述，正确的是( )。

 A. 修改主键的操作是允许的

 B. 如果需要修改关系中某个元组的主键值，应当修改主键中的主键属性

 C. 修改主键的操作是不允许的

 D. 如果需要修改关系中某个元组的主键值，只能先用删除操作删除该元组，再把具有新主键的元组插入到关系中

 E. 通过使用 UPDATE 语句，可以在一定范围内修改主键

10. 以下选项中，属于关系数据语言类别的有( )。

 A. 关系代数语言

 B. 关系演算语言

 C. 逻辑演算语言

 D. 具有关系代数和关系演算双重特点的语言

 E. 具有关系代数和逻辑演算双重特点的语言

三、问答题

1. 简述关系数据模型及其 3 要素。
2. 简述关系模型的规范性限制。
3. 简述关系模型建立的基本思想。
4. 试述数据库系统中对空值处理的限制。
5. 简述关系代数和关系演算的区别和关系。
6. 关系模型从哪几个方面描述才能显现关系的本质特征？
7. 简述关系数据库的定义和特征。
8. 列出现有关系数据语言的种类，并举出例子。
9. 简述实体完整性的基本规则。
10. 举一个完整性约束的例子。

四、实践题

1. 有关系如下，试求结果：

	R					S	
A	B	C	D			C	D
a_1	b_1	c_1	d_1			c_1	d_1
b_1	b_1	c_2	d_2			c_2	d_2
a_1	b_1	c_3	d_3				
a_2	b_2	c_1	d_1				
a_2	b_2	c_2	d_2				
a_3	b_3	c_1	d_1				

(1) $\prod_{C,D}(R) \cup S$。

(2) $\prod_{C,D}(R) - S$。

数据库理论与应用

(3) $\delta_{R.A=a2}(R)$。

(4) $R \underset{c}{\bowtie} S.c=(R.C=S.A) \wedge (R.D=S.D)$。

(5) $R \div \delta_{A=c1}(S)$。

(6) $\left(\prod_{A,B}(R) \times S\right) - R$。

(7) $R * \bowtie S$ （约束条件 $RC=SA, RD=SB$）。

2. 给定的表如下：

A	B	C	D
a_1	b_1	c_1	d_2
a_2	b_2	c_2	d_1
a_3	b_2	c_1	d_2
a_4	b_1	c_2	d_1

请找出所有的候选键，并列出任意一个超键，说明原因。

关系数据库标准语言——SQL

从第 3 章介绍的关系数据模型可以知道,要在关系模型中获取所需的数据,需经过选择、投影、连接等操作。对于普通用户来说,这样的查询过程未免过于复杂。于是非过程化语言应运而生,本章介绍的正是一种非过程化语言——SQL。

结构化查询语言(structured query language,SQL)是一种介于关系代数和元组演算之间的语言。它的通用性和功能性极强,对关系模型的发展和商用 DBMS 的研制起着重要的作用,目前已成为关系数据库的标准语言。

本章主要介绍 SQL 的核心部分内容:数据定义、数据查询、数据更新以及嵌入式 SQL 及 Microsofc 公司出品的数据库产品 SQL Server。

4.1 SQL 概述

1970 年,美国 IBM 研究中心的 E. F. Codd 连续发表多篇论文,提出关系模型。

1972 年,IBM 公司开始研制实验型关系数据库管理系统 SYSTEM R,配置的查询语言称为 SQUARE(specifying queries as relational expression)语言,该语言中使用了较多的数学符号。

1974 年,Boyce 和 Chamberlin 把 SQUARE 修改为 SEQUEL(structured english query language)语言。后来 SEQUEL 简称为 SQL,即"结构化查询语言",SQL 的发音仍为 sequel。

1979 年,Relational Software,Inc.(即如今的 Oracle 公司)发展了第一种以 SQL 实现的商业产品。

1986 年 10 月,美国国家标准局(ANSI)通过的数据库语言美国标准,接着国际标准化组织(ISO)颁布了 SQL 正式国际标准。

1989 年 4 月,ISO 提出了具有完整性特征的 SQL89 标准。

1992 年 11 月又公布了 SQL92 标准,在此标准中,将数据库分为 3 个级别:基本集、标准集和完全集。

　　各种不同的数据库对 SQL 语言的支持与标准存在着细微的不同,这是因为,有的产品的开发先于标准的公布,另外,各产品开发商为了达到特殊的性能或新的特性,需要对标准进行扩展。现在已有 100 多种遍布在从微机到大型机上的数据库产品 SQL,其中包括 DB2、SQL/DS、Oracle、INGRES、Sysbase、SQL Server、DBase Ⅳ、PARADOX、Microsoft Access 等,SQL 语言基本上独立于数据库本身、使用的机器、网络、操作系统,基于 SQL 的 DBMS 产品可以运行在从个人机、工作站到基于局域网、小型机和大型机的各种计算机系统上,具有良好的可移植性。

　　SQL 的核心主要有 4 个部分:

　　(1) 数据定义语言,即 SQL DDL,用于定义 SQL 模式、基本表、视图、索引等结构。

　　(2) 数据操纵语言,即 SQL DML。数据操纵分成数据查询和数据更新两类。其中数据更新又分成插入、删除和修改 3 种操作。

　　(3) 数据控制语言,即 SQL DCL,这一部分包括对基本表和视图的授权、完整性规则的描述、事务控制等内容。

　　(4) 嵌入式 SQL 语言的使用规定。这一部分内容涉及 SQL 语句嵌入在宿主语言程序中的规则。

　　SQL 具有如下一般特性。

1. 综合统一

　　(1) SQL 是一种一体化的语言,它包括了数据定义、数据查询、数据操纵和数据控制等方面的功能,它可以完成数据库活动中的全部工作,包括定义关系模式、录入数据以建立数据库、查询、更新、维护、数据库重构、数据库安全性控制等一系列操作要求,这就为数据库应用系统开发提供了良好的环境,例如用户在数据库投入运行后,还可根据需要随时逐步地修改模式,并不影响数据库的运行,从而使系统具有良好的可扩充性。

　　(2) 在关系模型中实体和实体间的联系均用关系表示,这种数据结构的单一性带来了数据操作符的统一,即对实体及实体间的联系的每一种操作(如查找、插入、删除、修改)都只需要一种操作符。

2. 高度非过程化

　　非关系数据模型的数据操纵语言是面向过程的语言,用其完成某项请求,必须指定存取路径。而 SQL 语言是一种高度非过程化的语言,它没有必要一步步地告诉计算机"如何"去做,而只需要描述清楚用户要"做什么",SQL 语言就可以将要求交给系统,自动完成全部工作。

　　因此一条 SQL 语句可以完成过程语言多条语句的功能,这不但大大减轻了用户负担,而且有利于提高数据独立性。

3. 面向集合的操作方式

　　非关系数据模型采用的是面向记录的操作方式,任何一个操作其对象都是一条记录。对于某项请求,用户必须说明完成请求的具体处理过程,即如何按照某条路径一条一条地把满足条件的记录读出来。

与此相反,SQL 语言采用集合操作方式,不仅查找结果可以是元组的集合,而且一次插入、删除、更新操作的对象也可以是元组的集合。

4. 以同一种语法结构提供两种使用方式

SQL 语言既是自含式语言,又是嵌入式语言,即 SQL 语言可以直接以命令方式交互使用,也可以嵌入到程序设计语言中以程序方式使用。作为自含式语言,它能够独立地用于联机交互的使用方式,用户可以在终端键盘上直接输入 SQL 命令对数据库进行操作;作为嵌入式语言,SQL 语句能够嵌入到高级语言(例如 VC、VB、Delphi、Java 或 FORTRAN)程序中,供程序员设计程序时使用。

这两种方式为用户提供了灵活的选择余地。而且在这两种不同的使用方式下,SQL 语言的语法结构基本上是一致的。

5. 语言简洁,易学易用

虽然 SQL 语言功能很强,但只有为数不多的几条命令,语言十分简洁。表 4-1 给出了分类的命令动词,另外 SQL 的语法也非常简单,它很接近自然语言(英语),因此很容易学习和掌握。

表 4-1　SQL 语言的动词

SQL 功能	动　　词	SQL 功能	动　　词
数据查询 DQ	SELECT	数据操纵 DM	INSERT、UPDATE、DELETE
数据定义 DD	CREATE、DROP、ALTER	数据控制 DC	GRANT、REVOKE

6. 支持关系数据库的 3 级模式结构

SQL 语言支持关系数据库的 3 级模式结构,其中,视图对应于外模式,基本表对应于概念模式,存储文件对应于内模式,如图 4-1 所示。

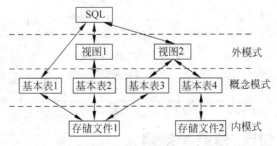

图 4-1　SQL 对关系数据库模式的支持

4.2　数据定义

关系数据库系统支持 3 级模式结构,模式、外模式、内模式对应的基本对象分别是表、视图、索引。因此,SQL 的数据定义功能提供了包括定义表、定义视图和定义索引 3 个功能。SQL 的数据定义语句如表 4-2 所示。

表 4-2　SQL 的数据定义语句

操作对象	操作方式		
	创　建	删　除	修　改
表	CREATE TABLE	DROP TABLE	ALTER TABLE
视图	CREATE VIEW	DROP VIEW	
索引	CREATE INDEX	DROP INDEX	

注意：视图是基本表的虚表，索引依附于基本表。

4.2.1　SQL 的基本数据类型

关系数据库支持非常丰富的数据类型，不同的数据库管理系统支持的数据类型基本是一样的，主要有数值型、字符串型、位串型和时间型等。表 4-3 列出了常用的数据类型。

表 4-3　SQL 支持的主要数据类型

数 据 类 型	说　　明
Int	4 字节整数类型
SmallInt	双字节整数类型
TinyInt	无符号单字节整数类型
Bit	二进制位类型
Decimal	数值类型(固定精度和小数位)
Numeric	同 Decimal
Float	双精度浮点数类型
Real	浮点数类型
Money	货币类型(精确到货币单位的千分之十)
SmallMoney	短货币类型(精确到货币单位的千分之十)
DateTime	日期时间类型
SmallDateTime	短日期时间类型
Char	字符(串)类型
Varchar	可变长度字符(串)类型
Text	文本类型
Binary	二进制类型
Varbinary	可变长二进制类型
Image	图像类型

4.2.2　基本表的创建、修改和撤销

1. 表的概念

在关系数据库中，表(table)是用来存储数据的二维数组，它有行(row)和列(column)。列也称为表属性或字段，表中的每一列拥有唯一的名字，每一列包含具体的数据类型，这个数据类型由列中的数据类型定义。

表在数据库中占有的物理空间可以是永久性的，也可以是暂时性的。

字段在关系型数据库中也叫列，是表的一部分，它被赋予特定的数据类型，用来表示表

中不同的项目。一个字段应根据将要输入到此列中的数据的类型来命名。各列可以确定为
NULL 或 NOT NULL,意思是如果某列是 NOT NULL,就必须要输入一些信息;如果某
列被确定为 NULL,可以不输入任何信息。

每个数据库的表都必须包含至少一列,列是表中保存各类类型数据的元素。例如在客
户表中有效的列可以是客户的姓名。

通常情况下,名称必须是连续的字符串。一个对象名是一个连续的字符串,它的字符数
由它使用的 SQL 实施方案所限制。若字符之间要有间隔时,则需使用下划线来实现字符的
分隔。

在给对象和其他数据库元素命名时,一定要小心检查实施方案的命名规则。

行就是数据库表中的一个记录。例如,职工表中的一行数据可能包括特定职工的个人
信息,如身份证号、姓名、所在部门和职业等。一行是由表中包含数据的一条记录中的字段
组成。一张表至少包含一行数据,也可以包含成千上万的数据行,也就是记录。

2. 建立数据表

在 SQL 语言中是用 CREATE TABLE 语句在数据库中创建表的,虽然创建表的工作
由 CREATE TABLE 一条命令就可完成,但是在 CREATE TABLE 命令真正执行以前,需
要花费大量的时间和精力来组织表的结构。

1)定义数据结构

数据是存储在数据库中的信息集合,它能以任何形式存储,可以操纵和改变。大多数数
据库在其生存期并不是一成不变的。

在存储数据时决定采用何种数据类型以及长度、范围和精度,都必须仔细考虑不久的将
来和遥远的未来的使用需求。商业规则和最终用户的访问数据的方式是决定数据类型的其
他因素。用户应该了解数据本身的属性和数据在数据库中的关系来确定一个合适的数据
类型。

2)命名约定

当为数据选择名称,特别是表和列时,名称应该反映出所存储的数据信息的性质。例如
包含职工信息的表应该被命名为 EMPLOYEE,列的命名也应该遵从同样的逻辑。用于存
储职工姓名的列,命名为 EMP_NAME 将是一个较好的选择。

3)CREATE TABLE 语句

创建表的基本语法如下:

```
CREATE TABLE<表名>(<列名><数据类型>[列完整性的约束条件]
[,   <列名><数据类型>[列完整性的约束条件]]…)
[,   <表级完整性的约束条件>];
```

其中<表名>是所要定义的基本表的名称,基本表可以由一个或多个属性(列)组成,同时还
可以定义与该表有关的完整性约束条件,当用户操作表中的数据时,由数据库管理系统自动
检查操作是否违背这些完整性约束条件。如果完整性约束条件涉及该表的多个属性列,则
必须定义在表级上,否则,可以定义在列级上。

约束条件主要有以下几种类型。

NOT NULL——这个约束条件要求列中不能有 NULL 值。

数据库理论与应用

CHECK——为列指定能拥有的值的集合后,检查约束条件。列中任何在定义之外的数据都为无效数据。有效值集合称为列的域。

PRIMARY KEY——主关键字是列或列组合,它用来唯一标识一行。

FOREIGN KEY——用来定义两个表之间的父子关系。如果一个关键字既是一个表的主关键字的一部分,同时又是另一个表的主关键字,则称它为外来关键字。外来关键字用来定义数据的引用完整性。

UNIQUE——唯一性约束条件是指无任何两行在列中有相同的 NOT-NULL 值。

此外,当主表中被引用主属性删除时,为保证完整性,可以采用 CASCADE 方式或者 RESTRICT 方式。CASCADE 方式表示:在基本表中删除某列时,所有引用到该列的视图和约束也要一起自动地被删除。而 RESTRICT 方式表示在没有视图或约束引用该属性时,才能在基本表中删除该列,否则拒绝删除操作。

下面举一个具体例子。

【例 4-1】 建立一个"职工"表,它由职工号 Emp_id、姓名 Emp_name、性别 Emp_sex、年龄 Emp_age 和所在部门 Emp_dept 5 个属性组成,其中,职工号和姓名不能为空,职工号的值是唯一的,职工年龄在 18~60 岁之间。所用语句如下:

```
CREATE TABLE employee(
Emp_id CHAR(5) NOT NULL UNIQUE,
Emp_name CHAR(20) NOT NULL,
Emp_sex CHAR(1),
Emp_age INT,
Emp_dept CHAR(15),
PRIMARY KEY(Emp_id),
CHECK Emp_age BETWEEN 18 AND 60),
);
```

此职工表由 5 列组成。使用了下划线字符来使列的名字断开,使它们看上去是分隔开来的单词。每一列都分配了特定的数据类型和长度。通过 NULL 和 NOT NULL 的限制,可以确定哪些列必须为每一行数据都输入值。由于职工号和姓名不能为 NULL,所以 Emp_id 和 Emp_name 都被定义成 NOT NULL,表示此列不允许 NULL 值。同时,把 Emp_id 设为主键。CHECK 语句保证了职工年龄在 18~60 岁之间。每一列的信息都要逗号隔开,用括号将所有的列都括起来。分号是作为声明的结尾符,大多数 SQL 实施方案在向数据库服务器提交的时候都用一些字符来终止一条语句或子句。Oracle 用分号,Transact-SQL 使用 GO 语句。

3. 修改数据表

有时候需要根据实际需要对数据表的结构进行修改,这时就要用到 SQL 的 ALTER 语句。

一般格式如下:

```
ALTER TABLE<表名>
    ADD<列名><数据类型>[<列级完整性约束>]|
    DROP CONSTRAINT<完整性约束名>|
    DROP COLUMN<列名>|
    ALTER COLUMN<列名><数据类型>[<列级完整性约束>];
```

其中,<表名>是要更改的表的名字,ADD子句用于增加新的列以及新的完整性约束条件,DROP CONSTRAINT子句用于取消完整性约束条件,DROP COLUMN子句用于删除原有的列,ALTER COLUMN子句用于更改原有的列名和数据类型。

【例4-2】 向Student表增加"入学时间"列,其数据类型为日期型。

```
ALTER TABLE Student ADD Scome DATE;
```

注意:不论基本表中原来是否已有数据,新增加的列一律为空值。

【例4-3】 删除学生姓名必须取唯一值的约束。

```
ALTER TABLE Student DROP CONSTRAINT UNIQUE(Sname);
```

【例4-4】 移除Student表中原有的Address字段。

```
ALTER TABLE Student DROP COLUMN Address;
```

注意:有些系统的ALTER TABLE命令不允许删除属性,如果必须要删除属性,一般步骤是:先将旧表中的数据备份,然后删除旧表,并建立新表,最后将原来的数据恢复到新表中。

【例4-5】 把Student表的学生年龄Sa的数据类型改为小整数。

```
ALTER TABLE Student ALTER COLUMN Sa SMALLINT;
```

注意:修改原有的列定义有可能会破坏已有数据,例如由于字长不足导致数据溢出。

4. 撤销数据表

SQL使用DROP TABLE语句撤销数据表,一般格式如下:

```
DROP TABLE<表名>;
```

【例4-6】 删除Student表。

```
DROP TABLE Student;
```

注意:删除基本表后表中的数据以及在此表上建立的索引都将自动删除,而建立在此表上的视图仍然保留在数据字典中,但用户使用视图时会出错。

4.2.3 索引的创建和撤销

1. 创建索引

有时候DBA或者表的属主(即建立表的人)会根据需要建立索引,这样做的主要目的是为了加快查询速度。

用SQL建立索引的一般格式为:

```
CREATE [UNIQUE][CLUSTER] INDEX<索引名>
ON<表名>(<列名>[<次序>][,<列名>[<次序>]]...);
```

说明:

<表名>用于指定要建索引的基本表名字。

索引可以建立在该表的一列或多列上,各列名之间用逗号分隔。

＜次序＞用于指定索引值的排列次序,升序为 ASC,降序为 DESC,默认值为 ASC。

UNIQUE 表示此索引的每一个索引值只对应唯一的数据记录,即不允许存在索引值相同的两个元组。对于已含重复值的属性列不能建 UNIQUE 索引。对某个列建立 UNIQUE 索引后,插入新记录时 DBMS 会自动检查新记录在该列上是否取了重复值。这相当于增加了一个 UNIQUE 约束。

CLUSTER 表示要建立的索引是聚簇索引。所谓聚簇索引,是指索引项的顺序与表中记录的物理顺序一致的索引组织。用户可以在最常查询的列上建立聚簇索引以提高查询效率。显然在一个基本表上最多只能建立一个聚簇索引。如果在创建表时已经指定了主关键字,则不可以再创建聚簇索引。建立聚簇索引后,更新索引列数据时,往往导致表中记录的物理顺序的变更,代价较大,因此对于经常更新的列不宜建立聚簇索引。

如果没有指定 UNIQUE 或 CLUSTERED 等将建立普通索引。

【例 4-7】 为学生-课程数据库中的 Student、Course、SC 3 个表建立索引。其中 Student 表按学号升序建唯一索引,Course 表按课程号升序建唯一索引,SC 表按学号升序和课程号降序建唯一索引。

```
CREATE UNIQUE INDEX Stusno ON Student(Sno);
CREATE UNIQUE INDEX Coucno ON Course(Cno);
CREATE UNIQUE INDEX SCno ON SC(Sno ASC,Cno DESC);
```

索引一经建立,就由系统使用和维护它,不需用户干预。当对数据表进行查询时,若查询中涉及到索引字段时,系统会自动选择合适的索引,大大提高查询速度。当对数据表中的数据增加、修改、删除时,系统也会自动维护索引,需要花费一些时间。故建立多少索引,需要权衡后处理,在同一个表上不应该建立太多的索引(一般是 2～3 个)。除了为数据的完整性而建立的唯一索引外,建议在表较大时再建立普通索引,表中的数据越多,索引的优越性才越明显。

2. 撤销索引

当索引不需要时,可以用 DROP INDEX 语句撤销,其格式如下:

```
DROP  INDEX  <索引名>;
```

删除索引时,系统会从数据字典中删去有关该索引的描述。

【例 4-8】 删除 Student 表的 Stusname 索引。

```
DROP INDEX Stusname;
```

注意:在 SQL Server 中在索引名前还应加上"表名.",此时例 4-8 应改为:

```
DROP INDEX Student.Stusname;
```

4.3　数据查询

数据查询是 SQL 最基本、最重要的核心部分。SQL 提供的用于数据查询语句具有灵活的使用方式和强大的检索功能。本节将对这部分内容进行学习。

4.3.1　SQL 的查询语句

SQL 查询语句的一般格式为：

```
SELECT [ALL|DISTINCT]<目标列表达式>[,<目标列表达式>]…
FROM<表名或视图名>[,<表名或视图名>]…
[WHERE<条件表达式>]
[GROUP BY<列名 1>[HAVING<条件表达式>]]
[ORDER BY<列名 2>[ASC|DESC]];
```

从上面可看出，SQL 的查询语句分为 SELECT 子句、FROM 子句、WHERE 子句、GROUP BY 子句和 ORDER BY 子句。

SELECT 子句指明需要查询的项目。一般指列名，也可以是表达式。利用表达式，可以查询表中并未存储但可导出的结果。为了构造表达式，SQL 提供了加（＋）、减（－）、乘（＊）、除（/）4 种运算符和后面将要介绍的几种函数，若以星号（＊）代替列名，则表示查询表的所有列。FROM 子句指明被查询的表或视图名。如果需要，也可以为表和视图取一个别名，这种别名只在本句中有效。SELECT 和 FROM 子句是每个 SQL 查询语句所必需的，其他子句是可选的。

WHERE 子句说明查询的条件。满足条件的查询结果可能不止一个，在 SELECT 子句中有 DISTINCT 任选项。加了这个任选项，则要求消除查询结果中的重复项。而 ALL 则表明不去掉重复元组，默认选 ALL。SELECT、FROM 和 WHERE 3 个子句构成最常用的、最基本的 SQL 查询语句。

在 WHERE 子句中，可以用于查询条件的运算符非常丰富，表 4-4 列出了常用的运算符。

表 4-4　WHERE 子句中条件表达式中可以使用的运算符

查 询 方 式	运 算 符
比较	=、>=、<、<=、!=、<>、! >、! <
确定范围	BETWEEN AND、NOT BETWEEN AND
确定集合	IN、NOT IN
字符匹配	LIKE、NOT LIKE
控制	IS NULL、IS NOT NULL
否定	NOT
多重条件	AND、OR

如果有 GROUP 子句，则将结果按<列名 1>的值进行分组，该属性列值相等的元组为一个组，每个组产生结果表中的一条记录。通常会在每组中使用集函数。如果 GROUP 子句带 HAVING 短语，则只有满足指定条件的组才予输出。

如果有 ORDER 子句，则结果表还要按<列名 2>的值的升序或降序排序。

设有学生-课程数据库如下：

学生表为 Student（Sno，Sname，Ssex，Sage，Sdept），课程表为 Course（Cno，Cname，Ccredit，Tn），学生选课表为 SC（Sno，Cno，Grade）。

其中 Sno 表示学号，Sname 表示姓名，Ssex 表示性别，Sage 表示年龄，Sdept 表示系别，Cno

表示课程号,Cname 表示课程名称,Ccredit 表示学分,Tn 表示任课教师,Grade 表示分数。

下面将利用这个关系数据库举例逐步说明 SQL 查询语句的使用方法。

4.3.2 单表查询

所谓单表查询是指查询仅涉及一个表,这是一种最简单的查询操作。

1. 选择表中的若干列

1) 查询指定列

【例 4-9】 查询全体学生的学号与姓名。

```
SELECT Sno,Sname
FROM Student;
```

【例 4-10】 查询全体学生的姓名、学号、所在系。

```
SELECT Sname,Sno,Sdept
FROM Student;
```

说明:可以重新指定查询结果列名的显示,但不会改变数据表的列名。如例 4-10 可以改写为:

```
SELECT Sname AS 姓名,Sno AS 学号,Sdept AS 所在系
FROM Student;
```

这样在显示的表中的列名就改成了"姓名"、"学号"和"所在系",而不再是 Sname、Sno 和 Sdept,这样做的好处是使得得到的表项有更清楚的意义,而且这样做并不会改变数据库中数据表的列名。

2) 查询全部列

【例 4-11】 查询全体学生的详细记录。

```
SELECT *
FROM Student;
```

说明:"*"代表全部列。显示结果的顺序与基本表中顺序一致;如果需要改变列的显示顺序,可以用自己指定的方式,例如:

```
SELECT Sname,Sno,Ssex,Sage,Sdept
FROM Student;
```

3) 查询经过计算的列

这种查询方式是指 SELECT 子句的<目标列表达式>为表达式,可以是算术表达式、字符串常量、函数和列别名等。

【例 4-12】 查询全体学生的姓名及其出生年份。

```
SELECT Sname,2004 - Sage
FROM Student;
```

说明:这里的 2004-Sage 不是列名,而是一个算术表达式,表示用当前年份减去年龄从

而得到学生的出生年份。在 Microsoft SQL Sever 中,可以用它自带的函数得到当前年份,于是查询语句可以写成:

```
SELECT Sname,YEAR(GETDATE()) - Sage
FROM Student;
```

其中,GETDATE()用于得到系统的当前日期,YEAR()用于得到指定日期的年号。

【例 4-13】　查询全体学生的姓名、出生年份和所有系,要求用小写字母表示所有系名。

```
SELECT Sname,'Year of Birth: ',YEAR(GETDATE()) - Sage,LOWER(Sdept)
FROM Student;
```

说明:函数 LOWER()用于得到指定字符串的小写形式。

2. 选择表中的若干元组

1) 取消重复元组

【例 4-14】　查询选修了课程的学生学号。

```
SELECT DISTINCT Sno
FROM SC;
```

说明:由于一个学生可能选多于一门的课程,如果不加 DISTINCT 限制,默认是使用 ALL 选项的,这就使得选课多于一门的学生学号会重复出现。而使用 DISTINCT 短语后,可以让相同的元组只显示一个,这样就不会有重复学号出现。

【例 4-15】　查询选修课程的各种成绩。

```
SELECT DISTINCT Cno,Grade
FROM SC;
```

说明:DISTINCT 短语的作用范围是所有目标列,写成:

```
SELECT DISTINCT Cno,DISTINCT Grade
FROM SC;
```

是错误的。

2) 查询满足条件的元组

查询满足指定条件的元组可以通过 WHERE 子句实现。

(1) 比较大小。

在 WHERE 子句的<条件表达式>中使用比较运算符从而对大小进行比较。

【例 4-16】　查询所有年龄在 20 岁以下的学生姓名及其年龄。

```
SELECT Sname,Sage
FROM    Student
WHERE Sage<20;
```

或

```
SELECT Sname,Sage
FROM    Student
WHERE NOT Sage>= 20;
```

数据库理论与应用

【例 4-17】 查询计算机系全体学生的名单。

```
SELECT Sname
FROM    Student
WHERE Sdept = 'CS';
```

【例 4-18】 查询考试成绩有不及格的学生的学号。

```
SELECT DISTINCT Sno
FROM    SC
WHERE Grade＜60;
```

说明：DISTINCT 短语是考虑到当一个学生有多门课不及格时，只显示一个学号。

（2）确定范围。

在 WHERE 子句的＜条件表达式＞中使用

```
BETWEEN … AND …
NOT BETWEEN … AND …
```

来确定范围。

【例 4-19】 查询年龄在 18～20 岁之间的学生的姓名、系别和年龄。

```
SELECT Sname,Sdept,Sage
FROM Student
WHERE Sage BETWEEN 18 AND 20;
```

【例 4-20】 查询年龄不在 18～20 岁之间的学生的姓名、系别和年龄。

```
SELECT Sname,Sdept,Sage
FROM Student
WHERE Sage NOT BETWEEN 18 AND 20;
```

（3）确定集合。

我们可以使用谓词 IN 来查找属性值属于指定集合的元组。

【例 4-21】 查询数学系（MA）和计算机科学系（CS）学生的姓名和性别。

```
SELECT Sname,Ssex
FROM Student
WHERE Sdept IN('MA','CS');
```

【例 4-22】 查询既不是数学系也不是计算机科学系的学生的姓名和性别。

```
SELECT Sname,Ssex
FROM Student
WHERE Sdept NOT IN('MA','CS');
```

（4）字符（串）匹配。

谓词 LIKE 用来进行全部或部分字符串匹配。在进行部分字符串匹配时要用通配符"％"和"_"。其中，"％"匹配零个或多个字符，"_"匹配单个字符。此外，当 LIKE 之后的匹配串为固定匹配串（即不含通配符）时，可以用"＝"运算符代替 LIKE 谓词，用"＜＞"或"！＝"代替 NOT LIKE 谓词。

查询时使用 LIKE 和通配符，可以实现模糊查询。

【例 4-23】　查询学号为 841053 的学生的详细情况。

```
SELECT  *
FROM   Student
WHERE   Sno LIKE '841053';
```

或

```
SELECT   *
FROM   Student
WHERE Sno = '841053';
```

【例 4-24】　查询所有姓江学生的姓名、学号和性别。

```
SELECT Sname,Sno,Ssex
FROM Student
WHERE   Sname LIKE '江 % ';
```

【例 4-25】　查询所有姓江且名字只有一个字的学生的姓名。

```
SELECT Sname
FROM Student
WHERE   Sname LIKE '江_ _';
```

说明：一个汉字占 2 个字符位置，故在"江"后面跟两个"_"。从例 4-24 和例 4-25 中读者可以体会出匹配符"％"和"_"的区别。

下面举一个两个通配符一起用的例子。

【例 4-26】　查询姓名以 A 开头，且第 3 个字符为 B 的学生的姓名。

```
SELECT Sname
FROM Student
WHERE Sname LIKE 'A_B% ';
```

【例 4-27】　查询所有不姓江的学生姓名。

```
SELECT Sname
FROM Student
WHERE Sname NOT LIKE '江 % ';
```

有时候可能会出现要查询的字符串中有通配符存在的情形，例如数据库设计这门课 DB_Design，这时就需要使用 ESCAPE '<换码字符>' 短语对通配符进行转义。

【例 4-28】　查询 DB_Design 课程的课程号和学分。

```
SELECT Cno,Ccredit
FROM Course
WHERE(Cname LIKE 'DB\_ Design'ESCAPE '\');
```

说明：通过 ESCAPE 指定"\"字符是一个转义字符。

【例 4-29】　查询以"DB_"开头，且倒数第 2 个字符为 i 的课程的详细情况。

```
SELECT    *
FROM   Course
WHERE(Cname LIKE 'DB\_ % _i_'ESCAPE '\');
```

（5）涉及空值的查询。

当查询涉及到空值时，就要使用谓词 IS NULL 或 IS NOT NULL，注意 IS NULL 不能用"＝NULL"来代替。

【例 4-30】 查询选修了课程但没有成绩的学生学号和课程号。

```
SELECT Sno,Cno
FROM SC
WHERE Grade IS NULL;
```

【例 4-31】 查询所有有成绩的学生学号和课程号。

```
SELECT Sno,Cno
FROM  SC
WHERE  Grade IS NOT NULL;
```

（6）多重条件查询。

当查询的条件不止一个时，可以使用逻辑运算符 AND 和 OR 来联结多个查询条件。AND 的优先级高于 OR，但用户可以使用括号改变优先级。

【例 4-32】 查询计算机系年龄在 20 岁以下的学生姓名。

```
SELECT Sname
FROM  Student
WHERE Sdept = 'CS' AND Sage＜20;
```

3. 对查询结果排序

如果没有指定查询结果的显示顺序，DBMS 将按其最方便的顺序（通常是元组在数据表中的先后顺序）输出查询结果。当然，用户也可以用 ORDER BY 子句指定按照一个或多个属性列的升序（ASC）或降序（DESC）重新排列查询结果，其中升序 ASC 为默认值。

【例 4-33】 查询计算机系（CS）所有学生的名单并按学号升序显示。

```
SELECT Sname,Sno
FROM Student
WHERE Sdept = 'CS'
ORDER BY Sno ASC;
```

【例 4-34】 查询全体学生情况，查询结果按所在系升序排列，对同一系中的学生按年龄降序排列。

```
SELECT  *
FROM  Student
ORDER BY Sdept,Sage DESC;
```

说明：这里 Sdept 后面省略了 ASC（默认值），因而 Sdept 是按升序排列（字典排序）的。对于空值，如果是按升序排列，则含空值的元组最后显示；如果是降序排列，则含空值的元组最先显示。

4. 使用聚集函数

SQL 提供了许多聚集函数，它们能对集合中的元素做一些常用的统计。

COUNT(*)：计算元组的个数。

COUNT(列名)：对一列中的值计算个数。

SUM(列名)：求某一列值的总和(此列的值必须是数值型)。

AVG(列名)：求某一列值的平均值(此列的值必须是数值型)。

MAX(列名)：求某一列值的最大值。

MIN(列名)：求某一列值的最小值。

【例 4-35】 查询学生总人数。

```
SELECT COUNT( * )
FROM  Student;
```

【例 4-36】 查询选修了课程的学生人数。

```
SELECT COUNT(DISTINCT Sno)
FROM SC;
```

说明：这里使用 DISTINCT 是为了避免重复计算学生人数。

【例 4-37】 给出学生 S1 所修读课程的平均成绩。

```
SELECT AVG(Grade)
FROM SC
WHERE Sno = 'S1';
```

【例 4-38】 查询选修 1 号课程的学生最高分数。

```
SELECT MAX(Grade)
FROM SC
WHER Cno = ' 1 ';
```

5. 对查询结果分组

GROUP BY 子句可以将查询结果表的各行按一列或多列值分组,值相等的为一组。同时,还可以使用 HAVING 短语设置逻辑条件。

对查询结果分组的目的是为了细化集函数的作用对象。如果未对查询结果分组,则集函数将作用于整个查询结果,即整个查询结果只有一个函数值。分组后,集函数将作用于每一个组,即每一组都有一个函数值。

【例 4-39】 查询每个学生的平均成绩。

```
SELECT Sno,AVG(Grade)
FROM SC
GROUP BY Sno;
```

说明：GROUP BY 子句的作用对象是查询的中间结果表,因此上面语句的执行步骤是,先将课程按照相同的 Sno 进行分组,再将用聚集函数 AVG 对每组中的成绩 Grade 求平均值。还有一点要注意的是,使用 GROUP BY 子句后,SELECT 子句的列名列表中只能出现分组属性和聚集函数。

【例 4-40】 查询选修了 3 门以上课程的学生学号。

```
SELECT Sno
```

数据库理论与应用

```
FROM  SC
GROUP BY Sno
HAVING  COUNT( * )>3;
```

说明：先用 GROUP BY 子句按 Sno 分组，再用聚集函数 COUNT 对每一组计数。HAVING 短语指定选择组的条件，只有满足条件(即元组个数>3，表示此学生选修的课超过 3 门)的组才会被选出来。

WHERE 子句与 HAVING 短语的区别在于作用对象不同。WHERE 子句作用于基本表或视图，从中选择满足条件的元组。HAVING 短语作用于组，从中选择满足条件的组。

【例 4-41】 查询所有课程(不包括课程 C1)都及格的所有学生的总分平均成绩，结果按总分平均值降序排列。

```
SELECT Sno,AVG(Grade)
FROM SC
WHERE Cno<>'C1'
GROUP BY Sno
HAVING MIN(Grade)>= 60
ORDER BY AVG(Grade) DESC;
```

4.3.3 连接查询

若一个查询同时涉及两个以上的表，则称之为连接查询。连接查询主要包括等值连接、非等值连接查询、自身连接查询、外连接查询以及复合条件连接查询。连接查询是关系数据库中最主要的查询。连接查询中用来连接两个表的条件称为连接条件或连接谓词，其一般格式为：

[<表名 1>.]<列名 1><比较运算符>[<表名 2>.]<列名 2>

其中比较运算符主要有=、>、<、>=、<=、!=。

此外连接谓词还可以使用下面形式：

[<表名 1>.]<列名 1>BETWEEN [<表名 2>.]<列名 2>AND [<表名 3>.]<列名 3>

连接操作的过程是：

(1) 首先在表 1 中找到第一个元组，然后对表 2 中的每一个元组从头开始顺序扫描或按索引扫描，查找满足连接条件的元组，每找到一个元组，就将表 1 中的第一个元组与该元组拼接起来，形成结果表中一个元组；直到对表 2 中全部元组扫描完毕。

(2) 再到表 1 中找第二个元组，然后再对表 2 中的每一个元组从头开始顺序扫描或按索引扫描，查找满足连接条件的元组，每找到一个元组，就将表 1 中的第二个元组与该元组拼接起来，形成结果表中一个元组；直到对表 2 中全部元组扫描完毕。

(3) 重复上述操作，直到表 1 的全部元组都处理完毕为止。

1. 等值与非等值连接

在连接查询中，当连接运算符为"="时，称为等值连接，否则称为非等值连接。

【例 4-42】 查询每个学生及其选修课程的情况。

```
SELECT  Student. * ,SC. *
```

```
FROM     Student,SC
WHERE    Student.Sno = SC.Sno;
```

或

```
SELECT Student.*,SC.*
FROM   Student  INNER  JOIN  SC  ON  Student.Sno = SC.Sno;
```

说明：INNER JOIN 表示内连接。在这种连接下，得到的结果表中将会有两列都是 Sno，即这种连接并没有把重复的属性列消除，因此这种连接实际使用不是很多。

等值连接有一种特殊情况，就是把目标列中重复的属性列去掉，这种特殊的等值连接称为自然连接。

【例 4-43】 对例 4-42 用自然连接完成。

```
SELECT   Student.Sno,Sname,Ssex,Sage,Sdept,Cno,Grade
    FROM     Student,SC
    WHERE    Student.Sno = SC.Sno;
```

说明：与例 4-42 不同的是，现在的连接结果就只有一列 Sno 了，消除了重复。此外，由本例可以看到，由于 Sname、Ssex、Sage 和 Sdept 是 Student 专有的，而 SC 上没有这些属性，因此可以在这些属性前面省略 Student；同理，在 Cno 和 Grade 前面省略了 SC。这就是说，如果属性列在两个表中是唯一的，则可以省略表名前缀。

2. 自身连接

一个表与其自己进行连接，称为表的自身连接。这种关系中的一些元组根据出自同一值域的两个不同的属性，可以与另外一些元组有一种对应关系（一对多的联系）。为了实现自身连接需要将一个关系看作两个逻辑关系，为此需要给关系指定别名。由于所有属性名都是同名属性，因此必须使用别名前缀。

【例 4-44】 查询至少修读学号为 841053 的学生所修读的一门课的学生学号。

```
SELECT SC1.Sno
FROM SC AS SC1,SC AS SC2
WHERE SC1.Cno = SC2.Cno AND SC2.Sno = 841053;
```

说明：由于表 SC 在语句的同一层出现两次，为了加以区别，引入了别名 SC1 和 SC2。在本查询中，从 WHERE 子句可以看到 SC2.Cno 是指学号为 841053 的学生所修读的课程，因而得到的 SC1.Sno 就是与该学生修读课程有一门或以上相同的学生的学号。此外，保留字 AS 在语句中是可以省略的，即可以直接写成 SC SC1,SC SC2。

3. 外连接

在通常的连接操作中，只有满足连接条件的元组才能作为结果输出。有时想以 Student 表为主体列出每个学生的基本情况及其选课情况，若某个学生没有选课，则只输出其基本情况信息，其选课信息为空值即可，这时就需要使用外连接（Outer Join）。外连接的表示方法为在表名后面加外连接操作符（*），具体见例 4-45。另外要说明的是，外连接的运算符在不同的 DBMS 实现的方式不一样。在 SQL Server 中采用了 LEFT JOIN 或

数据库理论与应用

RIGHT JOIN 短语。

【例 4-45】 查询每个学生及其选修课程的情况（即使没有选课也列出该学生的基本情况）。

```
SELECT    Student.Sno,Sname,Ssex,Sage,Sdept,Cno,Grade
FROM      Student,SC
WHERE     Student.Sno = SC.Sno( * );
```

在 SQL Server 中就应该写成：

```
SELECT    Student.Sno,Sname,Ssex,Sage,Sdept,Cno,Grade
FROM      Student LEFT JOIN SC ON Student.Sno = SC.Sno;
```

说明：外连接可以看作是在有符号 * 的非主体表（本例中的 SC 表）添加一个"通用"的虚行，这个行全部由空值组成，它可以和主体表（本例中的 Student 表）中所有不满足连接条件的元组进行连接。由于虚行各列全部是空值，因此在与虚行连接的结果中，来自非主体表的属性值全部是空值。

4. 复合条件连接

上面各个连接查询中，WHERE 子句中只有一个条件，即用于连接两个表的谓词。WHERE 子句中有多个条件的连接操作，称为复合条件连接。

【例 4-46】 查询选修 1 号课程且成绩在 90 分以上的所有学生的学号、姓名。

```
SELECT Student.Sno,Sname
FROM Student,SC
WHERE Student.Sno = SC.Sno AND Cno = '1' AND Grade>90;
```

4.3.4 嵌套查询

在 SQL 语言中，一个 SELECT-FROM-WHERE 语句称为一个查询块。将一个查询块嵌套在另一个查询块的 WHERE 子句或 HAVING 短语的条件中的查询称为嵌套查询或子查询。上层的查询块又称为外层查询或父查询或主查询，下层查询块又称为内层查询或子查询。SQL 语言允许多层嵌套查询，即一个子查询中还可以嵌套其他子查询。需要特别指出的是，子查询的 SELECT 语句中不能使用 ORDER BY 子句，ORDER BY 子句永远只能对最终查询结果排序。

嵌套查询的求解方法是由里向外处理。即每个子查询在其上一级查询处理之前求解，子查询的结果用于建立其父查询的查找条件。

嵌套查询使得可以用一系列简单查询构成复杂的查询，从而明显地增强了 SQL 的查询能力。对于多表查询来说，嵌套查询的执行效率比连接查询的笛卡儿乘积效率要高。以嵌套的方式来构造程序正是 SQL 中"结构化"的含义所在。

1. 带有 IN 谓词的子查询

带有 IN 谓词的子查询是指父查询与子查询之间用 IN 进行连接，判断某个属性列值是否在子查询的结果中。

由于在嵌套查询中,子查询的结果往往是一个集合,所以谓词 IN 是嵌套查询中最经常使用的谓词。

另外,如果子查询结果中只有一个元组,则可以用比较运算符"＝"代替 IN。

【例 4-47】　查询与"刘振"在同一个系学习的学生。

```
SELECT *
    FROM Student
    WHERE Sdept  IN
            (SELECT Sdept
            FROM Student
            WHERE Sname = ' 刘振 ');
```

说明:本查询分两步进行,首先由子查询得到刘振的系别,接着再由父查询得到与刘振同系的学生资料。在这里,如果刘振只属于一个系,则可以用"＝"代替 IN。

2. 带有比较运算符的子查询

带有比较运算符的子查询是指父查询与子查询之间用比较运算符进行连接。当用户能确切知道内层查询返回的是单值时,可以用＞、＜、＝、＞＝、＜＝、!＝或＜＞等比较运算符。

【例 4-48】　查询年龄比"刘振"大的学生的学号和姓名。

```
SELECT Sno,Sname
    FROM Student
    WHERE Sage  ＞
        (SELECT Sage
        FROM Student
        WHERE Sname = ' 刘振 ');
```

3. 带有 ANY 或 ALL 谓词的子查询

使用 ANY 或 ALL 谓词时则必须同时使用比较运算符。ANY 表示任意一个值,ALL 表示全部值。

【例 4-49】　查询非 CS 系的学生名单,并且这些学生必须满足这个条件:在 CS 系中有学生的年龄比这些学生大。

```
SELECT Sname,Sage
    FROM Student
    WHERE Sdept＜＞'CS'AND
    Sage＜ANY(SELECT Sage
            FROM    Student
            WHERE Sdept = 'CS');
```

或

```
SELECT Sname,Sage
    FROM Student
    WHERE Sdept＜＞'CS' AND
    Sage＜(SELECT MAX(Sage)
            FROM Student
            WHERE Sdept = 'CS ');
```

数据库理论与应用

说明：这里 ANY 表示从 CS 系中一个接一个地取出年龄并与其他系的某一年龄比较，如果取出的年龄比其他系的年龄大，那么可知这个其他系的年龄是满足条件的，应显示出来；否则应舍去。接着继续取出下一个其他系年龄执行上面的比较，直到取完所有其他系的年龄为止。换句话说，这道例题的本质就是查询其他系中年龄比 CS 系学生最大年龄小的学生名单，因此有上面的第二种写法。

【例 4-50】 查询其他系中比 CS 系所有学生年龄小的学生名单。

```
SELECT Sname,Sage
    FROM Student
    WHERE Sage<ALL(SELECT Sage
                FROM Student
                WHERE Sdept = 'CS ')
        AND Sdept<>'CS ';
```

或

```
SELECT Sname,Sage
    FROM Student
    WHERE Sage<(SELECT MIN(Sage)
                FROM Student
                WHERE Sdept = 'IS ')
        AND Sdept<>' IS ';
```

说明：在例 4-49 和例 4-50 中，分别使用了（ANY、ALL）谓词和集函数（MAX、MIN）两种方式，事实上使用聚集函数的效率比使用 ANY 或 ALL 谓词的效率高。其对应关系如表 4-5 所示。

表 4-5　ANY、ALL 与 IN、MAX、MIN 的对应关系

	=	<>或!=	<	<=	>	>=
ANY	IN		<MAX	<=MAX	>MIN	>=MIN
ALL		NOT IN	<MIN	<=MIN	>MAX	>=MAX

4. 带有 EXISTS 谓词的子查询

EXISTS 代表存在量词"∃"。带有 EXISTS 谓词的子查询不返回任何实际数据，它只产生逻辑真值 true 或逻辑假值 false。由于（∀x）P≡¬（∃x（¬P）），所以在 SQL 中，全称量词表达式是通过用[NOT] EXISTS 来表示的。由 EXISTS 引出的子查询，其目标列表达式通常都用 *，这是因为带 EXISTS 的子查询只返回真值或假值，给出列名无实际意义。

【例 4-51】 查询所有选修了 1 号课程的学生姓名。

```
SELECT Sname
    FROM Student
    WHERE EXISTS(SELECT *
        FROM SC
        WHERE Sno = Student. Sno AND Cno = ' 1 ');
```

说明：前面讲的查询称为不相关子查询，而带 EXISTS 的子查询称为相关子查询，即子

查询的查询条件依赖于外层的某个属性值(本例中依赖于 Student. Sno)。相关子查询的一般处理过程是:首先取外层查询的表(本例的 Student)的第 1 个元组,根据它与内层查询相关的属性值(Sno 值)处理内层查询,若 WHERE 子句返回值为真,则取此元组放入结果表;然后再取(Student)表的下一个元组;重复这一过程,直到外层(Student)表全部检查完为止。

【例 4-52】 查询所有未修 1 号课程的学生姓名。

```
SELECT Sname
    FROM Student
    WHERE NOT EXISTS(SELECT *
            FROM SC
            WHERE Sno = Student. Sno AND Cno = '1');
```

说明:[NOT] EXISTS 只是判断子查询中是否有或没有结果返回,它本身并没有任何运算或比较,它实际是一种内、外层相关的嵌套查询,只有在内层引用了外层的值,这种查询才有意义。

【例 4-53】 查询选修了全部课程的学生姓名。

```
SELECT Sname
FROM Student
WHERE NOT EXISTS
    (SELECT *
    FROM Course
    WHERE NOT EXISTS
        (SELECT *
        FROM SC
        WHERE Sno = Student. Sno AND Cno = Course. Cno));
```

说明:本例是把带有全称量词的谓词用等价的带有存在量词 EXISTS 的子查询实现的具体例子。对于课程表中任意一门课程,"学生都选修"与"不存在有哪一门课程,学生不选修"是等价的,因此就可以用双重 EXISTS 子查询表示选修全部课程。

【例 4-54】 对例 4-47 用带 EXISTS 的子查询来表示。

```
SELECT *
    FROM Student S1
    WHERE EXISTS(
    SELECT Sdept
        FROM StudentS2
        WHERE  S2.Sname = '刘振'  AND  S1. Sdept = S2.Sdept);
```

说明:一些带 EXISTS 或 NOT EXISTS 谓词的子查询不能被其他形式的子查询等价替换,但所有带 IN 谓词、比较运算符、ANY 和 ALL 谓词的子查询都能用带 EXISTS 谓词的子查询等价替换。此外,关系代数中的除运算也只能用这种方式实现。

4.3.5 集合查询

集合与集合之间的运算可以通过集合操作来完成。标准 SQL 直接支持的集合操作种类是并操作(UNION),但是一些商用数据库支持的集合操作种类还包括交操作

INTERSECT 和差操作 MINUS。

【例 4-55】 查询计算机科学系(CS)的学生及年龄小于 20 岁的学生。

```
SELECT *
    FROM Student
    WHERE Sdept = 'CS'
    UNION
SELECT *
    FROM Student
    WHERE Sage<20;
```

说明：并操作是标准 SQL 支持的类型，参加 UNION 操作的各结果表的列数必须相同；对应项的数据类型也必须相同。并操作可以转换为复合条件查询，因此本例的另一种写法是：

```
SELECT *
    FROM Student
    WHERE Sdept = 'CS' OR Sage<20;
```

标准 SQL 中没有直接提供集合交和集合差操作，但可以用其他方法来实现。

【例 4-56】 查询计算机科学系的学生与年龄小于 20 岁的学生的交集。

```
SELECT *
    FROM Student
    WHERE Sdept = 'CS' AND Sage< = 20;
```

说明：题意事实上就是查询计算机科学系中年龄小于 20 岁的学生，因此可以用复合条件查询实现。

【例 4-57】 查询计算机科学系的学生与年龄不大于 20 岁的学生的差集。

```
SELECT *
    FROM Student
    WHERE Sdept = 'CS' AND Sage>20;
```

说明：题意事实上就是查询计算机科学系中年龄大于 20 岁的学生。

4.4 数据更新

SQL 中数据更新包括插入、修改和删除。执行插入、修改和删除操作时可能会受到关系完整性的约束，这种约束是为了保证数据库中的数据的正确性和一致性。

4.4.1 插入数据

SQL 中的数据插入语句 INSERT 通常有两种形式：插入单个元组、插入子查询结果（多个元组）。

1. 插入单个元组

插入单个元组的 SQL 语句一般格式为：

```
INSERT
INTO<表名>[(<属性列 1>[,<属性列 2>…)]
VALUES(<常量 1>[,<常量 2>] …);
```

说明：该语句的含义是将 VALUES 所给出的值插入 INTO 所指定的表中。其中，INTO 子句指定要插入数据的表名及属性列。属性列的顺序可与表定义中的顺序不一致，如果没有指定属性列，则表示要插入的是一条完整的元组，且属性列属性与表定义中的顺序一致；如果指定部分属性列，则插入的元组在其余属性列上取空值或默认值。

有一点必须注意：在表定义时说明了 NOT NULL 的属性列不能取空值，否则会出错。

【例 4-58】 将一个新学生记录(学号：841064；姓名：刘振；性别：男；所在系：CS；年龄：18 岁)插入 Student 表中。

```
INSERT
  INTO Student
  VALUES('841064','刘振','男','CS',18);
```

【例 4-59】 插入一条选课记录(学号：'841053',课程号：'1 ')。

```
INSERT
INTO SC(Sno,Cno)
VALUES('841053 ','1 ');
```

说明：SC 有 3 个属性 Sno、Cno 和 Grade,而这里的 INTO 子句没有出现 Grade,因此新插入的记录在 Grade 列上取空值。

2. 插入子查询结果

插入子查询结果的 SQL 语句一般格式为：

```
INSERT
INTO<表名>[(<属性列 1>[,<属性列 2>…)]
子查询;
```

说明：该语句的功能将子查询结果插入指定表中，这是一种批量插入形式。INTO 用法与前面所述的相同。在子查询中，SELECT 子句目标列必须与 INTO 子句匹配,包括值的个数与值的类型。

【例 4-60】 求各个院系学生的平均年龄并存放于一张新表 DeptAge(Sdept,Avgage)中,其中,Sdept 存放系名,Avgage 存放相应系的学生平均年龄。

(1) 建表。

```
CREATE TABLE Deptage
  (Sdept CHAR(15),
    Avgage SMALLINT);
```

(2) 插入。

```
INSERT
INTO DeptAge(Sdept,Avgage)
  SELECT Sdept,AVG(Sage)
  FROM Student GROUP BY Sdept;
```

4.4.2 修改数据

修改操作又称为更新操作,其一般格式为:

```
UPDATE<表名>
SET<列名> = <表达式>[,<列名> = <表达式>]…
[WHERE<条件>];
```

说明:本 SQL 语句用于修改指定表中满足 WHERE 子句条件的元组。其中 SET 子句用于指定修改方法,即用<表达式>的值取代相应的属性列值,可以一次性更新多个属性的值。如果省略 WHERE 子句,则表示要修改表中的所有元组。

【例 4-61】 将学号为 841053 的学生的年龄改为 22 岁。

```
UPDATE Student
    SET Sage = 22
    WHERE Sno = '841053';
```

【例 4-62】 将所有学生的年龄增加 1 岁。

```
UPDATE Student
    SET Sage = Sage + 1;
```

【例 4-63】 将计算机科学系全体学生的成绩置 0。

```
UPDATE SC
    SET Grade = 0
    WHERE   'CS' =
            (SELECT Sdept
             FROM Student
             WHERE Student. Sno = SC. Sno);
```

或

```
UPDATE SC
SET Grade = 0
WHERE Sno IN(
SELECT Sno
FROM Student
WHERE Sdept = 'CS');
```

4.4.3 删除数据

SQL 的删除语句的一般格式为:

```
DELETE
FROM<表名>
[WHERE<条件>];
```

说明:本 SQL 语句用于从指定表中删除满足 WHERE 子句条件的所有元组。如果省略 WHERE 子句,则表示删除表中全部元组,但表的定义仍在字典中。也就是说,DELETE 语句删除的是表中的数据,而不是关于表的定义。

【例 4-64】 删除学号为 841053 的学生记录。

```
DELETE
    FROM Student
    WHERE Sno = '841053';
```

【例 4-65】 删除所有的学生选课记录。

```
DELETE
FROM SC;
```

说明：该操作会将学生选课表置成空表。

【例 4-66】 删除计算机科学系全体学生的选课记录。

```
DELETE
    FROM SC
    WHERE'CS' =
        (SELETE Sdept
            FROM Student
            WHERE Student.Sno = SC.Sno);
```

说明：与例 4-63 一样，本例也可以用带 IN 的子查询完成，请读者自己实现。

4.5　视图管理

视图(view)是从一个或几个基本表(或视图)导出的表，与基本表不同，它是一个虚表，只在数据目录中保留其逻辑定义，而不作为一个表实际存储在数据库中。若基本表中的数据发生变化，则从视图中查询出的数据也随之改变。当视图参与数据库操作时，在简单情况下，可以通过修改查询条件，把对视图的查询转换成对基表的查询。

虽然视图可以像基本表一样进行各种查询，也可以在一个视图上再定义新的视图，但是插入、更新和删除操作在视图上却有一定限制。因为视图是由基本表导出的，对视图的任何操作最后都落实在基本表上，这些操作不能违背定义在表上的完整性约束。

4.5.1　视图的创建与删除

1. 创建视图

SQL 创建视图语句的一般格式为：

```
CREATE VIEW<视图名>[(<列名>[,<列名>]...)]
AS<子查询>
[WITH CHECK OPTION];
```

其中：

(1) 子查询可以是任意复杂的 SELECT 语句，但通常不允许含有 ORDER BY 子句。

(2) WITH CHECK OPTION 表示对视图进行 UPDATE、INSERT 和 DELETE 操作时要保证更新、插入或删除的行满足视图定义中的谓词条件(即子查询中的条件表达式)。

(3) 组成视图的属性列或者全部省略或者全部指定，没有第 3 种选择。如果省略了组

数据库理论与应用

成视图的各个属性列名,则该视图的列由子查询中 SELECT 子句中的目标列组成。但在下列 3 种情况下必须明确指定组成视图的所有列名:

① 其中某个目标列不是单纯的属性名,而是聚集函数或列表达式。

② 多表连接时选出了几个同名列作为视图的属性列名。

③ 需要在视图中为某个列启用新的更合适的名字。

【例 4-67】 建立计算机系学生的视图。

```
CREATE VIEW CS_Student AS
SELECT Sno,Sname,Sage
        FROM Student
        WHERESdept = 'CS'
WITH CHECK OPTION;
```

说明: 本例中省略了视图 CS_Student 的列名,因此它是由查询中 SELECT 子句中的 3 个列名组成的。这个视图去掉了基本表的某些行和某些列,但保留了关键字,这类从单个基本表导出的视图称为行列子集视图。此外,由于加上了 WITH CHECK OPTION 子句,以后对该视图进行更新操作时,系统会自动检查或者加上 Sdept='CS'的条件。

还有一点要注意,执行 CREATE VIEW 语句的结果只是把对视图的定义存入数据字典,并不执行其中的 SELECT 语句。只是在对视图查询时,才按视图的定义从基本表中将数据查出。

【例 4-68】 建立计算机系选修了 1 号课程的学生视图。

```
CREATE VIEW CS_S1(Sno,Sname,Grade)AS
    SELECT Student.Sno,Sname,Grade
    FROM Student,SC
    WHERE Sdept = 'CS' AND Student.Sno = SC.Sno AND SC.Cno = '1';
```

说明: 视图可以建立在多个基本表上。

【例 4-69】 建立计算机系选修了 1 号课程且成绩在 90 分以上的学生的视图。

```
CREATE VIEW CS_S2 AS
        SELECT Sno,Sname,Grade
        FROM CS_S1
        WHERE Grade> = 90
```

说明: 视图不仅可以建立在一个或多个基本表上,也可以建立在一个或多个已定义好的视图上,或同时建立在基本表与视图上。

【例 4-70】 建立一个反映学生出生年份的视图。

```
CREATE VIEW BT_S(Sno,Sname,Sbirth) AS
        SELECT Sno,Sname,YEAR(GETDATE()) - Sage
        FROM    Student;
```

说明: 定义基本表时,为了减少数据库中的冗余数据,表中只存放基本数据,由基本数据经过各种计算派生出的数据一般是不存储的。但由于视图中的数据并不实际存储,所以定义视图时可以根据应用的需要,设置一些派生属性列。这些派生属性由于在基本表中并不实际存在,所以有时也称它们为虚拟列(本例中的 Sbirth)。带虚拟列的视图被称为带表达式的视图。

【例 4-71】　将学生的学号及他的平均成绩定义为一个视图。

```
CREATE VIEW S_G(Sno,Gavg) AS
SELECT Sno,AVG(Grade)
FROM SC
GROUP BY Sno;
```

说明：用带有聚集函数和 GROUP BY 子句的查询来定义的视图称为分组视图。这种带表达式的视图必须明确定义组成视图的各个属性列名。

2. 删除视图

SQL 删除视图语句的一般格式为：

```
DROP VIEW<视图名>;
```

【例 4-72】　删除前面建立的视图 CS_S1。

```
DROP VIEW CS_S1;
```

说明：

（1）视图是由基本表导出的，若基本表的结构改变了，视图与基本表的映射关系被破坏，视图就不能正常工作，最好的办法就是删除这些视图后，重新建立。

（2）执行视图删除操作后，视图的定义将从数据字典中删除，但由该视图导出的其他视图定义仍然保留在数据字典中，不过这些视图已经失效，使用它们时会出错，应该用 DROP VIEW 语句将它们一一删除。

4.5.2　视图操作

对视图的操作包括视图查询和视图更新。

1. 视图查询

视图定义后，用户就可以像对基本表进行查询一样对视图进行查询了。

DBMS 执行对视图的查询时，首先进行有效性检查，检查查询涉及的表、视图等是否在数据库中存在，如果存在，则从数据字典中取出查询涉及的视图的定义，把定义中的子查询和用户对视图的查询结合起来，转换成对基本表的查询，然后再执行这个经过修正的查询。将对视图的查询转换为对基本表的查询的过程称为视图消解（view resqlution）。

【例 4-73】　在计算机系学生的视图中找出年龄小于 20 岁的学生。

```
SELECT Sno,Sage
FROM CS_Student
WHERE Sage<20;
```

对基本表的查询（即视图消解后的查询）为：

```
SELECT Sno,Sage
FROM Student
WHERE Sdept = 'CS' AND Sage<20;
```

数据库理论与应用

【例 4-74】 在例 4-71 定义的 S_G 视图中查询平均成绩在 85 分以上的学生学号和平均成绩。

```
SELECT *
FROM S_G
WHERE Gavg>= 85;
```

视图消解后的查询为：

```
SELECT Sno,AVG(Grade)
FROM SC
GROUP BY Sno
HAVING AVG(Grade)>= 85;
```

2. 视图更新

更新视图是指通过视图来插入（INSERT）、删除（DELETE）和修改（UPDATE）数据。由于视图不是实际存储数据的虚表，因此对视图的更新，最终要转换为对基本表的更新。

为防止用户通过视图对数据进行增删改时，无意或故意操作不属于视图范围内的基本表数据，可在定义视图时加上 WITH CHECK OPTION 子句，这样在视图上增删改数据时，DBMS 会进一步检查视图定义中的条件，若不满足条件，则拒绝执行该操作。

【例 4-75】 将计算机系学生视图 CS_Student 中学号为 841064 的学生姓名改为"刘振"。

```
UPDATE CS_Student
SET Sname = '刘振'
WHERE Sno = '841064';
```

转换为对基本表的更新：

```
UPDATE Student
SET Sname = '刘振'
WHERE Sno = '841064' AND Sdept = 'CS';
```

【例 4-76】 向计算机系学生视图 CS_Student 中插入一个新的学生记录，其中学号为 841053，姓名为江昊，年龄为 20 岁。

```
INSERT
INTO CS_Student
VALUES('841053','江昊',20);
```

转换为对基本表的更新：

```
INSERT
INTO Student(Sno,Sname,Sage)
VALUES('841053','江昊',20);
```

【例 4-77】 删除计算机系学生视图 CS_Student 中学号为 841053 的记录。

```
DELETE
FROM CS_Student
WHERE Sno = '841053';
```

转换为对基本表的更新：

```
DELETE
FROM Student
WHERE Sno = '841053' AND Sdept = 'CS';
```

在关系数据库中，并不是所有的视图都是可更新的，因为有些视图的更新不能唯一地、有意义地转换成对相应基本表的更新。一般来说，DBMS 都允许对行列子集视图（从单个基本表只使用选择、投影操作导出的，并且包含了基本表的主键的视图）进行更新，对其他类型视图的更新不同系统有不同限制，例如 DB2 规定（在 SQL Server 中也有类似的规定）：

(1) 若视图是由两个以上基本表导出的，则此视图不允许更新。

(2) 若视图的字段来自字段表达式或常数，则不允许对此视图执行 INSERT 和 UPDATE 操作，但允许执行 DELETE 操作。

(3) 若视图的字段来自聚集函数，则此视图不允许更新。

(4) 若视图定义中含有 GROUP BY 子句，则此视图不允许更新。

(5) 若视图定义中含有 DISTINCT 短语，则此视图不允许更新。

(6) 若视图定义中有嵌套查询，并且内层查询的 FROM 子句中涉及的表也是导出该视图的基本表，则此视图不允许更新。例如将成绩在平均成绩之上的元组定义成一个视图 GOOD_SC：

```
CREATE VIEW GOOD_SC AS
SELECT Sno,Cno,Grade
FROM SC WHERE Grade>(SELECT AVG(Grade) FROM SC);
```

导出视图 GOOD_SC 的基本表是 SC，内层查询中涉及的表也是 SC，所以视图 GOOD_SC 是不允许更新的。

(7) 在一个不允许更新的视图上定义的视图也不允许更新。

4.5.3　视图的优点

视图最终是定义在基本表之上的，对视图的一切操作最终也要转换为对基本表的操作。而且对于非行列子集视图进行查询或更新时还有可能出现问题。既然如此，为什么还要定义视图呢？这是因为合理使用视图能够带来许多好处。

视图是用户一级的数据观点，由于有了视图，使数据库系统具有下列优点。

1. 视图能够简化用户的操作

视图机制使用户可以将注意力集中在其所关心的数据上。如果这些数据不是直接来自基本表，则可以通过定义视图，使用户看到的数据库结构简单、清晰，并且可以简化用户的数据查询操作。例如，那些定义了若干张表连接的视图，就将表与表之间的连接操作对用户隐蔽起来了。换句话说，就是用户所做的只是对一个虚表的简单查询，而这个虚表是怎样得来的，用户无须了解。

2. 视图使用户能以多种角度看待同一数据

视图机制能使不同的用户以不同的方式看待同一数据，当许多不同种类的用户使用同一个数据库时,这种灵活性是非常重要的。

3. 视图对重构数据库提供了一定程度的逻辑独立性

第 1 章中已经介绍过数据的物理独立性与逻辑独立性的概念。数据的物理独立性是指用户和用户程序不依赖于数据库的物理结构。数据的逻辑独立性是指当数据库重构造时,如增加新的关系或对原有关系增加新的属性等,用户和用户程序不会受影响。层次数据库和网状数据库一般能较好地支持数据的物理独立性,而对于逻辑独立性则不能完全地支持。

在关系数据库中,数据库的重构造往往是不可避免的。重构数据库最常见的是将一个表"垂直"地分成多个表。例如,将学生关系 Student(Sno,Sname,Ssex,Sage,Sdept)分为 SX(Sno,Sname,Sage)和 SY(Sno,Ssex,Sdept)两个关系。这时原表 Student 为 SX 表和 SY 表自然连接的结果。如果建立一个视图 Student:

```
CREATE VIEW Student(Sno,Sname,Ssex,Sage,Sdept) AS
SELECT SX.Sno,SX.Sname,SY.Ssex,SX.Sage,SY.Sdept
FROM SX,SY
WHERE SX.Sno = SY.Sno;
```

尽管数据库的逻辑结构改变了,但应用程序并不必修改,因为新建立的视图定义了用户原来的关系,使用户的外模式保持不变,用户的应用程序通过视图仍然能够查找数据。当然,视图只能在一定程度上提供数据的逻辑独立性,比如由于对视图的更新是有条件的,因此应用程序中修改数据的语句可能仍会因基本表结构的改变而改变。

4. 视图能够对机密数据提供安全保护

有了视图机制,就可以在设计数据库应用系统时,对不同的用户定义不同的视图,使机密数据不出现在不应看到这些数据的用户视图上,这样就由视图的机制自动提供了对机密数据的安全保护功能。例如,Student 表涉及 3 个系的学生数据,可以在其上定义 3 个视图,每个视图只包含一个系的学生数据,并只允许每个系的学生查询自己所在系的学生视图。

4.6 数据控制

SQL 语言的数据控制功能包括事务管理和数据保护功能,能够在一定程度上保证数据库中数据的完全性、完整性,并提供了一定的并发控制及恢复能力。这里主要介绍 SQL 的安全性控制功能。

DBMS 实现数据安全性保护的过程如下:

(1) 把授权决定告知系统,这由 SQL 的 GRANT 和 REVOKE 语句完成。

(2) 把授权的结果存入数据字典。

(3) 当用户提出操作请求时,根据授权定义进行检查,以决定是否执行操作请求。

4.6.1 授予权限

SQL 用 GRANT 语句向用户授予权限,其一般格式为:

```
GRANT<权限>[,<权限>]...
    [ON<对象类型><对象名>]
```

　　TO＜用户＞［,＜用户＞]…
　　　［WITH GRANT OPTION]；

　　对于不同的操作对象有不同的操作权限,常见的操作权限如表 4-6 所示。

　　建立表(CREATE TABLE)是属于 DBA 的权限,也可以由 DBA 授予一般用户。拥有这个权限的用户可以建立基本表,并成为该表的宿主。基本表的宿主拥有对该表的一切操作权限。

表 4-6　常见的操作权限

对　　象	对象类型	操作权限
属性列	TABLE	SELECT、INSERT、UPDATE、DELETE、ALL PRIVILIGES
视图	TABLE	SELECT、INSERT、UPDATE、DELETE、ALL PRIVILIGES
基本表	TABLE	SELECT、 INSERT、 UPDATE、 DELETE、 ALTER、 INDEX、 ALL PRIVILIGES
数据库	DATABASE	CREATE TABLE

　　接受权限的用户可以是一个或多个具体用户,或者是全体用户(PUBLIC)。

　　如果指定了 WITH GRANT OPTION 子句,则获得某种权限的用户还可以把这种权限再授予别的用户；否则,获得某种权限的用户只能使用该权限,不能传播该权限。

【例 4-78】　把查询 Student 表权限授给用户 User1 和 User2。

```
GRANT   SELECT
    ON   TABLE   Student
    TO   User1,User2;
```

【例 4-79】　把对 Student 表和 Course 表的全部权限授予全体用户。

```
GRANT ALL PRIVILIGES
ON TABLE Student,Course
TO PUBLIC;
```

【例 4-80】　把查询 Student 表和修改学生学号的权限授给用户 User3。

```
  GRANT UPDATE(Sno),SELECT
ON TABLE Student
TO User3;
```

【例 4-81】　把对表 SC 的 INSERT 权限授予 User4 用户,并允许该用户再将此权限授予其他用户。

```
GRANT INSERT
ON TABLE SC
TO User4
WITH GRANT OPTION;
```

【例 4-82】　把在数据库 S_C 中建立表的权限授予用户 User5。

```
GRANT CREATE TABLE
ON DATABASE S_C
TO User5;
```

4.6.2　收回权限

SQL 中可以用 REVOKE 语句收回权限。REVOKE 语句的一般格式为：

```
REVOKE<权限>[,<权限>]…
[ON<对象类型><对象名>]
FROM<用户>[,<用户>]…;
```

【例 4-83】　把用户 User3 修改学生学号的权限收回。

```
REVOKE UPDATE(Sno)
ON TABLE Student
FROM User3;
```

【例 4-84】　收回所有用户对 Student 表的查询权限。

```
REVOKE SELECT
ON TABLE Student
FROM PUBLIC;
```

【例 4-85】　把用户 User4 对 SC 表的 INSERT 权限收回。

```
REVOKE INSERT
ON TABLE SC
FROM User4;
```

说明：系统收回 User4 的插入权限后,其他用户直接或间接从 User4 处获得的对 SC 表的插入权限也将被系统收回。

4.7　嵌入式 SQL

SQL 语言是面向集合的描述性语言,具有功能强、效率高、使用灵活、易于掌握等特点。但 SQL 语言是非过程性语言,本身没有过程性结构,大多数语句都是独立执行,与上下文无关,而绝大多数完整的应用都是过程的,需要根据不同的条件来执行不同的任务,因此,单纯用 SQL 语言很难实现这样的应用。

为了解决这一问题,SQL 语言提供了两种不同的使用方式。一种是在终端交互式方式下使用,前面介绍的就是作为独立语言由用户在交互环境下使用的 SQL 语言,称为交互式 SQL(interactive SQL,ISQL)。另一种是嵌入在用高级语言(C、C++、PASCAL 等)编写的程序中使用,称为嵌入式 SQL(embedded SQL,ESQL),而接受 SQL 嵌入的高级语言则称为宿主语言。

把 SQL 嵌入到宿主语言中使用必须要解决以下 3 个方面的问题：

(1) 嵌入识别问题。宿主语言的编译程序不能识别 SQL 语句,所以首要的问题就是要解决如何区分宿主语言的语句和 SQL 语句。

(2) 宿主语言与 SQL 语言的数据交互问题。SQL 语句的查询结果必须能够交给宿主语言处理,宿主语言的数据也要能够交给 SQL 语句使用。

(3) 宿主语言的单记录与 SQL 的多记录的问题。宿主语言一般一次处理一条记录,而

SQL 常常处理的是记录(元组)的集合,这个矛盾必须解决。

4.7.1　嵌入式 SQL 的说明部分

对于宿主语言中的嵌入式 SQL,DBMS 通常采用两种方法处理:一种是预编译方法,另一种是修改和扩充宿主语言使之能够处理 SQL。

目前主要采用第一种方法,其过程为:

(1) 由 DBMS 的预处理程序对源程序进行扫描,识别出 SQL 语句。

(2) 将这些 SQL 语句转换为宿主语言调用语句。

(3) 由宿主语言的编译程序将整个源程序编译成目标程序。

下面以 C 语言为宿主语言为例来说明如何嵌入 SQL 语句,其他语言类似,有兴趣的读者不妨查阅相关资料。

为了区别 C 语句和 SQL 语句,SQL 语句开始加 EXEC SQL,结尾加分号“;”。C 和 SQL 之间通过宿主变量(host variable)进行数据传送。宿主变量是 SQL 中可引用的 C 语言变量。宿主变量须用 EXEC SQL 开头的说明语句说明。在 SQL 语句中引用宿主变量时,为了有别于数据库本身的变量,例如列名,在宿主变量前须加冒号“:”。因此允许宿主变量与数据库中的变量同名。在宿主语言语句中,宿主变量可与其他变量一样使用,不需加冒号。宿主变量按宿主语言的数据类型及格式定义,若与数据库中的数据类型不一致,则由数据库系统按实现时的约定进行必要的转换。在实现嵌入式 SQL 时,往往对宿主变量的数据类型加以适当的限制,例如对 C 语言,不允许用户定义宿主变量为数组或结构。在宿主变量中,有一个系统定义的特殊变量,叫 SQLCA(是 SQL communication area 的缩写,指 SQL 通信区)。它是全局变量,供应用程序与 DBMS 通信之用。由于 SQLCA 已由系统定义,只需在嵌入式可执行 SQL 语句开始前加 INCLUDE 语句就行了,而不必由用户说明。其格式为:

```
EXEC SQL INCLUDE SQLCA
```

SQLCA 中有一个分量叫 SQLCODE,可表示为 SQLCA. SQLCODE。它是一个整数,供 DBMS 向应用程序报告 SQL 语句执行情况之用。每执行一条 SQL 语句后,都要返回一个 SQLCODE 代码,其具体含义随系统而异;一般规定 SQLCODE 为零表示 SQL 语句执行成功,无异常情况;SQLCODE 为正数表示 SQL 语句已执行,但也有异常情况,例如 SQLCODE 为 100 时,表示无数据可取,可能是数据库中无满足条件的数据,也可能是查询的数据已被取完;SQLCODE 为负数表示 SQL 语句因某些错误而未执行,负数的值表示错误的类别。

宿主变量不能直接接受空缺符 NULL。凡遇此情况,可在宿主变量后紧跟一个指示变量(indicator)。指示变量也是宿主变量,一般是一个短整数,用来指示前面的宿主变量是否为 NULL。如果指示变量为负,则表示前面的宿主变量为 NULL,否则不为 NULL。

所有 SQL 语句中用到的宿主变量,除系统定义者外,都必须说明,说明的开头行为:

```
EXEC SQL BEGIN DECLARE SECTION;
```

结束行为:

```
EXEC SQL END DECLARE SECTION;
```

数据库理论与应用

【例4-86】 一个说明语句的例子。

```
EXEC SQL BEGIN DECLARE SECTION;
char Sno[7];
char GIVENSno[7];
char Cno[6];
char GIVENCno[6];
float Grade;
short GradeI;
EXEC SQL END DECLARE SECTION;
```

在上面的说明中,Sno、Cno、Grade 是作为宿主变量说明的,虽与表 SC 的列同名也无妨。GradeI 是 Grade 的指示变量,它只有与 Grade 连用才有意义,必须注意。上述的宿主变量是按 C 语言的数据类型和格式说明的,与 SQL 有些区别。

4.7.2 嵌入式 SQL 的可执行语句

嵌入式 SQL 的说明部分不对数据库产生任何作用。下面介绍作用于数据库的嵌入式 SQL 语句,即可执行语句。这包括嵌入的 DDL、QL、DML 及 DCL 语句。这些语句的格式与对应的 ISQL 语句基本一致,只不过因嵌入的需要增加了少许语法成分。此外,可执行语句还包括进入数据库系统的 CONNECT 语句以及控制事务结束的语句。下面举例说明可执行语句的格式。CONNECT 语句的格式为:

```
EXEC SQL CONNECT: uid IDENTIFIEND BY: pwd;
```

其中,uid 与 pwd 为两个宿主变量,前者表示用户标识符,后者表示该用户的口令。这两个宿主变量应在执行 CONNECT 语句前由宿主语言程序赋值,执行本语句成功后才能执行事务中的其他可执行语句。执行成功与否可由 SQLCODE 判别。

嵌入式 SQL 的 DDL 和 DML 语句除了前面加 EXEC SQL 外,与 ISQL 基本相同。下面举一个插入语句的例子,其他可以类推。

【例4-87】 一个插入语句的例子。

```
EXEC SQL INSERT INTO SC(Sno,Cno,Grade)
VALUES(: Sno,: Cno,: Grade);
```

说明:插入的元组由 3 个宿主变量构成。宿主变量由宿主语言程序赋值。

查询语句是用得最多的嵌入式 SQL 语句。如果查询的结果只有一个元组,则可将查询结果用 INTO 子句对有关的宿主变量直接赋值。

【例4-88】 一个赋值的例子。

```
EXEC SQL SELECT Grade
INTO: Grade: GradeI
FROM SC
WHERE Sno = : GIVEN Sno AND Cno = : GIVEN Cno;
```

由于{Sno,Cno}是 SC 的主键,所以本句的查询结果不超过一个元组(单属性),可以直接对宿主变量赋值。如果不是用主键查询,则查询结果可能有多个元组;若仍直接对宿主变量赋值,则系统可能会报错。因为 Grade 属性允许为 NULL,故在宿主变量 Grade 后加了指示变量 GradeI。

　　如果查询结果超过一个元组,那么就不可能一次性地给宿主变量赋值,需要在程序中开辟一个区域,存放查询的结果,然后逐个地取出每个元组给宿主变量赋值。为了逐个地取出该区域中的元组,需要一个指示器,指示已取元组的位置,每取一个元组,指示器向前推进一个位置,好似一个游标。

　　在嵌入式 SQL 术语中,存放查询结果的区域及其相应的数据结构称为游标(cursor),但有时也称指示器为游标。游标究竟代表何义,不难从上下文加以判别。使用游标需要下面 4 条语句。

1. 说明游标语句

　　说明游标语句(DECLARE CURSOR)定义一个命名的游标,并将它与相应的查询语句相联系。其语句格式为:

```
EXEC SQL DECLARE<游标名>CURSOR FOR
SELECT…
FROM…
WHERE…;
```

这是一条说明语句。

2. 打开游标语句

　　打开游标语句(OPEN CURSOR)的格式为:

```
EXEC SQL OPEN<游标名>;
```

　　在打开游标时,执行与游标相联系的 SQL 查询语句,并将查询结果置于游标中。此时游标被置成打开状态,游标位于第一个元组的前一位置。查询的结果与 WHERE 子句中宿主变量的值有关。游标中的查询结果对应于打开游标时的宿主变量的当前值。打开游标后,即使宿主变量改变,游标中的查询结果也不随之改变,除非游标关闭后重新打开。

3. 取数语句

　　取数语句(FETCH)的格式为:

```
EXEC SQL FETCH<游标名>INTO: hostvarl,: hostvar2,…;
```

　　在每次执行取数语句时,首先把游标向前推进一个位置,然后按照游标的当前位置取一元组,对宿主变量 hostvarl、hostvar2、…赋值。与单元组的查询不一样,INTO 子句不是放在查询语句中,而是放在取数语句中。要恢复游标的初始位置,必须关闭游标后重新打开。

　　在新的 SQL 版本中,有游标后退及跳跃功能,游标可以定位到任意位置。如果游标中的数已经取完,若再执行取数语句,那么 SQLCODE 将返回代码 100。

4. 关闭游标语句

　　在取完数或发生取数错误或其他原因而不再使用游标时,应关闭游标。关闭游标语句(CLOSE CURSOR)的格式为:

数据库理论与应用

```
EXEC SQL CLOSE<游标名>;
```

游标关闭后,如果再对它取数,则将返回出错信息,说明要从中取数的游标无效。下面是一个使用游标的例子。

【例 4-89】 使用游标的例子。

```
EXEC SQL DECLARE C1 CURSOR FOR
    SELECT Sno,Grade
    FROM SC
    WHERE Cno = :GIVENCno;
EXEC SQL OPEN C1;
While(TRUE)
{
EXEC SQL FETCH C1 INTO:Sno,:Grade,:GradeI;
If(SQLCA.SQLCODE == 100) break;
If(SQLCA.SQLCODE<0) break;
/* 以下处理从游标所取的数据,从略 */
...
}
EXEC SQL CLOSE C1;
```

4.7.3 动态 SQL 简介

在前面所介绍的嵌入式 SQL 中,SQL 语句须在编写应用程序时明确指明,这在有些场合不够方便。例如,在一个分析、统计学生情况的应用程序中,须嵌入查询有关学生记录的 SQL 语句。这种语句常常不能事先确定,而需由用户根据分析、统计的要求在程序运行时指定。因此,在嵌入式 SQL 中,提供动态构造 SQL 语句的功能是有实际需要的。

一般而言,在预编译时如果出现下列信息不能确定的情况,就应该考虑使用动态 SQL 技术:

(1) SQL 语句正文难以确定。

(2) 主变量个数难以确定。

(3) 主变量数据类型难以确定。

(4) SQL 引用的数据库对象(如属性列、索引、基本表和视图等)难以确定。

目前,SQL 标准和大部分关系 DBMS 中都增加了动态 SQL 功能,并分为直接执行、带动态参数和查询类 3 种类型。

(1) 直接执行的动态 SQL。

直接执行的动态 SQL 只用于非查询 SQL 语句的执行。应用程序定义一个字符串宿主变量,用来存放要执行的 SQL 语句。

SQL 语句的固定部分由程序直接赋值给字符串宿主变量;SQL 语句的可变部分由程序提示用户,在程序执行时由用户输入。然后,用 EXEC SQL EXECUTE IMMEDIATE 语句执行字符串宿主变量中的 SQL 语句。由于这种 SQL 语句是非查询语句,无须向程序返回查询结果。

(2) 带动态参数的动态 SQL。

带动态参数的动态 SQL 也用于执行非查询 SQL 语句。在这类 SQL 语句中,含有未定义的变量,这些变量仅起占位器(place holder)的作用。在执行前,程序提示用户输入相应的参数,以取代这些占位用的变量。

对于非查询的动态 SQL 语句使用直接执行、带自动参数的操作。

(3) 查询类动态 SQL。

查询类动态 SQL 须返回查询结果。不论查询结果是单元组还是多元组,往往不能在编写应用程序时确定,所以动态 SQL 一律通过游标取数。

4.8 SQL Server 简介

SQL Server 是 Microsoft 公司推出的大型关系型数据库管理系统,能满足大型系统的数据库处理要求,具有强大的关系数据库创建、开发、设计和管理功能。SQL Server 安全、快速,架构在独立的高性能服务器上,客户网站通过远程连接对服务器进行存取,和客户自己的网站独立运行,保证 SQL Server 的性能。SQL Server 2000 使用 T-SQL 作为它的数据库查询和编程语言,使用 T-SQL 语言,可以访问数据,查询、更新和管理关系数据库系统。同时,SQL Server 2000 提供了以 Web 标准为基础的扩展数据库编程功能,丰富的 XML 和 Internet 标准支持允许使用内置的存储过程以 XML 格式轻松存储和检索数据,还可以使用 XML 更新程序容易地插入、更新和删除数据。SQL Server 2000 可以使用 HTTP 来向数据库发送查询、对数据库中存储的文档执行全文搜索,以及通过 Web 访问和控制多维数据。T-SQL 支持最新的 ANSI SQL 国际标准,并增加了许多扩展项来提供更多的功能。SQL Server 2000 也提供了对分布式事务处理的支持,并对开发工具具有良好的支持,为大型商业数据库项目提供了企业级解决方案。

4.8.1 SQL Server 的特点

1. SQL Server 以客户机/服务器作为设计结构

客户机程序负责执行业务逻辑和显示用户界面,它可以运行在一台或多台客户机上,也可以运行在 SQL Server 2000 服务器上。SQL Server 2000 服务器负责管理数据库并在多个用户请求之间分配可用的服务器资源,如内存、网络带宽和磁盘操作等。在系统运行时,由一个进程(客户程序)发出请求,另一个进程(服务程序)去执行。从系统配置上,服务程序通常安装在功能强大的服务器上,而客户程序就放在相对简单的 PC(客户机)上。

数据库系统采用客户机/服务器结构的好处在于数据集中存储在服务器上,而不是分开存储在各个客户机上,使所有用户都可以访问到相同的数据;业务逻辑和安全规则可以在服务器上定义一次,而后被所有的客户使用;关系数据库仅返回应用程序所需要的数据,这样减少网络流量;节省硬件开销,因为数据都存储在服务器上,不需在客户机上存储数据,所以客户机硬件不需要具备存储和处理大量数据的能力,同样,服务器不需要具备数据表示的功能。因为数据集中存储在服务器上,所以备份和恢复起来很容易

2. SQL 是单进程(single process)、多线程(multi-thread)的关系型数据库

SQL Server 由执行核心来分配多个用户对数据库的存取,以减少多个进程对数据库存取的沟通、协调时间,进而提高执行效率。SQL Server 单进程、多线程结构如图 4-2 所示。

数据库理论与应用

SQL Server 是依赖于同一个应用程序内的多线程工作的,而不是为每一个任务运行不同的可执行程序或应用程序,它的优点是在一定的性能水平上,其硬件要求很低,不像多进程会消耗可观的系统资源。多线程数据库引擎以一种不同的方式处理多用户访问,它不依赖于多任务操作系统来为 CPU 安排应用程序,而是自动担当这个重任。从理论上讲,数据库引擎自动处理的能力将提供更大的可移植性。因此,数据库要管理多个任务的调度执行、内存和硬盘的访问。

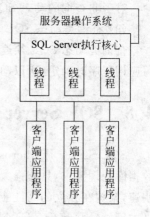

图 4-2　SQL Server 的单进程、多线程结构

多线程系统对于给定的硬件平台而言是更加有效的,一个多线程数据库为每一个用户提供 500KB～1MB 的内存,而单进程、多线程的 DBMS 却提供了 50～100KB 的内存。由于是单进程,就不需要进程之间的通信机制,多线程任务由数据库执行体本身进行管理,线程的操作由数据库引擎来制定,并在最终执行时把这些指令发送给操作系统。在这种方式下,数据库时间片为不同的操作系统采用不同的线程,在合适的时候,把这些线程中的用户指令送给操作系统,它不采用操作系统的时间分片应用程序,而是利用 DBME 时间片线程。

3. SQL Server 支持在客户端以 Net-Library 或 ODBC 存取服务器端

SQL Server 允许使用下列两种方式作为客户端和服务器端的连接管道。

1) ODBC(open database connection)

ODBC 实际上是一个数据库的访问库,如 SQL Server 群组中的 MS Query、Access、Word、Excel、FoxPro、VB 及 VC 等,都可依据 ODBC 和 SQL Server 连接(如图 4-3 所示),ODBC 可以使应用程序直接操纵数据库中的数据。ODBC 的独特之处在于使应用程序不随数据库的改变而改变。

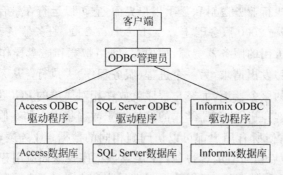

图 4-3　客户端用 ODBC 与 SQL Server 连接

ODBC 通过使用驱动程序来提供数据库的独立性。驱动程序与具体的数据库有关,如操作 Access,就需要使用 Access 的 ODBC 驱动程序。

驱动程序是一个用以支持 ODBC 函数调用的模块(通常是 DLL),应用程序通过调用驱动程序所支持的函数来操纵数据库。若想使应用程序操纵不同类型的数据库,就要动态地连接到不同的驱动程序上。

ODBC 还有一个驱动程序管理器(driver manager),驱动程序管理器包含在 ODBC. DLL 中,可连接到所有的应用程序中,它负责管理应用程序中 ODBC 函数与 DLL 中函数的绑定(binding)。

对于大型客户机/服务器数据库管理系统,其所支持的 ODBC 驱动程序并不直接访问数据库,这些驱动程序实际上是数据库用于远程操作的网络通信协议的一个界面。

2) Net-Library

Net-Library 在客户机/服务器的最低层,DB-Library 必须通过网络来发送它的请求,这就要由客户机/服务器来完成这些操作,Net-Library 并不是由语言程序员和开发人员直接使用的。Net-Library 提供了客户端与服务器端的连接工具。如 ISQL_w、Enterprise Manager、Security Manager、VB 及 VC 等客户端应用程序,都是借助 Net-Library 和 SQL Server 连接的(如图 4-4 所示)。

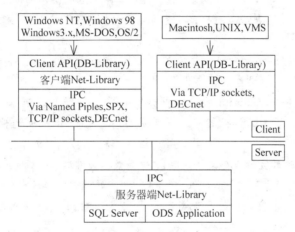

图 4-4　客户端用 Net-Library 和 SQL Server 服务器端连接

4. SQL Server 支持分布式数据库结构

在一个或多个网络中可有多个 SQL Server,用户可以将数据分别存放在各个 SQL Server 上,成为分布式数据库结构,客户端可向多个 SQL Server 存取数据,这样可以降低单个 SQL Server 处理过多数据的负担,提高系统的执行效率。

4.8.2　SQL Server 的性能

表 4-7 列出了各种 SQL Server 对象的系统范围,实际的范围将根据应用的不同而有所变动。

表 4-7　SQL Server 的性能

对　象	范　围
设备	每个 SQL Server 有 256 个设备,每个逻辑服务器的最大容量是 32GB
数据库	32767 个数据库,最小为 1MB,最大为 1TB
表	每个数据库最多有 200 万个表,每行的最大字节数为 1962(文本和图像列除外)
列	每表最多 240 个列
索引	每表一个簇式索引,249 个非簇式索引,一个复合式索引最多有 16 个索引关键字

续表

对　　象	范　　围
触发器	每个表最多有 3 个触发器,分别用于 INSERT、UPDATE 和 DELETE
存储过程	一个存储过程可以有 255 个参数和最多 16 级嵌套
用户连接	32767 个
锁定及打开的对象	200 万
打开的数据库	12 767

1. 数据库文件和文件组

SQL Server 2000 用文件来存储数据库,数据库文件有 3 类:

- 主数据文件(primary) 存放数据。每个数据库都必须有且仅有一个主数据文件。以 .mdf 为默认扩展名。包含的系统表格记载数据库中对象及其他文件的位置信息。
- 次要数据文件(secondary) 存放数据。以 .ndf 为默认扩展名,可有可无。主要在一个数据库跨多个硬盘驱动器时使用。
- 事务日志文件(transaction log) 存放事务日志。每个数据库必须有一个或多个日志文件。以 .ldf 为默认扩展名。记录数据库中已发生的所有修改和执行每次修改的事务。

注意:每个数据库的主数据库文件数＝1;次要数据文件数≥0;事务日志文件数≥1。文件允许多个数据库文件组成一个组,即文件组,是文件的逻辑集合,SQL Server 2000 通过对文件进行分组,以便于管理数据的分配或配置。文件组对组内的所有文件都使用按比例填充策略。

SQL Server 2000 有 3 种类型的文件组:主文件组(primary)、用户定义的文件组和默认的文件组(default)。这里默认的文件组用来存放任何没有指定文件组的对象;主文件组包含主数据文件,存放系统表格等;事务日志文件不能属于文件组;SQL Server 2000 至少包含一个文件组,即主文件组。

2. 系统数据库

SQL Server 2000 内部创建和提供了一组数据库,有 4 个系统数据库(master、msdb、model、tempdb)和两个附带的示例数据库(pubs 和 northwind)。

(1) master 数据库。记录了所有系统信息,包括所有的其他数据库、登录账号和系统配置,是最主要的系统数据库。

(2) msdb 数据库。是 SQL Server Agent 服务使用的数据库,用来执行预定的任务,如数据库备份和数据转换、警报和作业等。

(3) model 数据库。样板数据库。为用户数据库提供样板。

(4) tempdb 数据库。也是从 model 复制而来。存储了 SQL Server 实例运行期间 SQL Server 需要的所有临时数据。

(5) pubs 和 northwind 数据库。是两个用户数据库,系统附带的,可以删除,也可以恢复。

示例数据库的恢复。可以使用 SQL Server 安装中 Install 目录下的文件重新进行安装恢复。

3. 数据库文件的空间分配

在创建数据库前需估算所建数据库的大小及增幅。定义适当的数据库大小。计算依据为：数据库的最小尺寸必须等于或大于 model 数据库的大小。

估算数据库的大小，在 SQL Server 2000 中最基本的数据存储单元是页，每页的大小为 8KB(8192B)，每页除去 96B 的头部(用来存储有关的页信息，如页类型、可用空间、拥有页的对象的对象 ID 等)，剩下的 8096B(8192－96＝8096)用来存储数据。

默认情况下事务日志文件的大小是数据库文件大小的 25％。

SQL Server 2000 数据库的数据文件中的 8 种页类型：

- **数据页**　存储数据库数据，包含数据行中除 text、ntext 和 image 数据外的所有数据。
- **索引页**　用于存储索引数据。
- **文本/图像页**　用于存储 text、ntext 和 image 数据。
- **全局分配页**　用于存储扩展盘区分配的信息。
- **页面剩余空间页**　用于存储页剩余空间的信息。
- **索引分配页**　用于存储页被表或索引使用的扩展盘区信息。
- **大容量更改映射表**　有关自上次执行 BACKUP LOG 语句后大容量操作所修改的扩展盘区的信息。
- **差异更改映射表**　自上次执行 BACKUP DATABASE 语句后更改的扩展盘区的信息。

数据页包含数据行中除 text、ntext 和 image 数据外的所有数据，text、ntext 和 image 数据存储在单独的页中。在数据页上，数据行紧接着页首按顺序放置。在页尾有一个行偏移表。在行偏移表中，页上的每一行都有一个条目，每个条目记录那一行的第一个字节与页首的距离。行偏移表中的条目序列与页中行的序列相反。

扩展盘区是一种基本单元，可将其中的空间分配给表和索引。一个扩展盘区是 8 个邻接的页(或 64KB)。这意味着 SQL Server 2000 数据库每兆字节有 16 个扩展盘区。

例：假设某个数据库中只有一个表，该表的每行记录是 500 字节，共有 10000 行数据。试估计此数据库的大小。

分析：由于一个数据页最多可存放 8096B 的数据，按行顺序存放，可知这时一个数据页上最多只能容纳的行数是 $8096 \div 500 \approx 16$(行)。此表共有 10000 行，那么该表将占用的页数是 $10000 \div 16 = 625$(页)。因此该数据库的大小估计为 $(625 \times 8KB) \div 1024 \approx 5MB$。

4. 数据库规划

数据库规划的过程包括：

- 确定系统的范围。
- 确定开发工作所需的资源(人员、硬件和软件)。
- 估计软件开发的成本。
- 确定项目进度。

4.8.3 SQL Server 的安装

SQL Server 的安装包括服务器端和客户端,在安装过程中应根据不同 CPU 品牌选择相应目录下的 SETUP. EXE 文件进行安装。这里主要对 SQL Server 2000 进行安装,SQL Server 2000 包括 6 个不同的版本,这些版本之间存在着功能和特点的差异,而这些差异则是它们分别适用于不同环境的原因。下面重点介绍 3 种。

1) SQL Server 2000 企业版

SQL Server 2000 企业版是最大的安装,作为生产数据库服务器使用,它支持所有 SQL Server 2000 的功能。该版本最常用于大中型产品数据库服务器,并且支持大型网站、大型数据仓库所要求的性能。

2) SQL Server 2000 标准版

SQL Server 2000 标准版的适用范围是小型的工作组或部门的数据库服务器。它支持大多数 SQL Server 2000 的功能,但是不具有支持大型数据库和网站的功能,而且,也不支持所有的关系数据库引擎的功能。

3) SQL Server 2000 个人版

SQL Server 2000 个人版主要适用于移动用户,用于在客户机上存储少量数据,因为它们经常从网络上断开,而运行的应用程序却仍然需要 SQL Server 的支持。除了事务处理复制功能以外,SQL Server 2000 个人版能够支持所有 SQL Server 2000 标准版的支持的特性。

SQL Server 2000 的安装程序是非常智能化的。下面以中文 SQL Server 2000 个人版的安装过程为例,说明 SQL Server 的安装过程,其他的标准版和企业版的安装过程类似。

(1) 将 SQL Server 2000 Personal 版光盘插入光驱后,系统会自动运行 SQL Server 2000 安装程序,显示如图 4-5 所示。该界面中共有 5 个选项,选择"安装 SQL Server 2000 组件"。

图 4-5 安装 SQL Server 2000 组件界面

（2）此时出现如图 4-6 所示的安装组件对话框。选择"安装数据库服务器"，则进入
SQL Server 2000 安装向导。

图 4-6　安装 SQL Server 2000 组件选项对话框

（3）在出现的"欢迎"界面中，直接单击"下一步"按钮继续。

（4）出现如图 4-7 所示"计算机名"对话框中，选择进行安装的目的计算机，选择"本地
计算机"选项，单击"下一步"按钮。

图 4-7　"计算机名"对话框

（5）出现如图 4-8 所示的"安装选择"对话框。该对话框中的"实例"指的就是数据库服
务器的名称，SQL Server 2000 将以进行安装的计算机名称作为默认的数据库服务器名称。
选择"创建新的 SQL Server 实例，或安装客户端工具"选项，并单击"下一步"按钮。

（6）出现如图 4-9 所示的"用户信息"窗口，输入用户信息，单击"下一步"按钮。

（7）在出现的"软件许可证协议"对话框中单击"是"按钮，表示接受软件许可证协议。

数据库理论与应用

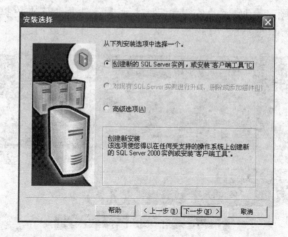

图 4-8 SQL Server 2000 数据库服务器安装选择对话框

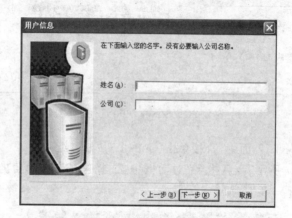

图 4-9 "用户信息"对话框

(8) 出现如图 4-10 所示的"安装定义"对话框,有 3 种安装类型,选择"服务器和客户端工具"选项,单击"下一步"按钮。

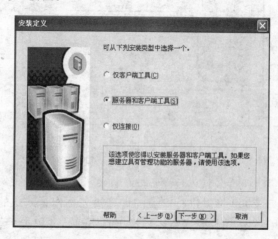

图 4-10 "安装定义"对话框

（9）出现如图 4-11 所示的"实例名"对话框。在其中选择安装的数据库实例名，即 SQL Server 数据库服务器的命名。如果自己选择命名，则清除"默认"复选框，并手工输入实例名。也可以选择默认安装，选择"默认"复选框，数据库服务器的名称与 Windows 操作系统服务器名称相同。单击"下一步"按钮。

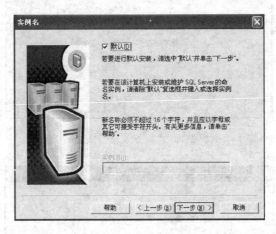

图 4-11　"实例名"对话框

（10）出现如图 4-12 所示的"安装类型"选择对话框，选择"典型"，单击"下一步"按钮。

图 4-12　"安装类型"对话框

（11）出现如图 4-13 所示的"服务账户"对话框，选择"对每个服务"的选项。在"服务设置"选项区域，选择使用本地系统账户。

（12）出现如图 4-14 所示的"身份验证模式"对话框，选择"混合模式"选项。对于"添加 sa 登录密码"选项，在这里仅用于学习，该项可以设置为空。单击"下一步"按钮。

（13）出现开始复制文件窗口，单击"下一步"按钮。

（14）系统开始复制安装文件，在安装完毕后出现"安装完毕"对话框，单击"完成"按钮结束安装过程。

（15）检验安装，如果安装后"SQL Server 服务管理器"能够正常启动和关闭，则表示数据库服务器安装正常。

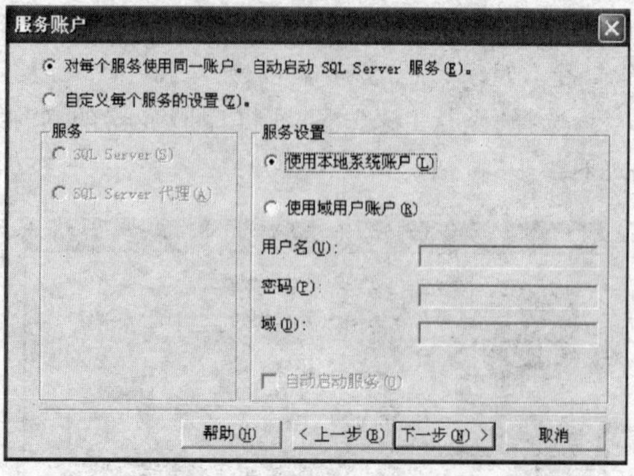

数据库理论与应用

图 4-13 "服务账户"对话框

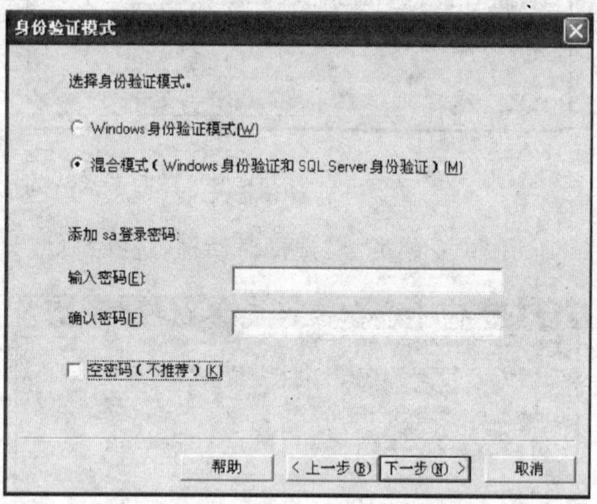

图 4-14 "身份验证模式"对话框

4.8.4 SQL Server 的管理工具

1. SQL Server 管理工具简介

SQL Server 的管理软件可以在客户端和服务器端同时运行,它提供了多个开发和管理数据库的工具,主要包括企业管理器(enterprise manager)、查询分析器(query analyzer)、SQL Server 命令方式管理工具、服务管理器(service manager)、SQL Server 帮助和 SQL Server 在线手册等。

1) 企业管理器

企业管理器是用户和系统管理员用来管理网络、计算机、服务和其他系统组件的管理工具,可用它完成很多操作,其中比较主要的是创建和管理数据库对象(如表、视图、存储过程、索引等)。它几乎可以完成所有的 SQL Server 2000 数据库的开发和管理工作,掌握这个工具的使用方法,可以提高数据库开发和管理的效率。

2) 查询分析器

查询分析器是数据库开发人员最喜欢的工具,用户可以在查询分析器中交互式地输入和执行各种 T-SQL 语句并查看结果。既可同时执行多条 SQL 语句,也可执行脚本文件中的部分语句,对数据库的表实施各种操作。

3)服务管理器

服务管理器的功能是启动、停止和暂停 SQL Server 服务。在对 SQL Server 中的数据库和表进行任何操作之前,需要首先启动 SQL Server 服务。

4)事件探查器

事件探查器是 SQL Server 提供的监视并跟踪 SQL Server 2000 事件的图形界面工具。它能够监视 SQL Server 2000 的事件处理日志,并对日志进行分析和重播。

5)客户端网络实用工具

使用客户端网络实用程序设置在客户端链接 SQL Server 时启用和禁用的通信协议、配置服务器别名、显示数据库选项和查看已经安装的网络数据库。

6)服务器端网络实用工具

服务器端网络实用程序是安装在服务器端的管理工具,它同安装在客户端的网络实用程序相对应,可以使用它来管理 SQL Server 服务器提供的数据存取接口。客户端网络实用程序必须根据服务器端网络实用程序进行相应的设置。

7)导入导出数据

导入导出功能有助于把其他类型的数据转换存储到 SQL Server 2000 数据库中,也可以将 SQL Server 2000 数据库转换输出为其他数据格式。

8)联机丛书

联机丛书提供了一个在使用 SQL Server 时可以随时参考的辅助说明。它的内容包括了对 SQL Server 2000 功能、各项管理工具的使用等方面的帮助信息。

2. 在 SQL Server 中创建数据库

在 SQL Server 中创建数据库有 3 种途径:用企业管理器创建数据库、用创建数据库向导创建数据库、用 T-SQL 语句创建数据库。下面说明如何建立数据库和导入数据。

【例 4-90】 用企业管理器创建数据库。

第一步,打开 SQL Server 企业管理器,如图 4-15 所示。

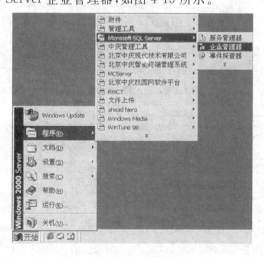

图 4-15 "企业管理器"命令

第二步,在企业管理器中打开建立新数据库的界面,如图 4-16 所示。

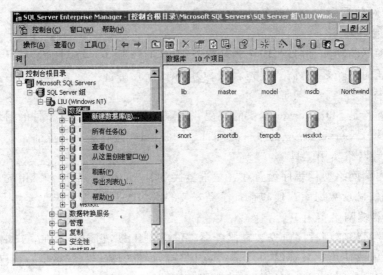

图 4-16 "新建数据库"命令

第三步,输入数据库信息,包括数据库名字,数据文件、日志文件的路径和大小,如图 4-17 和图 4-18 所示。

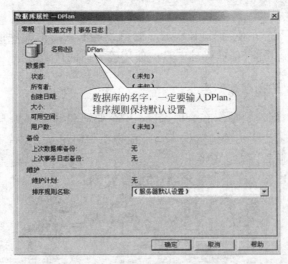

图 4-17 输入数据库的名字

数据库属性设置完毕之后,单击"确定"按钮,等候数据库建立完毕。

也可以用查询分析器中的 T-SQL 语句创建数据库,具体的 T-SQL 语句格式如下:

CREATE DATABASE 数据库名
ON (数据文件/文件组定义(FILEGROUP))
LOG ON (日志文件定义)

在这里,数据/日志文件定义格式包括:

逻辑文件名,物理文件名,容量(初始、最大、增长幅度)
NAME, FILENAME, SIZE, MAXSIZE, FILEGROWTH

图 4-18　设置其他属性

定义主数据文件加：PRIMARY。

定义文件组加：FileGroup 文件组名。

【例 4-91】　用 T-SQL 语句创建、修改、删除数据库。

（1）创建一个 student 数据库，操作系统文件名为 student_dat.mdf，数据文件大小为 2MB，以 10％速度增长，日志文件大小为 1MB。T-SQL 语句如下：

```
create database student
on
(name = student_dat,
filename = 'd:\student_dat.mdf',
size = 2MB,
filegrowth = 10 % )
log on
(name = student_log,
filename = 'd:\studnet_log.ldf',
size = 1MB,
filegrowth = 10 % )
```

（2）用 T-SQL 语句修改数据库。

```
ALTER DATABASE 数据库名
ADD FILE 数据文件定义… TO FILEGROUP
ADD LOG FILE 事务日志文件定义
REMOVE FILE 逻辑文件名
ADD FILEGROUP 文件组名
REMOVE FILEGROUP 文件组名
MODIFY FILE 数据文件定义
MODIFY NAME = 新数据库名
MODIFY FILEGROUP 文件组名
```

（3）用 T-SQL 语句删除数据库。

语法如下：

```
DROP DATABASE 数据库名称
```

数据库理论与应用

注意：不能删除当前正在使用的数据库；不能删除系统数据库；在删除用于复制的数据库之前，首先删除复制；若要使用 DROP DATABASE 语句，则连接的数据库上下文必须在 master 数据库中。

【例 4-92】 备份已有的数据库文件。

建议经常备份数据库文件，以便在系统出现故障时恢复。

第一步，右击 dplan 选项，在弹出的快捷菜单中选择"所有任务选项"→"备份数据库"命令，如图 4-19 所示。

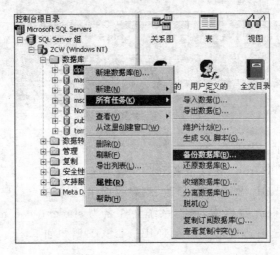

图 4-19 "备份数据库"命令

第二步，出现如图 4-20 所示的窗口，所标明处路径为要备份的位置和文件名，默认文件名为之前所还原的文件名。可以先删除现有备份文件路径，然后单击"添加"按钮。

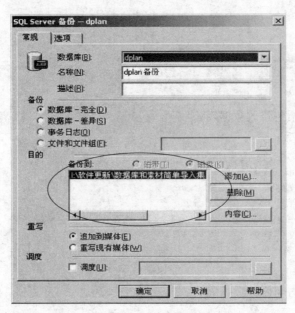

图 4-20 "SQL Server 备份"对话框

第三步,在出现如图 4-21 所示的窗口后,在②中单击"…"按钮浏览,出现窗口③后选出要备份到的路径,并在"文件名"文本框中输入所保存文件名称,扩展名可随意设置。单击"确定"按钮开始备份。

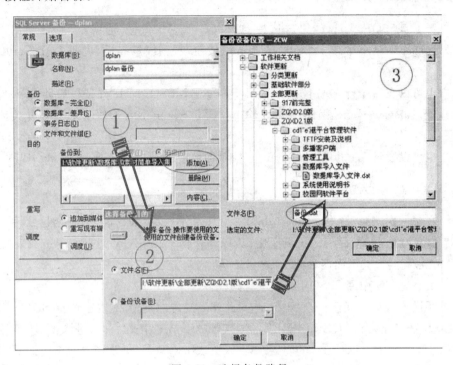

图 4-21　选择备份路径

第四步,出现备份完成的提示,如图 4-22 所示。

图 4-22　备份完成

4.8.5 SQL Server 的基本操作

1. SQL Server 的启动

首先要启动 SQL Server，用户选择 SQL Server Manager 选项，然后在弹出的 SQL Server Manager 对话框中单击 Start/Continue 按钮，看到绿灯亮后，说明 SQL Server 已经启动。

用户也可以在命令行方式下输入 NET START MSSQLSERVER 以启动 SQL Server，然后再运行 sqlserver. exe 程序即可。输入 NET STOP MSSQLSERVER 可关闭 SQL Server。

用户也可以通过 Windows NT Server 控制面板中的"服务"选项来启动 SQL Server。

2. 为 SA 账户加入密码

系统在第一次安装时，对 Super Administrator(SA)没有加密码，为安全起见，系统安装完成以后必须马上对 SQL Server 设定密码，以防任何人以 SA 名义上网而造成安全隐患。更改 SA 的密码同样有下面两种方法。

(1) 在 ISQL_w 中用 T-SQL 命令进行修改。

首先要进入 ISQL_w 窗口，在 Connect Server 窗口的 Server 栏中选择 SQL-SERVER 名称，用 SA 账户连接到 SQL SERVER，然后单击 Connect 按钮，即可进入 ISQL_W 窗口。

进入 ISQL_W 窗口后，在 Query 页中输入更改密码命令，更改密码的语法如下：

```
sp_password old_password,new_password[,login id]
```

其中：

old_password 为原密码。

new_password 为修改后的密码。

login id 为登录名。

如果原来没有设定密码，则 old_password 为 null。此时如果查询 Results 页，即可得到提示信息 password changed。

(2) 通过图形化界面更改密码。

要通过图形化界面更改密码，应首先从 Server Manager 窗口中选择已打开的数据库，本例为 HRX 数据库，然后在 Microsoft SQL Enterprise Manager 窗口中选择 Manage 菜单中的 Logins 选项，在弹出的 Manager Logins 对话框中的 Password 项中可以进行密码的更改，当单击 Modify 按钮后，在确认密码对话框中重新输入修改的密码就可以使更改生效。

3. SQL Server 的配置

用户可以通过查看 SQL Server 的系统配置以了解 SQL Server 的性能或修改配置以获得最佳性能。用户可以通过选择 Microsoft SQL Enterprise Manager 对话框中的 Server 菜单下的 SQL Server 子项中的 Configure 选项进行配置，此时弹出 Server Configuration/Option 对话框。用户可以在 Configuration 页的 Current 栏中对系统配置做必要的修改。

4. 查看专用存储器的构造

SQL Server 安装程序在执行安装过程中会自动构造 SQL Server 专用存储器的大小，当机器内存小于 32MB 时，会自动划分 8MB 给 SQL Server 专用，用户可以用 DBCC menusage 命令在 ISQL_w 中得到结果。

4.8.6 SQL Server 中的程序设计

1. 程序设计中批处理命令的基本概念

批处理命令是一个 SQL 语句集，这些语句一起提交并作为一个组来执行，一个批处理命令作为整体编译一次，并以一个批处理命令结束符中止。因此批处理命令的大小有一定的限制，批命令结束的符号或标志是 go。批命令可以交互地运行或在一个文件中运行。提交给 ISQL 的文件可以包含多个 SQL 批命令，每个批命令之间以批命令分隔符 go 命令中止。

脚本是一系列顺序提交的批命令。如果脚本中的一个批命令出错，其余的批命令是否提交由客户程序决定。在创建批命令时，有些语句可以被组合来创建单个批命令，而有些语句则不能。

使用批命令时应注意：

（1）不能在批命令中既创建又使用 check 约束。

（2）在同一个批命令中不能既删除又重建一个批命令。

（3）在同一个批命令中不能改变一个表中的某个列后再立即引用其新列。

（4）规则和默认不能在同一个批命令中既绑定又被使用。

2. SQL Server 的流程控制语句

用户通过流程控制语句可以控制程序的流程，允许语句彼此相关及相互依赖。流程控制语句可以用于单个的 SQL 语句、语句块和存储过程的执行。流程控制语言使用类似编程语言的结构。

1）声明变量

用 DECLARE 可以声明变量，用 SELECT 语句可以给变量赋值。声明的变量可以作 EXECUTE、RAISERROR 及 PRINT 等语句的参数。

声明变量的语法如下：

```
DECLARE@variable_name datatype
[,@variable_name datatype...]
```

其中：

variable_name 为变量名。

datatype 为变量的数据类型。

变量是被赋值的用户定义的实体。局部变量先用 DACLARE 语句定义，再用 SELECT 语句赋给初始值，然后声明它的批命令或在过程中使用。

2）预声明的全局变量

预声明的全局变量是系统提供的预先声明的变量。许多预声明的全局变量用来报告最近一次 SQL Server 启动的系统活动情况以及连接信息。预声明的全局变量的特征有两个 @@放在变量名前，通过它可以很方便地和 DECLARE 声明的局部变量区别开。

3) RETURN 语句

SQL Server 用 RETURN 语句来实现从一个查询或过程中无条件退出。RETURN 语句可以返回一个整数给调用它的过程或应用程序。在 SQL Server 中指定返回值 0 来表明成功返回，负数 -1~-99 表明不同的出错原因。例如，-1 是指"对象丢失"，-2 是指"发生数据类型错误"。如果未提供用户定义的返回值，则使用 SQL Server 系统定义值。用户定义的返回状态值不能与 SQL Server 的保留值相冲突。当前使用的保留值是从 0~14。

4) CASE 表达式

通过使用 CASE 表达式可以简化 SQL 表达式，它可以用于任何允许使用表达式的地方。CASE 语句的用法为：

```
CASE expression
WHEN expression1 THEN expression1
[[WHEN expression2 THEN expression2][...]]
[ELSE expressionN]
END
```

搜索 CASE 表达式的用法为：

```
CASE
WHEN Boolean_expression1 THEN expression1
[[WHEN Boolean_expression2 THEN expression2][...]]
[ELSE expressionN]
END
```

SELECT 语句中的简单 CASE 表达式只允许等值检查，不允许其他比较。

5) BEGIN END 块

用 BEGIN END 括起来的一系列的语句称作语句块。该语句块与 IF...ELSE 和 WHILE 控制语句一起使用。若不用 BEGIN 和 END，则紧跟在 IF...ELSE 或 WHILE 之后的第一条语句被执行。BEGIN...END 语句块可以嵌套。

BEGIN END 语句最常用于下列 3 个区域：

```
IF 语句体
ELSE 语句体
WHILE 语句体
```

BEGIN END 的语法为：

```
BEGIN
{sql_statement|ststement_book}//SQL 语句|语句块
END
WHILE 结构
```

只要为 WHILE 指定的条件为真，就重复执行语句。

BREAK 和 CONTINUE 是 WHILE 循环中控制语句的操作，BREAK 导致退出 WHILE 循环。CONTINUE 使 WHILE 循环从头开始重新执行。

BREAK 与 CONTINUE 语句在 WHILE 循环体中的用法如下：

```
WHILE Boolean_expression
{sql_statement|statement_block}
[BREAK]
{sql_statement|statement_block}
[CONTINUE]
{sql_statement|statement_block}
```

6) 游标

游标允许对给定的结果集(用户定义的所有表名的集合)或 SELECT 语句生成的整个结果集进行单独操作。游标通常提供滚动的能力,允许检索下一行、前一行、第 N 行及最后一行等。

SQL Server 提供两种基于服务器的游标实现方法:第一种方法是只运行单行处理的 ANSI_SQL 游标,这是一种较好的方法。每次提取(fetch)只从结果集中返回一行;第二种方法是基于过程的引擎游标,这种方法由 DB_Library 和 ODBC 游标应用程序接口(API)使用。

通过使用游标可以对给定结果集进行单独操作或对整个结果集进行操作,还可以对结果集逐行进行多个操作。

游标返回一个基于数据库的表(基表)的结果集。例如,可以生成一个游标以包括一个数据库中的所有用户自定义表。在游标打开后,提取可以通过结果集包含对多个表的多个操作。

DECLARE 语句的语法为:

```
DECLARE cursor_name [INSENSITIVE][SCROLL]CURSOR
FOR select_statement
[FOR{READ ONLY|UPDATE|OP colomn_list}]
```

DECLARE 语句创建游标并定义其属性。声明时评估 SELECT 语句中的变量,游标有两种类型:INSENSITIVE 型游标只允许对结果集中下一行进行操作,SCROLL 型游标允许所有提取方法。

如果在游标定义中既没有指定 READ ONLY 选项,又没有指定 UPDATE 选项,则对游标的修改能力定义如下:

若在 SELECT 语句中指定了 ORDER BY,或指定了 INSENSITIVE,则游标为只读。否则游标可以修改。

若在 SELECT 语句中指定了 GROUP BY、UNION、DISTINCT 和 HAVING,则游标为只读且不敏感。结果被复制至临时表中并从该表中提取。

用 OPEN 语句打开游标并在必要时建立临时表。在游标打开时对结果集的排序和包含内容的准则是固定的。

在打开一个游标后要用一个全局变量@@CURSOR_ROWS 来接收最近一次打开的游标中合乎要求的行数。

@@CURSOR_ROWS 返回值的意义如下:

—m——如果游标被异步填充,则返回值(—m)指当前键集(keyset)中的行数。

N——如果游标已填满,则返回值(n)指明游标的行数。

0——表示没有打开游标或最近一次打开的游标已被关闭或删除。

FETCH 语句的用法为：

```
FETCH [[NEXT|PRIOR|FIRST|ABSQLUTEn|RELATIVE n]
FROM]cursor_name
[INTO@variable_namel,@variable_name2...]
```

全局变量在每次执行 FETCH 语句时被修改。若提取成功，则@@FETCH_STATUS 被置为 0。若因为所要求的位置超过了结果集允许的位置而导致提取不到数据，则@@ FETCH_STATUS 变量将返回－1。

CLOSE 语句的用法为：

CLOSE 语句用于关闭游标并释放所有用于缓冲的内存。在游标关闭之后，不能对其进行提取、修改或删除操作。游标定义可以存储起来并能重新打开。

DEALLOGATE 语句的用法为：

该语句将删除游标定义并释放与游标关联的所有数据结构。

4.8.7 存储过程

1. 存储过程的概念

存储过程是存放在服务器上的预先编译好的 SQL 语句。存储过程在第一次执行时进行语法检查和编译。编译好的版本存储在过程高速缓存中用于后续调用，这样使得执行更迅速、更高效。存储过程由应用程序激活，而不是由 SQL Server 自动执行。存储过程可用于安全机制，用户可以被授权执行存储过程。在执行重复任务时存储过程可以提高性能和保证一致性，若要改变业务规则或策略，只需改变存储过程即可。存储过程可以带有和返回用户提供的参数。

2. 存储过程的创建

存储过程的创建由如下命令构成：

```
CREATE PROCEDURE[owner.]procedure_name[;number]
[(parameter1[,parameter2]...[parameter255])]
[{for replication}|{with recompile}]
[{WITH|[,]}ENCRYPTION]
AS
sql_statements
```

其中：

procedure_name——指明存储过程的名字。

parameter——指明存储过程的参数。

子句 with recompile——决定执行计划不保存在过程高速缓存中。每次执行时都重新编译它。

（1）编写 T_SQL 语句。

（2）测试 T_SQL 语句。

（3）若得到所需的结果，则创建存储过程。

（4）执行存储过程。

3. SQL Server 的存储过程

在 SQL Server 中存储过程以可以分为目录存储过程、扩展存储过程、复制存储过程、SQL Execute 存储过程及系统存储过程。

下面就介绍几种常用的存储过程的用法。

1）目录存储过程

目录存储过程提供一个统一的目录接口，可访问数据库网关以及 SQL Server。这些存储过程与 Microsoft 开放数据库连接（ODBC）API 的目录接口兼容。

针对目录存储过程，SQL Server 提供了 13 个命令，具体命令及其用法请参见有关资料。

2）扩展存储过程

扩展存储过程提供一种方法，以类似于存储过程的方式，动态装入的执行动态连接库（DLL）内的函数，并无缝地扩展 SQL Server 功能。SQL Server 之外的操作可以轻松触发和外部信息返回到 SQL Server。另外还支持返回状态代码和输出参数（与它们在常规存储过程中对应版本）。

有关扩展存储过程，SQL Server 也提供了很多命令，详细的命令请参见有关资料，扩展存储过程按用途分类有：

（1）集成安全性扩展存储过程。

（2）SQL Mail 扩展存储过程。

（3）一般扩展存储过程。

用户使用 Microsoft Open Data Service 可以建立另外一些扩展存储过程。关于建立扩展存储过程的信息，可参见有关资料。

3）系统存储过程

SQL Server 系统存储过程是为用户提供方便的，它们使用户可以很容易地从系统表中取出信息、管理数据库，并执行涉及更新系统表的其他任务。系统存储过程在安装过程中在 master 数据库中创建的，由系统管理员管理。所有系统存储过程的名字均以 sp 开始。

SQL Server 提供了许多的系统存储过程作为一种检索的操纵存放在系统中表的信息的简便方式。用户也可以自己创建系统存储过程（只需以 sp_ 作为过程名的开头）。一旦创建，该过程就具有以下性质：

（1）可在任何数据库中执行。

（2）当执行时可以在数据库中找到。如果过程以 sp_ 开头，而在当前数据库找不到，那么 SQL Server 就在 master 数据库中查找。以 sp_ 前缀命名的存储过程中引用的表如果不能在当前数据库中解析出来，那么将在 mater 数据库中查找。当系统存储过程的参数是保留字或对象名，且对象名由数据库或拥有者名字限定时，整个名字必包含在单引号中。一个用户可以在所有数据库中执行一个存储过程的许可权，否则在任何数据库中都不能执行该系统存储过程。数据库的拥有者在它自己的数据库中不能直接控制系统存储过程的许可权。

数据库理论与应用

小结

本章系统而详尽地讲解了 SQL 和 SQL Server 语言。SQL 是关系数据库语言的工业标准。各个数据库厂商支持的 SQL 语言在遵循标准的基础上常常会进行不同的扩充或修改。本章介绍的是标准 SQL，但其中的例子是在 SQL Server 环境下调试运行的，不过，本章的绝大部分例子应能在不同的系统，如 Oracle、SyBase、DB2 和 Informix 等系统上运行，也许有的例子在某些系统上需要稍作修改后才能运行。

SQL 语言可以分为数据定义、数据查询、数据更新和数据控制 4 大部分，有时人们把数据更新称为数据操纵，或把数据查询与数据更新合称为数据操纵。

视图是关系数据库系统中的重要概念，这是因为合理使用视图具有许多优点。而 SQL 语言的数据查询功能是最丰富，也是最复杂的，要加强学习和训练。

SQL 不仅可以独立使用，还可以嵌入到其他高级语言（如 C 语言）中，由于数据库语言是非过程化语言，而高级语言为过程化语言，因此在嵌入式使用方式时，就需要协调宿主语言的单记录操作和数据库的集合操作、解决两种语言之间的数据通信问题。

SQL Server 是 Microsofc 公司推出的一款相当优秀的数据库软件。本章对其一些重要的功能做了介绍。但限于篇幅，不可能全面且详细地介绍 SQL Server，有兴趣的读者可以参考其他相关资料。数据库原理是一门实践性很强的课程，要学好数据库原理不应该仅仅学习课本知识，而应该通过实践来巩固知识。事实上也只有实践之后才能对书本的知识有深入的了解。

本章内容是整个数据库课程学习中最重要的章节，掌握和学好 SQL 可以说是学好和用好关系数据库的基础。

综合练习 4

一、填空题

1. 结构化查询语言 SQL 是一种介于_____和_____之间的语言。

2. SQL 是一种一体化的语言，它包括了_____、数据查询、_____和数据控制等方面的功能。

3. 非关系数据模型采用的是面向_____的操作方式，任何一个操作其对象都是一条记录，而 SQL 则是面向_____的。

4. 表在数据库中占有的_____可以是永久性的，可以是暂时性的。

5. 在 SQL 语言中是用_____语句来在数据库中创建表的。

6. 有时候需要根据实际需要对数据表的结构进行修改，这时就要用到 SQL 的_____语句。

7. _____子句可以将查询结果表的各行按一列或多列值分组，值相等的为一组。

二、选择题

1. SQL 语言中,外模式对应于(　　)。
    A. 视图和部分基本表　　　　　　　　B. 基本表
    C. 存储文件　　　　　　　　　　　　D. 物理磁盘

2. SQL 语言中,模式对应于(　　)。
    A. 视图和部分基本表　　　　　　　　B. 基本表
    C. 存储文件　　　　　　　　　　　　D. 物理磁盘

3. SQL 语言中,内模式对应于(　　)。
    A. 视图和部分基本表　　　　　　　　B. 基本表
    C. 存储文件　　　　　　　　　　　　D. 物理磁盘

4. 视图消解(view resolution)的概念是(　　)。
    A. 将对视图的查询转换为逻辑查询的过程
    B. 将对视图的查询转换为对具体数据记录查询的过程
    C. 将对视图的查询转换为对数据文件的查询的过程
    D. 将对视图的查询转换为基本表的查询的过程

5. 为防止用户通过视图对数据进行增、删、改时,无意或故意操作不属于视图范围内的基本表数据,可在定义视图时加上下列(　　)句子。
    A. WITH CHECK OPTION 子句　　B. WITH CHECK DISTINCT 子句
    C. WITH CHECK ON 子句　　　　D. WITH CHECK STRICT 子句

6. SQL 语言是集以下(　　)功能于一体。
    A. 数据查询(data query)　　　　　　B. 数据操纵(data manipulation)
    C. 数据定义(data definition)　　　　D. 数据控制(data control)
    E. 数据过滤(data filter)

7. 用户可以用 SQL 语言对下列(　　)对象进行查询。
    A. 视图　　　　　　　　　　　　　　B. 基本表
    C. 存储文件　　　　　　　　　　　　D. 存储文件的逻辑结构
    E. 存储文件的物理结构

8. 下列(　　)选项是删除基本表定义的结果。
    A. 表中的数据将自动被删除掉
    B. 在此表上建立的索引将自动被删除掉
    C. 建立在此表上的视图依旧保留
    D. 建立在此表上的视图已经无法引用
    E. 建立在此表上的视图也自动被删除掉

9. 在创建视图的语句中,子查询可以是任意复杂的 SELECT 语句,但不允许含有(　　)。
    A. WITH 子句　　　　　　　　　　　B. WHERE 子句
    C. ORDER BY 子句　　　　　　　　　D. NOT NULL 子句

10. 在(　　)情况下必须明确指定组成视图的所有列名。
    A. 其中某个目标列不是单纯的属性名,而是集函数或列表达式

    B. 简单查询时使用了 DISTINCT 短语

    C. 多表达式时选出了几个同名列作为视图的字段

    D. 多表达式时使用了 DISTINCT 短语

    E. 需要在视图中为某个列启用新的更合适的名字

三、问答题

1. 简述 SQL 的核心部分。

2. 为何说 SQL 是高度非过程化的语言?

3. SQL 是如何支持关系数据库的 3 级模式结构?

4. 什么是表?

5. 什么是嵌入式数据库?

6. 什么是动态 SQL?

7. SQL Sever 有哪些特殊用户?

8. 简述 SQL Server 的存储过程。

四、实践题

1. 利用第 2 章实践题的结果,为其定义表或视图。

2. 重新定义一个学生和课程的关系模式,写出以下 SQL 语句。

(1) 查询每门课程选课的学生人数、最高成绩、最低成绩和平均成绩。

(2) 查询所有课程的成绩都在 80 分以上的学生的姓名、学号,且按学号升序排列。

(3) 查询缺成绩的学生的姓名,缺成绩的课程号及其学分数。

关系数据库的查询优化　第 5 章

第 4 章讲述了结构化查询语言 SQL。使用 SQL,用户只需要给出想得到的数据,无须描述查询过程如何进行。因此从查询语句出发,直到获得查询结果,需要一个处理过程,此过程称为查询处理。在处理过程中,DBMS 需要做适当的优化以提高效率,这个过程称为查询优化。

查询处理是数据库管理的核心,而查询优化又是查询处理的关键技术。任何类型的数据库都会面临查询优化问题。查询优化一般可以分为代数优化、物理优化和代价估算优化。代数优化是指对关系代数表达式的优化,物理优化则是指存取路径和底层操作算法的优化,代价估算优化是对多个查询策略的优化选择。本章只讨论代数优化,其要点是使用关系代数等价变换公式对目标表达式进行优化组合,以提高系统查询效率。关于其他两种优化可以参考相关资料。

5.1　查询优化概述

数据查询是数据库系统中最基本、最常用和最复杂的数据操作,从实际应用角度来看,必须考察系统用于数据查询处理的开销代价。查询处理的代价通常取决于查询过程对磁盘的访问。磁盘访问速度相对于内存速度要慢很多。在数据库系统中,用户的查询通过相应查询语句提交给 DBMS 执行。一般而言,相同的查询要求和结果存在着不同的实现策略,系统在执行这些查询策略时所付出的开销通常有很大差别,甚至可能相差好几个数量级。实际上,对于任何一个数据库系统来说,查询处理过程都必须面对一个如何从查询的多个执行策略中进行“合理”选择的问题,这种“择优”的过程就是“查询处理过程中的优化”,简称为查询优化。

查询优化作为数据库中的关键技术,极大地影响着 DBMS 的性能。已经知道,数据查询是任何一种类型的数据库的最主要功能,数据查询必然会有查询优化问题。从数据库的性能需求和使用技术上来看,无论是非关系数据库还是关系数据库都要有相应的处理方法与途径。查询优化的基本途径可

数据库理论与应用

以分为用户手动处理和机器自动处理两种。

对于非关系数据库系统(例如层次和网状数据库),由于用户通常使用低层次的语义表达查询要求,任何查询策略的选取只能由用户自己去完成。在这种情况下,是用户本身而不是机器来决定使用怎样的运作顺序和操作策略,由此导致的结果就是:其一,当用户做出了明显的错误查询决策,系统对此却无能为力;其二,用户必须相当熟悉有关编程问题,这样就加重了用户负担,妨碍了数据库的广泛使用。

作为关系数据库系统,查询优化自然是必须面对的挑战。早在 20 世纪 70 年代初期,关系理论创始人 Codd 就对关系数据库原理进行了详细讨论和研究,并在理论上取得了重大成果。在这些理论成果出现之后,人们也相继认识到了其基本意义,但是在几乎整个 20 世纪 70 年代,关系数据库却始终无法走向实用化和商品化。根本原因就在于关系数据查询优化问题未能妥善解决,关系数据库的查询效率相当低下。为了解决这个问题,Codd 等人在关系数据库的发展历史上又继续奋斗。经过十年多年的艰苦研究,Codd 等发现了关系数据库理论的很多特点和优越之处,并以此为基础,探讨了关系数据查询优化的基本原理。Codd 等人的工作为机器自动进行查询优化提供了可能。关系数据理论是基于集合理论的,集合及其相关理论就构成了整个关系数据库领域中最重要的理论基础,这样就使得关系数据查询优化有了理论探讨上的可行性;相应的关系查询语言作为高级语言,相对于非关系数据库的查询语言,具有更高层次的语义特征,这又为由机器处理查询优化问题提供了实践上的可能性。人们正是以关系数据理论为基础,建立起由系统通过机器自动完成查询优化工作的有效机制,这种机制最为引人注目的结果,就是关系数据库查询语言可以设计成所谓"非过程语言",即用户只需要表述"做什么",而不需要关心"如何做",即在关系数据库中,用户只需要向系统表述查询的条件和要求,查询处理和查询优化过程的具体实施完全由系统自动完成。至此,关系数据库才真正开始了其蓬勃发展的辉煌历程。正是在这种意义上,人们称关系数据查询具有"非过程"的特征,称关系数据查询语言例如 SQL 等为非过程性查询语言。

5.2 查询优化的必要性

下面举一个例子来说明查询优化的必要性。

【例 5-1】 查询选修了课程 C1 的学生姓名。

```
SELECT      Student.Sname
FROM        Student,SC
WHERE       Student.Sno = SC.SnoAND SC.Cno = 'C1';
```

系统可以有多种等价的关系代数表达式来完成这一查询。一般而言,在 SQL 语句转换为关系代数表达式的过程中,SELECT 语言对应投影运算,FROM 语句对应笛卡儿积运算,WHERE 子句对应选择运算。

为了说明问题,先做如下的假定:

(1) 设 Student 有 1000 个元组,SC 有 10 000 个元组,其中修读 C1 的元组数为 50。

(2) 磁盘中每个物理块能存放 10 个 Student 元组,或 100 个 SC 元组。

(3) 内存一次可以存放 5 块 Student 元组,1 块 SC 元组和若干连接结果元组。

（4）读/写一块磁盘的速度为 20 块/秒。

（5）为了简化起见，所有内存操作所花的时间忽略不计。

下面将用 3 个与上面查询等价的关系代数表达式来说明问题。

1. 执行策略 1

$$Q_1 = \prod_{Sn} (\sigma_{S. \, Sno=SC. \, Sno \wedge SC. \, Cno= \, 'C1'}(S \times SC))$$

1）做笛卡儿积

将 Student 与 SC 的每个元组相连接，其方法为先读入 Student 中的 50 个元组（5×10）至内存缓冲区，然后不断地将 SC 的元组按 100 位一块读入后与 Student 的元组相连接，直至读完所有 SC 元组（共计 100 次）。这种操作内连接满 100 位后就写中间文件一次。反复进行这样的操作，直至做完笛卡儿积，此时共读取总块数为：

$$\frac{1000}{10} + \frac{1000}{10 \times 5} \times \frac{10000}{100} = 100 + 20 \times 100 = 2100 \text{ 块}$$

其中读 Student 表 100 块，读 SC 表 20 次，每次 100 块。由于每块花费时间 1/20 秒，此时总共花费时间（100＋100×20）/20＝105 秒。连接后的元组数为 $10^3 \times 10^4 = 10^7$，设每块（约）能装 10 个元组，则写入中间文件要花 $10^6/20 = 50000$ 秒。

2）做选择操作

从中间文件中读出连接后的元组，按选择要求选取记录（此项为内存操作，时间可忽略不计），此项操作所需时间与写入中间文件时间一样，即 50000 秒。满足条件的元组假设为 50 个，均放在内存中。

3）做投影操作

第二项操作的结果满足条件的元组数为 50 个，它们可全部存放在内存。对它们在 Student 上做投影操作，由于是在内存中进行，其时间可忽略不计。这样 Q_1 的全部查询时间约为 $105 + 2 \times 5 \times 10^4 = 100105$ 秒＝27.8 小时，所以这个运算需要超过一天的时间来完成。

2. 执行策略 2

$$Q_2 = \prod_{Sname} (\sigma_{SC. \, Cno= \, 'C1'}(Student \bowtie SC))$$

1）做自然连接

计算自然连接时读取 Student 与 SC 表的方式与 Q_1 一致，总读取块数为 2100 块，花费时间为 105 秒，但其连接结果块数大为减少，总计 10^4 个，所花时间为 $10^4/10/20$ 秒＝50 秒。仅为 Q_1 的千分之一。

2）做选择操作

做选择操作的时间为 50 秒。

3）做投影操作

与 Q_1 类似，其时间可忽略不计。

这样，Q_2 的全部查询时间为

$$105 + 50 + 50 = 205 \text{ 秒}$$

3. 执行策略 3

$$Q_3 = \prod_{\text{Sname}}(\text{Student} \bowtie \sigma_{\text{SC. Cno}} = \text{'C1'}(\text{SC}))$$

1) 做选择操作

对 SC 表作选择操作需读 SC 表一遍共计读 100 块,花费 5 秒结果为 50 个元组故不需要使用中间文件。

2) 做连接运算

对 S 选择后的 SC 左连接运算,由于选择后的 SC 已全部在内存,因此全部操作时间为 S 读入内存的时间共 100 块,花费时间为 5 秒。

3) 做投影运算

其时间忽略不计。这样,Q_3 的全部查询时间为:

$$5+5=10 \text{ 秒}$$

从上面 3 个计算时间可以看出,3 种等价的查询表达式具有完全不同的处理时间,它们的时间差大得让人吃惊,对于关系代数等价的不同表达形式而言,相应的查询效率有着"数量级"上的重大差异。这是一个十分重要的事实,它说明了查询优化的必要性,即合理选取查询表达式可以获取较高的查询效率,这也是查询优化意义所在。

5.3 关系代数表达式的等价变换

所谓关系代数表达式等价是指用相同的关系代替两个表达式中相应的关系所得到的结果是相同的。需要说明的是,所谓"结果"相同是指两个相应的关系表具有相同的属性集合和相同的元组集合,但元组中属性顺序可以不一致。

查询优化的关键是选择合理的等价表达式。为此,需要一套完整的表达式等价变换规则。

下面给出关系代数中常用的等价公式(等价变换规则)。

1. 结合律

设 E_1、E_2、E_3 是关系代数表达式,F 是条件表达式。

(1) 笛卡儿积结合律:$(E_1 \times E_2) \times E_3 \equiv E_1 \times (E_2 \times E_3)$。

(2) 条件连接的结合律:$(E_1 \underset{F}{\bowtie} E_2) \underset{F}{\bowtie} E_3 \equiv E_1 \underset{F}{\bowtie} (E_2 \underset{F}{\bowtie} E_3)$。

(3) 自然连接的结合律:$(E_1 \bowtie E_2) \bowtie E_3 \equiv E_1 \bowtie (E_2 \bowtie E_3)$。

2. 交换律

(1) 笛卡儿积交换律:$E_1 \times E_2 \equiv E_2 \times E_1$。

(2) 条件连接的交换律:$E_1 \underset{F}{\bowtie} E_2 \equiv E_2 \underset{F}{\bowtie} E_1$。

(3) 自然连接的交换律:$E_1 \bowtie E_2 \equiv E_2 \bowtie E_1$。

3. 串接定律

1) 投影运算串接定律

设 E 是一个关系代数表达式,B_1、B_2、$\cdots$、B_m 是 E 中的某些属性名,而 $\{A_1, A_2, \cdots, A_n\}$

是 $\{B_1, B_2, \cdots, B_m\}$ 的子集,则以下等价公式成立:

$$\prod_{A_1, A_2, \cdots, A_n}\left(\prod_{B_1, B_2, \cdots, B_m}(E)\right) \equiv \prod_{A_1, A_2, \cdots, A_n}(E)$$

2)选择运算串接定律

设 E 是一个关系代数表达式,F_1 和 F_2 是选择运算的条件,则以下等价公式成立:

(1) 选择运算顺序可交换公式

$$\sigma_{F_1}(\sigma_{F_2}(E)) \equiv \sigma_{F_2}(\sigma_{F_1}(E))$$

(2) 合取条件的分解公式

$$\sigma_{F_1 \wedge F_2}(E)) \equiv \sigma_{F_1}(\sigma_{F_2}(E))$$

4. 运算间交换律

设 E 是一个关系代数表达式,F 是选择条件,A_1、A_2、$\cdots$、A_n 是 E 的属性变元,并且 F 只涉及到属性 A_1、A_2、$\cdots$、A_n,则选择与投影的交换公式成立:

$$\sigma_F\left(\prod_{A_1, A_2, \cdots, A_n}(E)\right) \equiv \prod_{A_1, A_2, \cdots, A_n}(\sigma_F(E))$$

5. 运算间分配律

1) 选择运算关于其他运算的分配公式

(1) 选择关于并的分配公式。

设 E_1 和 E_2 是两个关系代数表达式,并且 E_1 和 E_2 具有相同的属性名,则有:

$$\sigma_F(E_1 \bigcup E_2) \equiv \sigma_F(E_1) \bigcup \sigma_F(E_2)$$

(2) 选择关于差的分配公式。

设 E_1 和 E_2 是两个关系代数表达式,并且 E_1 和 E_2 具有相同的属性名,则有:

$$\sigma_F(E_1 - E_2) \equiv \sigma_F(E_1) - \sigma F(E_2)$$

(3) 选择关于笛卡儿积的分配公式。

这里主要有 3 种类型的分配公式:

设 F 中涉及的属性都是 E_1 的属性,则有以下等价公式成立:

$$\sigma_F(E_1 \times E_2) \equiv \sigma_F(E_1) \times E_2$$

如果 $F = F_1 \wedge F_2$,且 F_1 只涉及到 E_1 的属性,F_2 只涉及到 E_2 的属性,则如下等价公式成立:

$$\sigma_F(E_1 \times E_2) \equiv \sigma_{F_1}(E_1) \times \sigma_{F_2}(E_2)$$

如果 $F = F_1 \wedge F_2$,且 F_1 只涉及到 E_1 的属性,F_2 涉及到 E_1 和 E_2 两者的属性,则如下等价公式成立:

$$\sigma_F(E_1 \times E_2) \equiv \sigma_{F_2}(\sigma_{F_1}(E_1) \times E_2)$$

2) 投影运算关于其他运算的分配公式

(1) 投影关于并的分配公式。

设 E_1 和 E_2 是两个关系代数表达式,A_1、A_2、$\cdots$、A_n 是 E_1 和 E_2 的共同属性变元,则如下等价公式成立:

$$\prod_{A_1,A_2,\cdots,A_n}(E_1 \cup E_2) \equiv \prod_{A_1,A_2,\cdots,A_n}(E_1) \cup \prod_{A_1,A_2,\cdots,A_n}(E_2)$$

（2）投影关于笛卡儿积的分配公式。

设 E_1 和 E_2 是两个关系代数表达式，A_1、A_2、$\cdots$、A_n 是 E_1 的属性变元，B_1、B_2、$\cdots$、B_m 是 E_2 的属性变元，则如下等价公式成立：

$$\prod_{A_1,A_2,\cdots,A_n,B_1,B_2,\cdots,B_m}(E_1 \times E_2) \equiv \prod_{A_1,A_2,\cdots,A_n}(E_1) \times \prod_{B_1,B_2,\cdots,B_m}(E_2)$$

6. 笛卡儿积与连接间的转换公式

设 E_1 和 E_2 是两个关系代数表达式，A_1、A_2、$\cdots$、A_n 是 E_1 的属性变元，B_1、B_2、$\cdots$、B_m 是 E_2 的属性变元，F 为形如 $A_i Q B_j$ 所组成的合取式，则如下等价公式成立：

$$\sigma_F(E_1 \times E_2) \equiv E_1 \underset{F}{\bowtie} E_2$$

在上面提到的 6 种公式中，前 3 种属于同类运算间的等价公式，后 3 种属于不同类运算间的等价公式。

【例 5-2】 可以将例 5-1 中表达式 Q_1 转化成 Q_2，同时也可以将 Q_2 转化为 Q_3。

用选择的串接等价公式将 Q_1 转化为中间状态 Q_0：

$$\prod_{Sname}(\sigma_{Student.\,Sno=SC.\,Sno \wedge SC.\,Cno='C1'}(Student \times SC))$$

$$\equiv \prod_{Sname}(\sigma_{SC.\,Cno='C1'}(\sigma_{Student.\,Sno=SC.\,Sno}(Student \times SC)))$$

用笛卡儿积与连接运算的转换公式将 Q_0 转换为 Q_2：

$$\prod_{Sname}(\sigma_{SC.\,Cno='C1'}(\sigma_{Student.\,Sno=SC.\,Sno}(Student \times SC))) \equiv \prod_{Sname}(\sigma_{SC.\,Cno='C1'}(Student \bowtie SC))$$

用选择运算与笛卡儿积交换公式，将 Q_2 转化成 Q_3：

$$\prod_{Sname}(\sigma_{SC.\,Cno='C1'}(Student \bowtie SC)) \equiv \prod_{Sname}(Student \bowtie \sigma_{SC.\,Cno='C1'}(SC))$$

5.4 查询优化的一般准则

用关系代数查询表达式，通过等价变换的规则可以获得众多的等价表达式，那么，人们应当按照怎样的规则从中选取查询效率高的表达式从而完成查询的优化呢？这就需要讨论在众多等价的关系代数表达式中进行选取的一般规则。建立规则的基本出发点是如何合理地安排操作顺序，以达到减少空间和时间开销的目的。

一般的系统都是选用基于规则的"启发式"查询优化方法，即代数优化方法。这种方法与具体关系系统的存储技术无关，其基本原理是研究如何对查询代数表达式进行适当的等价变换，即如何安排所涉及操作的先后执行顺序；其基本原则是尽量减少查询过程中的中间结果，从而以较少的时间和空间执行开销取得所需的查询结果。

通过例 5-1 不难理解，在关系代数表达式当中，笛卡儿积运算及其特例连接运算作为二元运算，其自身操作的开销较大，同时很有可能产生大量的中间结果；而选择、投影作为一元运算，本身操作代价较少，同时可以从水平和垂直两个方向减少关系的大小。因此有必要在进行关系代数表达式的等价变换时，先做选择和投影运算，再做连接等二元运算；即便是在进行连接运算时，也应当先做"小"关系之间的连接，再做"大"关系之间的连接等。基于上述考虑,人们提出了如下几条基本操作规则,也称为启发式规则,用于对关系表达式进行转换,从而减少中间关系的大小。

(1) 选择优先操作规则:及早进行选择操作,减少中间关系。

(2) 投影优先操作规则:及早进行投影操作,避免重复扫描关系。

(3) 笛卡儿积"合并"规则:尽量避免单纯进行笛卡儿积操作。

说明:

(1) 由于选择运算可能大大减少元组的数量,同时选择运算还可以使用索引存取元组,所以通常认为选择操作应当优先于投影操作。

(2) 对于笛卡儿积"合并"规则,其基本做法是把笛卡儿积与其之前或者之后的一系列选择和投影运算合并起来一起操作,从而减少扫描的遍数。

5.5 关系代数表达式的优化算法

本节将给出一个用于优化关系代数表达式的具体算法,并举例说明。这是本章的重点,是必须掌握的知识。

5.5.1 语法树

在介绍算法之前,先了解一下语法树的概念。

关系代数表达式的查询优化是由 DBMS 的 DML 编译器自动完成的。因此,查询优化的基本前提就是需要将关系代数表达式转换为某种内部表示。常用的内部表示就是所谓的关系代数语法树,简称语法树。其实现的过程是先对一个关系代数表达式进行语法分析,将分析结果用树的形式表达出来,此时的树就称为语法树。语法树具有如下特征:

(1) 树中的叶结点表示关系。

(2) 树中的非叶结点表示操作。

有了语法树之后,再使用关系表达式的等价变换公式对于语法树进行优化变换,将原始语法树变换为标准语法树(优化语法树)。按照语法树的特征和查询优化的规则,语法树变换的基本思想尽量使得选择运算和投影运算靠近语法树的叶端。也就是说,使得选择运算和投影运算得以先执行,从而减少开销。

5.5.2 优化算法

根据查询优化的一般准则,给出下面的一个算法。

算法:关系表达式的优化。

输入:一个关系表达式的语法树。

输出:计算该表达式的优化程序。

步骤如下:

(1) 应用选择运算串接公式和投影串接公式。

使用选择串接公式将形如 $\sigma_{F_1 \wedge \cdots \wedge F_n}(E)$ 的表达式进行分解:

$$\sigma_{F_1 \wedge \cdots \wedge F_n}(E) \equiv \sigma_{F_1}(\sigma_{F_2}(\cdots \sigma_{F_n}(E)) \cdots)$$

使用投影串接公式将形如 $\prod\limits_{A_1,A_2,\cdots,A_n}(\prod\limits_{B_1,B_2,\cdots,B_m}(E))$ 的表达式进行分解：

$$\prod\limits_{A_1,A_2,\cdots,A_n}\left(\prod\limits_{B_1,B_2,\cdots,B_m}(E)\right) \equiv \prod\limits_{A_1,A_2,\cdots,A_n}(E)$$

其中，$\{A_1、A_2、\cdots、A_n\}$ 是 $\{B_1、B_2、\cdots、B_m\}$ 的子集。

这样做的目的是将选择或者投影运算串接成单个选择或者单个投影运算，以方便地和有关二元运算进行交换与分配。

（2）应用选择运算和其他运算的交换公式与分配公式。

这样做的目的是为了将选择运算尽量向下深入而靠近关系（即移至语法树的叶结点）。

例如，利用选择和投影的交换公式将表达式转换为一个选择后紧跟一个投影，使得多个选择、投影能同时执行或者能在一次扫描中完成。再例如，只要有可能，就要将 $\sigma_F(E_1 \times E_2)$ 转换为 $\sigma_F(E_1) \times E_2$ 或 $E_1 \times \sigma_F(E_2)$，尽早执行基于值的选择运算可以减少对中间结果进行排序所花费的开销。

（3）使用投影运算与其他运算的交换公式与分配公式。

这样做的目的是将投影运算尽量向内深入靠近关系（即移至语法树叶结点）。

具体做法是：

① 利用投影串接公式使得某些投影消解。

② 利用选择与投影的交换公式把单个投影分解成两个，其中一个先投影后选择的运算（选择运算块）就可进一步向内深化。

（4）使用笛卡儿积与连接的转换公式。

如果笛卡儿积之后还必须按连接条件进行选择操作，则将两者结合成连接运算。

（5）添加必要的投影运算。

对每个叶结点添加必要的投影运算，用以消除对查询无用的属性。

（6）将关系代数语法树进行整形。

通过上述步骤得到的语法树的内结点（非根结点和非叶结点）或者为一元运算结点，或者为二元运算结点。对于 3 个二元运算"×、∪、−"中的每个结点来说，将剩余的一元运算结点按照下面的方法进行分组。

① 如果一元运算结点 σ 或 $\prod$ 是该二元运算结点的父结点，则父结点与该点同组。

② 如果二元运算的子孙结点一直到叶结点都是一元运算 σ 或 $\prod$，则这些子孙结点与该结点同组。

但是对于笛卡儿积来说，如果其子结点不是与它组合成等价连接的选择运算时，这样的选择子结点不与该结点同组。

（7）由分组结果得到优化语法树。

即由分组结果得到的优化语法树即为一个操作序列，其中每一组结点的计算就是这个操作序列中的一步，各步的顺序是任意的，只要保证任何一组不会在它的子孙组之前计算即可。

【例 5-3】 对例 5-1 中查询：$Q_1 = \prod\limits_{\text{Sname}}(\sigma_{\text{Student. Sno=SC. Sno} \wedge \text{SC. Cno='C1'}}(\text{Student} \times \text{SC}))$

将其进行语法分析后得到语法树如图 5-1 所示。

下面将利用优化算法把该语法树转换成标准（优化）形式。

（1）用选择串接公式 $\sigma_{Student.Sno=SC.Sno \wedge SC.Cno='C1'} = \sigma_{Student.Sno=SC..Sno}(\sigma_{SC.Cno='C1'})$ 将语法树变换成如图 5-2 所示。

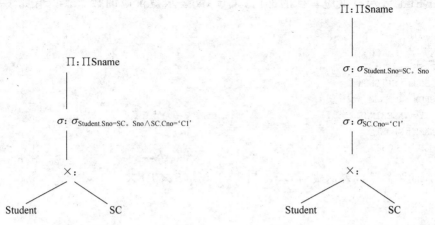

图 5-1　Q_1 查询的原始语法树　　　　图 5-2　对选择运算应用串接公式进行分解

（2）使用选择与笛卡儿运算的分配公式 $\sigma_{SC.Cno='C1'}(Student \times SC) = Student \times (\sigma_{SC.Cno='C1'}SC)$，将上述语法树变换成如图 5-3 所示。

（3）将选择运算与笛卡儿积转换为连接运算公式。

$$\sigma_{Student.Sno=SC.Sno}(Student \times (\sigma_{SC.Cno='C1'}SC)) = Student \bowtie \sigma_{SC.Cno='C1'}SC$$

将步骤（2）中的语法树变换成如图 5-4 所示。

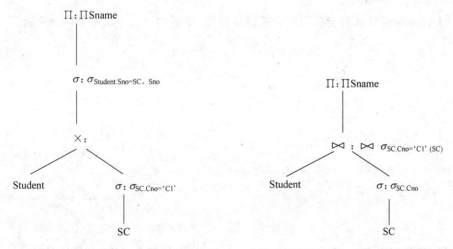

图 5-3　使用选择操作关于笛卡儿积的分配公式　　图 5-4　使用笛卡儿积与连接的转换公式

（4）按照分组的原则，步骤（3）中的操作序列构成一组。

（5）按照分组，即可生成程序。

【例 5-4】　设有 S(供应商)、P(零件)和 SP(供应关系)3 个关系，相应的关系模式如下：

S(SNUM,SNAME,CITY)

P(PNUM,PNAME,WEICHT,SIZE)

SP(SNUM,PNUM,DEPT,QUAN)

数据库理论与应用

其中,SNUM 表示供应商号;SNAME 表示供应商名称;CITY 表示供应商所在的城市;PNUM 表示零件号;PNAME 表示零件名称;WEICHT 表示零件重量;SIZE 表示零件大小;DEPT 表示被供应零件的部门;QUAN 表示被供应的数量。设有如下查询语句 Q:

```
SELECT SNAME
FROM S,P,SP
WHERE S.SNUM = SP.SNUM
AND SP.PNUM = P.PNUM
AND S.CITY = 'NAMEING'
AND P.PNAME = 'BOLT'
AND SP.QUN>10 000;
```

则此时的对应的关系代数表达式为 $Q = \prod_{SNAME}(\sigma_c((S \times P) \times SP))$,其中:

C: S.SNUM = SP.SNUM $\wedge$ SP.PNUM = P.PNUM
$\wedge$ S.CITY = 'NAMEING'
$\wedge$ P.PNAME = 'BOLT'
$\wedge$ SP.QUN>10 000

原始语法树如图 5-5 所示。

图 5-5 原始语法树

(1) 使用串接公式将选择操作分为相继的单个选择操作。

(2) 使用选择运算关于笛卡儿积分配律的一组公式,将选择操作尽量移向叶端,由此可得变换后的语法树如图 5-6 所示。

(3) 将选择运算和笛卡儿积组合成连接操作,得到相应的语法树如图 5-7 所示。

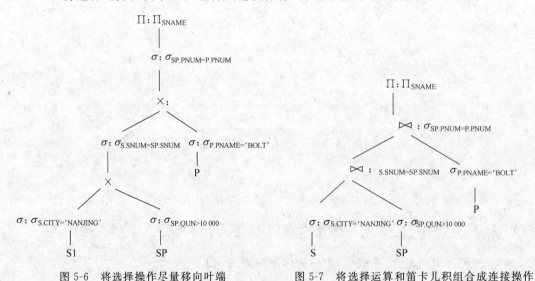

图 5-6 将选择操作尽量移向叶端   图 5-7 将选择运算和笛卡儿积组合成连接操作

还可以由原始语法树得到另一种查询语法树形式如图 5-8 所示。

(4) 使用投影操作,消除查询无用的属性,得到的语法树如图 5-9 所示。

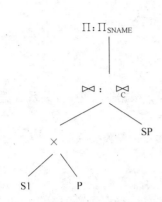

图 5-8　另一种形式的查询语法树

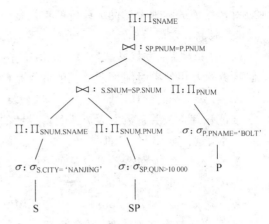

图 5-9　添加投影操作以消除无用属性

小结

　　关系数据库的查询一般都使用 SQL 语句实现。对于同一个用 SQL 表达的查询要求，通常可以对应于多个不同形式但相互"等价"的关系代数表达式。对于描述同一查询要求但具有不同形式的关系代数表达式来说，由于存取路径可以不同，所以相应的查询效率就会产生差异，有时这种差异可能相当巨大。在关系数据库中，为了提高查询效率，就需要对一个查询要求寻求"好的"查询路径（查询计划），或者说"好的"、等价的关系代数表达式。这种"查询优化"是关系数据库的关键技术，也是其优势所在。对于关系数据库来说，由于其所依据理论的特点，查询优化问题的研究与解决，反而成为其得以蓬勃发展的重要机遇。

　　查询优化一般可以分为代数优化、物理优化和代价估算优化。由于物理优化和代价估算涉及组成具体的数据库的硬件，所以本章没有对其进行介绍，而是主要讨论代数优化，其要点是使用关系代数等价变换公式对目标表达式进行优化组合，以提高系统查询效率。关系代数表达式优化规则主要有"尽早执行选择"、"尽早执行投影"和"避免单独执行笛卡儿积"等。这些内容对于数据库的设计者和管理者有着重要的作用，是必须了解和掌握的。

综合练习 5

一、填空题

1. 查询优化一般可以分为_____、_____和_____。

2. 查询处理的代价通常取决于查询过程对_____的访问。

3. 查询优化的基本途径可以分为_____和_____两种。

二、选择题

1. 同一个关系模型的任两个元组值(　　)。
　　A. 不能全同　　　B. 可全同　　　C. 必须全同　　　D. 以上都不是

数据库理论与应用

2. 对数据库的物理设计优劣评价的重点是（　　　）。

    A. 时间和空间效率　　　　　　　B. 动态和静态性能

    C. 用户界面的友好性　　　　　　D. 成本和效益

3. 关系运算中花费时间可能最长的运算是（　　　）。

    A. 投影　　　　　B. 选择　　　　　C. 笛卡儿积　　　D. 除

4. 规范化理论是关系数据库进行逻辑设计的理论依据。根据这个理论，关系数据库中的关系必须满足：其每一属性都是（　　　）。

    A. 互不相关的　　B. 不可分解的　　C. 长度可变的　　D. 互相关联的

5. 在优化查询时，应尽可能先做（　　　）。

    A. Select　　　　　B. Join　　　　　C. Project　　　　D. A 和 C

6. SQL 语言具有多种优点，那么 SQL 是（　　　）成为关系数据库语言的国际标准的。

    A. 1986 年　　　　B. 1987 年　　　　C. 1988 年　　　　D. 1989 年

7. 在关系数据库中实现了数据表示的单一性，实体和实体之间的联系都用一种什么数据结构表示（　　　）。

    A. 数据字典　　　B. 文件　　　　　C. 表　　　　　　D. 数据库

8. 关系数据库的规范化理论指出：关系数据库中的关系应满足一定的要求，最起码的要求是达到 1NF，即满足（　　　）。

    A. 每个非主键属性都完全依赖于主键属性

    B. 主键属性唯一标识关系中的元组

    C. 关系中的元组不可重复

    D. 每个属性都是不可分解的

三、问答题

1. 简述查询优化。
2. 简述查询优化的一般准则。

四、实践题

1. 总结规则优化的一般步骤，你还有其他的想法吗？

2. 假定关系模式为学生：Student(SNO, SNAME, BDATE)，课程：COURSE(CNO, CNAME, SMESTER)，选课：SC(SNO, CNO, GRADE)。其中 SNO 为学号，SNAME 为学生姓名，BDATE 为出生日期，CNO 为课程号，SEMESTER 为课程的季度，仅区分春秋季开课，GRADE 为修读成绩。其中 Student 表有 10000 条记录，在 YEAR(BDATE) 上有 10 个不同值；COURSE 表有 1000 条记录；SC 表有 40000 条记录。画出该查询的查询优化树。

关系数据库规范化理论　第 6 章

数据库理论与设计中有一个很重要的问题,就是在一个数据库中如何构造合适的关系模式,这样可以减少数据冗余以及由此带来的各种操作异常现象,它涉及一系列的理论与技术,从而形成了关系数据库设计理论。由于合适的关系模式要符合一定的规范化要求,所以又可称为关系数据库的规范化理论。

6.1　问题的提出、分析和解决

如果数据模式设计不当,就会产生数据冗余;而由于数据冗余,就有可能产生数据库操作异常;数据库规范化理论就是为了解决上述问题而提出来的。

6.1.1　问题的提出

【例 6-1】　设有一个关系模式 $R(U)$,其中 U 为由属性 S♯、C♯、Tn、Td 和 G 组成的属性集合,其中 S♯ 和 C♯ 分别为学生号和课程号,而 Tn 为任课教师姓名,Td 为任课教师所在系别,G 为课程成绩。关系具有如下语义:

- 一个学生只有一个学号,一门课程只有一个课程号。
- 每一位学生选修的每一门课程都有一个成绩。
- 每一门课程只有一位教师任课,但一个教师可以担任多门课程。
- 教师没有重名,每一位教师只属于一个系。

通过分析关系模式 $R(U)$,可以发现下面两类问题。

(1) 问题是所谓数据大量冗余,这表现在:

- 每一门课程的任课教师姓名必须对选修该门课程的学生重复一次。
- 每一门课程的任课教师所在的系名必须对选修该门课程的学生重复一次。

(2) 问题是所谓更新出现异常(update anomalies),这表现在:

修改异常(modification anomalies)修改一门课程的任课教师,或者一门课程由另一个系开设,就需要修改多个元组。如果部分修改,部分不修改,就

数据库理论与应用

会出现数据间的不一致。

插入异常(insert anomalies)由于主键中元素的属性值不能取空值,如果某系的一位教师不开课,则这位教师的姓名和所属的系名就不能插入;如果一位教师所开的课程无人选修或者一门课程列入计划而目前不开,也无法插入。

删除异常(deletion anomalies)如果所有学生都退选一门课,则有关这门课的其他数据(Tn 和 Td)也将删除;同样,如果一位教师因故暂时停开,则这位教师的其他信息(Td,C#)也将被删除。

6.1.2 问题的分析

这两类现象的根本原因在于关系的结构。

一个关系可以有一个或者多个候选键,其中一个可以选为主键。主键的值唯一确定其他属性的值,它是各个元组区别的标识,也是一个元组存在的标识。这些候选键的值不能重复出现,也不能全部或者部分为空值。本来这些候选键都可以作为独立的关系存在,在实际上却是不得不依附其他关系而存在。这就是关系结构带来的限制,它不能正确反映现实世界的真实情况。如果在构造关系模式的时候,不从语义上研究和考虑到属性间的这种关联,而是简单地将有关系和无关系的、关系密切的和关系松散的、具有此种关联的和有彼种关联的属性随意编排在一起,就必然发生某种冲突,引起某些"排他"现象出现,即冗余度高,更新产生异常。解决问题的根本方法就是将关系模式进行分解,也就是进行所谓关系的规范化。

6.1.3 问题的解决方案

由上面的讨论可以知道,在关系数据库的设计中,并非随便一种关系模式设计方案就是可行的,更不是任何一种关系模式都是可以投入应用的。由于数据库中的每一个关系模式的属性之间需要满足某种内在的必然联系,因此,设计一个好的数据库的根本方法是先要分析和掌握属性间的语义关联,然后再依据这些关联得到相应的设计方案。

就目前而言,人们认识到属性之间一般有两种依赖关系:一种是函数依赖关系,一种是多值依赖关系。函数依赖关系与更新异常密切相关,多值依赖与数据冗余密切联系。基于对这两种依赖关系不同层面上的具体要求,人们又将属性之间的联系分为若干等级,这就是所谓的关系的规范化(normalization)。由此看来,解决问题的基本方案就是分析研究属性之间的联系,按照每个关系中属性间满足某种内在语义条件,也就是按照属性间联系所处的等级规范来构造关系。由此产生的一整套有关理论称为关系数据库的规范化理论。规范化理论是关系数据库设计中的最重要部分。

6.2 规范化

为了使数据库设计的方法走向完备,人们研究了规范化理论,用于指导设计规范的数据库模式。规范化理论是用来改造关系模式,通过分解关系模式来消除其中不合适的数据依赖,以解决插入异常、删除异常、更新异常和数据冗余问题。按属性间依赖情况来区分,关系规范化的程度为第一范式、第二范式、第三范式和第四范式等。

6.2.1　函数依赖

1. 函数依赖的定义

定义：设 $R(U)$ 是属性集 U 上的关系模式，X、Y 是 U 的一个子集。R 是 $R(U)$ 中的任意给定的一个关系 r。若对于 r 中任意两个元组 s 和 t，当 $s[X]=t[X]$ 时，就有 $s[Y]=t[Y]$，则称属性子集 X 函数决定属性子集 Y 或者称 Y 函数依赖于 X，否则就称 X 不函数决定 Y 或者称 Y 不函数依赖于 X。

如果 Y 函数依赖于 X，则记为 $X{\rightarrow}Y$。

如果 $X{\rightarrow}Y$，则称 X 为决定因素（determinant）。

如果 $X{\rightarrow}Y$，且 $Y{\rightarrow}X$，则记为 $X{\longleftrightarrow}Y$。

如果 Y 不函数依赖于 X，则记为 $X{\nrightarrow}Y$。

需要提出的是函数依赖不是指关系模式 R 上的某个或某些关系实例满足的约束条件，而是指 R 的全部关系实例均要满足的约束条件。

2. 函数依赖的 3 种基本情形

函数依赖可以分为以下 3 种基本情形。

1）平凡与非平凡函数依赖

如果 $X{\rightarrow}Y$，但 Y 不是 X 的子集，则称 $X{\rightarrow}Y$ 是非平凡函数依赖（nontrivial functional dependency），否则称为平凡函数依赖（trivial functional dependency）。对于任一关系模式，平凡函数依赖都是必然成立的，因此若不特别声明，总是讨论非平凡函数依赖。

【例 6-2】　在关系 SC(Sno,Cno,Grade)中，

非平凡函数依赖：(Sno,Cno)→Grade

平凡函数依赖：(Sno,Cno)→Sno；(Sno,Cno)→Cno

2）部分与完全函数依赖

如果 $X{\rightarrow}Y$，但对于 X 中的任意一个真子集 X'，都有 Y 不依赖于 X'，则称 Y 完全依赖（full functional dependency）于 X，否则称为 Y 不完全依赖于 X。当 Y 完全依赖于 X 时，记为 $X\xrightarrow{F}Y$。如果 $X{\rightarrow}Y$，但 Y 不完全函数依赖于 X，则称 Y 对 X 部分函数依赖（partial functional dependency），记为 $X\xrightarrow{P}Y$。

3）传递与直接函数依赖

在 $R(U)$ 中，如果 $X{\rightarrow}Y$，$(Y\nsubseteq X)$，$Y{\nrightarrow}X$，$Y{\rightarrow}Z$，则称 Z 对 X 传递函数依赖。加上条件 $Y{\rightarrow}X$，是因为如果 $Y{\rightarrow}X$，则 $X{\longleftrightarrow}Y$，实际上是 $X\xrightarrow{直接}Z$，即直接函数依赖而不是传递函数依赖。

【例 6-3】　在关系 Std(Sno,Sdept,Mname)中，有：

Sno→Sdept，Sdept→Mname

Mname 传递函数依赖于 Sno

6.2.2　范式

范式(normal form)，即正规公式，是符合某一种级别的关系模式的集合。关系数据库中的关系是要满足一定要求的，满足不同程度要求的为不同范式。满足最低要求的叫第一范式，简称 1NF；在第一范式中满足进一步要求的为第二范式，简称 2NF；以此类推。关系模式 R 为第 i 范式就可以写成 $R \in i$NF，如关系模式 R 为第 3 范式，则写成 $R \in 3$NF。

范式可以分为以下几种类型：

- 第一范式(1NF)。
- 第二范式(2NF)。
- 第三范式(3NF)。
- BC 范式(BCNF)。
- 第四范式(4NF)。
- 第五范式(5NF)。

对于各种范式，有 $5NF \subset 4NF \subset BCNF \subset 3NF \subset 2NF \subset 1NF$ 成立。

一个低一级范式的关系模式，通过模式分解可以转换为若干个高一级范式的关系模式的集合，这种过程就叫规范化。

6.2.3　1NF

1. 定义

如果一个关系模式 R 的所有属性都是不可分的基本数据项，则 $R \in 1$NF。

一般而言，每一个关系模式都必须满足第一范式，这是对每一个关系最基本的要求。但是满足第一范式的关系模式并不一定是一个好的关系模式。

2. 举例

【例 6-4】　表 6-1 中由于属性工资是可以分割的，所以关系 R 不是 1NF。

表 6-1　$R \notin 1$NF

进厂年	职工号	姓名	工资		性别
			基本	补助	
95	001	李勇	500	100	男
	002	刘晨	480	80	女
96	001	王敏	650	120	女
	002	张立	820	150	男

【例 6-5】　表 6-2 中每一个属性都是不可分的基本数据项，所以 $R \in 1$NF。

表 6-2 $R \in 1NF$

职工号	姓名	基本工资	补助工资	性别
95001	李勇	500	100	男
95002	刘晨	480	80	女
96001	王敏	650	120	女
96002	张立	820	150	男

6.2.4 2NF

1. 定义

若关系模式 $R \in 1NF$,并且每一个非主属性都完全函数依赖于 R 的码,则 $R \in 2NF$。当 1NF 消除了非主属性对码的部分函数依赖,则成为 2NF。

2. 举例

【例 6-6】 关系模式 SLC(Sno,Sdept,Sloc,Cno,Grade),其中 Sno 为学生学号,Sdept 为学生所在系 Sloc 为学生的住处,并且每个系的学生住在同一个地方,Cno 为课程号,Grade 为年级。这里候选键为(Sno,Cno)。可知函数依赖有:

$(Sno,Cno) \xrightarrow{F} Grade$

$Sno \rightarrow Sdept, (Sno,Cno) \xrightarrow{P} Sdept$

$Sno \rightarrow Sloc, (Sno,Cno) \xrightarrow{P} Sloc$

$Sdept \rightarrow Sloc$

其依赖关系可见图 6-1,图中实线表示完全函数依赖,虚线表示部分函数依赖。

从上面列出的依赖关系可以看出:非主属性 Grade 完全依赖于候选键(Sno,Cno),而非主属性 Sdept、Sloc 只是部分依赖于候选键(Sno,Cno)。因此,关系模式 SLC(Sno,Sdept,Sloc,Cno,Grade)不符合 2NF 的定义,即:SLC $\notin$ 2NF。

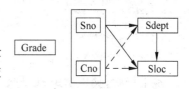

图 6-1 关系模式 SLC 的函数依赖

3. 非 2NF 关系模式所引起的问题

如果一个关系模式 R 不属于 2NF,就会产生以下问题:

(1) 插入异常。假如要插入一个学生 Sno='111841064'、Sdept='cs'、Sloc='181-326',该元组不能插入。因为该学生无 Cno,而插入元组时必须给定候选键值。

(2) 删除异常。假如某个学生只选一门课,如:11841064 学生只选了一门 6 号课,现在他不选了,而 Cno 是主属性,删除了 6 号课,整个元组都必须删除,从而造成删除异常,即不应该删除的信息也删除了。

(3) 修改复杂。如某个学生从计算机系(cs)转到数学系(ma),这本来只需修改此学生元组中的 Sdept 分量。但由于关系模式 SLC 中还含有系的住处 Sloc 属性,学生转系将同时改变住处,因而还必须修改元组中的 Sloc 分量。另外,如果这个学生选修了 n 门课,Sdept、

Sloc 重复存储了 n 次，不仅存储冗余度大，而且必须无遗漏地修改 n 个元组中全部 Sdept、Sloc 信息，造成修改的复杂化。

4. 非 2NF 关系模式的转换

一个关系仅满足第一范式还是不够的，为了降低冗余度和减少异常性操作，它还应当满足第二范式。其基本方法是将一个不满足第二范式的关系模式进行分解，使得分解后的关系模式满足第二范式。

由上面的例子可以发现问题在于有两种非主属性：一种如 Grade，它对候选键是完全函数依赖；另一种如 Sdept、Sloc 对候选键不是完全函数依赖。解决的办法是用投影分解把关系模式 SLC 分解为如下两个关系模式：

SC(Sno,Cno,Grade)
SL(Sno,Sdept,Sloc)

关系模式 SC 与 SL 中属性间的函数依赖可以用图 6-2 和图 6-3 来表示。

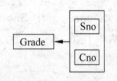
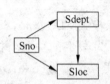

图 6-2　SC 中的函数依赖　　　图 6-3　SL 中的函数依赖

关系模式 SC 的候选键为(Sno,Cno)，关系模式 SL 的候选键为 Sno，这样就使得非主属性对码都是完全函数依赖了。即：

$$(\text{Sno},\text{Cno}) \xrightarrow{F} \text{Grade}$$
$$(\text{Sno}) \xrightarrow{F} \text{Sdept}$$
$$(\text{Sno}) \xrightarrow{F} \text{Sloc}$$

综上可知，关系模式 SC 与 SL 都是 2NF 关系。

虽然采用投影分解法将一个 1NF 的关系分解为多个 2NF 的关系，可以在一定程度上减小原 1NF 关系中存在的插入异常、删除异常、数据冗余度大、修改复杂等问题。但是将一个 1NF 关系分解为多个 2NF 的关系，并不能完全消除关系模式中的各种异常情况和数据冗余，下面开始讨论 3NF。

6.2.5　3NF

1. 定义

关系模式 $R<U,F>$ 中若不存在这样的键 X，属性组 Y 及非主属性 $Z(Z\subseteq Y)$ 使得 $X \rightarrow Y$，$(Y \nrightarrow X)$ $Y \rightarrow Z$ 成立，则称 $R<U,F> \in 3\text{NF}$。如果数据库模式中每个关系模式都是 3NF，则称其为 3NF 的数据库模式。当 2NF 消除了非主属性对码的传递函数依赖时，则成为 3NF。

由上面的定义可知：

若 $R \in 3\text{NF}$，则 R 的每一个非主属性既不部分函数依赖于候选码也不传递函数依赖于候选码。

如果 $R \in 3NF$，则 R 也是 2NF。

设关系模式 $R<U, F>$，当 R 上每一个 FD，$X \rightarrow A$ 满足下列 3 个条件之一时：$A \in X$（即 $X \rightarrow A$ 是一个平凡的 FD）；X 是 R 的超键；A 是主属性。关系模式 R 就是 3NF 模式。

违反 3NF 的传递依赖的 3 种情况如图 6-4 所示。

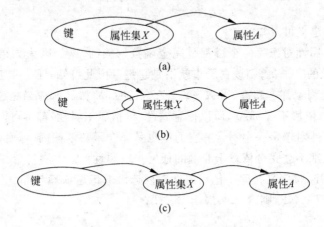

(a)

(b)

(c)

图 6-4　不满足 3NF 的传递依赖的 3 种情况

2. 举例

【例 6-7】 在图 6-2 中关系模式 SC 没有传递依赖，因此 $SC \in 3NF$。

在图 6-3 中，关系模式 SL 存在非主属性对候选键传递依赖，即由 Sno→Sdept、(Sdept ↛Sno)、Sdept→Sloc，可得 Sno $\xrightarrow{传递}$ Sloc，因此 $SL \notin 3NF$。

3. 非 3NF 关系模式的问题

一个关系模式 R 若不是 3NF，同样会产生插入异常、删除异常、冗余度大等问题。

4. 非 3NF 关系模式的转换

解决的办法同样是将 SL 分解为 SD(Sno, Sdept) 和 DL(Sdept, Sloc)。

分解后的关系模式 SD 与 DL 中不再存在传递依赖，如图 6-5 和图 6-6 所示。

图 6-5　SD 中的函数依赖　　　　图 6-6　DL 中的函数依赖

将一个 2NF 关系分解为多个 3NF 的关系后，并不能完全消除关系模式中的各种异常情况和数据冗余。下面我们将讨论 BCNF。

6.2.6　BCNF

BCNF(boyce codd normal form) 是由 Boyce 和 Codd 提出的，故叫 BCNF，比 3NF 又进了一步，通常认为 BCNF 是修正的 3NF，有时也称扩充的 3NF。

数据库理论与应用

1. 定义

设关系模式 $R<U,F>\in 1NF$，如果对于 R 的每个函数依赖 $X \rightarrow Y$，若 Y 不属于 X，则 X 必含有候选键，那么 $R \in BCNF$。如果数据库模式中每个关系模式都是 BCNF，则称为 BCNF 的数据库模式。当 3NF 消除了主属性对码的部分和传递函数依赖时，则成为 BCNF。

由 BC 范式的定义可以知道：

（1）所有非主属性对于每一个键都是完全函数依赖的，这是因为如果某个非主属性 Y 函数依赖于一个键的真子集，则该真子集就不是超键。由此可知，任一非主属性不会部分函数依赖。由于决定因素都是超键，当 $X \rightarrow Y$ 且 $Y \rightarrow Z$ 时，X 和 Y 都应当是超键，所以等价，自然不会有 Y 不函数依赖于 X 成立，所以任意属性（包括非主属性）都不可能出现传递依赖。

（2）所有主属性对于每一个不含有它的键也是完全函数依赖的，理由同上。

（3）任何属性都不会完全依赖于非键的任何一组属性。

由于 $R \in BCNF$，按定义排除了任何属性对候选键的传递依赖与部分依赖，所以 R 必定是 3NF。但如果 $R \in 3NF$，则 R 未必属于 BCNF。

2. 举例

下面用几个例子说明如果关系模式 $R(U)$ 满足 BCNF，则 R 必满足 3NF，但是满足 3NF 则不一定满足 BCNF。

【例 6-8】 对关系模式 C、SC、S 进行分析。

关系模式 C(Cno,Cname,Pcno)，它只有一个候选键 Cno，这里没有任何属性对 Cno 部分依赖或传递依赖，所以 $C \in 3NF$。同时 C 中的 Cno 是唯一的决定因素，所以 $C \in BCNF$。

关系模式 SC(Sno,Cno,Grade) 可作同样分析。

关系模式 S(Sno,Sname,Sdept,Sage)，假定 Sname 也具有唯一性，那么 S 就有两个候选键，这两个候选键都由单个属性组成，彼此不相交。其他属性不存在对码的传递依赖与部分依赖，所以 $S \in 3NF$。同时 S 中除 Sno 和 Sname 外没有其他决定因素，所以 $S \in BCNF$。

【例 6-9】 在关系模式 SJP(S,J,P) 中，S 是学生，J 表示课程，P 表示名次。每一个学生选修每门课程的成绩有一定的名次，每门课程中每一名次只有一个学生（即没有并列名次）。由语义可得到下面的函数依赖。

$(S,J) \rightarrow P$；$(J,P) \rightarrow S$。

所以 (S,J) 与 (J,P) 都可以作为候选键。这两个键各由两个属性组成，而且它们是相交的。这个关系模式中显然没有属性对码传递依赖或部分依赖。所以 SJP$\in 3NF$，而且除 (S,J) 与 (J,P) 以外没有其他决定因素，所以 SJP$\in BCNF$。

【例 6-10】 关系模式 STJ(S,T,J) 中，S 表示学生，T 表示教师，J 表示课程。每一位教师只教一门课。每门课有若干教师，某一学生选定某门课，就对应一个固定的教师。由语义可得到如下的函数依赖。

$(S,J) \rightarrow T$，$(S,T) \rightarrow J$，$T \rightarrow J$，如图 6-7 所示。

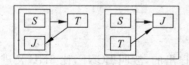

图 6-7　STJ 中的函数依赖

这里 (S,J)，(S,T) 都是候选码。

STJ 是 3NF,因为没有任何非主属性对码传递依赖或部分依赖。但 STJ 不是 BCNF 关系,因为 T 是决定因素,而 T 不包含码。

对于不是 BCNF 的关系模式,仍然存在不合适的地方。学生可以自己举例指出 STJ 的不合适之处。非 BCNF 的关系模式也可以通过分解成为 BCNF。例如 STJ 可分解为 $ST(S,T)$ 与 $TJ(T,J)$,它们都是 BCNF。

3. 3NF 与 BCNF 的区别

3NF 和 BCNF 是在函数依赖的条件下对模式分解所能达到的分离程度的测度。一个模式中的关系模式如果都属于 BCNF,那么在函数依赖范畴内,它已实现了彻底的分离,已消除了插入和删除的异常。3NF 的"不彻底"性表现在可能存在主属性对码的部分依赖和传递依赖。

6.2.7 多值依赖

1. 多值依赖的背景

【例 6-11】 某学校中一门课程由多个教师讲授,他们使用的是同一套参考书。每个教师可以讲授多门课程,每种参考书可以供多门课程使用。可以用一个非规范化的关系来表示教员 T、课程 C 和参考书 B 之间的关系,如表 6-3 所示。

表 6-3 教员 T、课程 C 和参考书 B 之间的关系

课程 C	教师 T	参考书 B
高等数学	T_{11} T_{12} T_{13}	B_{11} B_{12}
数据库基础理论	T_{21} T_{22} T_{23}	B_{21} B_{22} B_{23}

如果用 G 来表示"高等数学",S 来表示"数据库基础理论",把这张表变成一张规范化的二维表,就成了如表 6-4 所示的形式。

表 6-4 规范化后的教员 T、课程 C 和参考书 B 之间的关系

C	T	B	C	T	B
G	T_{11}	B_{11}	S	T_{21}	B_{23}
G	T_{11}	B_{12}	S	T_{22}	B_{21}
G	T_{12}	B_{11}	S	T_{22}	B_{22}
G	T_{12}	B_{12}	S	T_{22}	B_{23}
G	T_{13}	B_{11}	S	T_{23}	B_{21}
G	T_{13}	B_{12}	S	T_{23}	B_{22}
S	T_{21}	B_{21}	S	T_{23}	B_{23}
S	T_{21}	B_{22}			

数据库理论与应用

由上例可以得出以下结论：

(1) 关系模型 Teaching$(C,T,B)\in$BCNF。

(2) Teaching 具有唯一候选键(C,T,B)。

(3) Teaching 模式中还存在一些问题。

① 数据冗余度大。有多少名任课教师，参考书就要存储多少次。

② 插入操作复杂。当某一课程增加一名任课教师时，该课程有多少本参照书，就必须插入多少个元组。

③ 删除操作复杂。某一门课要去掉一本参考书，该课程有多少名教师，就必须删多少个元组。

④ 修改操作复杂。某一门课要修改一本参考书，该课程有多少名教师，就必须修改多少个元组。

2. 多值依赖的概念

定义：设 $R(U)$ 是属性集 U 上的一个关系模式。X、Y、Z 是的 U 的子集，并且 $Z=U-X-Y$。关系模式 $R(U)$ 中多值依赖 $X\twoheadrightarrow Y$ 成立，当且仅当对 $R(U)$ 的任一关系 r，给定的一对 (x,z) 值，有一组 Y 的值，这组值仅仅决定于 x 值而与 z 值无关。

多值依赖的另一个形式化定义是在 $R(U)$ 的任一关系 r 中，如果存在元组 t、s，使得 $t[X]=s[X]$，那么就必然存在元组 w，$v\in r$（w、v 可以与 s、t 相同），使得 $w[X]=v[X]=t[X]$，而 $w[Y]=t[Y]$，$w[Z]=s[Z]$，$v[Y]=s[Y]$，$v[Z]=t[Z]$（即交换 s、t 元组的 Y 值所得的两个新元组必在其中），则 Y 多值依赖于 X，记为 $X\twoheadrightarrow Y$。这里，X、Y 是 U 的子集，$Z=U-X-Y$。

若 $X\twoheadrightarrow Y$，而 $Z=\phi$ 即 Z 为空，则称 $X\twoheadrightarrow Y$ 为平凡的多值依赖。

3. 举例

【例 6-12】 在关系模式 W_S_C(W,S,C)中，W 表示仓库，S 表示保管员，C 表示商品。假设每个仓库有若干个保管员，有若干种商品。每个保管员保管所在仓库的所有商品，每种商品被所有保管员保管。其关系如表 6-5 所示。

表 6-5　仓库管理关系

W	S	C	W	S	C
W_1	S_1	C_1	W_1	S_2	C_3
W_1	S_1	C_2	W_2	S_3	C_4
W_1	S_1	C_3	W_2	S_3	C_5
W_1	S_2	C_1	W_2	S_4	C_4
W_1	S_2	C_2	W_2	S_4	C_5

按照语义，对于 W 的每一个值 W_i，S 有一个完整的集合与之对应，而不论 C 取何值。所以 $W\twoheadrightarrow S$。

如果用图来表示这种对应，则对应 W_i 的某一个值的全部 S 值记作 $\{S\}_{W_i}$（表示此仓库工作的全部保管员），全部 C 值记作 $\{C\}_{W_i}$（表示在此仓库中存放的所有商品）。应当有 $\{S\}_{W_i}$ 中的每一个值和 $\{C\}_{W_i}$ 中的每一个 C 值对应。于是 $\{S\}_{W_i}$ 与 $\{C\}_{W_i}$ 之间正好是一个完全二分图,如图 6-8 所示,因而 $W \rightarrow\rightarrow S$。

4. 多值依赖的性质

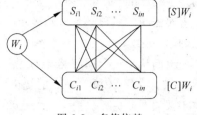

图 6-8　多值依赖

（1）多值依赖具有对称性。即若 $X \rightarrow\rightarrow Y$,则 $X \rightarrow\rightarrow Z$,其中 $Z = U - X - Y$。

（2）多值依赖的传递性。即若 $X \rightarrow\rightarrow Y$、$Y \rightarrow\rightarrow Z$,则 $X \rightarrow\rightarrow Z - Y$。

（3）函数依赖是多值依赖的特殊情况。即若 $X \rightarrow Y$,则 $X \rightarrow\rightarrow Y$。这是因为当 $X \rightarrow Y$ 时,对 X 的每一个值 x,Y 有一个确定的值 y 与之对应,所以 $X \rightarrow\rightarrow Y$。

（4）若 $X \rightarrow\rightarrow Y$、$X \rightarrow\rightarrow Z$,则 $X \rightarrow\rightarrow YZ$。

（5）若 $X \rightarrow\rightarrow Y$、$X \rightarrow\rightarrow Z$,则 $X \rightarrow\rightarrow Y \bigcap Z$。

（6）若 $X \rightarrow\rightarrow Y$、$X \rightarrow\rightarrow Z$,则 $X \rightarrow\rightarrow Y - Z$、$X \rightarrow\rightarrow Z - Y$。

5. 多值依赖与函数依赖的区别

多值依赖的有效性与属性集的范围有关。若 $X \rightarrow\rightarrow Y$ 在 U 上成立,则在 $W(X Y \subseteq W \subseteq U)$ 上一定成立；反之则不然,即 $X \rightarrow\rightarrow Y$ 在 $W(W \subset U)$ 上成立,在 U 上并不一定成立。

多值依赖的定义中不仅涉及属性组 X 和 Y,而且涉及 U 中其余属性 Z。

一般地,在 $R(U)$ 上若有 $X \rightarrow\rightarrow Y$ 在 $W(W \subseteq U)$ 上成立,则称 $X \rightarrow\rightarrow Y$ 为 $R(U)$ 的嵌入型多值依赖。

只要在 $R(U)$ 的任何一个关系 r 中,元组在 X 和 Y 上的值满足函数依赖,则函数依赖 $X \rightarrow Y$ 在任何属性集 $W(X Y \subseteq W \subseteq U)$ 上成立。

若函数依赖 $X \rightarrow Y$ 在 $R(U)$ 上成立,则对于任何 $Y' \subset Y$ 均有 $X \rightarrow Y'$ 成立,但是多值依赖 $X \rightarrow\rightarrow Y$ 若在 $R(U)$ 上成立,并不能断言对于任何 $Y' \subset Y$ 有 $X \rightarrow\rightarrow Y'$ 成立。

6.2.8　4NF

定义：关系模式 $R<U, F> \in 1NF$,如果对于 R 的每个非平凡多值依赖 $X \rightarrow\rightarrow Y(Y \subsetneq X)$,$X$ 都含有码,则称 $R<U, F> \in 4NF$。

多值依赖的不足在于数据冗余太大。可以用投影分解的方法消去非平凡且非函数依赖的多值依赖。如：可以将 W_S_C 分解为 W_S(W, S) 和 W_C(W, C)。在 W_S 中虽然有 $W \rightarrow\rightarrow S$,但这是平凡的多值依赖,所以 W_S $\in$ 4NF。同理,W_C $\in$ 4NF。

函数依赖和多值依赖是两种最重要的数据依赖。如果只考虑函数依赖,则属于 BCNF 的关系模式规范化程度已是最高了。如果考虑多值依赖,则属于 4NF 的关系模式规范化程度是最高的了。

6.2.9　规范化小结

在关系数据库中,对关系模式的基本要求是满足第一范式。这样的关系模式就是合法的、被允许的。但是人们发现有些关系模式存在插入异常、删除异常、修改复杂、数据冗余等毛病。寻求解决这些问题的方法,就是规范化的目的。

数据库理论与应用

规范化的基本思想就是逐步消除数据依赖中不合适的部分,使模式中的各关系模式达到某种程序的"分离",即"一事一地"的模式设计原则。让一个关系描述一个概念、一个实体或者实体间的一种联系。若多于一个概念就把它"分离"出去,因此所谓规范化实质上是概念的单一化。

人们认识这个原则是经历了一个过程的。从认识非主属性的部分函数依赖的危害开始,2NF/3NF/BCNF/4NF 的提出是这个认识过程逐步深化的标志。关系模式规范化的基本步骤如图 6-9 所示。

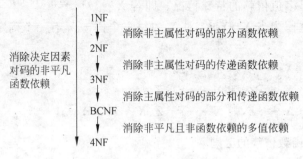

图 6-9　各种范式及规范化过程

另外,还存在 5NF,它在 4NF 基础上消除了连接依赖。由于 5NF 的连接依赖比较复杂,且应用不多,因此本书不加以讨论。

关系模式的规范化过程是通过对关系模式的分解来实现的。把低一级的关系模式分解为若干个高一级的关系模式,这种分解不是唯一的。但是不能说规范化程度越高的关系模式就越好,因为分解越细,查询时的连接操作量就越大。必须对现实世界的实际情况和用户应用需求作进一步分析,确定一个合适的、能够反映现实世界的模式。上面的规范化步骤可以在其中任何一步终止。

6.3　数据依赖的公理系统

数据依赖的公理系统是模式分解算法的理论基础,下面首先讨论函数依赖的一个有效而完备的公理系统——Armstrong 公理系统。

6.3.1　函数依赖的推理规则

为了论述方便,先定义逻辑蕴涵,对于满足一组函数依赖 F 的关系模式 $R<U,F>$,其任何一个关系 r,若函数依赖 $X \rightarrow Y$ 都成立,则称 F 逻辑蕴涵 $X \rightarrow Y$。

1. Armstrong 公理系统

设有关系模式 $R<U,F>$,其中 U 为属性集,F 是 U 上的一组函数依赖,那么有如下推理规则。

(1) A1 自反律:若 $Y \subseteq X \subseteq U$,则 $X \rightarrow Y$ 为 F 所蕴涵。

(2) A2 增广律:若 $X \rightarrow Y$ 为 F 所蕴涵,且 $Z \subseteq U$,则 $XZ \rightarrow YZ$ 为 F 所蕴涵。

(3) A3 传递律:若 $X \rightarrow Y$、$Y \rightarrow Z$ 为 F 所蕴涵,则 $X \rightarrow Z$ 为 F 所蕴涵。

根据上面 3 条推理规则,又可导出以下 3 条推理规则。

(1) 合并规则:若 $X{\rightarrow}Y$、$X{\rightarrow}Z$,则 $X{\rightarrow}YZ$ 为 F 所蕴涵。

(2) 伪传递规则:若 $X{\rightarrow}Y$、$WY{\rightarrow}Z$,则 $XW{\rightarrow}Z$ 为 F 所蕴涵。

(3) 分解规则:若 $X{\rightarrow}Y$、$Z{\subseteq}Y$,则 $X{\rightarrow}Z$ 为 F 所蕴涵。

根据合并规则和分解规则,可得引理 6.3.1。

引理 6.3.1　$X{\rightarrow}A_1 A_2 {\cdots} A_k$ 成立的充分必要条件是 $X{\rightarrow}A_i$ 成立 $(i=1,2,{\cdots},k)$。

2. Armstrong 公理系统的证明

(1) A1 自反律:若 $Y{\subseteq}X{\subseteq}U$,则 $X{\rightarrow}Y$ 为 F 所蕴涵。

证明:

设 $Y{\subseteq}X{\subseteq}U$。

对 $R<U,F>$ 的任一关系 r 中的任意两个元组 t、s:

若 $t[X]=s[X]$,由于 $Y{\subseteq}X$,则有 $t[Y]=s[Y]$,所以 $X{\rightarrow}Y$ 成立,自反律得证。

(2) A2 增广律:若 $X{\rightarrow}Y$ 为 F 所蕴涵,且 $Z{\subseteq}U$,则 $XZ{\rightarrow}YZ$ 为 F 所蕴涵。

证明:

设 $X{\rightarrow}Y$ 为 F 所蕴涵,且 $Z{\subseteq}U$。

对 $R<U,F>$ 的任一关系 r 中的任意两个元组 t、s:

若 $t[XZ]=s[XZ]$,由于 $X{\subseteq}XZ$、$Z{\subseteq}XZ$,根据自反律,则有 $t[X]=s[X]$ 和 $t[Z]=s[Z]$。

由于 $X{\rightarrow}Y$,于是 $t[Y]=s[Y]$,所以 $t[YZ]=s[YZ]$;所以 $XZ{\rightarrow}YZ$ 成立,增广律得证。

(3) A3 传递律:若 $X{\rightarrow}Y$、$Y{\rightarrow}Z$ 为 F 所蕴涵,则 $X{\rightarrow}Z$ 为 F 所蕴涵。

证明:

设 $X{\rightarrow}Y$ 及 $Y{\rightarrow}Z$ 为 F 所蕴涵。

对 $R<U,F>$ 的任一关系 r 中的任意两个元组 t、s:

若 $t[X]=s[X]$,由于 $X{\rightarrow}Y$,有 $t[Y]=s[Y]$;

再由于 $Y{\rightarrow}Z$,有 $t[Z]=s[Z]$,所以 $X{\rightarrow}Z$ 为 F 所蕴涵,传递律得证。

(4) 合并规则:若 $X{\rightarrow}Y$、$X{\rightarrow}Z$,则 $X{\rightarrow}YZ$ 为 F 所蕴涵。

证明:

因 $X{\rightarrow}Y$(已知),故 $X{\rightarrow}XY$(增广律),$XX{\rightarrow}XY$ 即 $X{\rightarrow}XY$。

因 $X{\rightarrow}Z$(已知),故 $XY{\rightarrow}YZ$(增广律)。

因 $X{\rightarrow}XY$、$XY{\rightarrow}YZ$(从上面得知),故 $X{\rightarrow}YZ$(传递律)。

(5) 伪传递规则:若 $X{\rightarrow}Y$、$WY{\rightarrow}Z$,则 $XW{\rightarrow}Z$ 为 F 所蕴涵。

证明:

因 $X{\rightarrow}Y$(已知),故 $WX{\rightarrow}WY$(增广律)。因 $WY{\rightarrow}Z$(已知),故 $XW{\rightarrow}Z$(传递律)。

(6) 分解规则:若 $X{\rightarrow}Y$、$Z{\subseteq}Y$,则 $X{\rightarrow}Z$ 为 F 所蕴涵。

证明:

因 $Z{\subseteq}Y$(已知),故 $Y{\rightarrow}Z$(自反律)。

因 $X{\rightarrow}Y$(已知),故 $X{\rightarrow}Z$(传递律)。

6.3.2 函数依赖的闭包 F^+ 及属性的闭包 X_F^+

1. 函数依赖的闭包

定义：关系模式 $R<U,F>$ 中为 F 所逻辑蕴涵的函数依赖的全体称为 F 的闭包，记为 F^+。

2. 属性的闭包

定义：设 F 为属性集 U 上的一组函数依赖，$X \subseteq U$，$X_F^+ = \{A \mid X \rightarrow A$ 能由 F 根据 Armstrong 公理导出$\}$，则称 X_F^+ 为属性集 X 关于函数依赖集 F 的闭包。

算法：求属性集 $X(X \subseteq U)$ 关于 U 上的函数依赖集 F 的闭包 X_F^+。

输入 X、F，输出 X_F^+。

步骤如下：

(1) 令 $X^{(0)} = X$，$i = 0$。

(2) 求 B，$B = \{A \mid (\exists V)(\exists W)(V \rightarrow W \in F \wedge V \subseteq X^{(i)} \wedge A \in W)\}$。

(3) $X^{(i+1)} = B \bigcup X^{(i)}$。

(4) 判断 $X^{(i+1)} = X^{(i)}$ 吗？

(5) 若相等，或 $X^{(i)} = U$，则 $X^{(i)}$ 为属性集 X 关于函数依赖集 F 的闭包，且算法终止。

(6) 若不相等，则 $i = i + 1$，返回步骤(2)。

【例 6-13】 已知关系模式 $R<U,F>$、$U = \{A,B,C,D,E\}$、$F = \{A \rightarrow B, D \rightarrow C, BC \rightarrow E, AC \rightarrow B\}$，求 $(AE)_F^+$ 和 $(AD)_F^+$。

解：设 $X^{(0)} = AE$。

计算 $X^{(1)}$：扫描 F 中的各个函数依赖，找到左部为 A、E 或 AE 的函数依赖，得到：$A \rightarrow B$。故有 $X^{(1)} = AE \bigcup B$，即 $X^{(1)} = ABE$。

计算 $X^{(2)}$：扫描 F 中的各个函数依赖，找到左部为 ABE 或 ABE 子集的函数依赖，因为找不到这样的函数依赖。故有 $X^{(2)} = X^{(1)}$。算法终止。

故 $(AE)_F^+ = ABE$。同理可得 $(AD)_F^+ = ABCDE$。

3. 引理 6.3.2

设 F 为属性集 U 上的一组函数依赖，X、$Y \subseteq U$，$X \rightarrow Y$ 能由 F 根据 Armstrong 公理导出的充分必要条件是 $Y \subseteq X_F^+$。

这个引理的作用在于：将判定 $X \rightarrow Y$ 是否能由 F 根据 Armstrong 公理导出的问题转化为求出 X_F^+，判定 Y 是否为 X_F^+ 的子集的问题。

6.3.3 最小函数依赖集

1. 等价和覆盖

定义：关系模式 $R<U,F>$ 上的两个依赖集 F 和 G，如果 $F^+ = G^+$，则称 F 和 G 是等价的，记做 $F \equiv G$。

若 $F \equiv G$,则称 G 是 F 的一个覆盖,反之亦然。两个等价的函数依赖集在表达能力上是完全相同的。

2. 最小函数依赖集

定义:如果函数依赖集 F 满足下列条件,则称 F 为一个极小函数依赖集,亦称为最小依赖集或最小覆盖。

(1) F 中任一函数依赖的右部仅含有一个属性。

(2) F 中不存在这样的函数依赖 $X \rightarrow A$,使得 F 与 $F - \{X \rightarrow A\}$ 等价。

(3) F 中不存在这样的函数依赖 $X \rightarrow A$,X 有真子集 Z,使得 $F - \{X \rightarrow A\} \cup \{Z \rightarrow A\}$ 与 F 等价。

算法:计算最小函数依赖集。

输入:一个函数依赖集。

输出:F 的一个等价的最小函数依赖集 G。

步骤如下:

(1) 用分解的法则,使 F 中的任何一个函数依赖的右部仅含有一个属性。

(2) 去掉多余的函数依赖:从第一个函数依赖 $X \rightarrow Y$ 开始将其从 F 中去掉,然后在剩下的函数依赖中求 X 的闭包 X^+,看 X^+ 是否包含 Y,若是,则去掉 $X \rightarrow Y$;否则不能去掉,依次做下去,直到找不到冗余的函数依赖。

(3) 去掉各依赖左部多余的属性。一个一个地检查函数依赖左部非单个属性的依赖。例如 $XY \rightarrow A$,若要判 Y 为多余的,则以 $X \rightarrow A$ 代替 $XY \rightarrow A$,并判断是否等价。若 $A \in (X)^+$,则 Y 是多余属性,可以去掉。

【例 6-14】 已知关系模式 $R < U, F >$,$U = \{A, B, C, D, E, G\}$,$F = \{AB \rightarrow C, D \rightarrow EG, C \rightarrow A, BE \rightarrow C, BC \rightarrow D, CG \rightarrow BD, ACD \rightarrow B, CE \rightarrow AG\}$,求 F 的最小函数依赖集。

解: 利用算法求解,使得其满足 3 个条件。

(1) 利用分解规则,将所有的函数依赖变成右边都是单个属性的函数依赖,得 F 为:
$$F = \{AB \rightarrow C, D \rightarrow E, D \rightarrow G, C \rightarrow A, BE \rightarrow C, BC \rightarrow D, CG \rightarrow B,$$
$$CG \rightarrow D, ACD \rightarrow B, CE \rightarrow A, CE \rightarrow G\}$$

(2) 去掉 F 中多余的函数依赖。

① 设 $AB \rightarrow C$ 为冗余的函数依赖,则去掉 $AB \rightarrow C$,得:
$$F1 = \{D \rightarrow E, D \rightarrow G, C \rightarrow A, BE \rightarrow C, BC \rightarrow D, CG \rightarrow B,$$
$$CG \rightarrow D, ACD \rightarrow B, CE \rightarrow A, CE \rightarrow G\}$$

计算 $(AB)^+_{F1}$:设 $X^{(0)} = AB$。

计算 $X^{(1)}$:扫描 $F1$ 中各个函数依赖,找到左部为 AB 或 AB 子集的函数依赖,因为找不到这样的函数依赖,故有 $X^{(1)} = X^{(0)} = AB$,算法终止。

$(AB)^+_{F1} = AB$ 不包含 C,故 $AB \rightarrow C$ 不是冗余的函数依赖,不能从 $F1$ 中去掉。

② 设 $CG \rightarrow B$ 为冗余的函数依赖,则去掉 $CG \rightarrow B$,得:
$$F2 = \{AB \rightarrow C, D \rightarrow E, D \rightarrow G, C \rightarrow A, BE \rightarrow C, BC \rightarrow D,$$
$$CG \rightarrow D, ACD \rightarrow B, CE \rightarrow A, CE \rightarrow G\}$$

计算 $(CG)^+_{F2}$:设 $X^{(0)} = CG$。

数据库理论与应用

计算 $X^{(1)}$：扫描 F2 中的各个函数依赖，找到左部为 CG 或 CG 子集的函数依赖，得到一个 $C{\rightarrow}A$ 函数依赖。故有 $X^{(1)}=X^{(0)}\bigcup A=CGA=ACG$。

计算 $X^{(2)}$：扫描 F2 中的各个函数依赖，找到左部为 ACG 或 ACG 子集的函数依赖，得到一个 $CG{\rightarrow}D$ 函数依赖。故有 $X^{(2)}=X^{(1)}\bigcup D=ACDG$。

计算 $X^{(3)}$：扫描 F2 中的各个函数依赖，找到左部为 $ACDG$ 或 $ACDG$ 子集的函数依赖，得到两个 $ACD{\rightarrow}B$ 和 $D{\rightarrow}E$ 函数依赖。故有 $X^{(3)}=X^{(2)}\bigcup BE=ABCDEG$，因为 $X^{(3)}=U$，算法终止。

$(CG)_{F2}^{+}=ABCDEG$ 包含 B，故 $CG{\rightarrow}B$ 是冗余的函数依赖，应从 F2 中去掉。

③ 设 $CG{\rightarrow}D$ 为冗余的函数依赖，则去掉 $CG{\rightarrow}D$，得：

$F3=\{AB{\rightarrow}C,D{\rightarrow}E,D{\rightarrow}G,C{\rightarrow}A,BE{\rightarrow}C,BC{\rightarrow}D,ACD{\rightarrow}B,CE{\rightarrow}A,CE{\rightarrow}G\}$

计算 $(CG)_{F3}^{+}$：设 $X^{(0)}=CG$。

计算 $X^{(1)}$：扫描 F3 中的各个函数依赖，找到左部为 CG 或 CG 子集的函数依赖，得到一个 $C{\rightarrow}A$ 函数依赖。故有 $X^{(1)}=X^{(0)}\bigcup A=CGA=ACG$。

计算 $X^{(2)}$：扫描 F3 中的各个函数依赖，找到左部为 ACG 或 ACG 子集的函数依赖，因为找不到这样的函数依赖。故有 $X^{(2)}=X^{(1)}$，算法终止。$(CG)_{F3}^{+}=ACG$。

$(CG)_{F3}^{+}=ACG$ 不包含 D，故 $CG{\rightarrow}D$ 不是冗余的函数依赖，不能从 F3 中去掉。

④ 设 $CE{\rightarrow}A$ 为冗余的函数依赖，则去掉 $CE{\rightarrow}A$，得：

$F4=\{AB{\rightarrow}C,D{\rightarrow}E,D{\rightarrow}G,C{\rightarrow}A,BE{\rightarrow}C,BC{\rightarrow}D,CG{\rightarrow}D,ACD{\rightarrow}B,CE{\rightarrow}G\}$

计算 $(CG)_{F4}^{+}$：设 $X^{(0)}=CE$。

计算 $X^{(1)}$：扫描 F4 中的各个函数依赖，找到左部为 CE 或 CE 子集的函数依赖，得到一个 $C{\rightarrow}A$ 函数依赖。故有 $X^{(1)}=X^{(0)}\bigcup A=CEA=ACE$。

计算 $X^{(2)}$：扫描 F4 中的各个函数依赖，找到左部为 ACE 或 ACE 子集的函数依赖，得到一个 $CE{\rightarrow}G$ 函数依赖。故有 $X^{(2)}=X^{(1)}\bigcup G=ACEG$。

计算 $X^{(3)}$：扫描 F4 中的各个函数依赖，找到左部为 $ACEG$ 或 $ACEG$ 子集的函数依赖，得到一个 $CG{\rightarrow}D$ 函数依赖。故有 $X^{(3)}=X^{(2)}\bigcup D=ACDEG$。

计算 $X^{(4)}$：扫描 F4 中的各个函数依赖，找到左部为 $ACDEG$ 或 $ACDEG$ 子集的函数依赖，得到一个 $ACD{\rightarrow}B$ 函数依赖。故有 $X^{(4)}=X^{(3)}UB=ABCDEG$。因为 $X^{(4)}=U$，算法终止。

$(CE)_{F4}^{+}=ABCDEG$ 包含 A，故 $CE{\rightarrow}A$ 是冗余的函数依赖，应从 F4 中去掉。

(3) 去掉 F4 中各函数依赖左边多余的属性(只检查左部不是单个属性的函数依赖)。

函数依赖 $ACD{\rightarrow}B$ 中的属性 A 是多余的，去掉 A 得 $CD{\rightarrow}B$。

故最小函数依赖集为：

$F=\{AB{\rightarrow}C,D{\rightarrow}E,D{\rightarrow}G,C{\rightarrow}A,BE{\rightarrow}C,BC{\rightarrow}D,CG{\rightarrow}D,CD{\rightarrow}B,CE{\rightarrow}G\}$

6.4 模式分解

6.4.1 模式分解的定义

1. 模式分解

定义：关系模式 $R<U,F>$ 的一个分解是指，$\rho=\{R_1<U_1,F_1>,R_2<U_2,F_2>,\cdots,$

$R_k<U_k,F_k>\}$，其中：$U=Y\bigcup\limits_{i=1}^{k}U_i$，并且没有 $U_i\subseteq U_j$，$1\leqslant i,j\leqslant n$，$F_i$ 是 F 在 U_i 上的投影。其中 $F_i=\{X\rightarrow Y\,|\,X\rightarrow Y\in F^+\wedge XY\subseteq U_i\}$。

对于一个给定的模式进行分解，使得分解后的模式与原来的模式等价有 3 种情况：

(1) 分解具有无损连接性。

(2) 分解要保持函数依赖。

(3) 分解既要保持无损连接性，又要保持函数依赖。

2. 无损连接性

定义：$\rho=\{R_1<U_1,F_1>,R_2<U_2,F_2>,\cdots,R_k<U_k,F_k>\}$ 是关系模式 $R<U,F>$ 的一个分解，若对 $R<U,F>$ 的任何一个关系 r 均有 $r=m\rho(r)$ 成立，则分解 ρ 具有无损连接性（简称无损分解）。其中，$m_\rho(r)=\bowtie\limits_{i=1}^{k}\pi_{R_i}(r)$。

定理：关系模式 $R<U,F>$ 的一个分解，$\rho=\{R_1<U_1,F_1>,R_2<U_2,F_2>\}$ 具有无损连接的充分必要条件是：$U_1\bigcap U_2\rightarrow U_1-U_2\in F^+$ 或 $U_1\bigcap U_2\rightarrow U_2-U_1\in F^+$。

3. 保持函数依赖

定义：设关系模式 $R<U,F>$ 的一个分解 $\rho=\{R_1<U_1,F_1>,R_2<U_2,F_2>,\cdots,R_k<U_k,F_k>\}$，如果 $F^+=\left(\bigcup\limits_{i=1}^{k}\pi_{R_i}(F^+)\right)^+$，则称分解 ρ 保持函数依赖。

6.4.2　分解的无损连接性的判别

如果一个关系模式的分解不是无损分解，则分解后的关系通过自然连接运算就无法恢复到分解前的关系。判断一个分解是否是无损分解是很重要的。为达到这个目的，人们提出了一种"追踪"过程。

算法：$\rho=\{R_1<U_1,F_1>,R_2<U_2,F_2>,\cdots,R_k<U_k,F_k>\}$ 是关系模式 $R<U,F>$ 的一个分解，$U=\{A_1,A_2,\cdots,A_n\}$，$F=\{FD_1,FD_2,\cdots,FD_p\}$，并设 F 是一个最小依赖集，记 FD_i 为 $X_i\rightarrow A_{1j}$，其步骤如下：

(1) 建立一个 n 列 k 行的表，每一列对应一个属性，每一行对应分解中的一个关系模式。若属性 $A_j\in U_i$，则在 j 列 i 行上填上 a_j，否则填上 b_{ij}。

(2) 对于每一个 FD_i 做如下操作：找到 X_i 所对应的列中具有相同符号的那些行。考察这些行中 1_i 列的元素，若其中有 a_j，则全部改为 a_j，否则全部改为 b_{mli}，m 是这些行的行号最小值。

如果在某次更改后，有一行成为：a_1、a_2、$\cdots$、a_n，则算法终止。且分解 ρ 具有无损连接性，否则不具有无损连接性。

对 F 中 p 个 FD 逐一进行一次这样的处理，称为对 F 的一次扫描。

(3) 比较扫描前后，表有无变化，如有变化，则返回第 i 步，否则算法终止。如果发生循环，那么前次扫描至少应使该表减少一个符号，表中符号有限，因此，循环必然终止。

6.4.3 保持函数依赖的模式分解

1. 转换成 3NF 的保持函数依赖的分解

算法 1：$\rho = \{R_1 < U_1, F_1 >, R_2 < U_2, F_2 >, \cdots, R_k < U_k, F_k >\}$ 是关系模式 $R < U, F >$ 的一个分解，$U = \{A_1, A_2, \cdots, A_n\}$，$F = \{FD_1, FD_2, \cdots, FD_p\}$，并设 F 是一个最小依赖集，记 FD_i 为 $X_i \rightarrow A_{1j}$，其步骤如下：

（1）对 $R < U, F >$ 的函数依赖集 F 进行极小化处理（处理后的结果仍记为 F）。

（2）找出不在 F 中出现的属性，将这样的属性构成一个关系模式。把这些属性从 U 中去掉，剩余的属性仍记为 U。

（3）若有 $X \rightarrow A \in F$，且 $XA = U$，则 $\rho = \{R\}$，算法终止。

（4）否则，对 F 按具有相同左部的原则分组（假定分为 k 组），每一组函数依赖 F_i 所涉及的全部属性形成一个属性集 U_i。若 $U_i \subseteq U_j (i \neq j)$，就去掉 U_i。由于经过了步骤（2），故 $U = \bigcup_{i=1}^{k} U_i$，于是构成的一个保持函数依赖的分解。并且，每个 $R_i < U_i, F_i >$ 均属于 3NF 且保持函数依赖。

【例 6-15】 关系模式 $R < U, F >$，其中 $U = \{C, T, H, I, S, G\}$，$F = \{CS \rightarrow G, C \rightarrow T, TH \rightarrow I, HI \rightarrow C, HS \rightarrow I\}$，将其分解成 3NF 并保持函数依赖。

解： 根据算法进行求解。

（1）计算 F 的最小函数依赖集。

① 利用分解规则，将所有的函数依赖变成右边都是单个属性的函数依赖。由于 F 的所有函数依赖的右边都是单个属性，故不用分解。

② 去掉 F 中多余的函数依赖。

a. 设 $CS \rightarrow G$ 为冗余的函数依赖，则去掉 $CS \rightarrow G$，得：
$$F1 = \{C \rightarrow T, TH \rightarrow I, HI \rightarrow C, HS \rightarrow I\}$$

计算 $(CS)_{F1}^{+}$：设 $X^{(0)} = CS$。

计算 $X^{(1)}$：扫描 $F1$ 中各个函数依赖，找到左部为 CS 或 CS 子集的函数依赖，找到一个 $C \rightarrow T$ 函数依赖。故有 $X^{(1)} = X^{(0)} \bigcup T = CST$。

计算 $X^{(2)}$：扫描 $F1$ 中的各个函数依赖，找到左部为 CST 或 CST 子集的函数依赖，没有找到任何函数依赖。故有 $X^{(2)} = X^{(1)}$，算法终止。

$(CS)_{F1}^{+} = CST$ 不包含 G，故 $CS \rightarrow G$ 不是冗余的函数依赖，不能从 $F1$ 中去掉。

b. 设 $C \rightarrow T$ 为冗余的函数依赖，则去掉 $C \rightarrow T$，得：
$$F2 = \{CS \rightarrow G, TH \rightarrow I, HI \rightarrow C, HS \rightarrow I\}$$

计算 $(C)_{F2}^{+}$：设 $X^{(0)} = C$。

计算 $X^{(1)}$：扫描 $F2$ 中的各个函数依赖，没有找到左部为 C 的函数依赖。故有 $X^{(1)} = X^{(0)}$，算法终止。故 $C \rightarrow T$ 不是冗余的函数依赖，不能从 $F2$ 中去掉。

c. 设 $TH \rightarrow I$ 为冗余的函数依赖，则去掉 $TH \rightarrow I$，得：
$$F3 = \{CS \rightarrow G, C \rightarrow T, HI \rightarrow C, HS \rightarrow I\}$$

计算 $(TH)_{F3}^{+}$：设 $X^{(0)} = TH$。

计算 $X^{(1)}$：扫描 $F3$ 中的各个函数依赖，没有找到左部为 TH 或 TH 子集的函数依赖。故有 $X^{(1)} = X^{(0)}$。算法终止。故 $TH \rightarrow I$ 不是冗余的函数依赖，不能从 $F3$ 中去掉。

d. 设 $HI \rightarrow C$ 为冗余的函数依赖，则去掉 $HI \rightarrow C$，得：

$$F4 = \{CS \rightarrow G, C \rightarrow T, TH \rightarrow I, HS \rightarrow I\}$$

计算 $(HI)^+_{F4}$：设 $X^{(0)} = HI$。

计算 $X^{(1)}$：扫描 $F4$ 中的各个函数依赖，没有找到左部为 HI 或 HI 子集的函数依赖。故有 $X^{(1)} = X^{(0)}$，算法终止。故 $HI \rightarrow C$ 不是冗余的函数依赖，不能从 $F4$ 中去掉。

e. 设 $HS \rightarrow I$ 为冗余的函数依赖，则去掉 $HS \rightarrow I$，得：

$$F5 = \{CS \rightarrow G, C \rightarrow T, TH \rightarrow I, HI \rightarrow C\}$$

计算 $(HS)^+_{F5}$：设 $X^{(0)} = HS$。

计算 $X^{(1)}$：扫描 $F5$ 中的各个函数依赖，没有找到左部为 HS 或 HS 子集的函数依赖。故有 $X^{(1)} = X^{(0)}$，算法终止。故 $HS \rightarrow I$ 不是冗余的函数依赖，不能从 $F5$ 中去掉。即：

$$F5 = \{CS \rightarrow G, C \rightarrow T, TH \rightarrow I, HI \rightarrow C, HS \rightarrow I\}$$

③ 去掉 $F5$ 中各函数依赖左边多余的属性（只检查左部不是单个属性的函数依赖）。

没有发现左边有多余属性的函数依赖。故最小函数依赖集为：

$$F = \{CS \rightarrow G, C \rightarrow T, TH \rightarrow I, HI \rightarrow C, HS \rightarrow I\}$$

（2）由于 R 中的所有属性均在 F 中都出现，所以转步骤（3）。

（3）对 F 按具有相同左部的原则分为：$R1 = CSG, R2 = CT, R3 = THI, R4 = HIC$, $R5 = HSI$。所以 $\rho = \{R1(CSG), R2(CT), R3(THI), R4(HIC), R5(HSI)\}$。

2. 转换成 3NF 的保持无损连接和函数依赖的分解

算法 2：

输入：关系模式 R 和 R 的最小函数依赖集 F。

输出：$R<U, F>$ 的一个分解 $\rho = \{R_1<U_1, F_1>, R_2<U_2, F_2>, \cdots, R_k<U_k, F_k>\}$, R_i 为 3NF，且 ρ 具有无损连接又保持函数依赖的分解。

步骤如下：

（1）根据算法 1 求出保持函数依赖的分解 $\rho = \{R_1, R_2, \cdots, R_k\}$。

（2）判断分解 ρ 是否具有无损连接性，若有，则转步骤（4）。

（3）令 $\rho = \rho \cup \{X\}$，其中 X 是 R 的候选关键字（候选键）。

（4）输出 ρ。

3. 转换成 BCNF 的保持无损连接的分解

算法 3：

输入：关系模式 R 和 R 的函数依赖集 F。

输出：$R<U, F>$ 的一个分解 $\rho = \{R_1<U_1, F_1>, R_2<U_2, F_2>, \cdots, R_k<U_k, F_k>\}$, R_i 为 BCNF，且 ρ 具有无损连接的分解。

步骤如下：

（1）令 $\rho = \{R\}$，根据算法 1 求出保持函数依赖的分解 $\rho = \{R_1, R_2, \cdots, R_k\}$。

（2）若 ρ 中的所有模式都是 BCNF，则转步骤（4）。

（3）若 ρ 中有一个关系模式 R_i 不是 BCNF，则 R_i 中必能找到一个函数依赖 $X \rightarrow A$，且 X 不是 R_i 的候选键，且 A 不属于 X，设 $R_{i1}(XA)$，$R_{i2}(R_i - A)$，用分解 $\{R_{i1}, R_{i2}\}$ 代替 R_i，转步骤（2）。

（4）输出 ρ。

【例 6-16】 关系模式 $R < U, F >$，其中：$U = \{C, T, H, I, S, G\}$，$F = \{CS \rightarrow G, C \rightarrow T, TH \rightarrow I, HI \rightarrow C, HS \rightarrow I\}$，将其分解成 BCNF 并保持无损连接。

解：

（1）令 $\rho = \{R < U, F >\}$。

（2）ρ 中不是所有的模式都是 BCNF，转步骤（3）。

（3）分解 R：R 上的候选关键字为 HS（因为所有函数依赖的右边没有 HS）。考虑 $CS \rightarrow G$ 函数依赖不满足 BCNF 条件（因 CS 不包含候选键 HS），将其分解成 $R1(CSG)$、$R2(CTHIS)$。计算 $R1$ 和 $R2$ 的最小函数依赖集分别为：$F1 = \{CS \rightarrow G\}$，$F2 = \{C \rightarrow T, TH \rightarrow I, HI \rightarrow C, HS \rightarrow I\}$。

分解 $R2$：$R2$ 上的候选关键字为 HS。考虑 $C \rightarrow T$ 函数依赖不满足 BCNF 条件，将其分解成 $R21(CT)$、$R22(CHIS)$。计算 $R21$ 和 $R22$ 的最小函数依赖集分别为：$F21 = \{C \rightarrow T\}$，$F22 = \{CH \rightarrow I, HI \rightarrow C, HS \rightarrow I\}$。其中 $CH \rightarrow I$ 是由于 $R22$ 中没有属性 T 且 $C \rightarrow T, TH \rightarrow I$。

分解 $R22$：$R22$ 上的候选关键字为 HS。考虑 $CH \rightarrow I$ 函数依赖不满足 BCNF 条件，将其分解成 $R221(CHI)$、$R222(CHS)$。计算 $R221$ 和 $R222$ 的最小函数依赖集分别为：$F221 = \{CH \rightarrow I, HI \rightarrow C\}$，$F222 = \{HS \rightarrow C\}$。其中 $HS \rightarrow C$ 是由于 $R222$ 中没有属性 I 且 $HS \rightarrow I$，$HI \rightarrow C$。

由于 $R221$ 上的候选关键字为 H，而 $F221$ 中的所有函数依赖满足 BCNF 条件。由于 $R222$ 上的候选关键字为 HS，而 $F222$ 中的所有函数依赖满足 BCNF 条件。故 R 可以分解为无损连接性的 BCNF。如 $\rho = \{R1(CSG), R21(CT), R221(CHI), R222(CHS)\}$。

4. 转换成 4NF 的保持无损连接的分解

算法 4：

输入：关系模式 R 和 R 的函数依赖集 F。

输出：$R < U, F >$ 的一个分解 $\rho = \{R_1 < U_1, F_1 >, R_2 < U_2, F_2 >, \cdots, R_k < U_k, F_k >\}$，$R_i$ 为 4NF，且 ρ 具有无损连接的分解。

步骤如下：

（1）令 $\rho = \{R\}$，根据算法 1 求出保持函数依赖的分解 $\rho = \{R_1, R_2, \cdots, R_k\}$。

（2）若 ρ 中的所有模式都是 4NF，则转步骤（4）。

（3）若 ρ 中有一个关系模式 R_i 不是 4NF，则 R_i 中必能找到一个函数依赖 $X \rightarrow\rightarrow A$，且 X 不是 R_i 的候选键，且 $A - X \neq \phi$，$XA \neq R_i$，令 $Z = A - X$，由分解规则得出 $X \rightarrow\rightarrow Z$。令 $R_{i1}(XZ)$，$R_{i2}(R_i - Z)$，用分解 $\{R_{i1}, R_{i2}\}$ 代替 R_i，由于 $(R_{i1} \bigcap R_{i2}) \rightarrow\rightarrow (R_{i1} - R_{i2})$，所以分解具有无损连接性，转步骤（2）。

（4）输出 ρ。

小结

本章主要讨论关系模式的设计问题。关系模式设计的好坏,对消除数据冗余和保持数据一致性等重要问题有直接影响。要设计出好的关系模式,必须有相应理论作为基础,这就是关系设计中的规范化理论。

在数据库中,数据冗余是指同一个数据被存储了多次。数据冗余不仅会影响系统资源的有效使用,更为严重的是会引起各种数据操作异常的发生。从事物之间存在相互关系角度分析,数据冗余与数据之间相互依赖有着密切关系。数据冗余的一个主要原因就是将逻辑上独立的数据简单地"装配"在一起,消除冗余的基本做法是把不适合规范的关系模式分解成若干比较小的关系模式。

范式是衡量模式优劣的标准。范式表达了模式中数据依赖之间应当满足的联系。当关系模式 R 为 3NF 时,在 R 上成立的非平凡函数依赖左边都应该是超键或者是主属性;当关系模式是 BCNF 时,R 上成立的非平凡依赖左边都应该是超键。范式的级别越高,相应的数据冗余和操作异常现象就越少。

关系模式的规范化过程就是模式分解过程,而模式分解实际上是将模式中的属性重新分组,它将逻辑上独立的信息放在独立的关系模式中。模式分解是解决数据冗余的主要方法,它形成了规范化的一条规则:"关系模式有冗余就应进行分解"。

规范化准则是经过周密思考的,它作为设计数据库过程中的非常有用的辅助工具,指导数据库的逻辑设计,但它不像数学中严密的定理证明和运用,不是万能的妙药,需要设计者根据具体情况灵活使用关系数据理论,将关系模式规范化到合理的范式级别,而不一定是最高级别,并且要保证分解既具有无损连接性,又保持函数依赖。

综合练习6

一、填空题

1. 由于_____,就有可能产生数据库操作异常;数据库规范化理论就是为了解决上述问题而提出来的。

2. 如果一个关系模式 R 的所有属性都是不可分的基本数据项,则 R 属于_____。

3. 在关系数据库中,对关系模式的基本要求是满足_____。

4. 关系模式的规范化过程就是_____过程。

二、选择题

1. 如果一个关系模式 R 的所有属性都是不可分的基本数据项,则(   )。

    A. $R \in$ 1NF   B. $R \in$ 2NF   C. $R \in$ 3NF   D. $R \in$ 4NF

2. 所谓 2NF,就是(   )。

    A. 不允许关系模式的属性之间有函数依赖 $Y \rightarrow X$,X 是码的真子集,Y 是非主属性

    B. 不允许关系模式的属性之间有函数依赖 $X \rightarrow Y$,X 是码的真子集,Y 是非主属性

    C. 允许关系模式的属性之间有函数依赖 $Y \rightarrow X$,X 是码的真子集,Y 是非主属性

    D. 允许关系模式的属性之间有函数依赖 $X \rightarrow Y$,X 是码的真子集,Y 是非主属性

3. 若关系模式 $R<U,F>$ 中不存在候选键 X、属性组 Y 以及非主属性 $Z(Z \subseteq y)$(注:$\subseteq$ 是子集属于的符号),使得 $X \rightarrow Y$、$Y \rightarrow Z$ 和 $Y \rightarrow X$ 成立,则( )。

    A. $R \in 1NF$ B. $R \in 2NF$ C. $R \in 3NF$ D. $R \in 4NF$

4. 设关系模式 $R<U,F> \in 1NF$,如果对于 R 的每个函数依赖 $X \rightarrow Y$,若 Y 是 X 的子集,则 X 必含有候选键,则( )。

    A. $R \in 1NF$ B. $R \in 2NF$ C. $R \in 3NF$ D. $R \in 4NF$

5. 关系模式 $R<U,F> \in 1NF$,如果对于 R 每个非平凡多值依赖 $X \rightarrow\rightarrow Y$($Y$ 是 X 的子集),X 都含有候选键,则( )。

    A. $R \in 4NF$ B. $R \in 3NF$ C. $R \in 2NF$ D. $R \in 1NF$

6. 以下关于“码”的叙述中,正确的是( )。

    A. 设 K 为关系模式 $R<U,F>$ 中的属性组合。若 $K \xrightarrow{F} U$,则 K 称为 R 的一个候选键(candidate key)

    B. 若关系模式 R 有多个候选键,则选定其中的一个作为主键(primary key)

    C. 若关系模式 R 中属性或属性组 X 并非 R 的键,但 X 是另一个关系模式的键,则称 X 是 R 的外部键(foreign)

    D. 若关系模式 R 有多个候选键,则可以选定其中的一个以上作为主键

    E. 关系模式 R 中属性或属性组 X 是且仅是 R 的键,则称 X 是 R 的内部键(native key)

7. 以下关于 4NF 的叙述,正确的选项有( )。

    A. 4NF 关系模式的属性之间必须有一个或零个非平凡且非函数依赖的多值依赖

    B. 4NF 关系模式的属性之间必须有一个以上非平凡且非函数依赖的多值依赖

    C. 关系模式 $R<U,F> \in 1NF$,如果对于 R 的每个非平凡多值依赖 $X \rightarrow\rightarrow Y$($Y$ 是 X 的子集),X 都含有候选键,则 $R \in 4NF$

    D. 如果一个关系模式是 4NF,则必为 BCNF

    E. 4NF 所允许的非平凡多值依赖实际上是函数依赖

8. 以下( )是多值依赖的性质。

    A. 对称性。即若 $X \rightarrow\rightarrow Y$,则 $X \rightarrow\rightarrow Z$,其中 $Z = U - X - Y$

    B. 传递性。即若 $X \rightarrow\rightarrow Y$,$Y \rightarrow\rightarrow Z$,则 $X \rightarrow\rightarrow Z - Y$

    C. 函数依赖可以看作是多值依赖的特殊情况。即若 $X \rightarrow Y$,则 $X \rightarrow\rightarrow Y$

    D. 若 $X \rightarrow\rightarrow Y$、$X \rightarrow\rightarrow Z$,则 $X \rightarrow\rightarrow YZ$

    E. 若 $X \rightarrow\rightarrow Y$、$X \rightarrow\rightarrow Z$,则 $YZ \rightarrow\rightarrow X$

9. 以下( )不是多值依赖的性质。

    A. 若 $X \rightarrow\rightarrow Y$、$X \rightarrow\rightarrow Z$,则 $X \rightarrow\rightarrow YZ$

    B. 如果函数依赖 $X \rightarrow Y$ 在 R 上成立,则对于任何 Y' 是 Y 的真子集,均有 $X \rightarrow Y'$ 成立

    C. 若 $X \rightarrow\rightarrow Y$、$X \rightarrow\rightarrow Z$,则 $X \rightarrow\rightarrow Y - Z$,$X \rightarrow\rightarrow Z - Y$

    D. 若多值依赖 $X \rightarrow\rightarrow Y$ 在 $R(U)$ 上成立,则对于 Y' 是 Y 的真子集,并不一定有 $X \rightarrow$

Y' 成立

E. 若多值依赖 $X \rightarrow\rightarrow Y$ 在 $R(U)$ 上成立, 则对于 Y' 是 Y 的真子集, 一定有 $X \rightarrow Y'$ 成立

10. 关系模式分解的 3 个定义是( )。

   A. 分解具有"无损连接性"

   B. 分解要有"保持函数依赖"

   C. 分解既要"保持函数依赖", 又要具有"无损连接性"

   D. 分解具有"高效可行性"

   E. 分解要"分解函数值之间的逻辑依赖"

三、问答题

1. 说明关系结构可能引起的问题。

2. 举例说明非 2NF 引起的问题。

3. 如何从 1NF 模式转换到 2NF 模式?

4. 简述 BC 范式的特点。

5. 简述规范化的基本思想。

四、实践题

1. 试证 $\{X \rightarrow YZ, Z \rightarrow CW\} \equiv X \rightarrow CWYZ$。

2. 设有如下所示的关系 R, 回答下列各问题。

材料号	材料名	生产厂
M1	线材	武汉
M2	型材	武汉
M3	板材	广州
M4	型材	武汉

(1) 它为第几范式? 为什么?

(2) 是否存在操作异常? 试举例说明之。

(3) 试将它分解为高一级的范式。

第 7 章　　　　　　　数据库设计

数据库设计是建立数据库及其应用系统的核心和基础,它要求对于指定的应用环境构造出较优的数据库模式,建立数据库及其应用,使系统能有效地存储数据,并满足用户的各种应用需求。

一般按照规范化的设计方法,常将数据库设计分为若干阶段,包括需求分析、概念设计、逻辑设计、物理设计和系统实施。数据库设计好并投入工作后,还需要对其进行维护。下面将逐步对数据库设计的各个方面进行讲述。

7.1　数据库设计概述

数据库设计是指对于一个给定的应用环境构造最优的数据库模式,建立数据库及其应用系统,使之能够有效地存储数据,满足各种用户的应用需求(信息要求和处理要求)。数据库设计问题是数据库应用领域中最基本的研究与开发课题。

7.1.1　数据库设计的任务、内容和特点

1. 数据库设计的任务

数据库设计的基本任务是根据用户的信息需求、处理需求和数据库的支持环境(包括硬件、操作系统、系统软件与 DBMS)设计出相应的数据模式。

信息需求:主要是指用户对象的数据及其结构,它反映数据库的静态要求。

处理需求:主要是指用户对象的数据处理过程和方式,它反映数据库的动态要求。

数据模式:是以上述两者为基础,在一定平台(支持环境)的制约之下进行设计得到的最终产物。

2. 数据库设计的内容

数据库设计的内容包括数据库的结构设计和数据库的行为设计。

　　数据库的结构设计是根据给定的应用环境,进行数据库的模式或子模式的设计。由于数据库模式是各应用程序共享的结构,因此数据库结构设计一般是不变化的,所以结构设计也称静态模型设计。数据库结构设计主要包括概念设计、逻辑设计和物理设计。

　　数据库的行为设计用于确定数据库用户的行为和动作,即用户对数据库的操作。数据库的行为设计就是应用程序设计。

3. 数据库设计的特点

　　数据库设计的特点主要表现在两个"结合"上。数据库设计与建设是"三件"的结合。"三件"即是计算机应用领域常常涉及的计算机硬件、计算机软件和计算机干件这 3 个基本要素,其中"干件"就是技术与管理的界面。数据库设计是与应用系统设计的结合,即整个设计过程中要把数据结构设计和行为处理设计密切结合起来。

7.1.2　数据库系统的生命周期

　　人们把数据库应用系统从开始规划、设计、实现、维护到最后被新的系统取代而停止使用的整个过程,称为数据库系统的生命周期(life cycle),它的要点是将数据库应用系统的开发分解成若干目标独立的阶段。

1. 需求分析阶段

　　需求分析阶段主要是通过收集和分析,得到用数据字典描述的数据需求和用数据流图描述的处理需求。其目的是准确了解与分析用户需求(包括数据与处理),需求分析是整个设计过程的基础,是最困难、最耗费时间的一步。

2. 概念设计阶段

　　概念设计阶段主要是对需求进行综合、归纳与抽象,形成一个独立于具体 DBMS 的概念模型(用 E-R 图表示)。概念设计是整个数据库设计的关键。

3. 逻辑设计阶段

　　逻辑设计阶段主要是将概念结构转换为某个 DBMS 所支持的数据模型(例如关系模型),并对其进行优化。

4. 物理设计阶段

　　物理设计阶段主要是为逻辑数据模型选取一个最适合应用环境的物理结构(包括存储结构和存取方法)。

5. 数据库实施阶段(编码、测试阶段)

　　数据库实施阶段主要是运用 DBMS 提供的数据语言(例如 SQL)及其宿主语言(例如 C 语言),根据逻辑设计和物理设计的结果建立数据库,编制与调试应用程序,组织数据入库,并进行测试。

6. 运行维护阶段

数据库应用系统经过测试成功后即可投入正式运行。在数据库系统运行过程中必须不断地对其进行评价、调整与修改。

在设计过程中必须把数据库的设计和对数据库中数据处理的设计紧密结合起来,将这两方面的需求分析、抽象、设计,实现在各个阶段同时进行,相互参照、相互补充,以完善两方面的设计。还有一点值得注意:设计一个完善的数据库应用系统是不可能一蹴而就的,它往往是上述 6 个阶段的不断反复。其中,概念设计和逻辑设计是重点。下面对各个阶段进行讲述。

7.2 需求分析

需求分析是指从调查用户单位着手,深入了解用户单位数据流程和数据使用情况,以及数据的规模、流量和流向等性质,并且进行分析,最终按一定规范要求以文档形式写出数据的需求说明书。

需求分析结构图如图 7-1 所示。

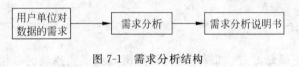

图 7-1 需求分析结构

需求分析是设计数据库的起点,需求分析的结果是否准确地反映了用户的实际要求将直接影响到后面各个阶段的设计,并影响到设计结果是否合理和实用。

7.2.1 需求分析的任务

1. 需求分析的任务

对系统要处理的对象,包括组织、部门、企业等进行详细调查,在了解现行系统的概况、确定新系统功能的过程中,收集支持系统目标的基础数据及其处理方法。需求分析是在用户调查的基础上,通过分析,逐步明确用户对系统的需求,包括数据需求和围绕这些数据的业务需求。

在需求分析时,一般通过自顶向下、逐步分解的方法分析系统。任何一个系统都可以抽象为如图 7-2 所示的数据流图(data flow diagram,DFD)形式。

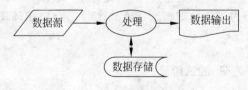

图 7-2 数据流图

数据流图是从“数据”和“处理”两方面来表达数据处理过程的一种图形化的表示方法。在数据流图中,用椭圆表示数据处理(加工);用箭头表示数据的流动及流动方向,即数据的来源和去向；用"书形框"表示要求在系统中存储的数据。在系统分析阶段，不必确定数据的具体存储方式。在此后的实现中，这些数据的存储形式可能是数据库中的关系，也可能是操作系统的文件。

数据流图中的"处理"抽象地表达了系统的功能要求，系统的整体功能要求可以分解为系统的若干子功能要求，通过逐步分解的方法，一直可以分解到系统的工作过程表达清楚为止。在功能分解的同时，每个功能在处理时所用的数据存储也被逐步分解，从而形成若干层次的数据流图。

2. 调查的重点

调查的重点是得到用户对"数据"和"处理"的需求，包括：

(1) 信息需求。信息需求指用户需要从数据库中获得信息的内容与性质。通过信息要求可以导出数据要求，即在数据库中需存储哪些数据，对这些数据将做如何处理，描述数据间本质上和概念上的联系，描述信息的内容和结构以及信息之间的联系等。

(2) 处理需求。处理需求定义系统数据处理的功能，描述操作的优先次序，包括操作执行的频率和场合、操作与数据之间的联系等。处理需求还包括弄清用户要完成什么样的处理功能，每种处理的执行频率，用户要求的响应时间以及处理的方式是联机处理还是批处理等。

(3) 安全性与完整性约束。

(4) 企业的环境特征。企业的规模与结构，部门的地理分布。主管部门对机构的规定与要求. 对系统费用、利益的限制。

3. 需求分析的难点

需求分析的难点在于：

(1) 用户缺少计算机知识，开始时无法确定计算机究竟能为自己做什么，不能做什么，因此无法一下子准确地表达自己的需求，他们所提出的需求往往会不断变化。

(2) 设计人员缺少用户的专业知识，不易理解用户的真正需求，甚至误解用户的需求。

(3) 新的硬件、软件技术的出现也会使用户需求发生变化。

因此，设计人员必须采用有效的方法，与用户不断深入地进行交流，才能逐步确定用户的实际需求。

7.2.2　需求分析的主要内容

需求分析的主要内容包括如下几个方面。

1. 数据边界的确定

确定整个需求的数据范围，了解系统所需要考虑的数据边界和不属于系统考虑的数据范围，由此建立整个系统的数据边界。数据边界确立了整个系统所注释的目标与对象，建立了整个数据领域所涉及到的范围。

2. 数据环境的确定

以数据边界为基础，确定系统周边环境，包括上/下、左/右、入/出和内/外间的数据及其关系,从而建立系统的整体联系。

3. 数据内部关系

数据内部关系包括数据流动规律、流向、流量、频率、形式、存储量和存储周期。

4. 数据字典

数据字典包括数据元素和数据类。

(1) 数据元素。数据元素是数据的基本单元,如姓名、性别和年龄等,其特征是具有不可分解性。

(2) 数据类。数据类是数据元素的有机集合,它构成数据的逻辑单元,如人事系统中的人员基本情况,它由姓名、性别、年龄、党派和参加工作日期等数据元素构成,是一个基本数据逻辑单位。

数据字典中的数据元素和数据类还包括它们自身的一些性质,如数据类型、数量、安全性要求、完整性约束要求和数据来源等。

5. 数据性能需求

数据性能需求包括数据的精度要求、时间要求、灵活性要求、安全性、完整性、可靠性和运行环境要求,此外还包括数据的可维护性、可恢复性和可转换性要求等。

7.2.3 需求分析的步骤

1. 需求收集

需求收集是指收集数据、发生时间、频率、发生规则、约束条件、相互关系、计划控制及决策过程等。注意不仅要注重收集弄清处理流程还要注重规约。收集方法可以采用面谈、书面填表、开会调查、查看和分析业务记录、实地考察或资料分析法等。

2. 数据分析结果描述

除 DFD 外,还有一些规范表格作为补充描述。一般有数据清单(数据元素表)、业务活动清单(事务处理表)、完整性及一致性要求、响应时间要求、预期变化的影响等。它们是数据字典的雏形,主要包括:

(1) 数据项。它是数据的最小单位,包括项名、含义、别名、类型、长度、取值范围等。

(2) 数据结构。是若干数据项的有序集合,包括数据结构名、含义、组成的成分等。

(3) 数据流说明。数据流可以是数据项,也可以是数据结构,表示某一加工的输入/输出数据,包括数据流名、说明、流入的加工名、流出的加工名、组成的成分等。

(4) 数据存储说明。说明加工中需要存储的数据、包括数据存储名、说明、输入数据流、输出数据流、组成的成分、数据量、存储方式、操作方式等。

(5) 加工过程。包括加工名、加工的简要说明、输入/输出数据流等。

3. 数据分析统计

数据分析统计是指将收集的数据按基本输入数据(包括人工录入、系统自动采集、转入等)、存储数据(包括一次性存储量、递增量)、输出数据(包括报表输出、转出等)分别进行统计。

4．分析说明

分析围绕数据的各种业务处理功能,并以带说明的系统功能结构图形给出。

5．阶段成果

需求分析的阶段成果是系统需求说明书,需求说明书主要包括数据流图、数据字典的雏形表格、各类数据的同类表格、系统功能结构图和必要的说明,系统需求说明书将作为数据库设计全过程的重要依据文件。

7.2.4　需求分析说明书

在调查与分析的基础上依据一定的规范要求编写数据需求分析说明书。

数据分析需求说明书需要依据一定规范要求编写。我国有国家标准与部委标准,也有企业标准,其目的是为了规范说明书的编写,规范需求分析的内容,同时也是为了统一编写格式。

数据需求分析说明书一般用自然语言并辅以必要的表格书写,目前也有一些用计算机辅助的书写工具,但由于使用上存在一些问题,应用尚不够普及。

数据需求分析说明书大致包括以下内容:

(1) 需求调查原始资料。

(2) 数据边界、环境及数据内部关系。

(3) 数据数量分析。

(4) 数据字典。

(5) 数据性能分析。

根据不同规范,数据需求分析说明书在细节上可以有所不同,但是总体要求不外乎上述5点。

7.3　概念设计

将需求分析得到的用户需求抽象为信息结构及概念模型的过程就是数据库的概念结构设计,简称为数据概念设计,它的主要目的就是分析数据之间的内在语义关联,并在此基础上建立数据的抽象模型。

7.3.1　概念结构设计概述

1．概念设计的基本要求

一般来说,概念设计具有如下一些基本要求:

(1) 真实、充分反映现实世界及其事物与事物之间的联系,能满足用户对数据的处理要求,是现实世界的一个真实模型。

数据库理论与应用

（2）易于理解，从而可以用它和非计算机专业用户交换意见，用户的积极参与是数据库设计成功的关键。

（3）易于更改，当应用环境和应用要求改变时，容易对概念模型进行修改和扩充。

（4）易于向关系、网状、层次等其他数据模型转换。

数据的概念模型是其他各种数据模型的共同基础，它独立于机器，独立于数据库的逻辑结构，也独立于 DBMS，是现实世界与机器世界的中介。概念设计是整个数据库设计的关键所在。

2. 概念设计的两种主要思路

一个部门或者单位的规模有大也有小，其中的组织结构和人员组成有简单也有复杂，相应信息数据的内在逻辑关系和语义关联可以相对简单也可以非常复杂。在需求调查基础上，设计所需要的概念模型一般有下述两种方法。

1）集中式模式设计法

这是一种统一的模式设计方法，它根据需求由一个统一机构或人员设计一个综合的全局模式，其特点是设计方法简单方便，强调统一和一致，适用于小型或不太复杂的单位或部门，但对大型的单位及其相应语义关联复杂的数据不太适合。

2）视图集成设计法

这种方法是将一个单位分解为若干部分，先对每个部分作局部模式设计，建立各个部分的视图，然后以各个视图为基础进行集成，在集成过程中可能会出现一些冲突，这主要是由于视图设计的分散性形成的不一致所造成的，需要对视图进行修正，最终形成全局模式。

视图设计实际上就是局部概念模式设计，所以视图集成设计是一个由分散到集中的过程，它的设计过程复杂但却能较好地反映需求，适合于大型与复杂的单位。这种方法可以避免设计过程中的粗放和考虑不周，故使用较多。下面将主要基于视图集成设计法介绍数据库概念设计的过程。

3. 概念设计的策略和主要步骤

设计概念结构的策略有以下几种：

（1）自顶向下。首先定义全局概念结构框架，再逐步细化。

（2）自底向上。首先定义每一局部应用的概念结构，然后按一定的规则把它们集成在一起，从而得到全局概念结构。

（3）由里向外。首先定义最重要的那些核心结构，再逐渐向外扩充。

（4）混合策略。混合策略是把自顶向下和自底向上结合起来的方法，它先自顶向下设计一个概念结构的框架，然后以它为骨架再自底向上设计局部概念结构，并把它们集成在一起。

这里简单介绍对常用的自底向上设计策略给出的数据库概念设计的主要步骤：

（1）通过数据抽象进行局部概念模式（视图）设计。

局部用户的信息需求是构造全局概念模式的基础。因此，先要从个别用户的需求出发，为单个用户以及多个具有相同或相似数据观点与使用方法的用户建立一个相应的局部概念结构。在建立局部概念结构时,要对需求分析的结果进行细化、补充和修改。例如,有的数据要分为若干个子项,有的数据定义要重新核实等。

设计概念结构时,常用的数据抽象方法是"聚集"和"概括"。聚集是将若干对象和它们之间的联系组合成一个新的对象,概括是将一组具有某些共同特性的对象合并形成更高层面上的对象。

(2) 局部概念模式综合为全局概念模式。

综合各个局部的概念结构就可以得到反映所有用户需求的全局概念结构。在综合过程中,主要处理各局部视图对各种对象定义不一致的问题,包括同名异义、异名同义和同一事物在不同视图中被抽象为不同类型的对象(例如,有的作为实体,有的又作为属性)等问题。把各个局部结构合并还会产生冗余问题,这些可能导致对信息需求的再调整与分析,以便决定其确切含义。

(3) 提交审定。

消除了所有的冲突后,就可以把全局结构提交审定。审定分为用户审定和 DBA 及应用开发人员审定两部分。用户审定的重点放在确认全局概念结构是否准确完整地反映了用户的信息需求和现实世界事物的属性间的固有联系;DBA 和应用开发人员审定则侧重于确认全局结构是否完整、各种成分划分是否合理、是否存在不一致性以及各种文档是否齐全等。文档应包括局部概念结构描述、全局概念描述、修改后的数据清单和业务活动清单等。

概念设计中最著名的方法就是实体联系方法,即 E-R 方法(包括 E-R 方法的推广 EE-R 方法),人们正是通过建立 E-R 模型,使用 E-R 图表示概念结构,从而得到数据库的概念模型的。

7.3.2 数据抽象与局部概念设计

1. 数据抽象

概念结构是对现实世界的一种抽象。

抽象是对实际的人、物、事和概念进行人为处理,抽取所关心的共同特征,忽略非本质的细节,并把这些特征用各种概念精确地加以描述,这些概念组成了某种模型。

在分解过程中,一般使用下述 3 种类型的抽象:

1) 分类

分类(classification)就是定义某一类概念作为现实世界中一组对象的类型。这些对象具有某些共同的特性与行为。它抽象了对象值和型之间的 is member of 的语义。在 E-R 模型中,实体型就是这种抽象。

2) 聚集

聚集(aggregation)就是定义某一类型的组成部分,它抽象了对象内部类型和成分之间的 is part of 的语义。在 E-R 模型中,若干属性的聚集组成的实体型就是这种抽象。

3) 概括

概括(generalization)就是定义类型之间的一种子集联系,它抽象了类型之间的 is

subset of 的语义。

2. 局部概念设计

根据需求分析的结果(数据流图、数据字典等)对现实世界的数据进行抽象,设计各个局部视图,即分 E-R 图。

1) 局部视图设计次序考虑

局部视图设计可以有以下 3 种设计次序:

(1) 自顶向下。首先从抽象级别高且普遍性强的对象开始逐步细化、具体化与特殊化。

如学生这个视图可以从一般学生开始,再分成大学生、研究生等。进一步再由大学生细化为大学本科与专科,研究生细化为硕士生与博士生等,还可以再细化成学生姓名、年龄、专业等细节。

(2) 自底向上。首先从具体的对象开始,逐步抽象化、普遍化与一般化,最后形成一个完整的视图设计。

(3) 自内向外。首先从最基本最明显的对象开始,逐步扩充至非基本的、不明显的其他对象,如学生视图可以从最基本的学生开始逐步扩展至学生所修读的课程、上课的教室与上课的老师等其他对象。

上面 3 种方法为绘制视图设计提供了具体的操作方法,设计者可以根据实际情况灵活掌握,可以单独使用也可以混合使用各种方法。

2) 设计中实体与属性的区分

实体与属性是视图中的基本单位,它们之间并无绝对的区分标准。一般而言,人们从实践中总结出以下 3 个原则作为分析时参考:

(1) 原子性原则。实体需要进一步描述,而属性大多不具有描述性质,因此,如果一个对象的数据项是不可分解,则可以作为属性处理。

(2) 依赖性原则。属性单向依赖于某个实体,并且此种依赖是包含性依赖,例如学生实体中的学号和学生姓名等属性均单向依赖于学生,因此,如果一个对象单向依赖于另一个对象,则前一个对象可以看作属性。

(3) 一致性原则。一个实体由若干个属性组成,这些属性之间有着某种内在的关联性与一致性,例如学生实体有学号、姓名、年龄和专业等属性,它们分别独立表示实体的某种独特个性,并在总体上协调一致,互相配合,构成一个完整的整体。因此,如果有一组对象具有某种一致性,而且其中若干个对象可以当作属性处理,则其他对象也可以当作属性。

需要特别说明的是,现实世界的事物能够作为属性看待的,应当尽量作为属性对待。

3) 设计中联系、嵌套与继承的区分

联系、嵌套和继承建立了视图中属性与实体间的语义关联,从定义来看,它们的语义是清楚的。

(1) 联系。实体(集、型)之间的一种广泛的语义联系,反映所考虑对象之间内在逻辑关联,而在一定意义下,嵌套和继承都可以看作一种特殊的联系。

(2) 嵌套。实体通过属性对另一个实体的依赖联系反映了实体之间聚合与分解联系。

（3）继承。实体之间的包含联系。

需要注意联系与嵌套间的关系。实际上嵌套也可以由联系实现，联系是一种在语义上更为广泛的联系，只是为了求得设计上的完整性与独立性才用嵌套表示。此外，还需要注意联系与继承有着较大的差异，两者通常不能相互替代。

4）局部概念设计过程

局部概念设计过程如图 7-3 所示。

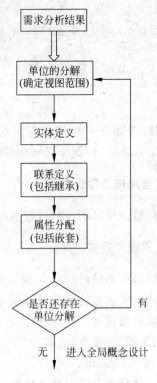

图 7-3　局部概念设计过程

5）局部概念设计实例

下面给出两个局部视图设计的例子。

【例 7-1】　教务处关于学生的视图如图 7-4 所示。

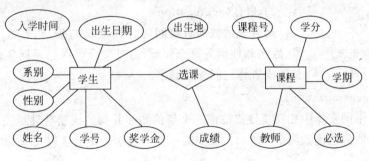

图 7-4　学生视图

数据库理论与应用

【例7-2】 研究生院关于研究生的局部视图如图7-5所示。

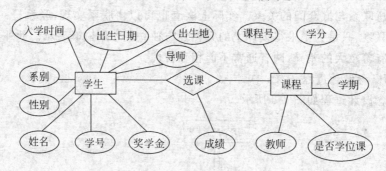

图 7-5 研究生视图

7.3.3 全局概念设计

全局概念设计是指各个局部视图即分 E-R 图建立好后,还需要对它们进行合并,集成为一个整体的数据概念结构,即总 E-R 图,因此全局概念设计也称为视图集成。

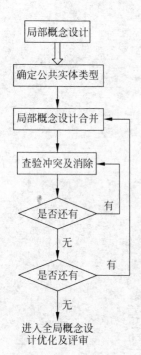

图 7-6 全局概念
设计过程

1. 全局概念设计过程

全局概念设计的进行过程如图 7-6 所示。

2. 原理与策略

将局部概念设计综合为全局概念设计的过程称为视图集成。视图集成的实质是将所有局部概念设计即视图统一合并成一个完整的全局数据模式。在此综合过程中主要使用 3 种集成概念与方法,分别是等同、聚合、抽取。

1) 等同(identity)

等同是指两个或者多个数据对象有相同的语义。等同包括简单的属性等同、实体等同及其语义等同。等同的对象及其语法形式表示可以不一致,例如某单位职工按身份证编号,属性"职工编号"与"职工身份证编号"有相同的语义。等同包括同义同名等同和同义异名等同两类。

2) 聚合(aggregation)

聚合表示数据对象间的一种组成关系,如实体"学生"可由学号、姓名和性别等聚合而成,通过聚合可以将不同实体聚合成一个整体或者将它们连接起来。

3) 抽取(generalization)

抽取即将不同实体中相同属性提取成一个新的实体并构造成具有继承关系的结构。

聚合与抽取的示例如图 7-7 所示。图中的小圆圈表示子集的逻辑关系。

3. 视图集成的原则

视图集成后形成一个整体的数据库概念结构,对该整体概念结构还必须进行进一步验

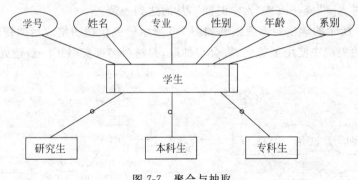

图 7-7　聚合与抽取

证,确保它能够满足下列 3 个条件:

(1) 整体概念结构内部必须具有一致性,即不能存在互相矛盾的表达。

(2) 整体概念结构能准确地反映原来的每个视图结构,包括属性、实体及实体间的联系。

(3) 整体概念结构能满足需求分析阶段所确定的所有要求。

4. 视图集成的步骤

1) 预集成

预集成步骤的主要任务是:

(1) 确定总的集成策略,包括集成的优先次序、一次集成视图数及初始集成序列等。

(2) 检查集成过程需要用到的信息是否齐全完整。

(3) 揭示和解决冲突,为下阶段视图归并奠定基础。

2) 最终集成

最终集成步骤的主要任务是:

(1) 完整性和正确性。全局视图必须是每一个局部视图正确全面的反映。

(2) 最小化原则。原则上是实现同一概念只在一个地方表示。

(3) 可理解性。应选择最易为用户理解的模式结构。

5. 冲突及其解决

在集成过程中,每个局部视图在设计时的不一致性可能会造成冲突与矛盾。常见的冲突有下列几种:

(1) 命名冲突。分为同名异义冲突与异名同义冲突。在“学生视图”和“研究生视图”中的学生分别表示“大学生”和“研究生”,这是同名异义冲突;而其中的属性“何时入学”和“入学时间”,这是异名同义冲突。

(2) 概念冲突。同一概念在一处为实体而在另一处为属性或者联系。

(3) 属性域冲突。相同的属性在不同视图中有不同的域,如学号在某视图中的域为字符串而在另一个视图中却为整数,有些属性采用不同的度量单位也属于域冲突。

(4) 约束冲突。不同视图可能有不同的约束。

上述冲突一般在集成时需要做统一处理,形成一致的表示,其办法即是对视图做适当的修改,如将前述两个视图中的“学生”,一个改为“大学生”,另一个改成“研究生”;又如将“入

数据库理论与应用

学时间"和"何时入学"统一改成"入学时间",从而达到一致。

将如图 7-4 所示的学生局部视图和如图 7-5 所示研究生视图集成后的视图,如图 7-8 所示。在此视图的集成中使用了等同、聚合与抽取,并对命名冲突做了一致性处理。

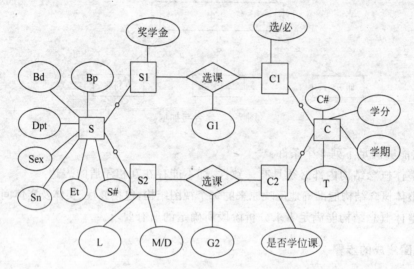

图 7-8 学生视图与研究生视图集成

6. 验证整体概念结构

视图集成后形成一个整体的数据库概念结构,对该整体概念结构还必须进行进一步验证,确保它能够满足下列条件:

(1) 整体概念结构内部必须具有一致性,不存在互相矛盾的表达。

(2) 整体概念结构能准确地反映原来的每个视图结构,包括属性、实体及实体间的联系。整体概念结构能满足需要分析阶段所确定的所有要求。

整体概念结构最终还应该提交给用户,征求用户和有关人员的意见,进行评审、修改和优化,然后把它确定下来,作为数据库的概念结构,作为进一步设计数据库的依据。

7.4 逻辑设计

设计逻辑结构应该选择最适于描述与表达相应概念结构的数据模型,然后选择最合适的 DBMS。设计逻辑结构时一般要分 3 步进行:

(1) 将概念结构转换为一般的关系、网状、层次模型。

(2) 将转化来的关系、网状、层次模型向特定 DBMS 支持下的数据模型转换。

(3) 对数据模型进行优化。

由于新设计的数据库系统普遍采用支持关系数据模型的 RDBMS,所以下面介绍 E-R 图向关系数据模型的转换原则与方法。

7.4.1 E-R 图向关系模型的转换

关系模型的逻辑结构是一组关系模式的集合。E-R 图则是由实体、实体的属性和实体之间的联系 3 个要素组成的。所以将 E-R 图转换为关系模型实际上就是要将实体、实体的属性和实体之间的联系转化为关系模式,这种转换主要集中在下述几个方面。

1. 命名与属性域的处理

关系模式中的命名可以用 E-R 图中原有的命名,也可以另行命名,但是应当尽量避免重名。RDBMS 一般只支持有限种数据类型,而 E-R 中的属性域则不受此限制,如出现有RDBMS 不支持的数据类型时则要进行类型转换。

2. 非原子属性的处理

E-R 图中允许出现非原子属性,但在关系模式中应符合第一范式,故不允许出现非原子属性。非原子属性主要有集合类型和元组类型。当出现这种情况时可以进行转换,其转换办法是集合属性纵向展开,而元组属性横向展开。

【**例 7-3**】　学生实体有 Sno、Sname 和 Cno 共 3 个属性,其中前 2 个为原子属性,后 1 个为集合型非原子属性。这是由于一个学生可以选读若干门课程,设有学生学号为011841064,姓名为刘振,选读 Database、Operating system 和 Computer network 共 3 门课程。此时,可以将其纵向展开用关系形式如表 7-1 所示。

表 7-1　学生实体

Sno	Sname	Cno
011841064	刘振	Database
011841064	刘振	Operating system
011841064	刘振	Computer network

3. 联系的转换

在一般情况下联系可以用关系表示,但是在有些情况下联系可以归并到相关的实体中。

1）1∶1 联系的转换

在 1∶1 联系中,可以在两个实体型所转换成的两个关系模式的任意一个关系模式属性中加入另一个关系模式的键(作为外键)和联系类型的属性。如图 7-9 所示。其中 k 和 E_1 间及 h 和 E_2 间的"|"表示对主键的标记。

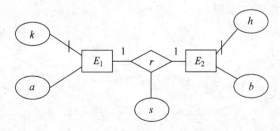

图 7-9　1∶1 联系的处理

这里,可将 E_1 与 E_2 转换成关系模式 $R1$ 和 $R2$:

$$R1(k,a,h,s);\ R2(h,b)$$

其中 h 是外键,并且在此模式中,联系 r 可以看作被 $R1$ 所吸收。

2) $1：n$ 联系的转换

在 $1：n$ 联系中,在 n 端实体型转换成的关系模式中加入 1 端实体型的键(作为外键)和联系类型的属性。如图 7-10 所示,可以将 E_1 与 E_2 转换成关系模式 $R1$、$R2$：$R1(k,a)$,$R2(h,b,k,s)$(k 是外键)。在此模式中,联系 r 可以看作被 $R2$ 吸收。所述转换如图 7-10 所示。

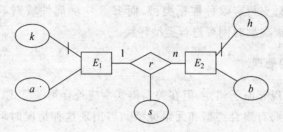

图 7-10 $1：n$ 联系的处理

3) $n：m$ 联系的转换

在 $n：m$ 的情况下,将对应的两个实体转换为两个关系模式,同时还需要构成一个新的关系模式,该关系模式由联系的属性集合和两端实体的键属性构成,而其键则为两端实体键组合构成。如图 7-11 所示,可以将 E_1 与 E_2 分别转换成关系模式 $R1(k,a)$ 和 $R2(h,b)$,同时,构成一个新的关系模式 $R3(h,b,s)$。

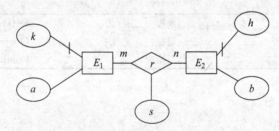

图 7-11 $m：n$ 联系的处理

4. 嵌套的转换

嵌套中的被嵌套属性可以先转换为联系,再将嵌套涉及到的两个实体转换为相应的关系模式。嵌套的示例如图 7-12 所示。

该嵌套的转换如图 7-13 所示。

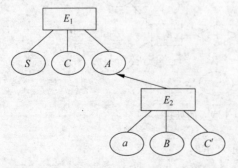

图 7-12 嵌套情形

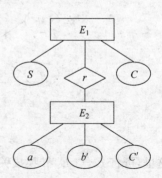

图 7-13 嵌套的联系表示

5. 继承的转换

在 E-R 图中继承可以有多种转换方式,如图 7-14 所示。

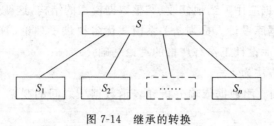

图 7-14　继承的转换

在图 7-14 中,为简单起见,不妨设 $n=2$,此时,超实体 S 的属性为 $\{k,a_1,a_2,\cdots,a_n\}$,子实体 S_1 属性为 $\{k,b_1,b_2,\cdots,b_m\}$,子实体 S_2 的属性为 $\{k,c_1,c_2,\cdots,c_p\}$。

此时,如图 7-14 所示的 E-R 图可以有下面 3 种表示方法:

(1) $R(k,a_1,a_2,\cdots,a_n)$

$R_1(k,b_1,b_2,\cdots,b_m)$

$R_2(k,c_1,c_2,\cdots,c_p)$

(2) $R_1(k,a_1,a_2,\cdots,a_n; b_1,b_2,\cdots,b_m)$,

$R_2(k,a_1,a_2,\cdots,a_n; c_1,c_2,\cdots,c_p)$

(3) $R(k,a_1,a_2,\cdots,a_n; b_1,b_2,\cdots,b_m; c_1,c_2,\cdots,c_p)$

上述 3 种方案在实现时有一定限制。

(1) 采用方案(1)时,为得到每个实体需要做一次连接,即 $RR1$ 和 $RR2$,它们构成两个关系视图。

(2) 采用方案(2)时,一般将仅限于子实体间不相交或者子实体全覆盖,如子实体相交在一个元组可能会属于多个子实体,此时其超实体能继承的属性值在多个子实体中存储,从而造成冗余,进一步导致异常,如果不是子实体全覆盖超实体,则存在一些元素不属于任何子实体而造成丢失。

(3) 采用方案(3)时,可能会有许多的 NULL,如果子实体中其特殊属性不多则可用此种方法。

7.4.2　关系模型向 RDBMS 支持的数据模型转换

为满足 RDBMS 的性能、存储空间等要求的调整以及适应 RDBMS 限制条件的修改,还需要进行如下工作:

(1) 调整性能以减少连接运算。

(2) 调整关系大小,使每个关系数量处于一个合理的水平,以提高存取效率。

(3) 尽量采用快照(snapshot),因在应用中经常仅需某固定时刻的值,此时,可用快照将某时刻值固定成快照,并定期更换,从而显著提高查询效率。

需要说明的是,由关系模型向特定 DBMS 支持的数据模型转换,要求熟悉所用 DBMS 的功能与限制,所以依赖于机器,不可能给出一个普遍的规则,在这方面可以参考其他内容。

7.4.3　数据模型的优化

数据库逻辑设计的结果不是唯一的。为了进一步提高数据库应用系统的性能,通常以规范化理论为指导,根据应用适当地修改、调整数据模型的结构,这就是数据模型的优化。

规范化理论为数据库设计人员判断关系模式优劣提供了理论标准,可用来预测模式可能出现的问题,使数据库设计工作有严格的理论基础。

数据模型优化的方法为:

(1) 确定数据依赖。用数据依赖分析和表示数据项之间的联系,写出每个数据项之间的数据依赖。

(2) 对于各个关系模式之间的数据依赖进行极小化处理,消除冗余的联系。

(3) 按照数据依赖的理论对关系模式逐一进行分析,考查是否存在部分函数依赖、传递函数依赖、多值依赖等,确定各关系模式分别属于第几范式。

(4) 按照需求分析阶段得到的各种应用对数据处理的要求,分析对于这样的应用环境这些模式是否合适,确定是否要对它们进行合并或分解。

需要注意的是,并不是规范化程度越高的关系就越好,对于一个具体应用,需要权衡时间、空间、完整性等各方面的利弊。例如,当一个应用的查询中经常涉及到两个或多个关系模式的属性时,系统必须经常进行联接运算,而联接运算的代价是相当高的,可以说关系模型低效的主要原因就是做联接运算引起的,因此在这种情况下,第二范式甚至第一范式也许是最好的。非 BCNF 的关系模式虽然从理论上分析会存在不同程度的更新异常,但如果在实际应用中对此关系模式只是查询,并不执行更新操作,则就不会产生实际影响。

(5) 按照需求分析阶段得到的各种应用对数据处理的要求,对关系模式进行必要的分解或合并,以提高数据操作的效率和存储空间的利用率。

7.4.4　设计用户子模式

将概念模型转换为逻辑模型后,即生成了整个应用系统的模式后,还应该根据局部应用需求,结合具体 DBMS 的特点,设计用户的外模式。

目前关系数据库管理系统一般都提供了视图概念,支持用户的虚拟视图。可以利用这一功能设计更符合局部用户需要的用户外模式。

定义数据库模式主要是从系统的时间效率、空间效率、易维护等角度出发。由于用户外模式与模式是独立的,因此在定义用户外模式时应该更注重考虑用户的习惯与方便。其中包括以下几种。

1. 使用更符合用户习惯的别名

合并各分 E-R 图曾做了消除命名冲突的工作,以使数据库系统中的同一关系和属性具有唯一的名字。这在设计数据库整体结构时是非常必要的。但对于某些局部应用,由于改用了不符合用户习惯的属性名,可能会使用户感到不方便,因此在设计用户的子模式时可以重新定义某些属性名,使其与用户习惯一致。当然,为了应用的规范化,不应该一味地迁就用户。例如,负责学籍管理的用户习惯于称教师模式的职工号为教师编号。因此可以定义视图,在视图中职工号重定义为教师编号。

2. 针对不同级别的用户定义不同的外模式,以满足系统对安全性的要求

例如,假定教师关系模式中包括职工号、姓名、性别、出生日期、婚姻状况、学历、学位、政治面貌、职称、职务、工资、工龄、教学效果等属性。

学籍管理应用只能查询教师的职工号、姓名、性别、职称数据。

课程管理应用只能查询教师的职工号、姓名、性别、学历、学位、职称、教学效果数据。

教师管理应用则可以查询教师的全部数据。

定义两个外模式:

教师_学籍管理(职工号,姓名,性别,职称)
教师_课程管理(职工号,姓名,性别,学历,学位,职称,教学效果)

授权学籍管理应用只能访问教师_学籍管理视图。

授权课程管理应用只能访问教师_课程管理视图。

授权教师管理应用能访问教师表。

这样就可以防止用户非法访问本来不允许他们查询的数据,从而保证了系统的安全性。

3. 简化用户对系统的使用

如果某些局部应用中经常要使用某些很复杂的查询,为了方便用户,可以将这些复杂查询定义为视图。

7.5 数据库的物理设计

所谓数据库的物理设计就是为一个给定数据库的逻辑结构选取一个最适合应用环境的物理结构和存取方法,其主要目标是对通过对数据库内部物理结构做调整并选择合理的存取路径,以提高数据库访问速度及有效利用存储空间。在关系数据库中已大量屏蔽了内部物理结构,因此留给用户参与物理设计的余地不多,一般 RDBMS 中留给用户参与物理设计的内容大致有下面几种:

(1) 集簇设计。

(2) 索引设计。

(3) 分区设计。

7.5.1 集簇设计

集簇(cluster)是将有关的数据元组集中存放于一个物理块、若干个相邻的物理块或同一柱面内,以提高查询效率的数据存取结构,目前的 RDBMS 中都提供按照一个或几个属性进行集簇存储的功能。

集簇一般至少定义在一个属性之上,也可以定义在多个属性之上。

集簇设计,就是根据用户需求确定每个关系是否需要建立集簇,如果需要,则应确定在该关系的哪些属性列上建立集簇。集簇对某些特定应用特别有效,它可以明显提高查询效率,但是对于集簇属性无关的访问则效果不佳。而且建立集簇的开销很大,涉及这个关系的

改造与重建,只有在下述特定情形之下方可考虑建立集簇:

(1) 当对一个关系的某些属性列的访问是该关系的主要应用,而对其他属性的访问很少或者是次要应用时,可以考虑对该关系在这些属性列上建立集簇。

(2) 如果一个关系在某些属性列上的值重复率很高,则可以考虑对该关系在这些属性列上建立集簇。

(3) 如果一个关系一旦装入数据,某些属性的值很少改动,也很少增加或者删除元组,则可以考虑对该关系在这些属性列上建立集簇。

另外,在建立集簇时,还应当考虑如下因素:

(1) 集簇属性的对应数据量不能太少也不宜过大,太少效果不明显,过大则要对盘区采用多种连接方式,对提高效率会产生负面效果。

(2) 集簇属性的值应当相对稳定以减少修改集簇所引起的维护开销。

7.5.2 索引设计

索引(index)设计是数据库物理设计的基本问题,对关系选择有效的索引对提高数据库的访问效率有很大的作用。索引也是按照关系的某些属性列建立的,它主要用于常用的或重要的查询中。索引与集簇的不同之处在于:

(1) 当索引属性列发生变化,或增加和删除元组时,只有索引发生变化,而关系中原先元组的存放位置不受影响。

(2) 每个元组值只能建立一个集簇,但是却可以同时建立多个索引。

对于一个确定的关系,通常在下述条件之下可以考虑建立索引:

(1) 主键及外键之上一般都可以分别建立索引,以加快实体间连接查询的速度,同时有助于引用完整性检查以及唯一性检查。

(2) 以查询为主的关系表尽可能多的建立索引。

(3) 对于等值连接,而且满足条件的元组较少的查询可以考虑建立索引。

(4) 有些查询可以从索引中直接得到结果,不必访问数据块,这种查询可以建立索引,如查询某属性的 MIN、MAX、AVG、SUM 和 COUNT 等函数值,可以在该属性列上建立索引,查询时,按照属性索引的顺序扫描直接得到结果。

7.5.3 分区设计

数据库数据,包括关系、索引、集簇和日志等一般都存放在磁盘内,由于数据量的增大,往往需要用到多个磁盘驱动器或磁盘阵列,从而产生数据在多个磁盘上进行分配的问题,这就是磁盘的分区设计。磁盘分区设计的实质是确定数据库数据的存放位置,其目的是提高系统性能,它是数据库物理设计的内容之一。

分区设计的一般原则是:

(1) 减少访盘冲突,提高 I/O 并行性。多个事务并发访问同一磁盘组会产生访盘冲突而引发等待,如果事务访问数据能均匀分布在不同磁盘组上并可以并发执行 I/O,从而提高数据库访问速度。

(2) 分散热点数据,均衡 I/O 负担。在数据库中数据被访问的频率是不均匀的,有些经常被访问的数据称为热点数据(hot spot data),此类数据宜分散存放于各个磁盘组上以均衡各个盘组的负担。

（3）保证关键数据的快速访问，缓解系统瓶颈。对于数据库中的某些数据，如数据字典和数据目录等，由于对其访问频率很高，如果保证对它们的访问，就有可能直接影响到整个系统的效率。在这种情况下，可以将某个盘组固定专供使用，以保证对其快速访问。

根据上述原则并结合应用情况亦可将数据库数据的易变部分与稳定部分、经常存取部分和存取频率较低的部分分别放在不同的磁盘之中。例如：

（1）可以将关系和索引放在不同磁盘上，在查询时，由于两个磁盘驱动器并行工作，可以提高物理 I/O 的效率。

（2）可以将比较大的关系分别放在不同的磁盘上，以加快存取速度。

（3）可以将日志文件与数据库本身放在不同的磁盘上以改进系统性能。

（4）由于数据库的数据备份和日志文件备份等只是在故障恢复时才会被使用，它们的数据量巨大，可以存放在磁带之内。

7.5.4 评价物理设计

数据库物理设计过程中需要对时间效率、空间效率、维护代价和各种用户要求进行权衡，其结果可以产生多种方案，数据库设计人员必须对这些方案进行细致的评估，从中选择一个较优的方案作为数据库的物理结构。

评价物理数据库的方法完全依赖于所选用的 DBMS，主要是从定量估算各种方案的存储空间、存取时间和维护代价入手，对估算结果进行权衡、比较，选择出一个较优的合理的物理结构。如果该结构不符合用户需求，则需要修改设计。

在性能测量上设计者能灵活地对初始设计过程和未来的修整作出决策。假设数据库性能用“开销（cost）”，即时间、空间及可能的费用来衡量，则在数据库应用系统生存期中，总的开销包括规划开销、设计开销、实施和测试开销、操作开销和运行维护开销。

对物理设计者来说，主要考虑操作开销，即为使用户获得及时数据的开销和计算机资源的开销。可分为如下几类：

（1）查询和响应时间。响应时间定义为从查询开始到查询结果开始显示之间所经历的时间，它包括 CPU 服务时间、CPU 队列等待时间、I/O 队列等待时间、封锁延迟时间和通信延迟时间。

一个好的应用程序设计可以减少 CPU 服务时间和 I/O 服务时间，例如，如何有效地使用数据压缩技术、选择好访问路径和合理安排记录的存储等都可以减少服务时间。

（2）更新事务的开销。主要包括修改索引、重写物理块或文件、写校验等方面的开销。

（3）报告生成的开销。主要包括检索、重组、排序和结果显示方面的开销。

（4）主存储空间开销。包括程序和数据所占有的空间的开销。一般对数据库设计者来说，可以对缓冲区分配（包括缓冲区个数和大小）做适当的调整，以减少空间开销。

（5）辅助存储空间。分为数据块和索引块两种空间。设计者可以控制索引块的大小、装载因子，指针选择项和数据冗余度等。

实际上，数据块设计者能有效控制 I/O 服务和辅助空间；有限地控制封锁延迟、CPU 时间和主存空间；而完全不能控制 CPU 和 I/O 队列等待时间、数据通信延迟时间。

7.6　数据库的实施

数据库实施主要包括定义数据库结构、组织数据入库、编制与调试应用程序以及数据库试运行。

1．定义数据库结构

在确定了数据库的逻辑结构与物理结构后,就可以用所选用的 DBMS 提供的数据定义语言(DDL)来严格描述数据库结构了。

2．组织数据入库

数据库结构建立好后,就可以向数据库中装载数据。组织数据入库是数据库实施阶段最主要的工作。对于数据量不是很大的小型系统,可以人工完成数据的入库,其步骤为:

(1)筛选数据。需要装入数据库中的数据通常都分散在各个部门的数据文件或原始凭证中,所以首先必须把需要入库的数据筛选出来。

(2)转换数据格式。筛选出来的需要入库的数据,其格式往往不符合数据库要求,还需要进行转换。这种转换有时可能很复杂。

(3)输入数据。将转换好的数据输入计算机中。

(4)校验数据。检查输入的数据是否有误。

对于中大型系统,由于数据量极大,用人工方式组织数据入库将会耗费大量人力、物力,而且很难保证数据的正确性。因此应该设计一个数据输入子系统由计算机辅助数据的入库工作。

3．编制与调试应用程序

数据库应用程序的设计应该与数据设计并行进行。在数据库实施阶段,当数据库结构建立好后,就可以开始编制与调试数据库的应用程序,也就是说,编制与调试应用程序是与组织数据入库同步进行的。调试应用程序时由于数据入库尚未完成,可先使用模拟数据。

4．数据库试运行

应用程序调试完成,并且已有一小部分数据入库后,就可以开始数据库的试运行。数据库试运行也称为联合调试,其主要工作包括:

(1)功能测试。实际运行应用程序,执行对数据库的各种操作,测试应用程序的各种功能。

(2)性能测试。测量系统的性能指标,分析是否符合设计目标。

由于数据库物理设计阶段在评价数据库结构估算时间、空间指标时做了许多简化和假设,忽略了许多次要因素,因此结果必然很粗糙。数据库试运行则是要实际测量系统的各种性能指标(不仅是时间、空间指标),如果结果不符合设计目标,则需要返回物理设计阶段,调整物理结构,修改参数;有时甚至需要返回逻辑设计阶段,调整逻辑结构。

在数据库试运行阶段,系统还不稳定,硬件和软件故障随时都可能发生,而且系统的操作人员对新系统还不熟悉,误操作也难以避免,因此必须做好数据库的转储和恢复工作,尽量减少对数据库的破坏。

7.7　数据库的维护

在数据库试运行结果符合设计目标后,数据库就可以真正投入运行了。

数据库投入运行标志着开发任务的基本完成和维护工作的开始,并不意味着设计过程的终结,由于应用环境在不断变化,数据库运行过程中物理存储也会不断变化,对数据库设计进行评价、调整、修改等维护工作是一个长期的任务,也是设计工作的继续和提高。

在数据库运行阶段,对数据库经常性的维护工作主要是由 DBA 完成的,主要包括以下几种。

1. 数据的转储与恢复

转储和恢复是系统正式运行后最重要的维护工作之一。

DBA 要针对不同的应用要求制定不同的转储计划,定期对数据库和日志文件进行备份。

一旦发生介质故障,应利用数据库备份及日志文件备份,尽快将数据库恢复到某种一致性状态,并尽可能减少对数据库的破坏。

2. 数据库的安全性、完整性控制

DBA 必须对数据库安全性和完整性控制负起责任。根据用户的实际需要授予不同的操作权限。另外,由于应用环境的变化,数据库的完整性约束条件也会变化,也需要 DBA 不断修正,以满足用户要求。数据的安全性包括以下内容:

(1) 通过设置权限管理、口令、跟踪及审计功能以保证数据的安全性。

(2) 通过行政手段,建立一定的规章制度以确保数据安全。

(3) 数据库应备有多个副本并且保存在不同的安全地点。

(4) 应采取措施防止病毒入侵并能及时查毒、杀毒。

数据库的完整性控制包括如下内容:

(1) 通过完整性约束检查等 RDBMS 的功能以保证数据的正确性。

(2) 建立必要的规章制度进行数据的按时正确采集及校验。

数据库的安全性和完整性内容十分重要,将在第 8 章进行讨论。

3. 数据库的性能监督、分析和改造

在数据库运行过程中,DBA 必须监督系统运行,对监测数据进行分析,找出改进系统性能的方法。

目前许多 DBMS 产品都提供了监测系统性能参数的工具,DBA 可以利用这些工具方便地得到系统运行过程中一系列性能参数的值。DBA 应该仔细分析这些数据,通过调整某些参数来进一步改进数据库的性能。

4. 数据库的重组织与重构造

数据库运行一段时间后,由于记录的不断增、删、改,会使数据库的物理存储变坏,从而

数据库理论与应用

降低数据库存储空间的利用率和数据的存取效率,使数据库的性能下降。这时 DBA 就要对数据库进行重组织,或部分重组织(只对频繁增、删的表进行重组织)。数据库的重组织不会改变原设计的数据逻辑结构和物理结构,只是按原设计要求重新安排存储位置,回收垃圾,减少指针链,提高系统性能。DBMS 一般都提供了供重组织数据库使用的实用程序来帮助 DBA 重新组织数据库。

当数据库应用环境发生变化,会导致实体及实体间的联系也发生相应的变化,使原有的数据库设计不能很好地满足新的需求,从而不得不适当调整数据库的模式和内模式,这就是数据库的重构造。DBMS 都提供了修改数据库结构的功能。

重构造数据库的程度是有限的。若应用变化太大,已无法通过重构数据库来满足新的需求,或重构数据库的代价太大,则表明现有数据库应用系统的生命周期已经结束,应该重新设计新的数据库系统,开始新数据库应用系统的生命周期。

小结

本章主要讨论数据库设计的全过程,指出了其中的重要方法和基本步骤,详细介绍了数据库设计各个阶段的目标、方法和应当注意的事项。本章的重点是数据库结构的概念设计和逻辑设计。

设计一个数据库应用系统需要经历需求分析、概念设计、逻辑结构设计、物理设计、实施、运行维护 6 个阶段,设计过程中往往还会有许多反复。

概念设计要求设计能反映用户需求的数据库概念结构,即概念模式。概念设计是数据库设计的关键技术。概念设计使用的方法主要是 E-R 方法,结果为 E-R 模型和 E-R 图。概念设计分析的基本步骤是先设计出局部概念视图,再将它们整合为全局概念视图,最后将全局概念视图提交评审和进行优化。

逻辑设计的主要任务是把概念设计阶段得到的 E-R 模型转换成为与选用的具体机器上的 DBMS 所支持的数据模型相符合的逻辑结构,其中包括数据库模式和外模式。逻辑设计的基本步骤是将概念模型转换为一般关系(或层次、网状和对象)模型;再将一般关系(或层次、网状和对象)模型转换为特定 DBMS 所支持的数据模型;最后对数据模型进行优化。

综合练习 7

一、填空题

1. 按照规范化的设计方法,常将数据库设计分为 _____、_____、_____、_____ 和系统实施这几个阶段。

2. 数据流图是从 _____ 和 _____ 两方面来表达数据处理过程的一种图形化的表示方法。

3. 数据字典包括 _____ 和 _____。

二、选择题

1. 在数据字典中,反映了数据之间的组合关系的是(　　)。

A. 数据结构　　　　B. 数据逻辑　　　　C. 数据存储方式　　　　D. 数据记录

2. 在数据字典中,反映了数据结构在系统内传输路径的是(　　)。

A. 数据存储过程　　B. 数据流　　　　C. 数据通路　　　　D. 数据记录

3. 在数据字典中,能同时充当数据流的来源和去向的是(　　)。

A. 数据记录　　　　B. 数据通路　　　　C. 数据存储　　　　D. 数据结构

4. 以下关于数据字典的叙述不正确的是(　　)。

A. 数据字典中只需要描述处理过程的说明性信息

B. 数据字典是关于数据库中数据的描述,即元数据,而不是数据本身

C. 数据字典是在需求分析阶段建立,在数据库设计过程中不断修改、充实、完善的

D. 数据字典通常包括数据项、数据结构、数据通路、数据存储和处理过程 5 个部分

5. 以下项目中,不属于调查用户需求具体步骤的是(　　)。

A. 听取组织机构对系统边界的建议

B. 调查各部门的业务活动情况

C. 在熟悉了业务活动的基础上,协助用户明确对新系统的各种要求,包括信息要求、处理要求、完全性与完整性要求,这是调查的又一个重点

D. 确定新系统的边界

6. 规范设计法中比较著名的新奥尔良(New Orleans)方法将数据库设计分为(　　)。

A. 需求分析阶段　　　　　　　　B. 概念设计阶段

C. 逻辑设计阶段　　　　　　　　D. 物理设计阶段

E. 效率规划阶段

7. 设计概念结构通常用的 4 类方法是(　　)。

A. 自顶向下　　　　　　B. 自底向上　　　　　　C. 逐步扩张

D. 自内向外　　　　　　E. 混合策略

8. 概念结构是对现实世界的一种抽象,这种抽象一般包括(　　)。

A. 分类　　　　　　　　B. 规划　　　　　　　　C. 聚集

D. 统一　　　　　　　　E. 概括

9. 各分 E-R 图之间的冲突主要有(　　)。

A. 精度冲突　　　　　　B. 逻辑冲突　　　　　　C. 属性冲突

D. 命名冲突　　　　　　E. 结构冲突

10. 在数据库运行阶段,由 DBA 完成的经常性的维护工作包括的内容有(　　)。

A. 数据库的转储和恢复　　　　　　B. 数据库内核的重构造

C. 数据库的安全性、完整性控制　　D. 数据库性能的监督、分析和改进

E. 数据库的重组和重构造

三、问答题

1. 简述数据库设计的任务。

2．简述数据库设计的内容。

3．简述数据库系统的生命周期。

4．简述数据需求分析说明书大致内容。

四、实践题

1．调研某个企业或自行设计一个信息系统，根据本章所学知识，为其设计一个数据库。

2．试述如何对该数据库进行维护和重构。

数据库的安全性和完整性　第8章

数据库的安全性和完整性属于数据库保护的范畴。

凡是对数据库的不合法使用,都可以称为数据库的滥用。数据库的滥用分为恶意滥用和无意滥用两类。

(1) 恶意滥用。一是指未经授权地读取数据,即偷窃数据,二是指未经授权地修改数据,即破坏数据。

(2) 无意滥用。一是指由于系统故障和并发操作引起的操作错误,二是指违反数据完整性约束引发的逻辑错误。

一般而言,数据库安全性是保护数据库以防止非法用户恶意造成的破坏,数据库完整性则是保护数据库以防止合法用户无意中造成的破坏。也就是说,安全性是确保用户被限制在其想做的事情范围之内,完整性则是确保用户所做的事情是正确的;安全性措施的防范对象是非法用户的进入和合法用户的非法操作,完整性措施的防范对象是不合语义的数据进入数据库。下面分别讨论这两个问题。

8.1　数据库的安全性

数据库是综合多个用户的需求,统一地组织数据,因此,数据共享是数据库的基本性能要求,多用户共享数据库,必然有合法用户合法使用、合法用户非法使用及非法用户非法使用数据的问题,保证合法用户合法使用数据库是数据库的安全控制问题。

8.1.1　数据库安全性问题的提出

所谓安全性是指保护数据库,防止不合法的用户非法使用数据库所造成的数据泄露,或恶意的更改和破坏,以及非法存取。

数据库的一大特点是数据可以共享,但数据共享必然带来数据库的安全性问题,数据库系统中的数据共享不能是无条件的共享。

关于数据库安全性问题的提出,可以从几个方面考虑:

（1）随着计算机应用的拓展和普及，越来越多的国家和军事部门在数据库中存储了大量的机密信息，用于管理国家机构中的重要数据，做出重要决策，如果这些数据泄露，就会危及国家安全。

（2）许多大型企业在数据库中存储有市场需求分析、市场营销策略、销售计划、客户档案和供货商档案等基本资料，用来控制整个企业的运转，如果破坏了这些数据，将会带来巨大损失，乃至造成企业破产。

（3）几乎所有大的银行的亿万资金账目都存储在数据库中，用户通过 ATM 即可获得存款和取款，如果保护不周，大量资金就会不翼而飞；特别是近年来兴起的电子商务，使得人们可以使用联机目录进行网上购物和进行其他商务活动，其中的关键问题就是安全问题。

由此可知，计算机应用，特别是数据库的应用越是广泛深入到人们生活的各个方面，数据信息的共享程度就越高，数据库安全性保护问题也就越重要。

对于数据库来说，其中许多数据都是非常关键和重要的，可能涉及各种机密和个人隐私，对它们的非法使用和更改可能引起灾难性的后果。对于数据的拥有者来说，这些数据的共享性应当受到必要限制，不是任何人都可以随时访问和随意使用，只能允许特定人员在特定授权之下访问。数据库系统中数据资源的共享性是相对于数据的人工处理系统和文件管理系统而言，在现实应用中并不是无条件的共享，而是在 DBMS 统一控制之下的带有一定条件的数据共享，用户只有按照一定规则访问数据库并接受来自数据库管理系统的各种必须检查，最终才能获取访问权限。

对于计算机系统来说，它一经问世实际上就涉及安全保护问题，如早期就使用硬件开关控制存储空间，防止出错程序扰乱计算机的运行，而在操作系统出现之后，则用软件和硬件结合的方法进行各种保护。数据库系统不同于其他计算机系统，它包含有重要程度与访问级别各不相同的各种数据，为持有不同特权的用户所共享，这样就特别需要在用户共享性和安全保护性之间寻找结合点和保持平衡。仅仅使用操作系统中的保护方法无法妥善解决数据库安全保护问题，必须形成一套独特的数据库的保护机制与体系。

基于上述原因，数据库安全问题在实际应用中就成为一个必须加以考虑并且需要着重解决的重要问题。实际上，所有实用的 DBMS 都必须建立一套完整的使用规范（或称规则），提供数据库安全性方面的有效功能，防止恶意滥用数据库。数据库系统的安全保护措施是否有效是数据库系统主要的性能指标之一。

8.1.2　数据库安全性保护范围

数据库中有关数据保护的内容是多方面的，它可以包括计算机系统外部环境因素和计算机内部环境因素。

1. 计算机外部环境保护

（1）自然环境中的安全保护。如加强计算机机房及其周边环境的警戒、防火、防盗等。

（2）社会环境中的安全保护。如建立各种法规、制度、进行安全教育，对计算机工作人员进行管理教育，使得其正确授予用户访问数据库权限等。

（3）设备环境中的安全保护。如及时进行设备检查、维修和部件更新等。

计算机外部环境安全性保护如图 8-1 所示。

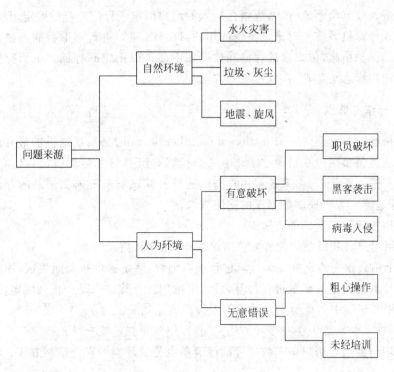

图 8-1　外部环境的安全性问题

2. 计算机内部系统保护

（1）网络中数据传输时安全性问题。目前由于许多数据库系统均允许用户通过网络进行远程访问，因此必须加强网络软件内部的安全性保护。

（2）计算机系统中的安全问题。包括病毒的入侵、黑客的攻击等。

（3）操作系统中的安全性问题。防止用户未经授权从操作系统进入数据库系统。

（4）数据库系统中的安全性问题。检查用户的身份是否合法以及使用数据库的权限是否正确。

（5）应用系统中的安全性问题。各种应用程序中的安全漏洞等。

在上述这些安全性问题中，计算机外部环境安全性属于社会组织、法律法规以及伦理道德的范畴；计算机系统和网络安全性措施已经得到广泛的讨论与应用；应用系统安全性保护涉及具体的应用过程，需要"个别"处理。所有这些均不在这本教材的讨论之列。本章只讨论与数据库系统中的数据保护密切或者直接相关的内容，特别是计算机系统内部的安全性保护问题。

8.1.3　数据库管理系统中的安全性保护

数据库的安全保护方式有系统处理和物理处理两个方面。物理处理的是指对于强力逼迫透露口令，在通信线路上窃听以及盗窃物理存储设备等一类行为而采取的将数据加密，加强警卫以达到识别用户身份和保护存储设备的措施。在计算机系统中，一般安全措施是分级设置的。

数据库理论与应用

在用户进入计算机系统时,系统根据输入的用户标志进行用户身份鉴定,只有合法的用户才准许进入计算机系统。对进入系统的用户,DBMS还要进行存取控制。操作系统一级也会有自己的保护措施,数据最后存储到数据库中还可以用密码存储。下面分别讨论与数据库有关的用户标志与鉴别、存取控制等方法。

1. 身份标识与鉴别

用户身份标识与鉴别(identification and authentication)是系统提供的最外层安全保护措施。其方法是每个用户在系统中必须有一个标识自己身份的标识符,用以和其他用户相区别。当用户进入系统时,由系统将用户提供的身份标识与系统内部记录的合法用户标识进行核对,通过鉴别方可提供数据库的使用权。

目前常用的标识与鉴别的方法有:

(1) 使用用户名和口令。这种方法简单易行,但容易被人窃取。

(2) 每个用户预先约定好一个计算过程或者函数,系统提供一个随机数,用户根据自己预先约定的计算过程或者函数进行计算,系统根据用户计算结果是否正确鉴定用户身份。

(3) 使用密码学中的身份鉴别技术等手段。这是较新的方法。

事实上,在一个系统中往往多种方法并用,以得到更强的安全性。

身份标识与鉴别是用户访问数据库的最简单也是最基本的安全控制方式。

2. 存取控制

在数据库系统中,为了保证用户只能存取有权存取的数据,系统要求对每个用户定义存取权限。存取权限包括两个方面的内容:一方面是要存取的数据对象,另一方面是对此数据对象进行哪些类型的操作。在数据库系统中对存取权限的定义称为"授权"(authorization),这些授权定义经过编译后存放在数据库中。对于获得使用权又进一步提出存取数据库操作要求的用户,系统就根据事先定义好的存取权限进行合法权检查,若用户的操作超过了定义的权限,则系统拒绝执行此操作,这就是存取控制。

授权编译程序和合法权检查机制一起组成了安全性子系统。

在非关系数据库中,用户只能对数据进行操作,存取控制的数据对象也只限于数据本身。在关系数据库系统中,DBA可以把建立和修改基本表的权限授予用户,用户可利用这种权限来建立和修改基本表、索引、视图,因此关系系统中存取控制的数据对象不仅有数据本身,还有模式、外模式、内模式等内容。

在存取控制技术中,DBMS所管理的全体实体分为主体和客体两类。

主体(subject)是系统中的活动实体,它包括DBMS所管理的实际用户,也包括代表用户的各种进程;客体(object)是系统中的被动实体,是受主体操纵的,包括文件、基本表、索引和视图等。

存取控制包括自主访问控制和强制访问控制两种类型。

1) 自主访问控制

自主访问控制(discretionary access control,DAC)是用户访问数据库的一种常用安全控制方式,较为适合于单机方式下的安全控制。

DAC的安全控制机制是一种基于存取矩阵的模型,这种模型起源于1971年,由

Lampson 创立,1973 年经 Gralham 与 Denning 改进,到 1976 年由 Harrison 最后完成,此模型由 3 种元素组成,即主体、客体与存/取操作,它们构成了一个矩阵,矩阵的列表示主体,矩阵的行表示客体,而矩阵中的元素则是存/取操作(如读、写、删除和修改等)。

在这个模型中,指定主体(列)与客体(行)后可根据矩阵得到指定的操作,其示意图如图 8-2 所示。

主体 客体	主体 1	主体 2	主体 3	……	主体 n
客体 1	写	写	写	……	读
客体 2	删除	读/写	读	……	读/写
……	……	……	……		……
客体 m	读	更新	读/写	……	读/写

图 8-2　存/取矩阵模型

同一用户对于不同的数据对象有不同的存取权限,不同的用户对同一对象也有不同的权限,此外,用户还可将其拥有的存取权限转授给其他用户。

在自主访问控制中主体按存取矩阵模型要求访问客体,凡不符合存取矩阵要求的访问均属非法访问。在自主访问控制中,其访问控制的实施由系统完成。

在自主访问控制中的存取矩阵的元素是可以经常改变的,主体可以通过授权的形式变更某些操作权限,因此在自主访问控制中访问控制受主体主观随意性的影响较大,其安全力度尚显不足。

2) 强制访问控制

强制访问控制(mandatory access control,MAC)是主体访问客体的一种强制性的安全控制方式。强制访问控制方式主要用于网络环境,对网络中的数据库安全实体进行统一的、强制性的访问管理,为实现此目标首先对主/客体做标记(label),标记分为两种:一种是安全级别标记(label of security level),另一种是安全范围标记(label of security category)。安全级别标记是一个数字,它规定了主体和客体的安全级别,在访问时只有主体和客体级别满足一定比较关系时,访问才能允许。安全范围标记是一个集合,它规定了主体访问的范围,在访问时只有主体的范围标记与客体的范围标记满足一定的包含关系时,才允许访问。

强制访问控制不是用户能直接感知或进行控制的。它适用于对数据有严格而固定密级分类的部门,例如军事部门和政府部门等。

综上所述,强制控制访问的具体实施步骤如下:

(1) 对每个主体、客体做安全级别标记与安全范围标记。

(2) 主体在访问客体时由系统检查各自标记,只有在主客体两种标记都符合允许访问条件时访问才能进行。

强制访问控制的实施机制是一种叫 Bell-Lapadula 模型,在此模型中任一主客体均有一个统一标记,它是一个二元组,其中一个为整数(分层密级),而另一个则为集合(非分层范畴级);它可以用 $\{n,\{A,B,C\cdots\}\}$ 表示,当主体访问客体时必须满足如下条件:

(1) 仅当主体分层密级大于或者等于客体分层密级,且主体非分层范畴集合包含或等于客体非分层范畴集合时,主体才能读客体。

（2）仅当主体分层密级小于或者等于客体分层密级，且主体非分层范畴集合被包含或等于客体非分层范畴集合时，主体才能写客体。

设主体的标记为 (n,s)、客体的标记为 (m,S')，则主体读客体的条件为：

$$n > m \quad 且 \quad S' \subseteq S$$

主体写客体的条件为：

$$n =< m \quad 且 \quad S \subseteq S'$$

在强制访问控制中的主体和客体标记由专门的安全管理员设置，任何主体均无权设置与授权，在网络上，它体现了对数据库安全的强制性和统一性要求。

综上所述，总结强制存取控制的特点如下：

（1）MAC 是对数据本身进行密级标记。

（2）无论数据如何复制，标记与数据是一个不可分的整体。

（3）只有符合密级标记要求的用户才可以操纵数据。

（4）提供了更高级别的安全性。

3. 审计

任何系统的安全性措施都不可能是完美无缺的，企图盗窃、破坏数据者总是想方设法逃避控制，所以，对敏感的数据、重要的处理，可以通过审计（audit）来跟踪检查相关情况。

审计追踪使用的是一个专用文件，系统自动将用户对数据库的所有操作记录在其中，对审计追踪的信息做出分析供参考，就能重现导致数据库现有状况的一系列活动，以找出非法存取数据者，同时在一旦发生非法访问后即能提供初始记录供进一步处理。

审计的主要功能是对主体访问客体作即时的记录，记录内容包括访问时间、访问类型、访问客体名和访问是否成功等。为了提高审计效能，还可以设置事件发生积累机制，当超过一定阈值时能发出报警，以提示应当采取措施。

审计很费时间和空间，DBA 可以根据应用对安全性的要求，灵活地打开或关闭审计功能。

4. 数据加密

数据加密是防止数据库中的数据在存储和传输中失密的有效手段，它的基本思想是：根据一定的算法将原始数据（术语为明文（plain text））变换为不可直接识别的格式（术语为密文（cipher text）），不知道解密算法的人无法获知数据的内容。

目前不少数据库产品均提供数据加密例行程序，它们可以根据用户的要求自动对存储和传输的数据进行加密处理。另一些数据库产品虽然本身未提供加密程序，但提供了接口，允许用户和其他厂商的加密程序对数据加密。

所有提供加密机制的系统必然提供相应的解密程序。这些解密程序本身也必须具有一定的安全性措施，否则数据加密的优点也就无从谈起。

数据加密和解密是相当费时的操作，其运行程序会占用大量系统资源，因此数据加密功能通常是可选特性，允许用户自由选择，一般只对机密数据加密。

5. 统计数据库安全性

在统计数据库中，一般允许用户查询聚集类型的信息（例如合计和平均值等），但是不允许查询单个记录信息。例如,查询"副教授的平均工资是多少"是可以的,但是查询"副教授张洪的工资是多少"则是不允许的。

在统计数据库中存在着特殊的安全性问题,即可能存在着隐蔽的信息通道,使得可以从合法的查询中推导出不合法的信息。例如下面两个查询都是合法的:

(1) 本单位共有多少女教师?

(2) 本单位女副教授的工资总额是多少?

如果第一个查询的结果是1,那么第二个查询的结果显然是这个副教授的工资数。这样统计数据库的安全性机制就失效了。为了解决这个问题,可以规定任何查询至少要涉及 N 个以上的记录(N 足够大)。但是即使这样,还是存在另外的泄密途径,看下面的例子:

某个用户 A 想知道另一个用户 B 的工资数额,它可以通过下列两个合法查询获取:

(1) 用户 A 和其他 N 个副教授的工资总额是多少?

(2) 用户 B 和其他 N 个副教授的工资总额是多少?

假设第一个查询的结果是 X,第二个查询的结果是 Y,由于用户 A 知道自己的工资是 Z,那么他就可以计算出用户 B 的工资 $=Y-(X-Z)$。

这个例子的关键之处在于两个查询之间有很多重复的数据项(即其他 N 个副教授的工资),因此可以再规定任意两个查询的相交数据项不能超过 M 个。这样就使得获取他人的数据更加困难了。可以证明,在上述两条规定下,如果想获取用户 B 的工资额,用户 A 至少要进行 $1+(N-2)/M$ 次查询。

当然可以继续规定任一用户的查询次数不能超过 $1+(N-2)/M$,但是如果两个用户合作查询仍然可以使这一规定失效。

另外还有其他方法用于解决统计数据库的安全问题,例如数据污染,也就是在回答查询时,提供一些偏离正确值的数据,以避免数据泄漏。这种偏离的前提是不破坏统计数据本身,但是无论采取什么安全性机制,都仍然会存在绕过这些机制的途径。好的安全性措施应该使得那些试图破坏安全机制的人所花费的代价远远超过他们所得到的利益,这也是整个数据库安全机制设计的目标。

8.1.4　SQL 中的安全性机制

1. 视图机制

出于数据独立性考虑,SQL 提供有视图定义功能。实际上这种视图机制还可以提供一定的数据库安全性保护。

在数据库安全性问题中,一般用户使用数据库时,需要对其使用范围设定必要限制,即每个用户只能访问数据库中的一部分数据。这种必需的限制可以通过使用视图实现。具体来说,就是根据不同的用户定义不同的视图,通过视图机制将具体用户需要访问的数据加以确定,而将要保密的数据对无权存取这些数据的用户隐藏起来,使得用户只能在视图定义的范围内访问数据,不能随意访问视图定义外的数据,从而自动地对数据提供相应的安全保护。

需要指出的是,视图机制最主要功能在于提供数据独立性,因此"附加"提供的安全性保护功能尚不够精细,往往不能达到应用系统的要求。在实际应用中,通常是将视图机制与存

数据库理论与应用

取控制配合使用,首先用视图机制屏蔽掉一部分保密数据,然后在视图上面再进一步定义存取权限。

2. 自主访问控制与授权机制

在 SQL 中提供了自主访问控制权的功能,它包括操作、数据域、用户授权语句和回收语句。

1) 操作

SQL 提供 6 种操作权限。

(1) SELECT 权。即查询权。

(2) INSERT 权。即插入权。

(3) DELETE 权。即删除权。

(4) UPDATE 权。即修改权。

(5) REFRENCE 权。即定义新表时允许使用其他表的属性集作为其外键。

(6) USAGE 权。即允许用户使用已定义的属性。

2) 数据域

数据域即是用户访问的数据对象的粒度,SQL 包含 3 种数据域。

(1) 表。即以基本表作为访问对象。

(2) 视图。即以视图为访问对象。

(3) 属性。即以基表中属性为访问对象。

3) 用户

即是数据库中所登录的用户。

4) 授权语句

SQL 提供了授权语句,授权语句的功能是将指定数据域的指定操作授予指定用户,其语句形式如下:

GRANT<操作表>ON<数据域>TO<用户名表>[WITH GRANT OPTION]

其中 WITH GRANT OPTION 表示获得权限的用户还能获得传递权限,即能将获得的权限传授给其他用户。

【例 8-1】 语句

GRANT SELECT,UPDATE ON Student TO 刘振 WITH GRANT OPTION

表示将表 Student 上的查询与修改授予用户刘振,同时也表示用户刘振可以将此权限传授给其他用户。

5) 回收语句

用户 A 将某权限授予用户 B,则用户 A 也可以在他认为必要时将权限从 B 中回收,收回权限的语句称为回收语句。

其具体形式如下:

REVOKE<操作表>ON<数据域>FROM<用户表>[RESTRICT/CASCADE]

语句中带有 CASCADE 表示回收权限时要引起级联(连锁)回收,而 RESTRICT 则表示不存在连锁回收时才能收回权限,否则拒绝回收。

【例 8-2】　语句

```
REVOKE SELECT,UPDATE ON FROM 刘振 CASCADE
```

表示从用户刘振手中收回表 Student 上的查询和修改权,并且是级联收回。

8.1.5　数据库的安全标准

目前,国际上及我国均已颁布了有关数据库安全的等级标准。最早的标准是美国国防部 (DOD)1985 年所颁布的"可信计算机系统评估标准"(trustei computer system evaluation criteria,TCSEC)。1991 年美国国家计算机安全中心(NCSC)颁布了"可信计算机系统评估标准——关于数据库系统解释"(trustei database interpreation,TDI)。1996 年国际标准化组织 ISO 又颁布了"信息技术安全技术——信息技术安全性评估准则"(Information Technology Security Techniques—Evaluation Criteria For It Security,CC)。我国政府于 1999 年颁布了"计算机信息系统评估准则"。目前国际上广泛采用的是美国标准 TCSEC (TDI),在此标准中将数据库安全划分为 4 组 7 级,我国标准则划分为 5 个级别。下面分别讨论这些分级标准。

1. TCSEC(TDI)标准

TCSEC(TDI)标准是目前常用的标准,下面按照该标准中将数据库安全分为 4 组 7 级,分别介绍如下。

(1) D 级标准。为无安全保护的系统。

(2) C_1 级标准。满足该级别的系统必须具有下述功能。

① 主体、客体及主、客体分离。

② 身份标识与鉴别。

③ 数据完整性。

④ 自主访问控制。

其核心是自主访问控制。C_1 级安全适合于单机工作方式,目前国内使用的系统大多符合此项标准。

(3) C_2 级标准。满足该级别的系统具有下述功能。

① 满足 C_1 级标准的全部功能。

② 审计。

C_2 级安全的核心是审计,C_2 级适合于单机工作方式,目前国内使用的系统有一部分符合此项标准。

(4) B_1 级标准。满足该级别的系统必须具有下述功能。

① 满足 C_2 级标准全部功能。

② 强制访问功能。

B_1 级安全的核心是强制访问控制,B_1 级适合于网络工作方式,目前国内使用的系统基本不符合此项标准,而在国际上有部分系统符合此项标准。

一个数据库系统凡符合 B_1 标准者则称为安全数据库系统(secure DB system)或可信数据

库系统(trusted DB system)。因此可以说我国国内所使用的系统基本上不是安全数据库系统。

(5) B_2 级标准。满足该级别的系统必须具有下述功能。

① 满足 B_1 级标准全部功能。

② 隐蔽通道。

③ 数据库安全的形式化。

B_2 级安全的核心是隐蔽通道与形式化,它适合于网络工作方式,目前国内外尚无符合此类标准的系统,其主要的难点是数据库安全的形式化表现困难。

(6) B_3 级标准。满足该标准的系统必须具有下述功能。

① 满足 B_2 级标准的全部功能。

② 访问监控器。

B_3 级安全的核心是访问监控器,它适合于网络工作方式,目前国内外尚无符合此项标准的系统。

(7) A 级标准。满足该级别的系统必须满足下述功能。

① 满足 B_3 级标准的全部功能。

② 较高的形式化要求。

此项标准为安全的最高等级,应具有完善的形式化要求,目前尚无法实现,仅仅是一种理想化的等级。

2. 我国国家标准与 TCSEC 标准

我国国家标准于 1999 年颁布,为与国际接轨,其基本结构与 TCSEC 相似。我国标准分为 5 级,从第 1 级至第 5 级基本上与 TCSEC 标准的 C 级(C_1、C_2)及 B 级(B_1、B_2、B_3)一致,我国标准与 TCSEC 标准比较如表 8-1 所示。

表 8-1　TCSEC 标准与我国标准对比

TCSEC 标准	我 国 标 准	TCSEC 标准	我 国 标 准
D 级标准	无	B_1 级标准	第 3 级:安全标记保护级
C_1 级标准	第 1 级:用户自主保护级	B_2 级标准	第 4 级:结构保护级
C_2 级标准	第 2 级:系统审计保护级	B_3 级标准	第 5 级:访问验证保护级
A 级标准	无		

8.2　数据库的完整性

数据的安全性所保证的是允许用户做他们想做的事,而完整性则保证他们想做的事情是正确的。数据的完整性是指防止合法用户的误操作、考虑不周全造成的数据库中的数据不合语义、错误数据的输入输出所造成的无效操作和错误结果。完整性就是要保证数据库中数据的正确性和相容性。为了维护数据库中数据的完整性,DBMS 将完整性约束定义作为模式的一部分存入数据字典中,然后提供完整性检查机制。

8.2.1　数据库完整性问题的提出

一个优秀的数据库应当提供优秀的服务质量,而数据库的服务质量首先应当是其所提供的数据质量。这种数据质量的要求充分体现在计算机界流行的一句话"垃圾进,垃圾出"(garbage in,garbage out)上,其含义是对于计算机系统而言,如果进去的是垃圾(不正确的数据),那么经过处理之后出来的还应当是垃圾(无用的结果)。如果一个数据库不能提供正确、可信的数据,那么它就失去了存在价值。

一般认为,数据质量主要有两个方面的内容:

(1) 能够及时、正确地反映现实世界的状态。

(2) 能够保持数据的前后一致性,即应当满足一定的数据完整性约束。

数据库不但在其建立时要反映一个单位的状态,更重要的是在数据库系统运行的整个期间都应如此。要保证这一点,不能仅靠 DBA,因为这里涉及的因素太多。数据是来自各个部门和不同个人,来自他们的各种活动和获取数据过程所采用的各种设备,如果没有有效的强制性措施,则难以保证数据的及时采集和正确录入。例如一个仓库发料或进料后,如果数据库不及时更新,则数据库中的库存量和实际库存量就会不符,久而久之,数据库就不能反映仓库库存的真实状态。此时,DBA 就要敦促有关领导人员,采取必要的制度和措施,保证数据能够及时、正确地录入和更新。

为保护数据库的完整性,现代的 DBMS 应当提供一种机制来检查数据库中数据的完整性,这种机制的方法之一就是设置完整性检验,即 DBMS 检查数据是否满足完整性条件的机制。本节将讨论数据库完整性概念和相应的完整性约束机制。对数据库中的数据设置某些约束机制,这些添加在数据上的语义约束条件称为数据库完整性约束条件,它一般是对数据库中数据本身的某种语义限制、数据间的逻辑约束和数据变化时所遵循的规则等。约束条件一般在数据模式中给出,作为模式一部分存入数据字典中,在运行时由 DBMS 自动查验,当不满足时立即向用户通报以便采取措施。

8.2.2　完整性基本概念

通常所讲到的数据库的完整性(integrity)的基本含义是指数据库的正确性、有效性和相容性,其主要目的是防止错误的数据进入数据库。

(1) 正确性。正确性是指数据的合法性,例如数值型数据中只能含有数字而不能含有字母。

(2) 有效性。有效性是指数据是否属于所定义域的有效范围。

(3) 相容性。相容性是指表示同一事实的两个数据应当一致,不一致即是不相容。

DBMS 必须提供一种功能使得数据库中数据合法,以确保数据的正确性;同时还要避免非法的不符合语义的错误数据的输入和输出,以保证数据的有效性;另外,还要检查先后输入数据是否一致,以保证数据的相容性。检查数据库中数据是否满足规定的条件称为"完整性检查"。数据库中数据应当满足的条件称为"完整性约束条件",有时也称为完整性规则。

8.2.3　完整性约束条件

整个完整性控制都是围绕完整性约束条件进行的,可以说,完整性约束条件是完整性控制机制的核心。

完整性约束条件涉及 3 类作用对象,即属性级、元组级和关系级,这 3 类对象的状态可

数据库理论与应用

以是静态的,也可以是动态的。结合这两种状态,一般将这些约束条件分为下面 6 种类型。

(1) 静态属性级约束。静态属性级约束是对属性值域的说明,即对数据类型、数据格式和取值范围的约束。如大学生学号必须为字符型,出生年龄必须为 YY.MM.DD,成绩的取值范围必须为 0～100 等。这是最常见、最简单、最容易实现的一类完整性约束。

(2) 静态元组级约束。静态元组级约束就是对元组中各个属性值之间关系的约束。如订货表中包含订货数量与发货数量这两个属性,对于它们,应当有语义关系,发货量不得超过订货量。静态元组约束只局限在元组上。

(3) 静态关系级约束。静态关系级约束是一个关系中各个元组之间或者若干个关系之间常常存在的各种联系的约束。常见的静态关系级约束有以下几种:

① 实体完整性约束。

② 参照完整性约束。

③ 函数依赖约束。

④ 统计依赖约束。

其中,统计依赖约束是指多个基表的属性间存在一定统计值间的约束,如总经理的工资不得高于职工的平均工资,教师的工资数必须高于学生的助学金最高数等。

(4) 动态属性级约束。动态属性级约束是修改定义或属性值时应满足的约束条件。其中包括:

① 修改定义时的约束。例如将原来容许空值的属性改为不容许空值时,如果该属性当前已经存在空值,则规定拒绝修改。

② 修改属性值时约束。修改属性值有时需要参考该属性的原有值,并且新值和原有值之间需要满足某种约束条件。例如,职工工资调整不得低于其原有工资,学生年龄只能增长等。

(5) 动态元组级约束。动态元组约束是指修改某个元组的值时要参照该元组的原有值,并且新值和原有值之间应当满足某种约束条件。例如,职工工资调整不得低于其原有工资＋工龄×1.5 等。

(6) 动态关系级约束。动态关系级约束就是加在关系变化前后状态上的限制条件。例如事务的一致性、原子性等约束条件。动态关系级约束实现起来开销较大。

完整性约束条件的设置,一般采用完整性约束语句的形式,用户可以使用完整性约束语句建立具体应用中数据间的语义关系。

8.2.4　完整性规则和完整性控制

1. 完整性规则

关系模型的完整性规则就是对关系的某种约束条件。关系模型中有 3 类完整性规则,即实体完整性规则、参照完整性规则和用户定义完整性规则。实体完整性规则和参照完整性规则是任何一个关系模型都必须满足的完整性约束条件,被称为关系模型的两个不变性,通常由 DBMS 自动支持。

1) 实体完整性规则

一个基本关系对应现实世界的一个实体集。学生关系对应于学生集合。现实中的实体集是能够相互区分,这是因为它们通常具有唯一的标识。在关系模型中,相应基本关系的唯一标识就是该关系的键(主键)。主键为空值,就意味着存在某个不能标识的实体,存在某个不可区分的实体,这在实际应用中当然是不能允许的。这里所讲的空值,是指"暂时不知道"或者"根本无意义"的属性值。按照这样的考虑,就需要引入实体完整性规则,这是数据库完整性的最基本要求,其要点是基表上的主键中属性值不能为空值。根据上述考虑,可建立实体完整性规则(entity integrity rule)如下:当属性 A 是基本关系 R 的主属性时,属性 A 不能取空值。

2) 参照完整性规则

现实世界中实体之间往往存在着一定的联系,人们认识事物,本质上就是要了解事物之间的相互联系以及由此产生的相互制约。在关系模型中,实体与实体之间的联系都是用关系来描述的,这样就需要研究关系之间的相互引用。

【例 8-3】　学生实体和课程实体分别用关系 Student 和 Course 表示:

```
Student(Sno,Sname,Sex,Sage,Cno)
Course(Cno,Cname)
```

其中,Sno、Sname、Sex、Sage、Cno、Cname 分别表示属性:学号、姓名、性别、年龄、课程号和课程名,带下划线的属性表示主键。

这两个关系存在属性的引用。关系 Student 引用关系 Course 的主键 Cno。关系 Student 中的 Cno 必须是确实存在的课程的课程号,即为关系 Course 中该课程的记录,而关系 Student 中的某个属性必须参照关系 Course 中的属性取值。

不仅关系之间存在引用联系,同一关系内部属性之间也会有引用联系。

【例 8-4】　设有下面 3 个关系:

```
Student(Sno,Sname,Sex,Sage,Cno)
Course(Cno,Cname)
SC(Sno,Cno,Grade)
```

其中,Student 和 Course 是上例中的学生关系和课程关系,而 SC 是学生课程关系,属性 Grade 表示课程成绩。

在这 3 个关系间也存在着属性引用联系。SC 引用 Student 的主键 Sno 和 Course 的主键 Cno。这样,SC 中的 Sno 必须是真正存在的学号,即 Student 中应当有该学生的记录;SC 中的 Cno 也必须是确实存在的课程号,即 Course 中应当有该门课程的记录。也就是说,关系 SC 中某些属性的取值需要参照关系 Student 和关系 Course 的属性方可进行。

【例 8-5】　在关系 Student 中添加属性 Sm(班干部)从而定义关系 S2 如下:

```
Student2(Sno,Sname,Sex,Sage,Cno,Sm)
```

在 Student2 中,属性 Sno 是主键,属性 Sm 表示该学生所在班级的班长的学号,它引用本关系 Student 的属性 Sno,即"班干部"必须是确实存在的学生的学号。

为了刻画上面所述的关系外键与主键之间的引用规则,就需要引入参照完整性规则,它实际上给出了基表之间的相关联的基本要求,其要点是不允许引用不存在的元组,即是说在基表中外键要么为空值,要么其关联基本表中必存在元组。

参照完整性规则(reference integrity rule)的基本内容是,如果属性或属性组 F 是基本

关系 R 的外键,它与基本关系 S 的主键 Ks 相对应(这里 R 和 S 不一定是两个不同的关系),则对于 R 中每个元组在 F 上的取值应当满足:

(1) 或者取空值,即 F 的每个属性值均为空值。

(2) 或者等于 S 中某个元组的主键值。

这里,称 R 为参照关系(referencing relation),S 为被参照关系(referenced relation)或目标关系(target relation)。

在例 8-3 中,被参照关系是 Course,参照关系是 Student,关系 Student 中每个元组的 Cno 只能取下面两类值。

(1) 空值。表示尚未给该学生分配课程。

(2) 非空值。此时该值应当是关系 Course 中某个元组的课程号,它表示该学生不能分配到一个未开设的课程,即被参照关系 Course 中一定存在一个元组,其主键值等于参照关系 Student 中的外键值。

在例 8-4 中,关系 SC 的 Sno 属性与关系 Student 中主键 Sno 相对应,Cno 属性与关系 Course 中的主键 Cno 相对应,因此,Sno 和 Course 是关系 SC 的外键,这里 Student 和 Course 均是被参照关系,SC 是参照关系。

Sno 和 Cno 可以取两类值:空值和已经存在的值。由于 Sno 和 Cno 都是关系 SC 的主属性,由实体完整性规则,它们均不能取空值,所以课程关系中的 Sno 和 Cno 属性实际上只能取相应被参照关系中已经存在的主键值。

按照参照完整性,参照关系和被参照关系可以是同一关系。在例 8-5 中,Sm 的属性值可以取空值和非空值,其中空值表示该学生所在班级尚未选出班长,非空值表示该值必须是本关系中某个元组的学号值。

3) 用户完整性规则

实体完整性规则和参照完整性规则是关系数据库所必须遵守的规则,任何一个 RDBMS 都必须支持,它们适用于任何关系数据库系统。根据具体应用环境的不同,不同的关系数据库往往还需要一些相应的特殊的完整性约束条件,这就是用户定义的完整性约束规则(userdefined integrity rule),它针对一个具体的应用环境,反映其涉及到数据的一个必须满足的特定的语义要求。例如,某个属性必须取唯一值,某个非主属性也不能取空值,某个属性的特定取值范围等。一般说来,关系模型应该提供定义和检验这类完整性的机制,使用统一的系统方法进行处理,而不是将其推送给相应的应用程序。

由上述论述可知,用户完整性规则的要点是针对数据环境由用户具体设置规则,它反映了具体应用中数据的语义要求。

2. 完整性控制

DBMS 的完整性约束控制功能应当具有下述 3 种功能:

(1) 定义功能。提供定义完整性约束条件的机制,确定违反了什么样的条件就需要使用规则进行检查——称为规则的"触发条件"——即 8.2.3 节中讨论的完整性约束条件。

(2) 检查功能。检查用户发出的操作请求是否违背了完整性约束条件,即怎样检查出现的错误——称为"完整性约束条件的检查"。一般数据库管理系统内部设置专门软件模块,对完整性约束语句所设置的完整性约束条件随时进行检查,以保证完整性约束条件的设置能得到随时监督与实施。

（3）处理功能。如果发现用户的操作请求与完整性约束条件不符合,则采取一定的动作来保证数据的完整性,即应当如何处理检查出来的问题——称为"ELSE 语句",违反时要采取的动作,或者称为"完整性约束条件的处理"。在 DBMS 内部同样设有专门的软件模块,对一旦出现违反完整性约束条件的现象及时进行处理,以保证系统内部数据的完整性,处理的方法有简单和复杂之分,简单处理方式是拒绝执行并报警或报错,复杂方式是调用相应函数进行处理。

在关系数据库中,最重要的完整性约束就是实体完整性和参照完整性,其他完整性约束都可以归结到用户定义完整性之中。在实际问题中主要是对实体完整性和参照完整性进行控制。

（1）对于违反实体完整性规则和用户定义完整性规则的操作一般都是采用拒绝执行的方式进行处理。

（2）对于违反参照完整性的操作,并不是简单地拒绝执行,而是需要采取另外一种方法,即接受该操作,同时执行必要的附加操作,以保证数据库的状态仍然是正确的。

由此可见,在完整性控制中,参照完整性控制具有基本的意义。下面着重讨论参照完整性的控制问题。

8.2.5 参照完整性控制

1. 外键空值问题

在外键取空值问题上,存在两种情况:

（1）如果参照关系的外键是主键组成部分,根据实体完整性规则,那么此时外键值不允许取空值;如果参照关系的外键不是主键的组成部分,则可以根据具体的语义环境确定外键值是否允许空值。

（2）如前所述,例 8-4 中参照关系 SC 中的两个外键 Sno 和 Cno 组成主键,因此不得取空值。而例 8-3 中参照关系 Student 中外键为 Cno,不是主键 Sno 的组成部分,可以取空值,其意义在于对应的学生尚未分配课程。

2. 被参照关系中删除元组问题

有时需要删除被参照关系中的某个元组,而参照关系中又有若干元组的外键值与被删除的目标关系的主键值相对应。例如需要删除例 8-4 被参照关系 Student 中 Sno＝03001的元组,而参照关系 SC 中又有 4 个元组的 Sno 都等于 03001,此时系统可以有 3 种选择。

1）级联删除

级联删除（cascades delete）就是将参照关系中所有外码值及被参照关系中要删除元组主码值相同的元组一起删除。例如将上面 SC 关系中 4 个 Sno＝03001 的元组一起删除。如果参照关系同时又是另一个关系的被参照关系,则这种删除关系操作会持续级联下去。

2）受限删除

受限删除（restricted delete）就是仅当参照关系中没有任何元组的外码值和被参照关系中要删除元组的主码值相同时,系统才执行删除操作,否则拒绝这个删除操作。例如对于上

数据库理论与应用

面的情况,系统将拒绝删除 Student 关系中 Sno=03001 的元组。

3)置空值删除

置空值删除(nullifies delete)就是删除参照关系的元组,并将参照关系中相应元组的外码值置空。例如将上面的 SC 关系中所有 Sno=03001 的元组的 Sno 值置为空值。

在这 3 种处理方法中,哪一种是正确的呢? 这要从应用环境的语义来定。在学生-选课数据库中,显然第一种方法是对的。因为当一个学生毕业或退学后,他的个人记录从 Student 表中删除了,他的选课记录也随之从 SC 表中删除。

3. 参照关系中插入元组问题

假设在例 8-4 中,需要向参照关系 SC 中插入元组(03021,1,95),而此时 Student 中还没有 Sno=03021 的学生。一般地,当参照关系需要插入某个元组,可以参照目标关系的情况采取如下策略:

(1)受限插入。如果被参照关系中不存在相应元组,其主键值与参照关系插入元组的外键值相同时,则系统就拒绝执行插入操作。例如在例 8-4 中,系统将拒绝向参照关系 SC 插入元组(03021,1,95)。

(2)递归插入。如果被参照关系不存在元组,其主键值等于参照关系插入元组的外键值,则先向被参照关系插入相应元组,然后再向参照关系插入元组。在例 8-4 中,系统首先向被参照关系 Student 中插入 Sno=03021 的元组,接着向参照关系 SC 插入元组(03021,1,95)。

4. 元组中主键值修改问题

根据 DBMS 的特性,有下面两种情况。

1)不容许修改主键

在某些 DBMS 中,不容许进行修改主键的操作,即不能用 UPDATE 语句将 Sno=03021 修改为 Sno=03038。如果确实需要修改主键值,只能先删除该元组,再将具有新主键值的元组插入到关系当中。

2)容许修改主键

在另一些 DBMS 中,可以进行修改主键操作,但必须保证主键的唯一性和非空性,否则拒绝修改。

如果容许修改主键,一般可以按照下述途径进行修改操作。

(1)当修改的是被参照关系时,必须检查参照关系中是否存在这样的元组,其外键值等于被参照关系要修改的主键值。例如将关系 Student 中 Sno=03021 修改为 Sno=03038,而关系 SC 中有 4 个元组的 Sno=03021,这时与被参照关系中删除元组情况类似,可以在相应的 3 种策略中进行选择。

(2)当修改关系是参照关系时,必须检查被参照关系是否存在元组,其主键值等于参照关系将要修改的外键值。例如当把关系 SC 中元组(03021,3,90)修改为元组(03038,3,90)时,在被参照关系 Student 中还没有 Sno=03038 的学生,这时与在参照关系中插入元组的情况类似,可以有相应的两种策略进行选择。

由上面的讨论得知,在实现参照完整性方面,DBMS 除了需要提供定义主键和定义外键的机制外,还应当提供不同的策略方便用户选择。至于选择何种策略,需要根据具体应用环境的要求确定。

8.2.6　SQL 中的完整性约束机制

1. 实体完整性

在 SQL 中可以使用 PRIMARY KEY 子语句对完整性进行描述。

【例 8-6】　对于关系 Student(Sno,Sname,Sage,Sdept),可以使用如下语句创建表。

```
CREATE TABLE Student
(   Sno,CHAR(8),
    Sname,CHAR(10),
    Sage,NUMBER(3),
    Sdept,CHAR(20),
    PRIMARY KEY(Sno));
```

2. 参照完整性

参照完整性通过使用 FOREIGN KEY 子句来描述,其格式如下:

```
FOREIGN KEY(属性名)REFERENCES 表名(属性名)
[NO DELETE CASCADES | SET NULL]
```

其中:

FOREIGN KEY——定义哪些列为外键。

REFERENCES——指明外键对应于哪个表的主键。

ON DELETE CASCADE——指明删除被参照关系的元组时,同时删除参照关系中的元组。

SET NULL——表示置为空值方式。

3. 全局约束

全局约束是指一些比较复杂的完整性约束,这些约束涉及多个属性间的联系或多个不同关系间的联系。可以将它们分为下面的两种情形。

1) 基于元组的检查子语句

这种约束是对单个关系的元组值加以约束。方法是在关系定义中的任何地方加上关键字 CHECK 和约束条件。

【例 8-7】　年龄在 16～20 岁之间,可用 CHECK(AGE>=16AND AGE<=20)来检测。

2) 基于断言。

如果完整性约束涉及面较广,与多个关系有关,或者与聚合操作有关,SQL2 提供"断言(assertions)"机制让用户书写完整性约束,断言可以像关系一样,用 CREATE 语句定义,其格式如下:

```
CREATE ASSERTION<断言名称>CHECK(<条件>)
```

【例 8-8】　在教学数据库的课程关系 C 中用断言描述约束"每位教师开设的课程不能超过 10 门"。

```
CREATE ASSERTION ASSE CHECK
    (10>= ALL(SELECT COUNT(Cno)
    FROM Course
    GROUP BY TEACHER));
```

8.2.7 触发器

1. 触发器概念

触发器(trigger)是近年来数据库中使用较多的一种数据库完整性保护技术,它是建立(附着)在某个关系(基表)上的一系列能由系统自动执行对数据库修改的 SQL 语句的集合,即程序,并且经过预编译之后存储在数据库中。

进一步说,数据库触发器是一张基表被修改时执行的内嵌过程。它是一种特殊的存储过程,触发器可用来保证当记录被插入、修改和删除时能够执行与一个基表有关的特定的事务规则。由于数据库触发器在数据库上执行并附着在对应的基表上,因此它们激发时将与执行相应操作的应用程序无关。创建数据库触发器能够帮助保证数据的一致性和完整性。数据库触发器不能用于加强关联的完整性,关联完整性可以通过在创建表的时候使用外键(foreing key)来定义。如果在触发器上还定义了其他的条件,则在触发器执行前检查这些条件。如果违反了这些条件,则触发器不被执行。因此,要实现一个触发,除了定义触发器的操作外,还必须要求触发器的附加条件要成立。

通过把事务规则从应用程序代码移到数据库中可以确保事务规则得到遵守,并能显著提高性能。事实上,触发器的开销非常低,运行触发器所占用的时间主要花在引用其他存储上。

在同一数据库内,可用 CREATE TABLE PRIMARY KEY 命令、CREATE TABLE FOREIGN KEY 命令建立数据关联整体性,不同数据之间,只能用触发来建立数据并联整体性,若是在同一张表内有关联限制和触发,SQL Server 会先审核关联限制后,再审核触发。

触发器有时也称为主动规则(active rule)或事件-条件-动作规则(event-condition-action rule,ECA)。

2. 触发器结构

触发器由 3 部分组成。

(1) 事件。即对数据库的插入、删除、修改等操作。

(2) 条件。触发器将测试条件是否满足。如果条件满足,则执行相应操作,否则什么也不做。

(3) 动作。如果触发器测试满足预订的条件,则由 DBMS 执行这些动作(即对数据库的操作)。这些动作能使触发事件不发生,即撤销事件,例如删除一个插入的元组等。这些动作也可以是一系列对数据库的操作,甚至可以是对触发事件本身无关的其他操作。

3. 触发器的完整性保护功能

触发器在数据库完整性保护中起着很大的作用,一般可用触发器完成很多数据库完整性保护的功能,其中触发事件即是完整性约束条件,而完整性约束检查即是触发器的操作过程,最后结果过程的调用即是完整性检查的处理。

目前在一般 DBMS 中触发事件大多局限于 UPDATE、DELETE 和 INSERT 等操作。在数据库系统的管理中一般都有创建触发器的功能。

4. SQL 中触发器设计

在 SQL 中,触发器设计有如下要点。

(1) 触发事件中的时间关键字有 3 种。

① AFTER。在触发事件完成之后,测试 WHEN 条件是否满足,若满足则执行动作部分的操作。

② BEFORE。在触发事件进行以前,测试 WHEN 条件是否满足。若满足则先执行动作部分的操作,然后再执行触发事件的操作(此时可以不管 WHEN 条件是否满足)。

③ INSTEAD OF。在触发事件发生时,只要满足 WHEN 条件,就执行动作部分操作,而触发事件的操作不再执行。

(2) 触发事件分为 3 类:UPDATE、DELETE 和 INSERT。

在 UPDATE 时,允许后面跟有"OF(属性)"短语。其他两种情况是对整个元组的操作,不允许后面跟"OF(属性)"短语。INSERT 触发器能使用户向指定的表中插入数据时发出报警。在带有 UPDATE 触发器的表上执行 UPDATE 语句时,原来的记录移到 deleted 表中,更新记录插入到 inserted 表中并更新表。使用 UPDATE 触发器时,应注意触发器对 deleted 和 inserted 表以及被更新的表一起检查以判断是否更新了多行或如何执行触发器动作。值得提出的是,inserted 表和 deleted 表是事务日志的视图,它与创建了触发器的表具有相同的结构,即它们都是当前触发器的局部表。

(3) 动作部分可以只有一个 SQL 语句,也可以有多个 SQL 语句,语句之间用分号隔开。

(4) 如果触发事件是 UPDATE,那么应该用"OLD AS"和"NEW AS"子句定义修改前后的元组变量。如果是 DELETE,那么只要用"OLD AS"子句定义元组变量。如果是 INSERT,那么只要用"NEW AS"子句定义元组变量。

(5) 触发器有两类:元组级触发器和语句级触发器。两者的差别是前者带有"FOR EACH ROW"子句,而后者没有;前者对每一个修改的元组都要检查一次,而后者检查 SQL 语句的执行结果。

在语句级触发器,不能直接引用修改前后的元组,但可以引用修改前后的元组集。旧的元组集由被删除的元组或被修改元组的旧值组成,而新的元组集由插入的元组或被修改元组的新值组成。

【例 8-9】　设计用于关系 SC 的触发器,该触发器规定,如果需要修改关系 SC 的成绩属性值 Sg 时,修改之后的成绩 Sg 不得低于修改之前的成绩 Sg,否则就拒绝修改。使用 SQL3,该触发器的程序可以编写如下:

```
CREATE TRIGGER TRIG1
AFTER UPDATE OF Sg ON SC
REFERENCING
```

```
OLD AS OLDTUPLE
NEW AS NEWTUPLE
WHEN(OLDTUPLE.Sg>NEWTUPLE.Sg)
UPDATE SC
SET Sg = OLDTUPLE.Sg
WHERE Cno = NEWTUPLE.Cno
FOR EACH ROW
```

第 1 行说明触发器的名称为 TRIG1。第 2 行给出触发事件,即关系 SC 的成绩修改后激活触发器。第 3～5 行为触发器的条件和动作部分设置必要的元组变量,OLDTUPLE 和 NEWTUPLE 分别为修改前后的元组变量。第 6 行是触发器的条件部分,这里,如果修改后的值比修改前的值小,则必须恢复修改前的旧值。第 7～9 行是触发器的动作部分,这里是 SQL 的修改语句。这个语句的作用是恢复修改之前的旧值。第 10 行表示触发器对每一个元组都要检查一次。如果没有这一行,表示触发器对 SQL 语句的执行结果只检查一次。

5. 触发器是完整性保护的充分条件

触发器是完整性保护的充分条件,具有主动性的功能。若在某个关系上建立了触发器,则当用户对该关系进行某种操作时,比如插入、更新或删除等,触发器就会被激活并投入执行,因此,触发器用作完整性保护,但其功能一般会比完整性约束条件强得多,且更加灵活。一般而言,在完整性约束功能中,当系统检查数据中有违反完整性约束条件时,仅仅给用户必要的提示信息;而触发器不仅给出提示信息,还会引起系统内部自动进行某些操作,以消除违反完整性约束条件所引起的负面影响。另外,触发器除了具有完整性保护功能外,还具有安全性保护功能。

小结

安全性问题是所有计算机系统都有的问题,只是在数据库系统中大量数据集中存放,而且是多用户共享,使安全性问题更为突出。因此,系统安全保护措施是否有效是数据库系统主要的性能指标之一。

随着计算机特别是计算机网络技术的发展,数据的共享性日益加强,数据的安全性问题也日益突出。DBMS 作为数据库系统的数据管理核心,自身必须具有一套完整而有效的安全性机制。实现数据库安全性的技术和方法有多种,其中最重要的是存取控制技术和审计技术。

数据库的完整性是为了保证数据库中存储的数据是正确的,而"正确"的含义是指符合现实世界语义。不同的数据库产品对完整性的支持策略和支持程度是不同的。关于完整性的基本要点是 DBMS 关于完整性实现机制,其中包括完整性约束机制、完整性检查机制以及违背完整性约束条件时 DBMS 应当采取的措施等。需要指出的是,完整性机制的实施会极大影响系统性能。但随着计算机硬件性能和存储容量的提高以及数据库技术的发展,各种商用数据库系统对完整性的支持越来越好,不仅能保证实体完整性和参照完整性,而且能在 DBMS 核心定义、检查和保证用户定义的完整性约束条件。

在本章的学习中,一定要弄清数据库安全性和数据库完整性两个基本概念的联系与区别。

综合练习 8

一、填空题

1. 凡是对数据库的不合法使用,都可以称为_____。它分为_____和_____
两类。

2. 数据库的安全性和完整性属于_____的范畴。

3. 数据库的数据保护包括_____和_____。

4. 数据库的完整性的基本含义是指数据库的_____、_____和_____。

5. 关系模型中有 3 类完整性规则,分别为_____、_____和_____。

二、选择题

1. 常见的数据库保护措施有安全性保护、完整性保护、并发控制及其(　　)。
   A. 故障恢复　　　　B. 并行分析　　　　C. 缺失性保护　　　　D. 串发优化

2. 数据库的安全性保护中,常用的使用权鉴别方法有口令和(　　)。
   A. 数字计算法　　　B. 函数计算法　　　C. 形式计算法　　　D. 公式计算法

3. 数据库的操作对象权限有(　　)以及它们的一些组合。
   A. 查询权　　　　　B. 插入权　　　　　C. 删除权　　　　　D. 修改权

4. 常见的数据库完整性保护措施有(　　)。
   A. 完整性约束　　　B. 触发器　　　　　C. 并发控制　　　　D. 故障恢复

三、问答题

1. 什么是数据库的安全性? 什么是数据库的完整性? 两者之间的联系与区别是什么?

2. 数据库安全性保护通常采用什么方法?

3. 使用视图机制有什么好处?

4. SQL 中的用户权限有哪些?

5. 完整性约束条件可以分为哪几类?

6. DBMS 的完整性保护机制有哪些功能?

四、实践题

1. 针对前几章实践题中所建立的数据库,考虑在实际使用中需要对哪些角色赋予哪些
权限?

2. 尝试用统计方法对你设计的数据库进行攻击。你能想出什么方法抵御这些攻击?

第 9 章　数据库事务管理

　　尽管系统中采取了各种保护措施来防止数据库的安全性和完整性被破坏,保证并行事务的正确执行,但是计算机系统中硬件的故障、软件的错误、操作员的失误以及故意的破坏仍是不可避免的,这些故障轻则造成运行事务非正常地中断,影响数据库中数据的正确性,重则破坏数据库,使数据库中全部或部分数据丢失,因此数据库管理系统必须具有把数据库从错误状态恢复到某一已知的正确状态(也称为完整状态或一致状态)的功能,这就是数据库的恢复。恢复子系统是数据库管理系统的一个重要组成部分,而且还相当庞大,常常占整个系统代码的 10% 以上。故障恢复是否考虑周到和行之有效,是体现数据库系统性能的一个重要指标。

9.1　事务的基本概念

　　事务并发执行的控制以及数据库故障恢复都是以事务处理为核心的。本节主要讨论事务概念、事务处理基本操作和 SQL 中事务处理语句。这些都是事务并发控制和数据库故障恢复的必要基础。

9.1.1　事务

1. 问题的引入

　　数据库的共享性与数据库业务的并发执行相关。笼统地讲,同时执行若干个数据库"业务",或者说多个不同"业务"同时对同一数据进行操作的过程就是并发执行。不受控制地并发执行可能会带来许多问题,为了避免这些问题,人们通常要求"同时执行若干业务的效果"应当"等价"于"一个一个"顺序执行的结果,这就是后面所要讨论的"并发执行可串行化"问题。"并发"要与"串行"作比较,其中操作的各个"业务"就应当有必要的刻画,这就需要引入"事务"的概念。

　　同样,数据库发生的"故障"是附着在相应"业务"之上的,也应当有一个便于排除故障、进行数据库恢复的不可再分的"标准单位"。例如在银行活动中,"由账户 A 转移资金额 X 到账户 B"是一个典型的银行数据库业务。这个业务可以分解为两个动作:

(1) 从账户 A 中减掉金额 X。

(2) 在账户 B 中加上金额 X。

这两个动作应当构成一个不可分割的整体,不能只做动作 A 而忽略动作 B,否则从账户 A 中减掉的金额 X 就成了问题。也就是说,这个业务必须是完整的,要么完成其中的所有动作,要么不执行其中任何动作,二者必居其一。这种"不可分割"的业务单位对于并发执行和数据库故障恢复非常必要,这也就是下面引进的"事务"概念。

2. 事务的概念

事务(transaction)是用户定义的一个操作序列,这些操作要么全做要么全不做,是一个不可分割的工作单位,是数据库环境中的逻辑工作单位。

事务和程序是两个概念,一般而言,一个数据库应用程序由若干个事务组成,每个事务可以看作是数据库的一个状态,形成了某种一致性,而整个应用程序的操作过程则是通过不同事务使得数据库由某种一致性不断转换到新的一致性的过程。

3. 事务的性质

事务具有 4 个特性,简称 ACID 特性。

1) 原子性(atomicity)

事务是数据库的逻辑工作单位,事务中包括的诸操作要么都做,要么都不做。事务的原子性质是对事务最基本的要求。

2) 一致性(consistency)

事务执行的结果必须是使数据库从一个一致性状态变到另一个一致性状态。因此当数据库只包含成功事务提交的结果时,就说数据库处于一致性状态。如果数据库系统运行中发生故障,有些事务尚未完成就被迫中断,系统将事务中对数据库的所有已完成的操作全部撤销,回滚到事务开始时的一致状态。数据的一致性可以保证数据库的完整性。

3) 隔离性(isolation)

一个事务的执行不能被其他事务干扰。即一个事务内部的操作及使用的数据对其他并发事务是隔离的,并发执行的各个事务之间不能互相干扰。事务的隔离性是事务并发控制技术的基础。

隔离性虽然是事务的基本性质之一,但是彻底的隔离意味着并发操作效率的降低。所以人们设想在避免干扰的前提下,适当地降低隔离的级别,从而提高并发的操作效率。隔离级别越低,并发操作的效率越高,但是产生干扰的可能性也越大;隔离级别越高,则并发操作的效率越低,同时产生干扰的可能性也越小。在设计应用时,可以在所能容忍的干扰程度范围内,尽可能降低隔离级别,从而提高应用的执行效率。

4) 持续性(durability)

持续性也称永久性(permanence),指一个事务一旦提交,它对数据库中数据的改变就应该是永久性的。接下来的其他操作或故障不应该对其执行结果有任何影响。持久性的意义在于保证数据库具有可恢复性。

事务的 ACID 性质是数据库事务处理的基础,在后面相应讨论中均以事务为基本执行单位。保证事务在故障时满足 ACID 准则的技术称为恢复。保证事务在并发执行时满足 ACID 准则的技术称为并发控制。后面会分别对这两种技术进行详细讨论。

9.1.2 事务基本操作与活动状态

事务操作可以看作由若干个部分组成。

(1) 事务开始(begin transaction)。事务开始执行。

(2) 事务读写(read/write transaction)。事务进行数据操作。

(3) 事务提交(commit transaction)。事务完成所有数据操作,同时保存操作结果,它标志着事务的成功完成。

(4) 事务回滚(rollback transaction)。事务未完成所有数据操作,重新返回到事务开始,它标志着事务的撤销。

根据事务的这些基本操作,可以得到事务的基本状态或活动过程。

(1) 使用 BEGIN TRANSACTION 命令显式说明一个事务开始,它说明了对数据库进行操作的一个单元的起始点。在事务完成之前出现任何操作错误和故障,都可以撤销事务,使事务回滚到这个起始点。事务用命令 COMMIT 或 ROLLBACK 结束。

(2) 在事务开始执行后,它不断做 READ 或 WRITE 操作,但是,此时所做的 WRITE 操作,仅将数据写入磁盘缓冲区,而非真正写入磁盘内。

(3) 在事务执行过程中会产生两种状况,一是顺利执行,此时事务继续正常执行其后的内容;二是由于产生故障等原因而终止执行,对这种情况称为事务夭折(abort),此时根据事务的原子性质,事务需要返回开始处重新执行,这种情况称为事务回滚(rollback)。在一般情况下,事务正常执行直至全部操作执行完成,在执行事务提交(commit)后整个事务即宣告结束。事务提交即是将所有事务执行过程中写在磁盘缓冲区的数据真正地、物理地写入磁盘内,从而完成整个事务。

(4) SQL 标准还支持"事务保存点"技术,所谓"事务保存点"就是在事务的过程中插入若干标记,这样当发现事务中有操作错误时,可以不撤销整个事务,只撤销部分事务,即将事务回滚到某个事务保存点。

事务的整个活动状态或过程如图 9-1 所示。

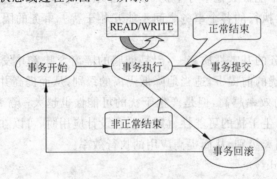

图 9-1 事务活动过程

9.1.3　事务处理 SQL 语句

1. 3 条事务处理语句

一个应用由若干个事务组成,事务一般嵌入在应用中。在 SQL 语言中,对应于事务的基本状态,在应用程序中所嵌入的事务活动由 3 条语句组成,分别是:

1 条事务开始语句——BEGIN TRANSACTION。

2 条事务结束语句——COMMIT 和 ROLLBACK。

1)事务开始语句

语句 BEGIN TRANSACTION 表示事务从此句开始执行,而该语句也是事务回滚的标志点。在大多数情况下,可以不用此语句,对每个数据库的操作都包含着一个事务的开始。

2)事务提交语句

若当前事务正常结束,则用语句 COMMIT 通知系统,表示事务执行成功的结束(应当"提交"),数据库将进入一个新的正确状态,系统将该事务对数据库的所有更新数据由磁盘缓冲区写入磁盘,从而交付实施。需要注意的是,如果其前面没有使用"事务开始"语句,则该语句同时还表示一个新事务的开始。

3)事务回滚语句

若当前事务非正常结束,则用语句 ROLLBACK 通知系统,告诉系统事务执行发生错误,是不成功的结束(应当"退回"),数据库可能处在不正确的状况,该事务对数据库的所有操作都必须撤销,数据库应该将该事务回滚到事务的初始状态,即事务的开始之处并重新开始执行。

有一点值得注意,SQL Server 还支持"事务保存点技术",设置保存点的命令是 SAVE TRANSACTION(在 SQL 标准中是 SAVEPOINT 命令),具体格式是:

```
SAVE TRANSACTION savepoint_name
```

撤销部分事务或回退到事务保存点的命令也是 ROLLBACK TRANSACTION,具体格式是:

```
ROLLBACK TRANSACTION savepoint_name
```

2. 事务的两种类型

对数据库的访问是建立在对数据"读"和"写"两个操作之上的,因此,一般事务中所涉及的数据操作主要是由"读"与"写"语句组成,而当事务仅由读语句组成时,事务的最终提交就会变得十分简单。因此,有时可以将事务分成只读型和读写型两种。

1)只读型(read only)

此时,事务对数据库的操作只能是读语句,这种操作将数据 X 由数据库中取出读到内存的缓冲区中。定义此类型即表示随后的事务均是只读型,直到新的类型定义出现为止。

2)读写型(read/write)

此时,事务对数据库可以做读与写的操作,定义此类型后,表示随后的事务均为读/写型,直到新的类型定义出现为止。此类操作可以缺省。

上述两种类型可以用下面的 SQL 语句定义：

```
SET TRANSACTION READ ONLY
SET TRANSACTION READ WRITE
```

9.2 数据库恢复技术

尽管数据库系统中采取了各种保护措施来防止数据库的安全性和完整性被破坏,保证并发事务的正确执行,但是计算机系统中硬件的故障、软件的错误、操作员的失误以及恶意的破坏仍是不可避免的,这些故障轻则造成运行事务非正常中断,影响数据库中数据的正确性,重则破坏数据库,使数据库中全部或部分数据丢失,因此数据库管理系统必须具有把数据库从错误状态恢复到某一已知的正确状态(也称为一致状态或完整状态)的功能,这就是数据库的恢复。

数据库恢复技术是一种被动的方法,而数据库完整性、安全性保护及并发控制则是一种主动的保护方法,这两种方法的有机结合才能使数据库得到有效保护。

数据库恢复原理是建立在事务基础之上的,而实现恢复的基本思想是使用存储在另一个系统中"冗余"数据以及事先建立起来的日志文件,重新构建数据库中已经被损坏的数据,或者修复数据库中已经不正确的数据。需要指出的是,数据库恢复的原理和思路虽然简单,但是具体的实现技术却相当复杂。数据库恢复需要有数据库管理系统的恢复子系统的支持。在一个大型数据库产品中,其恢复子系统的代码通常要占整个数据库代码的 10%以上。

9.2.1 数据库故障分类

所谓数据库恢复就是在各种故障发生后,数据库中的数据都能够从错误的不一致状态恢复到某种逻辑一致性状态。数据库恢复是从"不一致"到"一致"的过程,因此需要对什么是数据库中数据的"一致性"做出合适的说明,并在此基础上展开相应讨论。事务是数据库的基本工作单位,从事务的观点描述"一致性"是合适的。

事务概念的本质在于其中包含的操作要么全部完成,要么全部不做,这就意味着每个运行事务对数据库的影响要么都反映在数据库中,要么都不反映在数据库中。当数据库中只包含成功事务提交的结果时,就说该数据库中的数据处于一致性状态。由事务的原子性质来看,这种意义下的数据一致性应当是对数据库的最基本要求。

反过来看,当数据库系统在运行中出现故障时,有些事务会尚未完成而被迫中断。如果这些未完成事务对数据库所做的修改有一部分已经写入到数据库的物理层面,就认为数据库处于一种不正确的状态,或者说不一致状态,就需要根据故障类型采取相应的措施,将数据库恢复到某种一致状态。

由于事务是数据库基本操作逻辑单元,数据库中故障具体就表现为事务执行的成功与失败。从这种考虑出发,需要基于事务的观点对数据库故障进行描述和讨论。常见数据库故障可以分为事务级故障、系统级故障和介质级故障等。

1. 事务级故障

事务级故障也称为小型故障,其基本特征是故障产生的影响范围在一个事务之内。

　　事务故障为事务内部执行所产生的逻辑错误与系统错误,它由诸如数据输入错误、数据溢出、资源不足(以上属逻辑错误)以及死锁、事务执行失败(以上属系统错误)等引起,使得事务尚未运行到终点即告夭折。事务故障影响范围在事务之内,属于小型故障。

　　例如,银行转账事务。这个事务把一笔金额从一个账户甲转给另一个账户乙。

```
BEGIN TRANSACTION
读账户甲的余额 BALANCE;
BALANCE = BALANCE - AMOUNT;(Amount 为转账金额)
写回 BALANCE;
IF(BALANCE<0) THEN
{
    打印 '金额不足,不能转账';
    ROLLBACK;(撤销刚才的修改,恢复事务)
}
ELSE
{
    读账户乙的余额 BALANCE1;
    BALANCE1 = BALANCE1 + AMOUNT;
    写回 BALANCE1;
    COMMIT;
}
```

　　这个例子说明事务是一个“完整的”工作单位,它所包括的一组更新操作要么全部完成,要么全部不做,否则就会使数据库处于不一致状态,例如只把账户甲的余额减少了而没有把账户乙的余额增加。在这段程序中若产生账户甲余额不足的情况,则应用程序可以发现并让事务回滚,撤销错误的修改,将数据库恢复到正确状态。事务内部更多的故障是非预期的,是不能由应用程序处理的。如运算溢出、并行事务发生死锁而被选中撤销该事务等,以后,事务故障仅指这一类故障。事务故障意味着事务没有到达预期的终点(COMMIT 或者显式的 ROLLBACK),因此,数据库可能处于不正确状态。系统就要强行回滚此事务,即撤销该事务已经作出的任何对数据库的修改,使得该事务好像根本没有启动一样。这类恢复操作称为事务撤销(UNDO)。

2. 系统级故障

　　系统故障是指造成系统停止运转的任何事件,使得系统要重新启动,通常称为软故障(soft crash)。

　　1) 系统故障

　　此类故障是由于系统硬件(如 CPU 故障、操作系统、DBMS 以及应用程序代码错误所造成的故障),此类故障可以造成整个系统停止工作、内存破坏、正在工作的事务全部非正常终止,但是磁盘数据不受影响,数据库不至于遭到破坏,此类故障属中型故障。

　　2) 外部故障

　　此类故障主要是由于外部原因(如停电)所引起,它也将造成系统停止工作、内存丢失、正在工作的事务全部非正常终止。

　　系统级故障的影响范围是各个事务,即某些事务要重做,某些事务要撤销,但是它不需要对整个数据库做全面的恢复,此类故障可以认为是中型故障。

数据库理论与应用

3. 介质级故障

介质故障也称为硬故障(hard crash),指的是外存故障。如磁盘损坏、磁头碰撞、瞬时强磁场干扰等。这类故障将破坏数据库或部分数据库,并影响正在存取这部分数据的所有事务。这类故障比前两类故障发生的可能性小得多,但破坏性最大。介质级故障发生的可能性比前两类要小,但由于计算机的内存、磁盘受损,整个数据库遭到严重破坏,所以其危害性最大。此类故障属于大型故障。

4. 计算机病毒

计算机病毒是具有破坏性、可以自我复制的计算机程序。计算机病毒已成为计算机系统的主要威胁,自然也是数据库系统的主要威胁。因此数据库一旦被破坏仍要用恢复技术对数据库加以恢复。

5. 黑客入侵

黑客入侵可以造成主机、内存及磁盘数据的严重破坏。

从发生的故障对数据库造成的破坏程度来看,事务级和系统级故障使得某些事务在运行时中断,数据库有可能包含未完成事务对数据库的修改,破坏了数据库正确性,使得数据库处于不一致状态,而数据库本身没有破坏;介质级故障由于是硬件的损坏,所以导致了数据库本身的破坏。

了解了这一点十分必要,因为需要对不同的故障采取不同的恢复技术。

9.2.2 数据库恢复的主要技术

1. 数据库恢复的基本原理

数据库恢复就是将数据库从被破坏、不正确和不一致的故障状态恢复到最近的一个正确的和一致的状态。数据库恢复的基本原理是建立"冗余"数据,对数据进行某种意义之下的重复存储。换句话说,确定数据库是否可以恢复的依据就是其包含的每一条信息是否都可以利用冗余的、存储在其他地方的信息进行重构。基本方法是实行数据转储和建立日志文件。

(1) 实行数据转储。定时对数据库进行备份,其作用是为恢复提供数据基础。

(2) 建立日志文件。记录事务对数据库的更新操作,其作用是将数据库尽量恢复到最近状态。

事务级和系统级故障只是使得数据库中的某些数据变得不正确,未对整个数据库造成破坏,此时可以利用日志文件撤销或者重做事务,完成故障恢复。介质级故障对整个数据库造成破坏,此时只能利用数据库的数据备份,依据日志文件重新执行事务对数据库的修改。

需要注意的是,这里所讲的"冗余"是物理级的,通常认为在逻辑级的层面上是没有冗余的。

下面分别讨论这些恢复技术。

2. 数据转储

数据转储就是 DBA 定期地将整个数据库复制到磁带或另一个磁盘上保存起来的过程。这些备用的数据文本称为后备副本或后援副本。

当数据库遭到破坏后可以将后备副本重新装入,但重装后备副本只能将数据库恢复到转储时的状态,要想恢复到故障发生时的状态,必须重新运行自转储以后的所有更新事务。

(1) 从转储运行状态来看,数据转储可以分为静态转储和动态转储两种。

① 静态转储指的是转储过程中无事务运行,此时不允许对数据执行任何操作(包括存取与修改操作),转储事务与应用事务不可并发执行。静态转储得到的必然是具有数据一致性的副本。

② 动态转储即转储过程中可以有事务并发运行,允许对数据库进行操作,转储事务与应用程序可以并发执行。

静态转储执行比较简单,但转储事务必须等到应用事务全部结束之后才能进行,常常会降低数据库的可用性,并且带来一些麻烦。动态转储克服了静态转储的缺点,不用等待正在运行的用户事务结束,也不会影响正在进行事务的运行,可以随时进行转储业务。但转储业务与应用事务并发执行容易带来动态过程中的数据不一致性,因此在技术上的要求比较高。例如,为了能够利用动态转储得到的后备副本进行故障恢复,需要将动态转储期间各事务对数据库进行的修改活动逐一登记下来,建立日志文件。通过后备副本,结合日志文件就可以将数据库恢复到某一时刻的正确状态。

(2) 从转储进行方式来看,数据转储可以分为海量转储与增量转储。

① 海量转储是每次转储数据库的全部数据。

② 增量转储是每次转储数据库中自上次转储以来产生变化的那些数据。

从恢复数据库考虑,使用海量转储得到后备副本进行恢复会十分方便;但从工作量角度出发,当数据库很大,事务处理又十分频繁时,海量转储的数据量就相当惊人,具体实现不易进行,因此增量转储往往更为实用和有效。

3. 日志文件

1) 日志

日志(logging)是系统为数据恢复而建立的一个文件,用以记录事务对数据库的每一次插入、删除等更新操作,同时记录更新前后的值,使得以后在恢复时"有案可查"、"有据可依"。

2) 日志记录

日志文件中每个事务的开始标志(BEGIN TRANSACTION)、结束标志(COMMIT 或 ROLLBACK)和修改标志构成了日志的一个日志记录(log record)。日志文件由日志记录组成。具体来说,每个日志记录包含的主要内容为事务标识、操作时间、操作类型(增、删或修改操作)、操作目标数据、更改前的数据旧值和更改后的数据新值。

3) 运行记录优先原则

日志以事务为单位,按执行的时间次序进行记录,同时遵循"运行记录优先"原则。在恢复处理过程中,将对数据进行的修改写到数据库中和将表示该修改的运行记录写到日志当

数据库理论与应用

中是两个不同的操作,这样就有一个"先记录后执行修改"还是"先执行修改再记录"的次序问题。如果在这两个操作之间出现故障,那么先写入的一个可能保留下来,另一个就可能丢失日志。如果保留下来的是数据库的修改,而在运行记录中没有记录下这个修改,那么以后就无法撤销这个修改。由此看来,为了安全,运行记录应该先记录下来,这就是"运行记录优先"原则。其基本点有二:

(1) 只有在相应运行记录已经写入日志之后,方可允许事务对数据库写入修改。

(2) 只有事务所有运行记录都写入运行日志后,才能允许事务完成"提交"处理。

4) 日志文件在恢复中作用

日志文件在数据库恢复中有着非常重要的作用,其表现为:

(1) 事务级故障和系统级故障的恢复必须使用日志文件。

(2) 在动态转储方式中必须建立日志文件,后备副本和日志文件结合起来才能有效恢复数据库。

(3) 在静态转储方式中也可以建立和使用日志文件。如果数据库遭到破坏,那么此时日志文件的使用过程为:通过重新装入后备副本将数据库恢复到转储结束时的正确状态;利用日志文件对已经完成的事务进行重新处理,对故障尚未完成的事务进行撤销处理。这样不必运行那些已经完成的事务程序就可把数据库恢复到故障前某一时刻的正确状态。

综上所述,日志是对备份的补充,它可以被看作是一个值班日记,它将记录下所有对数据库的更新操作。这样就可以在备份完成时立刻刷新并启用一个数据库日志,数据库日志是实时的,它将忠实地记录下所有对数据库的更新操作。当磁盘出现故障造成数据库损坏时,就可以首先利用备份恢复数据库(恢复大部分数据),然后再运行数据库日志,即将备份后所做的更新操作再重新做一遍,从而将数据库完全恢复。为了保证日志的安全,应该将日志和主数据库安排在不同的存储设备上,否则日志和数据库可能会同时遭到破坏,日志也就失去了它本来的作用。

4. 事务撤销与重做

数据库故障恢复的基本单位是事务,因此在数据恢复时主要使用事务撤销(UNDO)与事务重做(REDO)两个操作。

1) 事务撤销操作

在一个事务执行中产生故障,为了进行恢复,首先必须撤销该事务,使事务恢复到开始处,其具体过程如下:

(1) 反向扫描日志文件,查找应该撤销的事务。

(2) 找到该事务更新的操作。

(3) 对更新操作做逆操作,即如果是插入操作则做删除操作,如果是删除操作则用更新前数据旧值做插入;如果是修改操作,则用修改前值替代修改后值。

(4) 按上述过程反复进行,即反复做更新操作的逆操作,直到事务开始标志出现为止,此时事务撤销结束。

2) 事务重做操作

当一个事务已经执行完成,它的更改数据也已写入数据库,但是由于数据库遭受破坏,为恢复数据需要重做,所谓事务重做实际上是仅对其更改操作重做。重做过程如下:

　　(1) 正向扫描日志文件,查找重做事务。

　　(2) 找到该查找事务的更新操作。

　　(3) 对更新操作重做,如果是插入操作则将更改后新值插入至数据库;如果是删除操作,则将更改前旧值删除;如果是修改则将更改前旧值修改成更新后新值。

　　(4) 如此正向反复做更新操作,直到事务结束标志出现为止,此时事务的重做操作结束。

9.2.3　数据库恢复策略

　　利用后备副本、日志以及事务的 UNDO 和 REDO 可以对不同的数据实行不同的恢复策略。

1. 事务级故障恢复

　　小型故障属于事务内部故障,恢复方法是利用事务的 UNDO 操作,将事务在非正常终止时利用 UNDO 恢复到事务起点。具体有下面两种情况:

　　(1) 对于可以预料的事务故障,即在程序中可以预先估计到的错误,例如银行存款余额透支、商品库存量达到最低量等,此时继续取款或者发货就会出现问题。因此,可以在事务的代码中加入判断和回滚语句 ROLLBACK,当事务执行到 ROLLBACK 语句时,由系统对事务进行回滚操作,即执行 UNDO 操作。

　　(2) 对于不可预料的事务故障,即在程序中发生的未估计到的错误,例如运算溢出、数据错误、由并发事务发生死锁而被选中撤销该事务等。此时由系统直接对 UNDO 处理。

2. 系统级故障恢复

　　中型故障所需要恢复的事务有两种:

　　(1) 事务非正常终止。

　　(2) 已经提交的事务,但其更新操作还留在内存缓冲区尚未来得及写入,由于故障使内存缓冲区数据丢失。

　　对于这些非正常结束的事务,系统必须在重新启动时进行处理,将数据库恢复到正确状态。其中,对第一种事务采用 UNDO 操作,使其恢复到事务起点;对第二种事务使用 REDO 操作,使其重新进行。

3. 介质级故障恢复

　　大型故障恢复使整个磁盘、内存都遭到破坏的故障,因此它的恢复就较为复杂,可以分为下述步骤:

　　(1) 将后备副本复制到磁盘。

　　(2) 进行事务恢复第(1)步:检查日志文件,将复制后的所有执行完成的事务做 REDO 操作。

　　(3) 进行事务恢复第(2)步:检查日志文件,将未执行完成(即事务非正常终止)的事务做 UNDO 操作。

　　经过以上 3 步处理后,可以较好地完成数据库中数据的恢复。数据库中的恢复一般由

DBA 执行。数据库恢复功能是数据库的重要功能,每个数据库管理系统都有这样的功能。

9.2.4 数据库的复制与镜像

1. 数据库的复制

数据库复制是使得数据库更具有容错性的技术,主要用于分布式结构的数据库系统中。其特点是在多个地方保留数据库的多个副本,这些副本可以是整个数据库的备份,也可以是部分数据库的备份。各个地方的用户可以并发存取不同的数据库副本。其作用在于:

(1) 当数据库出现故障时,系统可以用副本对其及时进行联机恢复。在恢复过程中,用户可以继续访问该数据库的副本,不必中断应用。

(2) 同时还可以提高系统的并发程度。如果一个用户修改数据而对数据库施加了 X 锁,其他用户可以访问副本,不需要等待该用户释放 X 锁。当然,DBMS 应当采取一定手段保证用户对数据的修改能及时反映到数据库的所有副本之上。

数据库的复制通常有 3 种方式:对等复制、主从复制和级联复制。不同的复制方式提供不同程度的数据一致性。

2. 数据库镜像

存储介质故障属于数据库的大型故障,对系统破坏最为严重,其恢复方式也相当复杂。随着磁盘容量的增大和价格趋低,数据库镜像(mirror)的恢复方法得到了重视,并且逐渐为人们所接受。

数据库镜像方法即是由 DBMS 提供日志文件和数据库的镜像功能,根据 DBA 的要求,DBMS 自动将整个数据库或者其中的关键数据以及日志文件实时复制到另一个磁盘,每当数据库更新时,DBMS 会自动将更新的数据复制到磁盘镜像中,并能保障主要数据与镜像数据的一致性。

数据库镜像方法的基本功能在于:

(1) 一旦出现存储介质故障,可由磁盘镜像继续提供数据库的可使用性,同时由 DBMS 自动利用磁盘镜像对数据库进行修补恢复,而不需要关闭系统和重新装载数据库后备副本。

(2) 即使没有出现故障,数据库镜像还可以用于支持并发操作,即当一个用户对数据库加载 X 锁修改数据时,其他用户也可以直接读镜像数据库,而不必等待该用户释放 X 锁。

数据库镜像方法是一种较好的方法,它不需要进行烦琐的恢复工作。但是它利用复制技术会占用大量系统时间开销,从而影响数据库运行效率,因此只能作为可选方案之一。

9.3 并发控制

事务的并发执行是数据共享性的重要保证,但并发执行应当适当加以控制,否则就会出现数据不一致的现象,破坏数据库的完整性。为了在并发执行过程中保持完整性的基本要求,需要讨论并发控制技术。

9.3.1 并发的概念

在事务活动过程中,只有当一个事务完全结束,另一事务才开始执行,这种执行方式称为事务的串行执行或者串行访问,如图 9-2 所示。

在事务执行过程中,如果 DBMS 同时接纳多个事务,使得事务在时间上可以重叠执行,这种执行方式称为事务的并发执行或者并发访问,如图 9-3 所示。

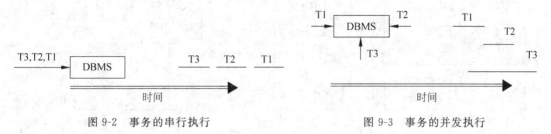

图 9-2 事务的串行执行   图 9-3 事务的并发执行

由于计算机系统的不同,并发执行又可分为两种类型:

(1) 在单 CPU 系统中,同一时间只能有一个事务占用 CPU,实际情形是各个并发执行的事务交叉使用 CPU,这种并发方式称为交叉或分时并发。

(2) 在多 CPU 系统中,多个并发执行的事务可以同时占用系统中的 CPU,这种方式称为同时并发。

这里只讨论交叉并发执行。

9.3.2 并发操作引发的问题

1. 并发执行中的 3 类问题

数据库的基本优势之一就是其中数据具有共享性,多个用户可以同时使用数据库中的数据是数据库共享性的主要体现。在同一时刻,多个用户存取同一数据,由于使用时间的相互重叠和使用方式的相互影响,如果对并发操作不加以适当控制,就有可能引发数据不一致问题,导致错误的结果,使得数据库由于并发操作错误而出现故障。通常将由于实行并发控制而产生的数据不一致问题分为下面 3 类。

1) 丢失修改

丢失修改(lost update)是指两个事务 T1 和 T2 从数据库读取同一数据并进行修改,其中事务 T2 提交的修改结果破坏了事务 T1 提交的修改结果,导致了事务 T1 的修改被丢失。丢失修改是由于两个事务对同一数据并发地进行写入操作所引起的,因而称为写-写冲突(write-write conflict)。

这种情形如图 9-4(a)所示。此时,事务 T1 与事务 T2 进入同一数据并且修改,T2 提交的结果破坏了 T1 提交的结果,导致 T1 的修改丢失。

2) 读"脏"数据

读"脏"数据(dirty read)是指事务 T1 将数据 a 修改成数据 b,然后将其写入磁盘;此后事务 T2 读取该修改后的数据,即数据 b;接下来 T1 因故被撤销,使得数据 b 恢复到了原值 a。这时,T2 得到的数据就与数据库内的数据不一致。这种不一致或者不存在的数据通常就称为"脏"数据。

读"脏"数据是由于一个事务读取的另一个事务尚未提交的数据所引起的,因而称之为读-写冲突(read-write conflict)。这种情形如图 9-4(b)所示。

数据库理论与应用

	T1	T2
1	Read;y=5	
2		Read;y=5
3	y←y-1 Write;y=4	
4		y←y-1 Write;y=4

(a) 修改丢失

	T1	T2
1	Read;c=100 C←C*2 Write;C=200	
2		Read;C=200
3	Rollback 恢复为100	

(b) 读"脏"数据

	T1	T2
1	Read;A=60 Read;B=100 A+B=160	
2		Read;B=100 B←B*2 Write;B=200

(c) 不可重复读取

图 9-4 并发执行产生的问题

3) 不可重复读取

不可重复读取(non-repeatable read)是指当事务 T1 读取数据 a 后,事务 T2 进行读取并进行更新操作,使得 T1 再读取 a 进行校验时,发现前后两次读取值发生了变化,从而无法再读取前一次读取的结果,如图 9-4(c)所示。

不可重复读取包括 3 种情形:

(1) 事务 T1 读取某一数据后,事务 T2 对其进行了修改,当事务 T1 再次读取该数据时,得到与前一次不同的值。图 9-4(c)说明的就是这种情况。

(2) 事务 T1 按一定条件从数据库中读取某些数据记录后,事务 T2 删除了其中的部分记录,当事务 T1 再次按照相同条件读取该数据时,发现某些记录已经不存在了。

(3) 事务 T1 按一定条件从数据库中读取某些数据记录后,事务 T2 插入了一些记录,当事务 T1 再次按照同一条件读取数据,就会发现多出了某些数据。

不可重复读取也是由读写冲突引起的。

2. 3 类问题的分析

从事务操作的角度来看,在并发执行过程中之所以出现丢失修改、读脏数据和不可重复读取等问题,主要来自于"写-写"冲突和"读-写"冲突。这里,问题的出现都与"写"操作密切相关,而并发执行中事务的读操作一般不会产生相应问题。由此可见,并发控制的主要任务,就是避免访问过程中由写冲突引发的数据不一致现象。

从事务的 ACID 性质角度考虑,上述 3 项错误出现的根本原因在于一个事务对某数据库操作尚未完成,而另一个事务就加入了对同一数据库应用的操作,从而违反了事务 ACID 性质中的各项原则。例如隔离性原则实际上要求一个正在执行的事务,在到达终点即被提交(COMMIT)之前,中间结果是不可以被另外事务所引用的;同时当一个事务引用了已被回滚(ROLLBACK)事务的中间结果,即使该事务的执行到达终点即被提交(COMMIT),DBMS 为了保证数据库一致性,也会将其撤销,由此产生的结果与持久性原则矛盾。

为了保证事务并发的正确执行,必须采取一定的控制手段,保障事务并发执行中一个事务的执行不受其他事务的影响。这就需要讨论事务并发控制,其中最基本的就是所谓封锁(locking)技术。

3. 并发控制的意义

并发执行中 3 类问题的产生说明为了保证数据库中数据的一致性,需要对并发操作进行控制,这是从数据库系统数据完整性角度考虑的。另外还可以从数据库应用的角度出发来认识并发控制的意义。

(1) 并发控制改善系统的资源利用率。对一个事务而言,在不同的执行阶段需要不同的资源。有时需要 CPU,有时需要访问磁盘,有时需要 I/O,有时需要进行通信。如果事务串行执行,那么有些资源可能会空闲;如果事务并发执行,则可以交叉利用这些资源,有利于提高系统资源的利用率。

(2) 并发控制改善短事务响应时间。设有两个事务 T1 和 T2,其中 T1 为长事务,交付系统在先;T2 是短事务,交付系统在后。如果串行执行,则需要等待 T1 执行完成之后方可执行 T2,T2 的响应时间就会很长。一个长事务的响应时间较长可以得到用户的理解,而一个短事务响应时间过长,一般用户就很难接受。如果 T1 和 T2 并发执行,则 T2 可以和 T1 同时执行,T2 能够较快结束,明显地改善了响应时间,如图 9-5 所示。

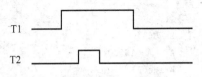

图 9-5 并发控制改善短事务响应时间

9.3.3 事务的并发控制

事务是由一些相关数据操作组成的独立的工作整体或单元,多个事务并发执行的控制实际上可以看作是对各个事务组成集合中所有操作执行顺序的合理安排。在讨论并发控制之前,需要对操作排序进行描述。这就是下面引入的"调度"概念。

1. 事务并发执行的调度

在数据库应用中,经常存在多个事务的执行过程。由于每个事务都包含有若干有序的操作,当这些事务处于并发状态时,DBMS 就必须对这些操作的执行顺序做出安排,即需要进行"调度"。

如果数据库系统在某一时刻存在一个并发执行的 n 个事务集,则对这 n 个事务中所有操作的一个顺序安排就称为对该并发执行事务集的一个调度(schedule)。

在调度中,不同事务的操作可以交叉,但必须保持每个事务中的操作顺序不变。

对于同一个事务集,可以有不同的调度。如果其中两个调度在数据库的任何初始状态下,当所有读出的数据都一样时,留给数据库的最终状态也一样,则称这两个调度是等价的。

应当注意,调度概念是针对事务集的并发执行而言,但是为了建立下面的并发控制正确性准则,还需要引入串行调度概念。

2. 串行调度

当数据库有多个事务进行操作时,如果对数据库进行的操作以事务为单位,多个事务按顺序依次执行,即一个事务执行完全结束之后,另一个事务才开始,则称这种执行方式为串行调度。

对于串行调度,各个事务的操作没有重叠,相互之间不会产生干扰,自然不会产生上述

数据库理论与应用

的并发问题。如前所述,事务对数据库的作用是将数据库从一个一致状态转变为另一个一致状态。多个事务串行执行后,数据库仍旧保持一致状态。一个调度如果与事务的某个串行执行等价,它也就保持了数据库的一致状态。事务的并发执行不能保证事务的正确性,因此需要采用一定的技术,使得并发执行时像串行执行时一样正确。对于一个并发事务集来说,如果一个调度与一个串行调度等价,则称该调度是可串行化的,这种执行称为并发事务的可串行化,而采用的技术称之为并发控制(concurrent control)技术。在一般的 DBMS 中,都以可串行化作为并发控制的正确性准则,而其中并发控制机构的任务就是调度事务的并发执行,使得这个事务等价于一个串行调度。

下面给出串行执行、并发执行(不正确)以及并发执行可以串行化(正确)的例子。

【例 9-1】 以银行转账为例。事务 T1 从账号 A(初值为 20000)转 10000 到账号 B(初值为 20000),事务 T2 从账号 A 转 10% 的款项到账号 B,其具体过程如下:

```
T1:
Read(A)
A: = A - 10000
Write(A)
Read(B)
B: = B + 10000
Write(B)
T2:
Read(A)
Temp: = A * 0.1
A: = A - Temp
Write(A)
Read(B)
B: = B + Temp
Write(B)
```

例 9-1 中事务 T1 和事务 T2 串行化调度的方案如图 9-6 所示。

	T1	T2
01	Read(A)	
02	A := A - 10000	
03	Write(A)	
04	Read(B)	
05	B := B + 10000	
06	Write(B)	
07		Read(A)
08		Temp := A * 0.1
09		A := A - Temp
10		Write(A)
11		Read(B)
12		B := B + Temp
13		Write(B)

(a) 串行可执行之一

	T2	T1
01	Read(A)	
02	Temp := A * 0.1	
03	A := A - Temp	
04	Write(A)	
05	Read(B)	
06	B := B + Temp	
07	Write(B)	
08		Read(A)
09		A := A - 10000
10		Write(A)
11		Read(B)
12		B := B + 10000
13		Write(B)

(b) 串行可执行之二

图 9-6 可串行化调度

	T1	T2
01	Read(A)	
02	A := A − 10000	
03	Write(A)	
04		Read(A)
05		Temp := A ∗ 0.1
06		A := A − Temp
07		Write(A)
08	Read(B)	
09	B := B + 10000	
10	Write(B)	
11		Read(B)
12		B := B + Temp
13		Write(B)

（c）并发执行（正确）

	T1	T2
01	Read(A)	
02	A := A − 10000	
03		Read(A)
04		Temp := A ∗ 0.1
05		A := A − Temp
06		Write(A)
07		Read(B)
08	Write(A)	
09	Read(B)	
10	B := B + 10000	
11	Write(B)	
12		B := B + Temp
13		Write(B)

（d）并发执行（不正确）

图 9-6（续）

9.3.4　封锁

已经知道,并发控制技术实际上就是对多事务并发执行中的所有操作进行正确的调度,这里"正确性"的标准就是"可串行化"准则。有了可串行化准则,不等于在实际系统中可以简单地实现对每次并发事务调度的串行化。

可串行化只是对并发事务调度的一种评价手段,实际应用中还必须寻求一种灵活、有效和可操作的技术手段保证调度的可串行化。封锁技术就是一种最常用的并发控制技术。为此,先引入"封锁"的基本概念。

1. 封锁的基本概念

封锁是系统对事务并发执行的一种调度和控制技术,是保证系统对数据项的访问以互斥方式进行的一种手段。

封锁技术的基本点在于对数据对象的操作实行某种专有控制。在一段时间之内,防止其他事务访问指定资源,禁止某些用户对数据对象做某些操作以避免不一致性,保证并发执行的事务之间相互隔离,互不干扰,从而保障并发事务的正确执行。

具体而言就是:

（1）当一个事务 T 需要对某些数据对象进行操作（读/写）时,必须向系统提出申请,对其加以封锁;在获得加锁成功之后,即具有对此类数据的一定操作权限与控制权限,此时,其他事务不能对加锁的数据随意操作。

（2）当事务 T 操作完成之后即释放锁,此后数据即可为其他事务操作服务。

2. 封锁的两种类型

目前常用的有两种锁：排他锁和共享锁。

1）排他锁

排他锁（exclusive lock）又称写锁或 X 锁,其要点为：

数据库理论与应用

    (1) 事务 T 对数据 A 加 X 锁后,T 可以对加 X 锁的 A 进行读写。

    (2) 除 T 之外的其他事务只有等到 T 解除 X 锁之后,才能对 A 进行封锁和操作(包括读写)。

    排他锁实质是保证事务对数据的独占性,排除了其他事务对其执行过程的干扰。换句话来说,当一个事务对某数据 A 加上 X 锁之后,其他事务就不得再对该数据对象 A 施加任何锁和进行任何操作,在这种意义下,X 锁是排他的。

    2) 共享锁

    由于只容许一个事务独自封锁数据,其他申请封锁的事务只能排队等待,所以采用 X 锁的并发程度较低。基于这种情况,可以适当降低封锁要求,引入共享锁概念。

    共享锁(sharing lock)又称读锁或 S 锁。其要点是:

    (1) 事务 T 对数据 A 加 S 锁之后,T 可以读 A 但不能写 A。

    (2) 除 T 之外的其他事务可以对 A 再加 S 锁但不能加 X 锁。

    共享锁的实质是保证多个事务可以同时读 A,但在施加共享封锁的事务 T 释放 A 上的 S 锁之前,它们(包括 T 本身)都不能写 A。

    由两种锁的定义可知,共享锁适用于读操作,因而也称作读锁;排他锁适用于写操作,也称作写锁。

    排他锁和共享锁的控制方式可以用如图 9-7 所示的相容矩阵表示。其中,Y=YES,表示相容的请求;N=NO,表示不相容的请求。

T1＼T2	X	S	---
X	N	N	Y
S	N	Y	Y
...	Y	Y	Y

图 9-7　相容矩阵

    在上述封锁类型的相容矩阵中,最左边一列表示事务 T1 在数据对象上已经获得锁的类型,其中横线"---"表示没有加锁。最上面一行表示另一事务 T2 对同一数据对象发出的封锁请求。T2 的封锁请求能否满足用 Y 或者 N 表示,其中 Y 表示 T2 的封锁请求与 T1 已有的相容,封锁请求可以满足;N 表示 T2 的封锁请求与 T1 已持有的发生冲突,T2 的请求被拒绝。

    一个事务在做读写操作前必须申请加锁(X 或者 S 锁)。如果此时 A 正在被其他事务加锁,而 A 加锁不成功,则应当等待,直至其他事务将锁释放后,方可获得加锁成功并执行操作。在操作完成后 A 必须释放锁,这样的事务称为合适(well formed)事务。合适事务是为保证正确的并发执行所必需的基本条件。

9.3.5　封锁粒度

    在实行封锁时,有一个封锁对象或目标的"大小"问题。封锁对象不同将会导致封锁效果不同。实行事务封锁的数据目标的大小称为该封锁的封锁粒度(granularity)。在关系数据库中封锁粒度一般有如下几种。

    (1) 属性(值)。

(2) 属性(值)集合。

(3) 元组。

(4) 关系表。

(5) 物理页面。

(6) 索引。

(7) 关系数据库。

从上面 7 种不同的粒度中可以看出,事务封锁粒度有大有小。一般而言,封锁粒度小则并发性高但开销大,封锁粒度大则并发性低但开销小。综合平衡不同需求、合理选取封锁粒度是非常重要的。如果在一个系统中能同时存在不同大小的封锁粒度对象供不同事务选择使用,应当说是比较理想的。一般来说,一个只处理少量元组的事务,以元组作为封锁粒度比较合适;一个处理大量元组的事务,则以关系作为封锁粒度较为合理;而一个需要处理多个关系的事务,则应以数据库作为封锁粒度最佳。

9.3.6　封锁协议

利用封锁的方法可以使得并发事务正确执行,但这仅是一个原则性方法,真正要做到正确执行,还需要有多种具体的考虑,其中包括:

(1) 事务申请锁的类型(X 或 S 锁)。

(2) 事务的持锁时间。

(3) 事务何时释放锁。

因此,在运用 X 锁和 S 锁这两种基本封锁时,还需要根据上述情况约定一些规则。通常称这些规则为封锁协议(locking protocol)。由不同封锁方式出发可以组成各种不同的封锁协议;不同封锁协议又可以防止不同的错误发生,它们在不同程度上为并发操作的正确性提供了一定保证。

1. 三级封锁协议

封锁协议可以分为 3 级。

1) 一级封锁协议

一级封锁协议的要点是:

(1) 事务 T 在对数据 A 写操作之前,必须对 A 加 X 锁。

(2) 直到事务 T 结束(包括提交与退回)后方可释放加在 A 上的 X 锁。

一级封锁协议可以防止"修改丢失"所产生的数据不一致性问题。这是由于采用一级封锁协议之后,事务在对数据 A 做写操作时必须申请 X 锁,以保证其他事务对 A 不能做任何操作,直至事务结束,此时 X 锁才能释放。以图 9-4(a)为例,对它做一级封锁后即可避免修改丢失,如图 9-8 所示。

2) 二级封锁协议

再考虑如下封锁方式:事务 T 在对数据 A 做读之前必须先对 A 加 S 锁,在读完之后即释放加在 A 上的 S 锁。

此种封锁方式与一级封锁协议联合构成了二级封锁协议。

二级封锁协议包含一级封锁协议内容。按照二级封锁协议,事务对数据 A 做读、写操作

数据库理论与应用

时使用 X 锁,从而防止了丢失数据;做读操作时使用 S 锁,从而防止了读脏数据。以图 9-4(b) 为例,对它做二级封锁,即可防止读"脏"数据,如图 9-9 所示。

	T1	T2
1	Xlock y	
2	Read:y=5	
3	y←y−1 Write:y=4 Commit Ulock y	Xlock y Wait Wait Wait
4		Get Xlock y Read:y=4 y←y−1 Write:y=3 Commit Ulock y

图 9-8 使用一级封锁协议防止丢失修改

	T1	T2
1	Xlock C Read:C=100 C←C * 2 Write:C=200	
2		Slock C
3	ROLLBACK (C return to 100) Ulock C	Wait Wait Wait
4		Get Slock C Read:C=100 Commit Ulock C

图 9-9 使用二级封锁协议可以防止读脏数据

3) 三级封锁协议

最后考虑这样的封锁方式:事务 T 在对数据 A 做读之前必须先对 A 加 S 锁,直到事务结束才能释放加在 A 上的 S 锁。

上述封锁方式与一级封锁协议联合构成了三级封锁协议。

按照三级封锁协议的概念,由于包含一级封锁协议,所以防止了丢失修改;同时由于包含了二级封锁协议,防止了读脏数据;另外由于在对数据 A 做写时以 X 锁封锁,做读时以 S 锁封锁,这两种锁都是直到事务结束后才释放,由此就防止不可重复读。所以三级封锁协议同时防止并发执行中的 3 类问题。以图 9-4(c)为例,对它做三级封锁,防止了不可重复读取,如图 9-10 所示。

2. 两段封锁协议

由前述可知,实行三级封锁协议就可以防止事务并发执行 3 类错误发生,但防止错误发生并不是并发调度可串行化的充分条件。为了保证调度一定等价于一个串行调度,必须使用一个附加规则来限制封锁的操作时机。

分析下面的例子:

	T1	T2
1	Slock A Slock B Read:A=60 Read:B=100 A+B=160	
2		Xlock B
3	Read:A=60 Read:B=100 A+B=160 Commit Unlock A	Wait Wait Wait Wait Wait
4	Unlock B	Get Xlock B Read:B=100 B←B * 2 Write:B=200 Commit Ulock B

图 9-10 使用三级协议防止不可重复读

【例 9-2】 设有两个事务 T1 和 T2,其初始值为:x=20、y=30。图 9-11 中的左栏是先执行 T1 后执行 T2 的串行结果,得到 x=50、y=80;右栏是先执行 T2 后执行 T1 的串行结果,得到 x＝70、y＝50。如图 9-11 所示。

T1	T2	T2	T1
Slock y	Slock x	Slock x	Slock y
Read：y＝30	Read：x＝50	Read：x＝20	Read：y＝50
Unlock y	Unlock x	Unlock x	Unlock y
Xlock x;	Xlock y	Xlock y;	Xlock x
Read：x＝20	Read：y＝30	Read：y＝30	Read：x＝20
x :＝x＋y	y :＝x＋y	y :＝x＋y	x :＝x＋y
Write x	Write y	Write y	Write x
Unlock x	Unlock y	Unlock y	Unlock x

图 9-11　串行执行

如果再按图 9-12 进行并发执行,其中 T1、T2 的执行是满足封锁协议的。

这里执行的结果为：x＝50、y＝50,显然不是可串行化的。

问题出在哪里呢? 按照封锁协议,对于未提交更新的封锁必须保持到事务的终点,但其他的锁可以较早解除,然而如果在解除一个锁之后,继续去获得另一个封锁的事务仍然会出现错误,不能够实现可串行化。图 9-12 中的问题就在于 T1 对 y 的解锁和 T2 对 x 的解锁操作进行的太早。为了消除这种错误现象,也为了管理上方便,需要引入两段封锁协议。

两段封锁协议基本点就是规定在一个事务中所有的封锁操作必须出现在第一个释放锁操作之前。这就意味着,在一个事务执行中必须把锁的申请与释放分为两个阶段。

(1) 第一个阶段是申请并获得新的封锁,但此阶段不能释放锁,即事务申请其整个执行过程中所需要数据的锁,也称为扩展阶段。

(2) 第二阶段是释放所有原申请并且获得的锁,但此阶段不能添加新锁,也称为收缩阶段。

	T1	T2
1	Slock y Read：y＝30 Unlock y	
2		Slock x Read：x＝20 Unlock x Xlock y Read：y＝30 y :＝x＋y; Write y＝50 Unlock y
3	Xlock x Read：x＝20 x :＝x＋y Write x＝50 Unlock x	

图 9-12　T1、T2 的并发执行

依照上述两个阶段设置封锁的方法称为两段封锁协议(two-phase locking protocol)。

遵守两阶段封锁协议的封锁可以表示如下：

T：Slock A Slock B…Slock C Unlock B UnlockA Unlock C
|←扩展阶段→|　　　　　|←收缩阶段→|

不遵守两个阶段封锁协议的封锁序列可以表示如下：

T：Slock A Unlock A Slock B Xlock C Unlock C Unlock B

按照两段封锁协议,对于例 9-2 中的 T1 和 T2 事务中的操作进行适当调整,就得到如图 9-13 所示的 T1′和 T2′。

此时,按照图 9-14 并发执行,就得到可串行化结果,如图 9-14 所示。

	T1′	T2′
1	Slock y Read: y=30 Xlock x	
2		Slock x wait
3	Unlock y Read: x=20 x:=x+y Write x=50 Unlock x	
4		Read: x=50 Xlock y Unlock x Read: y=30; y:=x+y; Write y=80 Unlock y

T1′	T2′
Slock y	Slock x
Read: y	Read: x
Xlock x	Xlock y
Unlock y	Unlock x;
Read: x	Read: y
x:=x+y;	y:=x+y
Write x	Write y
Unlock x	Unlock y

图 9-13 遵守两段协议情形   图 9-14 遵守两段协议的并发执行

此时,x=50、y=80,上述并发执行就是可串行化的。

在并发执行中,当一个事务遵守两阶段协议进行封锁时,它一定能正确执行,此时事务并发执行与事务串行执行具有相同效果,即事务在并发执行中如果按两阶段封锁协议执行,此时便是可串行化事务。

已经证明:如果在一个调度中的所有事务均遵循两段封锁协议,该调度一定是可串行化的。但是两段封锁协议也会限制事务的并发执行,产生下面将要讨论的死锁问题。也就是说,基于各种封锁协议的封锁技术在解决并发控制各种问题同时,也有可能出现一些新的问题,必须进行深入讨论。

9.3.7 活锁与死锁

1. 活锁与死锁的概念

采用封锁方法可以有效解决并发执行中错误的发生,保证并发事务的可串行化。但是封锁本身也会带来一些麻烦,最主要的就是由于封锁引起的活锁和死锁问题。

(1) 活锁(live lock)。就是在封锁过程中,系统可能使某个事务永远处于等待状态,得不到封锁机会。

具体而言,如果事务 T1 封锁了数据对象 A 后,事务 T2 也请求封锁 A,于是 T2 等待,接着 T3 也请求封锁 A;当 T1 解除 A 上的封锁之后,系统却首先批准了 T3 的请求,T2 只好继续等待,此时 T4 也请求对 A 的封锁,当 T3 释放对 A 的封锁之后,系统又先批准了 T4

的请求,T2 又只好等待,以此类推,T2 只能永远等待下去。这种情形就称之为活锁。

(2) 死锁(dead lock)。就是若干个事务都处于等待状态,相互等待对方解除封锁,结果造成这些事务都无法进行,系统进入对锁的循环等待。

具体而言,多个事务申请不同的锁,申请者又都拥有一部分锁,而它们又都在等待另外事务所拥有的锁,这样相互等待,从而造成它们都无法继续执行。一个典型的死锁实例如图 9-15 所示。在该例中,事务 T1 占有 X 锁 A,而申请 X 锁 B,事务 T2 占有 X 锁 B 而申请 X 锁 A,这样就出现无休止的相互等待的局面。

	T1	T2
01	Xlock A	
02		Xlock B
03	Read:A	
04		Read:B
05	Xlock B	
06	Wait	
07	Wait	Xlock A
08	Wait	Wait
09	Wait	Wait

图 9-15 死锁实例

2. 活锁与死锁的解除

1) 活锁的解除

解决活锁问题的最有效办法是采用"先来先执行"、"先到先服务"的控制策略,也就是采取简单的排队方式。当多个事务请求封锁同一数据对象时,封锁子系统按照先后次序对这些事务请求排队;该数据对象上的锁一旦释放,首先批准申请队列中的第一个事务获得锁。

2) 死锁的解除

解决死锁的办法目前有多种,常用的有预防法和死锁解除法。

(1) 预防法。即预先采用一定的操作模式以避免死锁的出现,主要有以下两种途径。

① 顺序申请法。即将封锁的对象按顺序编号,事务在申请封锁时按顺序编号(从小到大或者反之)申请,这样就可避免死锁发生。

② 一次申请法。事务在执行开始时将它需要的所有锁一次申请完成,并在操作完成后一次性归还所有的锁。

(2) 死锁解除法。死锁解除方法允许产生死锁,在死锁产生后通过一定手段予以解除。此时有两种方法可供选用。

① 定时法。对每个锁设置一个时限,当事务等待此锁超过时限后即认为已经产生死锁,此时调用解锁程序,以解除死锁。

② 死锁检测法。在系统内设置一个死锁检测程序,该程序定时启动检查系统中是否产生死锁,一旦发现死锁,即刻调用程序以解除死锁。

3. 死锁现象的讨论

在 DBS 运行时,死锁的出现本身就是一件相当麻烦的事情,人们自然不希望死锁现象发生。但是,如果采取严格措施,杜绝死锁发生,让事务任意并发地做下去,就有可能破坏数据库中的数据,或者使得用户读取错误的数据。从这个意义上讲,死锁的发生也有可以防止错误发生的作用。

在发生了死锁之后,系统的死锁处理机制和恢复程序就开始启动,发挥作用,即抽取某个事务作为牺牲品,将其撤销,执行回滚(ROLLBACK)操作,使得系统有可能摆脱死锁状态,继续运行下去。

数据库理论与应用

小结

事务作为数据库的逻辑工作单元是数据库管理中的一个基本概念。如果数据库只包含成功事务提交的结果,就称数据库处于一致性状态。保证数据的一致性是数据库的最基本要求。

只要能够保证数据库系统一切事务的 ACID 性质,就可以保证数据库处于一致性状态。为了保证事务的隔离性和一致性,DBMS 需要对事务的并发操作进行控制;为了保证事务的原子性、持久性,DBMS 必须对事务故障、系统故障和介质故障进行恢复。

事务既是并发控制的基本单位,也是数据库恢复的基本单位。数据库事务并发控制的基本出发点是处理并发操作中出现的 3 类问题,并发控制的基本技术是实行事务封锁;数据库恢复的基本原理是使用适当存储在其他地方的后备副本和日志文件中的“冗余”数据重建数据库,数据库恢复的最常用技术是数据库转储和登记日志文件。

综合练习 9

一、填空题

1. 事务的基本操作包括_____、_____、_____以及_____。

2. 事务的_____是数据共享性的重要保证。

3. 事务的并发操作可能会导致 3 种问题,即_____、_____和_____。

4. 封锁有两种主要类型,即_____和_____。

5. 从转储运行状态来看,数据转储可以分为_____和_____两种。从转储进行方式来看,数据转储可以分为_____与_____。

二、选择题

1. 在 DBS 中,DBMS 和 OS 之间的关系是( )。
   A. 相互调用 　　　　　　　　　　　B. DBMS 调用 OS
   C. OS 调用 DBMS 　　　　　　　　　D. 并发运行

2. DBMS 中实现事务持久性的子系统是( )。
   A. 安全性管理子系统 　　　　　　　B. 完整性管理子系统
   C. 并发控制子系统 　　　　　　　　D. 恢复管理子系统

3. 常用的数据库恢复技术有( )。
   A. 转储 　　　　B. 复制 　　　　C. 剪辑 　　　　D. 日志

三、问答题

1. 什么是事务? 事务有哪些重要属性?

2. 什么是事务的并发操作? 并发操作有哪几种类型?

3. 试述死锁和活锁的产生原因和解决方法。

4. 数据库故障有哪几种?

5. 数据库恢复的基本原理是什么?

四、实践题

1. 试区别串行调度与可串行化调度,请各举一例。描述现实中 ATM 系统中的事务过程。如果事务并发执行,可能发生哪些冲突?

2. 有两个事务:

T1——时间标记为 20。

T2——时间标记为 30。

如果 T1、T2 对数据对象 R1、R2 按下列次序申请锁:

T1 x - lockR1,T2 x - lockR2,T1 x - lockR2,T2 x - lockR1

请说明 T1、T2 在下列情况下的执行过程:

(1) 一般的两段封锁。

(2) 具有 wait-die 策略的两段封锁。

(3) 具有 wound-wait 策略的两段封锁。

(4) 如果 T1、T2 可以执行,则上述 3 种情况的等效串行执行次序如何?

第 10 章　　对象数据库系统

前面讨论了关系数据库。关系数据库属于经典数据库之一,它虽然有着广泛的应用,但本身也有缺点。因此,在关系数据库理论成熟后,人们纷纷转向研究非经典数据库。本章讨论的对象数据库正是一种非经典数据库。

对象数据库技术是新兴的数据库技术,而面向对象数据库系统是数据库技术与面向对象程序设计方法相结合的产物。因此,在面向对象技术流行的时候,我们也在进行着数据对象化的研究。这些研究在 20 世纪 80 年代就初现端倪。

数据库的对象化一般有两个方向:

(1) 在主流的关系数据库的基础上加入对象化特征,使之提供面向对象的服务,但访问语言还是基于 SQL。

(2) 彻底抛弃关系数据库,用全新的面向对象的概念来设计数据库,这就是对象数据库 ODBMS,本章将对其各方面进行详细介绍。

10.1　对象数据库系统概述

按照通常的观点,数据库系统可以分为 3 代。

(1) 第一代数据库于 20 世纪 70 年代广泛使用。

代表:层次数据库系统和网状数据库系统。

特征:在一个应用环境中许多用户之间共享一个集成的数据库。

意义:人们开始将数据处理的主要兴趣从数据的加工转变到数据的管理。

缺陷:查询和相应的操作缺乏数据独立性,数据的存取依赖于导航。

(2) 第二代数据库于 20 世纪 70 年代开始试验,80 年代起广泛应用。

代表:关系数据库系统。

特征:具有严格的数学基础,抽象级别较高,简单清晰,便于理解与使用。

意义:使得数据库的应用得到空前普及,数据库技术成为社会信息化的基本技术。

缺陷：对复杂实体的嵌套管理显得不足。

这两代数据库称为传统数据库。

传统数据库的不足就是新一代数据库研究的动力。

(3) 第三代数据库于 20 世纪 80 年代末、90 年代初开始兴起。

代表：对象数据库系统。

与传统数据库的主要区别：

(1) 从数据模型上看，对象数据模型包括"封装"(encapsulation)、"继承"(inheritance)和"多态"(polymorphism)等基本概念，而关系数据模型和其他传统数据模型不包括这些概念。

(2) 从数据库系统本身来说，对象数据库直接支持创建和管理具有面向对象语义的对象应用的需要，即面向对象程序设计语言或面向对象设计风格的应用需要，而传统数据库则难以做到。

(3) 从应用对象角度着眼，前两代数据库的特点主要应用于商务系统，所处理的事务规模较小，例如金融部门的存取款业务、售票系统的定售票事项、业务部门（财务、人事、统计、仓库系统）的具体事务管理等，而对于计算机辅助设计与制造（CAD 和 CAM），计算机辅助软件工程（CACS）、时态和空间事务处理、多媒体数据管理等就显得无能为力或者力不从心了，而面向对象数据库处理起这些问题却相当自然、更加成功，相应的功能更为强大。

第三代数据库系统（ODBS）从面向对象（object-oriented）技术角度考虑，将其与 DB 技术相结合，提出新的数据模型，建立新的数据库系统。由于处理问题的方法不同，ODBS 可以分为两种类型：

(1) 面向对象数据库系统（OODBS），其基本特征是直接将面向对象程序设计语言引入数据库，完全与已有的数据库系统无关。

面向对象数据库的主要优势在于：支持复杂的软件系统设计和类型，更加广泛的数据库应用。

(2) 对象关系数据库系统（ORDBS），其基本特征是在关系数据库系统自然加入 OO 技术从而使得其具有新的功能和应用。

对象关系数据库具有如下的优势：

① 从事数据库研究与应用的人大多熟悉关系数据库。

② 现有关系数据库具有相当多的用户和顾客，具有主流的商业市场。

③ 关系查询语言具有很好的数学支撑，便于进一步研究和推广。

④ 现有的关系数据库语言具有广泛使用的工业标准。

10.2　对象数据类型

对象关系数据库系统采用对象数据类型。关系数据模型的基本特征是可以表示为一个表，因而可以称之为平面关系模型。

平面关系模型可以扩充为更一般的形式，这就是嵌套关系模型和复杂关系模型。从对象方法的角度着眼，可以进入对象和类型概念（需要注意，这里的"对象"和"类型"并不就等同于面向对象方法中的"对象"和"类型"，它不涉及到"封装性"、"多态性"等基本概念），因此

数据库理论与应用

在扩充关系数据模型的基础上,就产生了对象数据类型的系列概念,这就是"基本数据类型"、"复杂数据类型"和"引用数据类型"。

10.2.1 关系数据模型扩充

扩充的关系模型有下面几种。

1. 嵌套关系模型

如果在平面关系模型中,允许其中的属性又可以是一种关系,而且可以出现多次交替出现,则就构成嵌套关系模型(nested relational model)。嵌套关系模型突破了 1NF 的限制,也称为"非 1NF 关系"。

2. 复杂对象模型

如果进一步放宽在关系模型中集合与元组必须交替出现的限制,就得到复杂对象模型(complex object model),此时,关系中的属性类型可以是基本数据类型,也可以是元组数据类型(结构数据类型),还可以是关系数据类型。

上述两种数据模型示意图如图 10-1 所示。

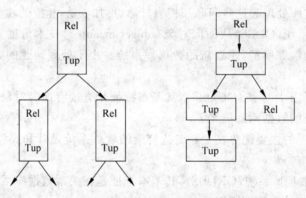

图 10-1　两种模型的图示

【**例 10-1**】　在教育系统中大学(University)与教师(Faculty)组成了嵌套关系:

```
University(uno,uname,city,staff(fno,fname,age))
```

其属性分别表示学校编号、校名、所在城市、教师编号、教师姓名、年龄。属性 staff 是一个关系类型,表示一所大学的所有教师。这里关系 University 是一个嵌套关系。

可以用类似于程序设计语言中类型定义和变量说明的方式描述这个嵌套关系结构:先定义关系类型,再定义关系。

```
type UniversityRel = relation(uno: String,
    uname: string,
    city: string,
    staff: FacultyRel);
type FacultyRel = relation(fno: string,
    fname: string,
    age: integer);
```

```
Persistent var University：UniversityRel；
```

这里嵌套关系用持久变量(persistent variant)形式说明,供用户使用。

为了更加灵活,也可以定义元组类型 UniversityTup 与 FacultyTup,然后再定义关系类型 University 与 FaculRel 分别为 UniversityTup 与 Faculty 的集合:

```
type UniversityTup = tuple(uno：string,
    uname：string,
    city：string,
    staff：FacultyRel)；
type FacultyTup = tuple(fno：string,
    fname：string,
    age：integer)；
type UniversityRel = set(UniversityTup)；
```

也可以不定义关系类型,直接使用集合 set 形式:

```
type UniversityTup = tuple(fno：string,
    uname：string,
    city：string,
    staff：FacultyTup)
type UniversityTup = tuple(fno：string,
    fname：string,
    age：integer)；
Persident var University：set(UniversityTup)；
```

【例 10-2】 在例 10-1 中,如果大学中还需要校长(president)信息,可以设计成如下关系:

```
university(uno,uname,city,staff(fno,fname,age) president[fno,fname,age])；
```

这里方括号"[ ]"表示元组类型。上述关系就不是嵌套关系,而是复杂对象。在 University 关系中,属性 uno、uname、city 是基本类型,staff 是关系类型,president 是元组类型。

需要说明的是,嵌套关系模型和复杂对象模型从本质上来看并没有真正给关系模型增加什么新的概念,只是在构造类型的成分上更加随意,可以超越"平面文件"的范围,定义出更加复杂的层次结构,同时也扩充了现有的各种关系查询语言。例如,当关系中一个属性为关系时,可以把关系操作嵌套在投影与选择之中。

【例 10-3】 在例 10-1 中,查询"各大学大于 40 岁的教师姓名"可以用下面的 SELECT 语句嵌套 SELECT 语句方式实现:

```
SELECT uno,uname,(SELECT fname
                FROM staff
                WHERE age＞40)
FROM University
```

10.2.2 对象与类型

1. 对象与类型

可以将实体看作对象,将实体型看作对象类型,简称为类型或类。

在这样的观点之下，前述的平面关系模型、嵌套关系模型和复杂对象模型都可以看做是数据对象类型，简称为数据类型。

2. 继承性

(1) 数据的泛化和细化(或普通化和特殊化(generalization and specialization))。数据的泛化和细化是概念之间联系进行抽象的一种方法。当较低层面上抽象表达了与之联系的较高层面上抽象的特殊情况时，则称较高层面上抽象是较低层面上抽象的"泛化"，而较低层面上抽象是较高层面上抽象的"细化"。这种细化联系是一种"是"(is a)的联系。

在具有泛化和细化的对象类型之间，较高层面的对象类型称为"超类型"(supertype)，较低层面上的对象类型称为"子类型"(subtype)。

(2) 类型间的继承性。子类型应当具有继承性，即继承其超类型的特征，而子类型本身还具有其他的特征。

3. 引用类型

嵌套关系模型和复杂对象模型作为数据类型的一个不足之处是不能表达递归的结构。数据类型不能直接用于表示递归结构，否则就会造成无穷的嵌套，其语义会带来很大的混乱，甚至成为不可知，因此类型不允许递归，其示意图如图 10-2 所示。

人们采用"引用"(reference)的技术解决数据类型中的递归问题，这就需要引入"引用类型"。引用类型相当于程序设计中指针概念，在面向对象技术中称为"对象标识"。应用类型概念可以将数据类型定义中的实例映射扩充到类型值域中的实例映射，提供有关细节的抽象。"引用类型"的实现方式可以避免"无穷嵌套"。

图 10-3 是采用"引用"类型后的类型构造示意图。图中虚线表示的意义为引用。

图 10-2　无穷的嵌套　　　　　图 10-3　采用"引用"概念的类型构造

10.2.3　E-R 的扩充——对象联系图

将实体联系图扩充为对象联系图，对象联系图的基本成分如下：

(1) 用椭圆表示对象类型(相当于实体类型)。

(2) 用小圆表示的属性是基本数据类型(整型、实型、字符串型)。

(3) 用椭圆之间的边表示对象之间的嵌套或引用。

(4) 用单箭头(→)表示属性值是单值(可以为基本数据类型，也可以是另一个对象数据类型，即元组类型)。

(5) 用双箭头(→→)表示属性值是多值(属性值是基本数据类型，或者是另一个对象类型,即关系类型)。

(6) 用双线箭头(→→)表示对象类型之间的超类与子类类型(由子类指向超类)。

(7) 用双向箭头(←→)表示两个属性之间值的互拟联系。

10.2.4　对象数据类型

由前所述,关系数据模型可以扩充为嵌套关系模型和复杂对象模型。引入对象与类型的概念之后,可以将其称为对象数据类型。从面向对象技术出发,人们将对象数据类型看作是由基本类型、复合类型和引用类型等部分组成的一个数据类型系统。

1. 基本类型

基本类型主要指整型、浮点型、字符型、字符串型、布尔型和枚举型。

其中,枚举型是一个标识符的列表,和整型是同义词。例如,将 sex 定义为枚举型(male、female),在效果上就是把标识符 male 和 female 定义为 0 和 1 的同义词。

2. 复合类型

复合类型由下述 5 类组成。

(1) 行类型(row type)。不同类型元素的有序集合也称为元组类型、结构类型或对象类型。例如日期可以由日、月、年组成(1,October,2003)。

(2) 数组类型(array type)。相同类型元素的有序集合,一般地,数组的大小是预先设置的,例如人名组:[Jhon,Raul,Mary,White]。

(3) 列表类型(list type)。相同类型元素的有序集合,其允许一个元素多次出现。作为特例,字符串类型就是列表类型的简化形式。

(4) 包类型(bag type)。相同类型元素的无序集合,且允许一个元素出现多次。也称为多集类型,例如成绩集合{75,80,80,70,80}。

(5) 集合类型(set type)。相同元素的无序集合,每个元素只能出现一次,也称为关系类型。例如课程集合{Maths,DB,Physics}。

复杂类型中后 4 种类型——数组、列表、包和集合统称为聚集类型。

3. 引用类型

数据类型可以嵌套,例如课程成绩集合{{Maths,85},{DB,90},{English,75}},外层是集合类型,内层是行类型。但如前所述,数据类型如果需要递归,则需采用引用类型。引用类型的实现方式避免了无穷嵌套的问题。

10.3　ORDB 中的定义语言

在传统关系数据模型基础上,提供元组、数组、集合等一类丰富的数据类型,以及处理新的数据类型操作的能力,并且具有继承性和对象标识等面向对象特点,这样形成的数据模型,称为"对象关系数据模型",基于对象关系数据模型的 DBS 称为"对象关系数据库系统"(ORDBS)。在对象关系模型中,E-R 模型中的许多概念,例如实体标识、多值属性、泛化/细

数据库理论与应用

化等,都可以直接引用,无须经过变换转化。

1. 数据类型定义

在对象关系数据模型中,属性可以是复杂类型,由下列 5 部分组成:结构类型(即元组类型或行类型)、数组类型、列表类型(包类型)、多集类型和集合类型(即关系类型)。

【例 10-4】 设有一个学生选课及成绩的嵌套关系如下:

```
SC(name,cg(course,grade,date))
```

其属性表示学生姓名、课程名、成绩和日期等含义。可以用下列形式定义各种类型

```
CREATE TYPE MyString char varying;              /* 定义 MyString 是变长字符串类型 */
CREATE TYPE MyDate(day integer,
Month char(10),
year integer,
date MyDate);                                   /* 定义 MyDate 是结构类型 */
CREATE TYPE CourseGrade
(Course Mystring,
grade interger,
date MyDate);                                   /* 定义 CourseGrade 是结构类型 */
CREATE TYPE StudentCrade setof(CourseGrade);    /* 定义 StudentCourse 是结构类型 */
CREATE TYPE StudentCourseGrade
(name Mystring,
Cg,studentGrade);                               /* 定义 StudentCourseGrade 是结构类型 */
```

在上述基础上再定义关系 SC:

```
CREATE TABLE sc of TYPE StudentCourseGrade;     /* 定义表 SC 包含了类型结构 StudentCourseGrade
                                                   的元组 */
```

此表的定义与传统数据库中的表的定义是有区别的,这里允许数行为集合或结构类型。

在上述过程中,也可以不创建中间类型,而直接创建所需要的表:

```
CREATE TABLE sc(name MYString,
cg setof(course MyString,
grade integer,
date Mystring));
```

数据类型系统还支持数组和多集类型,例如:

```
CREATE TYPE NameArray MyString[10]              /* 定义 NameArray 是数组类型 */
CREATE TYPE Grades multiset(inteter)           /* 定义 Grades 是多集类型,每个成员是整数 */
```

上述定义 Grades 是多集类型,多集类型中元素是无序的。如果要求是有序的,则可以使用列表类型定义:

```
CREATE TYPE Grades listof(inteter);
```

【例 10-5】 例 10-1 中大学与教师的嵌套关系:

```
University(uno,unnamed,city,staff(fno,fname,age))
```

可用下列形式定义：

```
CREATE TYPE MyString char varying;
CREATE TYPE FacultyRow(fno Mystring,
Fname Mystring,
age integer);
CREATE TYPE UniversityRow(uno Mystring,
uname Mystring,
city Mystring,
staff setoff(FacultyRow));
CREATE TABLE university of TYPE UniversityRow;
```

2. 继承性的定义

继承性可以发生在类型一级或表一级。

1）类型级的定义

假设有关于人的类型定义：

```
CREATE TYPE Person(name Mystring,
Social_number integer);
```

如果还需要在数据库中存储学生和教师这些人的其他信息，由于学生和教师也都是人，则可以用继承性定义学生类型和教师类型：

```
CREATE TYPE Student(degree MyString,
    department Mystring,
    under Person);
CREATE TYPE Teacher(salary integer,
    department Mystring,
    under Person);
```

Student 和 Teacher 两个类型都继承了 Person 类型的属性：name 和 social_number。称 Student 和 Teacher 是 Person 的子类型，Person 是 Student 的超类型，也是 Teacher 的超类型。其类型层次图可以由图 10-4 表示。图中箭头方向为超类型，箭尾方向为子类型。

2）表级的继承性

在对象关系系统中，也可以在表级实现继承性。在上例中，首先定义 People：

```
CREATE TABLE People(name Mystring,
    social_number integer);
```

然后再用继承性定义表 Students 和 Teachers：

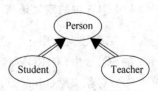

图 10-4 类型层次图

```
CREATE TABLE Students(degree MyString,
    department Mystring,
    under People;
CREATE TABLE Teachers(salary integer,
    department Mystring,
    under People;
```

这里 People 称为超表，Students 和 Teachers 称为子表，其表级继承层次图可以用

数据库理论与应用

图 10-5 表示。

子表和超表应当满足下列一致性要求：

（1）超表中每个元组最多可以与每个子表中的一个元组对应。

（2）子表中的每个元组在超表中恰有一个元组与之对应，并且在继承的属性上有相同的值。

可以采取有效的方法存储子表。在子表中不必存放

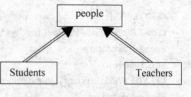

图 10-5　表级继承层次图

继承来的属性（超表中主键除外），因为这些属性值可以通过基于主键的联接从超表中导出。

有了继承概念，模式定义更符合实际，如果没有表的继承，模式设计者就需要通过主键把子表对应的表和超表对应的表联系起来，还需要定义表之间的参照完整性约束条件。有了继承性，就可以将在超表上定义的属性和性质用到属于子表的对象上，从而可以逐步对DBS 进行扩充包含的新的类型。

3．引用类型的定义

数据类型可以嵌套定义，但要实现递归，就需要采用"引用类型"，即在嵌套引用时，不是引用对象本身的值，而是引用对象标识符，也就是"指针"。

引用类型有两种方式：

（1）一种是对类型的引用。例如，对人的引用属于类型 ref(Person)，这里 Person 是一个结构类型。在需要定义球队成员字段时可以定义为：

```
team_list setof(ref(Person))
```

即对 Person 对象的引用集合。

（2）一种是对表中元组的引用。例如，对 people 表中元组的引用具有类型 ref(people)，可以用表的主键来实现对表中元组的应用。也可以表中每一个元组都有一个元组标识符作为隐含属性，对元组的引用简单来说就是引用这个元组标识符。子表隐含地继承这个元组标识符属性，就像它从父表中继承其他属性一样。

4．SQL3 中的定义语言

1）结构数据类型

在 SQL3 中，有 ROW 类型和 ARRAY 类型。ROW 类型就是结构类型。在 Oracle 系统中称为对象类型（object type）。

在 SQL3 中没有 listof、bagof、setof 等关键字。

SQL3、Oracle、Informix 中对结构类型技术实现时的差异如表 10-1 所示。

表 10-1　SQL3、Oracle、Informix 中对结构类型技术实现的差异

面向对象技术（对象）	SQL3（用户定义类型 UDT）	Oracle（对象类型）	Informix（行类型）
封装性	无	无	无
用户定义功能	有（包括方法）	有（包括方法）	有
对象引用	有	有	无（正在扩充）
继承性	有	无	有

2) 对象标识符

在 SQL3 中,创建表时,可以为表中元组定义标识符(oid)。定义后,其他地方就可以通过引用方式(REF)来引用元组。oid 具有下述 3 个性质:

(1) oid 值在任何时刻都能唯一标识元组。

(2) oid 只是一个简单标识,与元组的物理位置无关。同时,即使元组的物理位置改变,值也不会改变。

(3) 在元组插入 DB 时,oid 值由 DBMS 自动产生。

oid 和参照完整性是有区别的。若关系的某一列是引用类型,那么这一列中出现的 oid 值都应该来自同一参照表,就像外键查询一样有系统检查。但当今 ORDBMS 产品中的 oid 都不支持这种检查,预计很快所有系统将会实现这种检查。

10.4 ORDB 中的查询语言

在 SQL 中的 SELECT 句型只要稍加修改就能处理带有复杂类型、嵌套类型和引用类型的 ORDB 查询。

1. 以关系为值的属性

在扩充的 SQL 中,允许用于计算关系的表达式出现在任何关系名可以出现的地方,例如 FROM 子句或 SELECT 子句中,这种可以自由使用的子句表达的能力使得充分利用嵌套关系结构成为可能。

在传统 SQL 语言中,在语句里把基本表看成是元组变量直接与属性名联用,求出属性值,这对于非计算机用户来说是很不习惯的。在 ORDB 中,如果情况不改变的话,就将带来严重后果。因此在 ORDB 中规定应为每个基本表设置一个元组变量,然后才可引用,否则语句将不做任何事情。

【例 10-6】 在前面的 ORDB 中,查询讲授 MATHS 课,采用 Mathematical Analysis 教材的教师工号和姓名,可用下述语句表达:

```
SELECT F.no,F.fname
FROM faculty as F
WHERE('MATHS','Mathematical Analysis')IN F.teach;
```

在语句中使用了以关系为值的属性 teach,该属性所处的位置在无嵌套关系的 SQL 中是要求一个 SELECT 查询语句。

【例 10-7】 查询每一位教师开设的课程,可用下列语句表示:

```
SELECT F.no,C.cname
FROM faculty as F,F.teach as C;
```

由于 faculty 中的 teach 属性是一个以集合体为参数并返回单个值作为结果,它们可以应用于任何以关系为值的表达式。

2. 路径表达式

(1) 当属性值为单值或结构值时,属性的引用式仍然和传统的关系模型一样,在层次之间加圆点"."。

【例10-8】 在前面的 ORDB 中,查询上海地区的大学校长姓名,可以用下列语句表达:

```
SELECT U.uname,U.president.fname
FROM university as U
WHERE U.city = 'shanghai';
```

这里,为表明设置元组变量 U.president 为元组分量,但其值为结构值,因此校长姓名可用 U.president.fname 表示。

例中形如 U.president.fname 的式子称为"路径表达式"。路径表达式中的属性值都是单值或结构值。

(2) 当路径中某个属性值为集合时,就不能连着写下去,例如,在某大学里查询教师姓名,就不能写成 U.staff.fname,因为这里 staff 是集合值,不是单值。此时应为 staff 定义一个元组变量。

【例10-9】 查询广州地区各大学超过50岁的教师姓名,可用下列语句表达:

```
SELECT U.uname,F.fname
FROM university as U,U.staff as F
WHERE U.city = 'guangzhou' AND F.age>50;
```

这里设表 university 的元组变量为 U,元组分量 U.staff 仍然是一个表,也起个元组变量名为"F."。

【例10-10】 查询中山大学每个教师上课所用教材及其编写者的学校,可用下列语句表达:

```
SELECT F.fname,C.textname,C.editor,uname
FROM university as U,U.staff as F,F.teach as C
WHERE U.uname = 'zhongshan University';
```

该查询也可以用另外一个形式表达:

```
SELECT F.works_for.Uname,F.fno,F,fname
FROM faculty as F,F.teach as C
WHERE F.works_for.uname = 'zhongshan University';
```

3. 嵌套与解除嵌套

在使用 SELECT 语句时,可以要求查询结果以嵌套关系形式显示,也可以以非嵌套(1NF)形式显示。将一个嵌套关系转换成 1NF 的过程称为"解除嵌套"。

嵌套可以用对 SQL 分组的一个扩充来完成。在 SQL 分组的常规使用中,需要对每个组(逻辑上)创建一个临时的多重集合关系,然后在这个临时关系上应用一个聚集函数。如果不应用聚集函数而只返回这个多重集合,则可以创建一个嵌套关系。

【例10-11】 如果希望查询结果为嵌套关系,那么可以在属性(fno,fname)上对关系进行嵌套,例如:

```
SELECT U.uname,setof(F.fno,F.fname) as teachers
FROM university as U,U.staff as F,F.teach as C
WHERE C.editor,uname = U.uname GROUP BY U.uname;
```

此语句的查询结果为一个非 1NF 的嵌套关系。

4. 函数的定义和使用

ORDB 允许用户定义函数,这些函数既可以用程序设计语言如 C 或 C++ 定义,也可以用 SQL 定义。下面考虑使用扩充的 SQL 中的函数定义。

【例 10-12】　考虑例 10-4 的学生选课成绩的嵌套关系。

```
CREATE TYPE StudentCourseGrade
(name Mytring,
cg setof(course MyString,
grade integer,
date MyDate));
CREATE TABLE sc og TYPE StudentCouresGrade;
```

如果想定义一个函数:给定一个学生,返回其选修课程的门数,这个函数可以定义如下:

```
CREATE FONCTION course_count(one_student StudentCouresGrade)
RETURNs integer AS
SELECT Count(cg)
FROM one_student;
```

这里 StudentCouresGrade 是一个类型名。这个函数用一个学生对象来调用,SELECT 语句同关系 one_student(实际上仅包含单个元组)一起执行。这个 SELECT 语句的结果是单个值,严格来讲,它只是一个单个属性的元组,其类型被转化为一个值。

上述函数可用在用户的查询中,例如查询选修课程的门数超过 8 门的学生的姓名,可以用下列语句:

```
SELECT name
FROM sc
WHERE one_student(sc)>8;
```

上述 SQL 语句中,尽管在 FROM 子句中 sc 是一个关系,但在 WHERE 子句中它隐含地被视为一个元组变量,因此它可以用来作为 one_students 函数的一个参数。这个思想与传统的 SQL 语句是一样的。

5. 复合值的创建与查询

下面介绍如何创建和查询复杂类型关系中的元组。

【例 10-13】　在例 10-12 中,关系 sc 的一个元组可以写成下列形式:

```
('ZHANG',set('DB',80,(1,'July',2000)),('OS',85,(1,'January',2001)));
```

也可以在查询中使用复合值,在查询中任何需要集合的地方就可以列举出一个集合。如查询 WANG、LIU、ZHANG 3 位学生的选修课的课程门类,可用下列语句实现:

```
SELECT name,count(cg)
FROM sc
WHERE name IN set('WANG','LIU','ZHANG')
```

数据库理论与应用

```
GROUP BY name;
```

多集值的创建与集合值类似,将关键字 set 换为 multiset 即可。也可以用通常的 UPDATE 语句完成复合对象关系的更新,与 1NF 关系的更新非常类似。

10.5 面向对象数据库基本概念

面向对象方法(OO 方法)是一种方法学。OO 方法学的出发点和基本目标是使人们分析、设计和实现一个系统的方法,尽可能接近人们认识一个系统的方法,也就是使描述问题的问题空间和解决问题的方法空间在结构上尽可能一致。因此,它涉及分析方法、设计方法、思维方法和程序设计方法。

人们对一个系统或者事物的认识是一个渐进的过程,是在继承了以前有关知识的基础上,经过多次反复而逐步深化的过程,而这种认识过程可以分为如下两种类型:

(1) 从一般到特殊,即演绎过程。

(2) 从特殊到一般,即归纳过程。

例如,自上而下的方法就是一种演绎方法,自下而上的方法就是一种归纳方法。按照这种理解,用 OO 方法来描述和刻画客观事物的方式恰好和人们认识事物的方式吻合:

(1) 由"对象"到"类"的概念模式提供了从特殊到一般的归纳过程。

(2) 由父类到子类的继承性质提供了从一般到特殊的演绎手段。

因而,OO 方法可以比较自然地模拟人类认识世界的方式,是一种有效的认知方式。

如果说,1968 年人们开发的 Pascal 和随后产生的 C 语言属于结构程序设计语言,在 20 世纪 70 年代得到广泛普及,那么同时期产生后沉寂了 10 年之久,又于 80 年代进入迅速发展阶段的 Smalltalk 68 语言就属于面向对象语言。面向对象技术很快就渗透到计算机领域的各个分支。

Smalltalk 68 和 80 版本属于纯面向对象程序设计语言(OOPL)。20 世纪初产生的 C++语言是混合型 OOPL,它在原有 C 语言基础上加入了面向对象概念。

由面向对象方法学出发,基于面向对象方法中的一些观点和原理,就引出了对象、类等面向对象数据模型(object-oriented data model)中的基本概念。

10.5.1 对象

1. 对象概念

对象(object)是由一组数据结构和在这组数据结构上的方法(程序代码)封装起来的基本单位。一个对象由属性集合、方法集合和消息集合 3 部分组成。这 3 部分通常称为对象结构。

2. 对象结构

对象由下述 3 个部分组成。

1) 属性集合

对象通常具有若干特征,每个特征称为对象的一个属性(attribute)。对象的属性全体构成了对象的数据结构。对象的某一属性值可以是单值的或值的集合。进一步讲,一个对象的属性也可以是一个对象,即对象可以嵌套。这种嵌套可以继续下去,从而组成各种复杂对象。因此,对象是相对的,复杂的对象由比较简单的对象组成。

【例 10-14】　一种笔画、一个字、一张纸、一本书、一套书、一箱书等都分别是对象。若干笔画对象组成一个字对象,若干字对象和若干纸对象组成一本书对象,若干本书对象组成一套书对象。

2) 方法集合

方法(method)是对象行为特性的描述,它定义了允许作用于该对象上的一种操作。因此,方法也称为操作。每个对象都有若干种方法。方法的定义包括两部分:

(1) 方法的接口。方法的接口用于说明方法的名称、参数和返回值的类型,也称为调用说明。

(2) 方法的实现。方法的实现是用程序设计语言编写的一段程序代码,用以实现方法的具体功能,即对象操作的具体算法。

3) 消息集合

消息(message)是对象与对象之间的联系信息。每个对象都可以发送和接收若干消息。面向对象数据模型中的"消息"与计算机网络中传输的消息的含义不同。它是指对象之间的操作请求的传递,而不考虑操作实现细节。

【例 10-15】　设一个对象 A 要求对象 B 完成其中的某种操作,则只需向对象 B 发送一个消息即可。B 接收到这个消息后,根据消息模式找到与之匹配的方法,执行该方法后将执行的结果又用消息的形式发送给对象 A。上述情况如图 10-6 所示。

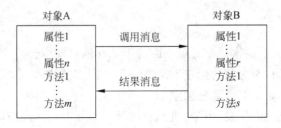

图 10-6　对象之间的消息联系

由此可知,程序的执行是依靠在对象之间的传递消息来完成的,消息统一了数据流和控制流。

发送消息的对象称为发送者,接收消息的对象称为接收者。消息中仅包含发送者的要求,它只告诉接收者要完成哪些处理,但并不指示接收者应如何完成这些处理。消息完全由接收者解释,并选择所需的操作。一个对象可以接收不同形式、不同内容的多个消息;相同形式的消息可以发往不同的对象。不同的对象对形式相同的消息可以有不同的解释,因此可以完成不同的操作。

消息的格式用消息模式(MESSAGE PATTERN)来刻画。一个消息模式定义了一类形式相同、但其内容可以有不同的解释,例如,定义"＋ANLANTEGER"为一个消息模式,那么"＋3"和"＋5"都是消息。对应于同一个消息模式的消息,同一个对象所作的操作是相同的,只是操作结果的内容可能不同而已。消息模式定义了对象的操作方式,也定义了对象的唯一信息接口,使用对象时只需了解它的消息模式即可。

3. 对象标识

大多数语言都支持标识的概念。然而在程序设计语言中是将"地址"和"标识"混用,在关系数据库中是将"主键"和"标识"混用,但在面向对象语言中,则需要将这些概念分开使用。

在面向对象数据模型中,每个对象都在系统内有一个唯一且不变的标识符,不能让两个不同的对象具有相同的对象标识符,这种标识符就称为对象标识(object ID,OID)。

OID 具有如下基本要点:

(1) OID 一般由系统产生,用户不得修改。对象标识符不依赖于对象的值。即使对象的属性值修改了,只要其标识符不变,也可以认为是同一个对象。比如,一个名叫张三的人(标识为身份证号,身高是属性之一),虽然他比去年长高了许多,但是他还是原来那个张三。同理,如果两个对象的属性值和方法都一样,但是若 OID 不同,也认为是不同的对象。这好比是两个面值是一元的硬币,虽然其大小、重量、币值和颜色都是一样的,但是它们不是同一个硬币。

(2) OID 形式不一定是要人们所容易理解的。例如,它可以是一长串数字,能够像存储对象的一个字段那样存储。一个 OID 应当比一个容易记忆的名称更为重要。系统生成的OID 通常是基于系统的,如果需要将数据转移到另外一个不同的数据库系统中,则 OID 必须进行转化。

OID 的意义在于其是指针一级的概念,是一个强有力的数据操作原语,也是对集合、元组和递归等复杂对象操作的基础。

4. 对象包含

对象之间的聚合关系是指一个对象是由若干个其他对象组合而成的,是一种包含关系。这种包含关系是直接的,即对象的创建不需要一个中间方法来实现,也就是说,当这个对象创建后,组成它的各个对象将自动被创建。

【例 10-16】 飞机是由机身、引擎、机翼和尾翼 4 部分组成。要想描述它们,可以将机身等 4 个部分都定义为对象类。由于飞机这个对象由这 4 部分组成,所以它们之间不是继承关系,而是一种包含关系。这 4 个对象类在飞机类中以对象身份存在,它们之间体现了对象的聚合关系,如图 10-7 所示。

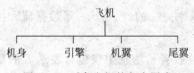

图 10-7　对象之间的包含层次

由此可知,包含关系是"一部分"(is a part)联系。引擎是飞机的一部分,不能说"引擎是一架飞机",因此,包含与继承是两种不同的数据联系。

10.5.2　类型(类)

1. 类和抽象类

类(class)是对具有共同属性和方法的对象全体的抽象和概括地描述,它相当于关系模型中的关系模式。类的实例(instance)是对象。比如,学生是一个类,张华就是学生这个类中的一个实例。面向对象数据模型同关系模型类似,首先抽象描述具有共同属性的对象的类,按照类来定义属性和方法,这样就不必对每个对象一一重复定义。查询操作等方法也定义在类上,方法也是对类中所有对象定义的。

面向对象数据模型可以直接表示 is-a 联系。比如,实体集合 A is-a B,表示 A 的实体也是 B 的实体,但 A 的实体有某些特殊的属性或方法,且这些属性或方法是 B 中其他实体所没有的。在面向对象模型中,称类 A 是类 B 的子类,称类 B 是类 A 的超类(superclass)。

一个类的上层可以有一个或多个超类,下层可以有一个或多个子类(subclass),这样就形成了类与类之间的层次结构,如图 10-8 所示。

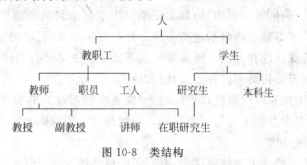

图 10-8　类结构

在图 10-8 中,人、教职工、学生、教师等都是类。人和教职工都是教师、职员和工人这 3 个类的超类,但教职工称为教师、职员和工人这 3 个类的直接超类。一个类可以有多个直接超类。图 10-8 中在职研究生就有两个直接超类,即教师和研究生。反过来,教师、职员和研究生这 3 个类都是教职工和人的子类。一名在职研究生既是教师类的实例,又是研究生类的实例,还是在职研究生的实例。

抽象类(abstract class)是一种不能建立的实例的类。抽象类将有关的类组织在一起,抽象出一个公共的超类,其他一些子类都从这个超类派生出来。通常一个抽象类只是描述了与这个类有关的操作接口,或者操作的部分实现,具体的实现则在一个或几个子类中定义。抽象类一般用于定义一种协议或概念。

2. 封装性

封装(encapsulation)是使对象的外部界面与内部实现之间实行清晰隔离的一种技术,是 OO 模型的主要特征之一。封装使用户只能看到对象封装后的界面信息(如规格说明等),而看不到对象内部的信息(如方法实现细节),即对象的内部信息对用户是隐蔽的。

封装的目的是使对象的使用者与对象的设计者分开,从而允许设计者对对象的操作和数据结构进行修改,而不影响对象接口和使用对象的应用,这有利于提高数据独立性。由于封装,用户对对象内部方法实现的具体细节是不可见的,用户只需按设计的要求来访问对象即可。此外对象封装后成为一个自含的单元(模块),对象只接受已定义好的操作,其他程序不能直接访问对象中的属性,这就提高了程序的可靠性,也为系统的维护和修改带来了方便。

但是,对象封装后查询属性值必须通过调用的方法,不能像关系数据库系统那样用 SQL 语句进行即席的(随机的)、按内容的查询,这就不够方便灵活,失去了关系数据库的重要优点,因此在 OODB 中必须在对象封装方面做必要的修改或妥协。

3. 继承性

类与子类之间的层次结构有一个重要的特点,那就是继承(inheritance)。继承是指一个子类能够自动的继承它的所有超类具有的属性和方法。这是面向对象数据模型中避免重复定义的机制。如果没有继承性,不同类中的对象中的属性和方法就会出现大量的重复。继承性比较自然的体现了对象间的 is-a 联系。

如果一个类只有一个超类,则该类仅从这个超类中继承属性和方法,称为单继承(single inheritance);如果一个类有多个直接超类,则该类从多个直接超类中继承属性和方法,称为多继承(multiple inheritance)。当然,如果子类仅限于继承超类中的属性和方法,则定义子类就失去了意义。子类除了能继承超类中的属性和方法外,还可以用增加和取代的方法,定义子类所具有的特殊属性和方法。所谓增加就是在子类中定义新的属性和方法;所谓取代就是在子类中重新定义超类中已有的属性和方法。

子类在继承、增加和取代属性和方法时,可能发生同名冲突的问题,一种冲突发生在超类之间,另一种冲突发生在子类与超类之间。一般按照下列规则来解决这类问题:

(1) 超类之间的冲突。

如果在一个子类的几个直接超类中,有同名的属性和方法,这时子类究竟继承谁的属性和方法呢? 解决这种同名冲突的问题,一般是在子类中规定超类的优先次序,例如以 superclass 子句中超类出现的先后为序,首先继承优先级别高的那个超类。在有些对象数据模型中,可以通过用户指定的方法,使子类继承用户指定的某个超类中的属性和方法。

(2) 子类与超类之间的冲突。

如果子类与其超类发生同名冲突,是继承超类的,还是承认子类自己定义的属性和方法呢? 在此情况下,几乎所有对象数据模型都以子类定义的为准,也就是子类的定义取代(override)超类中的同名定义。

【例 10-17】 设有一个银行日常工作中涉及到的各类人员的细化层次的类继承层次图,如图 10-9 所示。

将图 10-9 的类层次图用下述伪代码表示如下(为简单明确起见,没有给出方法的定义):

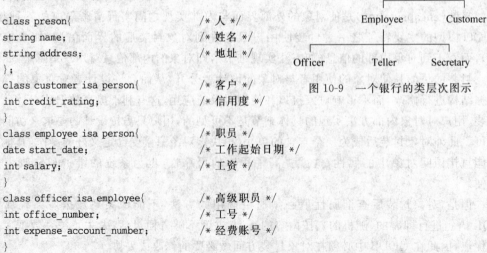

图 10-9 一个银行的类层次图示

```
class preson{                          /* 人 */
string name;                           /* 姓名 */
string address;                        /* 地址 */
};
class customer isa person{             /* 客户 */
int credit_rating;                     /* 信用度 */
}
class employee isa person{             /* 职员 */
date start_date;                       /* 工作起始日期 */
int salary;                            /* 工资 */
}
class officer isa employee{            /* 高级职员 */
int office_number;                     /* 工号 */
int expense_account_number;            /* 经费账号 */
}
```

```
class teller isa employee{          /* 出纳员 */
int hours_per_week;                 /* 每周工作量 */
int station_number;                 /* 柜号 */
};
class secretary isa employee{       /* 秘书 */
int hours_per_week;                 /* 每周工作量 */
string manager;                     /* 经理名称 */
};
```

4. 多态性

所谓多态性(polymorphic),就是一名多义,即一个名字可以具有多种语义。例如,在"图形"这个类中,定义一个 print(打印)方法用于打印图形。对于图形这个类的不同实例,其打印过程是不同的。只有当消息送到具体的对象时,才能确定采用什么打印过程。这就是 print 方法的多态性。在面向对象的系统中,利用这种多态性,即一名多义的命名法,不仅不会带来混乱,还会为系统需求分析和设计带来好处。

5. 联编

联编(binding)有时也称为绑定,并不是一个新概念。一个程序经过编译到连接成为可以运行的目标代码,就是将执行代码聚束在一起的过程。用传统语言写的程序在运行之前即可完成,故称为静态联编(static binding)。面向对象语言则在程序运行时也可发生联编,故称为动态联编(dynamic binding)。

动态联编增加了程序的简单性和可扩充性,使程序增删自如,不容易出错,但效率略低于静态联编。应该指出,虽然静态联编运行效率高,但是修改和维护工作量大。

综上可知,在面向对象数据模型中,对象和消息传递分别表示了事物及事物间相互联系的概念;类和继承实际上是符合人们一般思维过程的描述方式;而方法允许作用在该类上的某种操作。这种基于对象、类、消息和方法的数据库建模和程序设计方法的基本点在于对象的封装性、继承性和多态性。通过封装能将对象的定义和对象的实现分开,通过继承能体现类与类之间的联系,以及由此带来的动态连接和实体的多态性,从而构成了面向对象数据模型的基本要素。

10.6　持久化 C++ 系统

将现有的面向对象程序设计语言(object-oriented programming language,OOPL)进行扩充,使之能够处理数据库,如此的 OOPL 称为持久化程序设计语言(persistent programming language)。

10.6.1　持久化语言与嵌入式语言的区别

数据库语言和传统的程序设计语言不同,它可以直接操作持久数据。所谓持久数据是指创建这些数据的程序运行终止后数据仍然驻留在系统中。数据库中的数据是持久数据。相比之下,传统的程序设计语言直接操作的持久数据只有文件。

数据库理论与应用

使用 SQL 访问数据库是方便和有效的，但还需要用宿主语言实现用户接口及计算机通信等功能。传统的方法是在程序设计语言中嵌入 SQL 语言。

作为扩充了的程序设计语言，持久化程序设计语言与嵌入式 SQL 不同之处在于：

（1）在嵌入式语言中，由于宿主语言的类型系统与 SQL 的类型系统不同，人们需要在宿主语言和 DML 语言之间不断进行类型转换。而在持久化程序设计语言中查询语言与宿主语言完全集成在一起，具有相同的类型系统。创建对象并且将之存储在数据库中，不需要任何显式的类型或格式改变。任何格式转换对程序员都是透明的。

（2）使用嵌入式查询语言的程序员要负责编写程序把从数据库中取出的数据放到内存中。在更新时，程序员还需要编写程序段将更新过的数据写回数据库。相比之下，在持久化语言中，程序员可以直接操作持久数据，而不必为存取数据编写程序。

20 世纪 90 年代初，不少程序设计语言（如 Pascal）都有了相应的持久化版本。最近几年，C++、Smalltalk 一类的 OOPL 的持久化版本受到了人们的重视。这些版本允许程序员直接通过编程语言操作数据，而不用 SQL 语言。因此，它们提供的编程语言与数据库之间的结合比嵌入式 SQL 更为紧密。

持久化语言的不足之处在于：

（1）由于语言本身能力通常很强，因此出现编程错误而破坏数据库的机会相对较大。

（2）由于语言的复杂性，系统对于用户请求进行优化的能力被严重削弱，这意味着持久化语言对说明性查询的支持并不理想，又走上了"过程化查询"的道路。

10.6.2 持久化语言的基本概念

1. 持久化语言的 3 个基本概念

持久化语言中有 3 个基本概念：对象的持久性、对象标识和指针、持久对象的存储和访问。

1）对象的持久性

要把 OOPL 变成持久化语言，第一步就是提供一种办法，把对象区分成持久的还是暂留的。在程序运行结束后，新创建的持久对象将被保存，而暂留对象将消失。

2）对象标识和指针

当一个持久对象被创建时，它就要被分配一个持久的对象标识符。当创建的对象为暂留时，被分配一个暂留的对象标识符，在程序终止后，对象被删除，标识符失去意义。

对象标识符的概念相似于程序设计语言中指针概念。在 OOPL 的持久化版本中，持久化对象的标识是以"持久化指针"来实现的。与内存中的指针不一样，持久化指针在程序执行后及数据重组后仍保持有效。程序员可以像用内存中指针一样使用持久指针。在概念上，持久化指针可以看作是数据库中指向对象的指针。

3）持久对象的存储和访问

逻辑上，实现的方法的程序代码应该和类的类型定义一起作为数据库模式的一部分存储。但实际上往往是将程序代码存储在数据库之外的文件中，目的是避免对编译器和 DBMS 软件进行集成。

2. 查找数据库中对象的方法

查找数据库中对象的方法有 3 种：

（1）根据对象名称寻找对象。实现时，每个对象有一个对象名称（如同文件名一样）。这种方法对于少量对象的访问是有效的，但对于大量（例如百万级）的对象就不再适用。

（2）根据对象标识符寻找对象。此时对象标识符存储在数据库之外。

（3）将对象按照聚集形式存放，然后利用程序循环寻找所需要对象。聚集形式包括集合（set）、多集（multiset）等。

大多数 OODBS 都支持上述 3 种访问数据库的方法。

10.6.3　持久化 C++ 系统

近年来出现了基于 C++ 的持久化扩充的 OODBS。C++ 语言的一些面向对象特征有助于在不改变语言前提之下提供持久性的支持。例如，可以说明一个名为 Persistent_Object 的类，它具有一些属性和方法来支持持久化，其他任何持久的类都可以作为这个类的子类，从而继承对持久化的支持。

通过数据库来提供持久化支持的优点在于只需要对 C++ 做最小的改动，容易实现。但也有不足之处，程序员必须花费较多时间编写处理持久对象的程序，而且不容易在模式上说明完整性结束，也难以提供对说明性查询的支持。因此，大多数持久化 C++ 系统实现时都在一定程度上扩充了 C++ 语法。1991 年由 Lamb 等人开发的 ObjectStore 系统是一个典型的持久化 C++ 系统。

C++ 扩充包括两个方面：C++ 对象语言和 C++ 对象操作语言。

10.7　对象数据库管理系统

当前，人们在面向对象数据库技术的概念和原理上都还没有取得完全一致的理解。但大家都认为下述基本概念是面向对象数据库所应该具有的：对象、类、继承、封装等。对于如何建立第二代 DBMS 以后的新一代 DBMS，学术界一直存在着两种观点，虽然这两种观点都是从面向对象技术和数据库技术相结合的角度考虑，但方法不同。1989 年 8 月，一批专门研究面向对象技术的学者著文"面向对象的数据库系统宣言"，提出继第一、二代 DBMS 之后，新一代 DBMS 将是面向对象数据库管理系统，即在面向对象程序设计语言中引入数据库技术。而另外一批长期从事关系数据库研究的学者在 1990 年 9 月著文"第三代数据库系统宣言"中提出了不同的看法，认为新一代 DBMS 应该是从 RDBMS 加以扩展，增加面向对象的特性，把面向对象技术与关系数据库相结合，建立对象关系数据库管理系统（ORDBMS）。下面从这两条途径分别予以介绍。

10.7.1　面向对象数据库管理系统

面向对象数据库管理系统（OODBMS）是一种以面向对象语言为基础，为了增加数据库的功能，主要是支持持久对象和实现数据共享而建立的。OODBMS 不仅在处理多媒体等数据类型时可以做到游刃有余，而且在应用系统开发速度和维护等方面有着极大的优越性。

数据库理论与应用

OODBMS 产生于 20 世纪 80 年代后期,它利用类来描述复杂的对象,利用类中的封装的方法来模拟对象的复杂行为,利用继承性来实现对象的结构和方法的重用。因此,OODBMS 对一些特定应用领域(如 CAD、GIS 等),能较好地满足其应用需求。但是,这种纯粹的面向对象数据库系统并不支持 SQL 语言,在通用性方面失去了优势,因此其应用领域受到了很大的限制。

在 20 世纪 80 年代中后期,不少公司,特别是一些新成立的小公司,把开发以面向对象数据模型为基础的面向对象数据库管理系统(OODBMS)看成新的发展机会,纷纷投入 OODBMS 的研制和开发,推出一批早期的 OODBMS 产品,例如 Gemstone、Ontos、O2、Itasca、ObjectStore 等。这些产品有下列特点:

(1) 由于刚刚开始推出时还没有公认的面向对象数据模型,更无这方面的标准。这些产品在数据模型和数据语言方面都借鉴面向对象程序设计语言,例如:Smalltalk、C++、Common-Lisp 等。虽然也有些 OODBMS,如法国的 O2 自行设计了 SQL 风格的查询语言,但它与标准的 SQL 并不兼容。

(2) ODBMS 产品在 DBMS 结构、功能和实现技术方面借鉴了 RDBMS,例如普遍采用客户机/服务器模式,用事务作为数据库的处理单元,具有并发控制、恢复和安全控制功能,在物理层采用簇集、索引等技术以提高性能等。当然,OODBMS 毕竟不同于 RDBMS,在实现时仍然有其自身特点,他们为 OODBMS 的实现提供了最初的经验。

(3) 当时人们认为计算机辅助设计(CAD)、计算机集成制造(CIM)等是 OODBMS 最主要的潜在应用领域。因此,在 OODBMS 中普遍增加了 CAD、CIM 所需要的功能,如版本管理、长事务管理等。但是这些功能并非 OODBMS 所特有的,RDBMS 也可以具有这些功能。

当时不少人认为,对象数据库将要取代关系数据库,成为下一代数据库的主流,因此,对象数据库成为当时数据库研究的热点之一。但是形势的发展并没有像他们所预料的那样的好。OODBMS 产品虽然以较快的速度发展,但时至今日,它在 DBMS 市场上占的份额仍然是很小的,还不足百分之一,因此,OODBMS 对传统的 RDBMS 并不构成威胁,更谈不上取代。

分析原因,主要是下列几点。

(1) 目前数据库最大的应用领域仍然是传统的企事业管理信息系统。在这类应用中,虽然有处理复杂对象以及扩充数据类型和相应的函数、运算的要求,但大量的关键任务的应用仍是随机的按内容查询,OODBMS 胜任不了这样的任务。

(2) 如前所述,OODBMS 的设计主要面向 CAD、CIM 之类的应用。它不适用于很多用户共享数据和大量事务联机处理的应用环境。OODBMS 的安全措施及恢复机制也满足不了企事业管理的要求。它允许用户定义数据类型及其操作,一方面给用户带来灵活性,另一方面也给 DBMS 的安全带来潜在的威胁。对一个企事业来说,数据库的一些高级功能和数据库安全性相比,还是数据库的安全性更为重要。

(3) 对于已运行的信息系统,将原有的 RDBMS 更换为 OODBMS 是一个很困难,甚至痛苦的过程。不但要重新设计数据模式、转换数据和对新的数据库进行正确性验证,还要修改和调试所有在原数据库系统上开发的应用程序。由于现有的 OODBMS 的数据库语言未能做到与 SQL 兼容(这些工作是必不可少的),系统转换势必影响甚至中断单位的业务,这是用户难以接受的。加之人员需要重新培训,这不但增加用户的投资,还会不可避免地降低在更换 DBMS 过程中信息系统的服务质量。因此,目前用 OODBMS 取代现有的 RDBMS 几乎是不可能的。

(4) 虽然 ANSI 下的对象数据管理组(ODMG)已经提出一些 OODBMS 的工业标准,如 ODMG93、ODMG95 等。但是面向对象数据库技术目前尚缺乏理论支持,没有统一的数据模型,更没有形式化的数据模型。故人们对面向对象数据技术在概念和原理上都还没有取得完全一致的理解。

当然,尽管 OODBMS 的工具和环境还有待进一步的丰富和完善,但这并不妨碍面向对象技术在数据库领域的应用,并已取得效果。OODBMS 可能在 CAD、GIS 和多媒体应用等特殊领域显示出强大的优势。

10.7.2 对象关系数据库管理系统

ORDBMS 是从传统的关系数据库加以扩展,增加面向对象的特性,把面向对象技术与关系数据库相结合而建立的。这种系统既支持已经被广泛使用的 SQL,具有良好的通用性,又具有面向对象特性、支持复杂对象和复杂对象的复杂行为,是对象技术和传统关系数据库技术的最佳融合。

ORDBMS 是关系技术和对象技术珠联璧合的结果,具有既支持 SQL 又支持对象特性的双重优点,吸引着全球数据库厂商竞相研究开发。现在主流数据库商家如 IBM、Sybase、Oracle 的产品都是 ORDBMS。因为许多用户的大量应用都是基于传统数据类型的,用户在关系型计算环境已有许多的投资和建设,只有能兼容及保护他们以前投资及应用的系统才会为用户采纳。世界主流数据库商家行动的一致性和大量用户的实际需求表明,ORDBMS 在目前的数据库市场上占据绝对优势是必然的。下面简单介绍两个 ORDBMS 产品。

1. IBM 公司的 DB2

基于 SQL 的 DB2 关系型数据库产品是 IBM 公司的主要数据库产品。DB2 起源于 IBM 研究中心的 System R 等项目,在 20 世纪 80 年代初,DB2 的发展重点放在大型的主机平台上。从 20 世纪 80 年代中期开始,DB2 逐步发展到中型机、小型机以及微型机平台。1995 年 7 月,IBM 公司在其原有工作的基础上,开发出对象关系型数据库管理系统 DB2/V2。

如今,IBM DB2 9 是 IBM 在数据库领域 40 年创新不息的结晶,它以支持原生 XML 文档的技术开创数据库领域第三个新纪元,将带人们进入信息服务时代、革新企业构建 SOA 的思路。

这款新型的数据服务器率先实现了可扩展标记语言(XML)和关系数据间的无缝交互,而无须考虑数据格式、平台或位置。它具有如下 7 大新特性:

(1) 新的 XML 特性。新的 XML 数据类型,允许客户在分层的表格栏中存储规范的 XML 文档,支持 SQL 语句及 SQL/XML 函数中的 XML 数据类型。

(2) 新的应用与开发特性。

(3) 新增自动数据库管理功能。

(4) 性能与可扩展性增强。

(5) 新的安全特性与增强。

(6) 使用表格分区改进大型数据库管理。

(7) 数据恢复增强、自主管理性能、安装性能增强。

2. Oracle 公司的 Oracle 8 产品

1997 年 6 月 25 日,Oracle 公司在全球举行了隆重的 Oracle 8 产品发布会。此次发布会在全球共设 65 个分会场,动用了 27 条卫星线路、55 个卫星转播站,可谓是盛况空前。

Oracle 8 不仅允许用户以处理关系数据的方式来处理对象数据,而且为处理对象数据专门设计了新功能,并同样可用来处理关系数据。这种数据的无缝操作体现了 Oracle 8 已将对象技术的精髓渗透到 Oracle 8 的数据库服务器之中,而不是包裹在现有关系数据库外部的一层薄薄外壳,或者在关系数据库和客户端应用软件之间提供一个对象服务器网关。对象技术和关系型数据库的很好结合,使得用户现有 Oracle 7 应用软件无须移植,便可以在 Oracle 8 上使用,这极大地保护了现有客户的先前投资和利益。

在为数据库服务器增加对象功能的过程中,Oracle 采取的是一种非常实用的方式,将其中的对象功能分阶段提供给用户。首先满足客户最重要、最迫切的需求,而在后续版本中逐步增加诸如继承、多态以及扩充性接口等对象功能。由于 Oracle 8 支持 SQL3、JSQL、JDBC、CORBA 等业界标准,为用户提供了更加开放的数据库开发平台,可以大大加快应用软件的开发速度。

从 Oracle 8 数据库产品来看,它是业界一个可靠的、集成的对象型关系数据库产品。据 Oracle 公司称,Oracle 8 强调的是数据库可靠性和稳定性,而对用户还没有用到的对象功能暂时不加到数据库系统中。现如今 Oracle 10g 由于高速数据处理能力和管理开销的降低而得到用户的青睐和喜爱。

从以上两个 ORDBMS 产品可以看出,尽管世界上主要数据库商家都纷纷推出对象关系数据库产品,但其实现技术都不尽相同,对对象技术的支持程度也参差不齐,即现有 ORDBMS 产品还远没有达到对象关系数据库的真正目标。究竟怎样去衡量一个对象关系数据库呢? 国际著名的数据库专家美国加州大学伯克利分校的教授 Michael Stonebraker 先生认为,对象关系数据库系统的 4 个主要特征是:SQL 环境中对基本类型的扩充的支持、对复杂对象的支持、对继承性的支持、对产生式规则系统的支持以及完全支持这些特性所需满足的特殊要求。只有满足以上 4 个特性的才可以算得上是真正的对象关系数据库产品。显然,数据库商家现在推出的 ORDBMS 产品都不完全具备这些主要特性,但为了占领市场,还是迫不及待地发布了其不完备的 ORDBMS 产品。这从一个侧面看出,对象关系数据库必将成为未来市场上的主流产品。

小结

对象数据库有两条发展途径:在关系数据库的基础上进行扩充和全新引入面向对象的概念与机制。沿着第一条途径,就是对象关系数据库系统(ORDBS),沿着第二条途径,就是面向对象数据库(OODBS)。两者的相同之处就是充分考虑到面向对象的方法与核心概念,两者的相异之处在于:从数据库系统原理来看,ORDBS 是关系数据库的面向对象扩充,而 OODBS 则是完全建立在面向对象方法的机理之上;从数据模型来看,ORDBS 本质上仍然是关系模型,而 OODBS 却是对象数据模型;从最终用户来看,ORDBS 适用于普通用户,而 OODBS 却适用于从事应用软件和系统软件研究开发的专业用户。

一个面向对象的数据库系统(OODBS)应该满足两个标准:

首先是一个面向对象系统,出发点是针对面向对象程序设计语言的持久性对象存储管理,充分支持完整地面向对象概念和机制,例如用户自定义数据类型、自定义函数、对象封装等必不可少的特征。

其次是一个数据库系统,具备 DBS 的功能,例如持久性、辅存管理、数据共享、事务管理、一致性控制及恢复等。

按照上述标准,可以将一个 OODBS 表达为"面向对象系统+数据库能力"。也就是说,它是一个将面向对象的程序设计语言中所建立的对象自动保存在磁盘上的文件系统。一旦程序终止,可以自动按另一个程序要求取出已经存入的对象。所以 OODBS 是一种系统数据库,它的用户主要是应用软件和系统软件的开发人员,即专业程序员,而不是终端用户。这类系统的优势在于可以与面向对象程序设计语言一体化,使用者不需要学习新的数据库语言。

综合练习 10

一、填空题

1. 对象数据库系统可以分为_____和_____。

2. 扩充的关系模型有_____、_____和_____。

3. 在对象数据类型中,复合类型可分为_____、_____、_____、_____以及_____。

4. 面向对象数据模型中避免重复定义的机制是_____。

5. 联编分为_____和_____。

二、选择题

1. 第一代数据库于 20 世纪 70 年代广泛使用,它的代表是层次数据库系统和(　　)。
   A. 关系数据库系统　　　　　　B. 网状数据库系统
   C. 对象数据库系统　　　　　　D. 类型数据库系统

2. 一个对象由属性集合、方法集合和(　　)组成,它们通常称为对象结构。
   A. 数据集合　　　　　　　　　B. 对象集合
   C. 类型集合　　　　　　　　　D. 消息集合

三、问答题

1. 对象数据库系统有哪两种类型? 各有什么优点?

2. 什么是对象? 对象由哪几部分组成?

3. 什么是类? 什么是抽象类?

4. 什么是封装? 它有什么作用?

5. 什么叫持久化语言? 它与嵌入式 SQL 有什么区别?

四、实践题

1. 用对象数据模型改为你所在的单位建立数据模式。

2. 分别尝试用 C++ 对象持久化和对象数据库处理数据,比较它们的差别。

第11章　　　数据仓库

　　计算机技术和信息技术的发展把人们推入了信息社会,信息的增长呈现指数上升趋势。信息量的急剧增长,使传统数据库的检索查询机制和统计学分析方法已远远不能满足现实的需要,许多数据来不及分析就过时了,也有许多数据因其数据量极大而难以分析数据间的关系。于是,一种新的数据处理技术——数据仓库(data warehouse)便应运而生了。本章简要介绍数据仓库基本概念和特征、数据仓库的体系结构以及建立数据仓库的方法和应用技术。

11.1　数据仓库的概念

　　数据仓库是 20 世纪 90 年代初提出的概念,到 90 年代中期已经形成潮流,成为 Internet 技术之后的又一技术热点。数据仓库是市场激烈竞争的产物,其目标是为用户提供有效的决策技术。传统的决策支持系统(decision-making support system,DSS)是建立在传统数据库体系结构之上的,存在许多难以克服的困难,主要表现在:

　　(1) 数据缺乏组织性。各种业务数据分散在异构的分布式环境中,各个部门抽取的数据没有统一的时间基准,抽取算法、抽取级别也各不相同。

　　(2) 业务数据本身大多以原始的形式存储,难以转换为有用的信息。

　　(3) DSS 分析需要时间较长,而传统联机事务处理(online transaction processing,OLTP)则要求尽快做出反应。另外,DSS 常常需要通过一段历史时期的数据来分析变化趋势进行决策。由于数据在时间维上展开,数据量将大幅度增加。

　　因此,为了满足这种决策支持的需要,需要提供这种数据库,它能形成一个综合的、面向分析的环境,最终提供给高层进行决策。要提高分析和决策的效率和有效性,分析型处理及其数据必须与事务处理型及其数据相分离,必须把分析型数据从事务处理环境中提取出来,按照 DSS 处理的需要进行重新组织,建立单独的分析处理环境,数据仓库正是为了构建这种新的分析处理环境出现的一种数据存储和组织技术。

数据仓库概念的形成以 Prism Solution 公司副总裁 W. H. Inmon 出版的 *Building the Data Warehouse* 一书为标志。数据仓库提出的目的是解决在信息技术发展中存在的拥有大量数据但有用信息贫乏的问题。W. H. Inmon 在其著作 *Building the Data Warehouse* 一书中对数据仓库给予如下描述：数据仓库是一个面向主题的(subject oriented)、集成的(integrate)、相对稳定的(non-volatile)、反映历史变化(time variant)的数据集合，用于支持管理决策。

11.1.1　数据仓库的特征

根据数据仓库概念的含义，数据仓库除具有传统数据库数据的独立性、共享性等特点外，还具有以下 5 个主要特点。

1. 面向主题的

基于传统关系数据库建立的各个应用系统是面向应用进行数据组织的，而数据仓库中的数据是面向主题进行组织的。主题是指一个分析领域，是指在较高层次上企业信息系统中的数据综合、归类并进行利用的抽象。所谓较高层次是相对面向应用而言的，其含义是指按照主题进行数据组织的方式具有更高的数据抽象级别。例如保险公司建立数据仓库，所选主题可能是顾客、保险金、索赔等，而按照应用组织的数据库则可能是汽车保险、生命保险、财产保险等。面向主题的数据组织方式，就是在较高层次上对分析对象的数据的一个完整、一致的描述，能完整、统一地刻画各个分析对象所涉及的各项数据以及数据之间的联系。

2. 集成的

面向事务处理的操作型数据库通常与某些特定的应用相关，数据库之间相互独立，并且往往是异构的。数据仓库中的数据不是简单地将来自外部信息源的信息原封不动地接收，而是在对原有分散的数据库数据抽取、清理的基础上经过系统加工、汇总和整理得到的，必须消除源数据中的不一致性，以保证数据仓库内的信息是关于整个企业的一致的全局信息。

在创建数据仓库时，信息集成的工作包括格式转换、根据选择逻辑消除冲突、运算、总结、综合、统计、加时间属性和设置默认值等工作。还要将原始数据结构做一个从面向应用到面向主题的转变。

3. 相对稳定的

数据仓库反映的是历史信息的内容，而不是处理联机数据。事实上，任何信息都带有相应的时间标记，但在文件系统或传统的数据库系统中，时间维的表达和处理或者是没有显示化或者是很不自然的。在数据仓库中，数据一旦装入其中，基本不会发生变化。数据仓库中的每一数据项对应于每一特定时间。当对象某些属性发生变化就会生成新的数据项。数据仓库一般需要大量的查询操作，而修改和删除操作却很少，通常只需要定期加载、刷新。因此，数据仓库的信息具有稳定性。

4. 反映历史变化

数据仓库中的数据通常包含历史信息,系统记录了企业从过去某一时刻(如开始应用数据仓库的时刻)到目前的各个阶段的信息。通过这些信息可以对企业的发展历程和未来趋势做出定量分析和预测。

5. 数据随时间变化

数据的不可更新是指数据仓库用户进行分析处理时不进行数据更新工作,不是说数据仓库从开始到删除的整个生命周期都是永远不变的。这一特征表现在以下 3 个方面:

(1) 数据仓库的数据随着时间变化而定期被更新,每隔一段固定的时间间隔后,运作数据库系统中产生的数据被抽取、转换以后集成到数据仓库中,而数据的过去版本仍保留在数据仓库中。

(2) 数据仓库的数据也有存储期限,一旦超过了这个期限,过期数据就要被删除,只是数据仓库内的数据时限要远远长于操作型环境中的数据时限。

(3) 数据仓库中包含有大量的综合数据,这些综合数据中很多跟时间有关,如数据经常按照时间段进行综合,或隔一定的时间片进行抽样等。这些数据要随着时间的变化不断地进行重新综合。

11.1.2 操作数据库系统与数据仓库的区别

下面通过数据仓库与传统操作型数据库的比较,来进一步理解什么是数据仓库。

传统的数据库技术面向以日常事务处理为主的 OLTP 应用,是一种操作型处理,其特点是处理事务量大,但事务内容比较简单且重复率高,人们主要关心的是响应时间、数据安全性和完整性。而数据仓库技术则是面向以决策支持 DSS 为目标的 OLAP 应用,经常需要访问大量历史性、汇总性和计算性数据,分析内容复杂,主要是管理人员的决策分析。

OLTP 和 OLAP 的主要区别概述如下。

(1) 用户和系统的面向性。OLTP 是面向顾客的,用于办事员、客户和信息技术专业人员的事务和查询处理;OLAP 是面向市场的,用于帮助经理、主管和分析人员等进行数据分析。

(2) 数据内容。OLTP 系统管理当前数据。这种数据一般都太琐碎,难以用于决策。OLAP 系统管理大量历史数据,提供汇总和聚集机制,并在不同的粒度级别上存储和管理信息。

(3) 数据库设计。OLTP 系统通常采用实体-联系(ER)模型和面向应用的数据模式,而 OLAP 系统通常采用星型或雪花模型和面向主题的数据模式。

(4) 视图。OLTP 系统主要关注一个企业或部门内部的当前数据,而不涉及历史数据或不同组织的数据;OLAP 系统则通常跨越数据库模式的多个版本,处理来自不同组织的信息和多个数据存储集成的信息。此外,由于数据量巨大,OLAP 数据一般存放在多个存储介质上。

(5) 访问模式。OLTP 系统的访问主要由短的原子事务组成。这需要并行控制和恢复机制。然而,对 OLAP 系统的访问是只读操作,尽管许多可能是复杂的查询。

表 11-1 列举了 OLTP 和 OLAP 主要区别。

表 11-1　OLTP 与 OLAP 的区别

特　　性	OLTP	OLAP
特征	操作处理	信息处理
面向	事务	分析
用户	办事员、DBA、数据库专业人员	工人（如经理、主管、分析员）
功能	日常操作	长期信息需求，决策支持
DB 设计	基于 E-R、面向应用	星状/雪花状、面向主题
数据	当前的、确保最新	历史的，跨时间维护
汇总	原始的、高度详细	汇总的、统一的
视图	详细、一般关系	汇总的、多维的
工作单位	短的、简单事务	复杂查询
存取	读/写	大多为读
数据冗余	非冗余性	时常有冗余
操作	关键字索引/散列	大量扫描
访问记录数量	数十个	数百万
用户数	数千	数百
DB 规模	100MB 到 GB	100GB 到 TB
优先	高性能、高可用性	查询吞吐量、响应时间
度量	事务吞吐量	查询吞吐量、响应时间

11.1.3　数据仓库类型

根据数据仓库所管理的数据类型和它们所解决的企业问题的范围，一般可将数据仓库分为企业数据仓库（EDW）、操作型数据库（ODS）和数据集市（data marts）等几种类型。

（1）企业数据仓库。它既含有大量详细的数据，也含有大量累积的或聚集的数据，这些数据具有不易改变性和面向历史性。此种数据仓库被用来进行涵盖多种企业领域上的战略或战术上的决策。是一种通用的数据仓库类型。

（2）操作型数据库。既可以被用来针对工作数据做决策支持，又可用作将数据加载到数据仓库时的过渡区域。相对 EDW 来说，ODS 还具有面向主题和面向综合的、易变的，仅包含目前的、详细的数据，而没有累计的、历史性的数据等特点。

（3）数据集市。是一种更小的、更集中的数据仓库。简单地说，原始数据从数据仓库流入不同的部门以支持这些部门的定制化使用，这些部门级的数据仓库就是数据集市。不同的部门有不同的主题域，因而也就有不同的数据集市。例如，财务部门有自己的数据集市，市场部门也有自己的数据集市，它们之间可能有关联，但相互不同，且在本质上互为独立。

11.2　数据仓库组织与体系结构

数据仓库从多个信息源中获取原始数据，经整理加工后，存储在数据仓库的内部数据库中，通过向用户提供访问工具，向数据仓库提供统一、协调和集成的信息环境，支持企业全局的决策过程和对企业经营管理的深入综合分析。为了达到这样的目标，同传统数据库相比，数据仓库组织与体系结构上需要新的设计。

11.2.1 数据仓库体系结构

一般地，一个典型的企业数据仓库系统通常包含数据源、数据存储与管理、OLAP 服务器以及前端工具与应用 4 个部分，如图 11-1 所示。

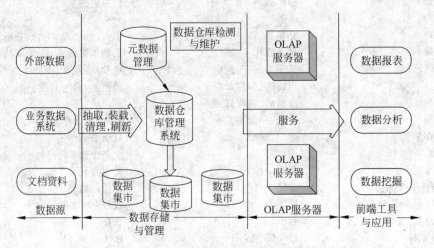

图 11-1 数据仓库的体系结构

（1）数据源。是数据仓库系统的基础，是整个系统的数据源泉。通常包括企业内部信息和外部信息。内部信息包括存放于企业操作型数据库中（通常存放在 RDBMS 中）的各种业务数据和办公自动化（OA）系统包含的各类文档数据。外部信息包括各类法律法规、市场信息、竞争对手的信息以及各类外部统计数据及各类文档等。

（2）数据的存储与管理。是整个数据仓库系统的核心。在现有各业务系统的基础上，对数据进行抽取、清理，并有效集成，按照主题进行重新组织，最终确定数据仓库的物理存储结构，同时组织存储数据仓库元数据（具体包括数据仓库的数据字典、记录系统定义、数据转换规则、数据加载频率以及业务规则等信息）。按照数据的覆盖范围，数据仓库存储可以分为企业级数据仓库和部门级数据仓库（通常称为"数据集市"，Data Marts）。数据仓库的管理包括数据的安全、归档、备份、维护、恢复等工作。这些功能与目前的 DBMS 基本一致。

（3）OLAP 服务器。对分析需要的数据按照多维数据模型进行再次重组，以支持用户多角度、多层次的分析，发现数据趋势。其具体实现可以分为 ROLAP、MOLAP 和 HOLAP。ROLAP 基本数据和聚合数据均存放在 RDBMS 之中；MOLAP 基本数据和聚合数据均存放于多维数据库中；而 HOLAP 是 ROLAP 与 MOLAP 的综合，基本数据存放于 RDBMS 之中，聚合数据存放于多维数据库中。

（4）前端工具与应用。前端工具主要包括各种数据分析工具、报表工具、查询工具、数据挖掘工具以及各种基于数据仓库或数据集市开发的应用。其中数据分析工具主要针对 OLAP 服务器，报表工具、数据挖掘工具既针对数据仓库，同时也针对 OLAP 服务器。

11.2.2 数据仓库的数据组织

一个典型的数据仓库数据组织结构如图 11-2 所示。数据仓库中的数据分为 4 个级别：

早期细节级、当前细节级、轻度综合级、高度综合级。源数据经过综合后，首先进入当前细节级，并根据具体需要进行进一步的综合，从而进入轻度综合级乃至高度综合级，老化的数据将进入早期细节级。由此可见，数据仓库中存在着不同的综合级别，一般称之为"粒度"。粒度越大，表示细节程度越低，综合程度越高。

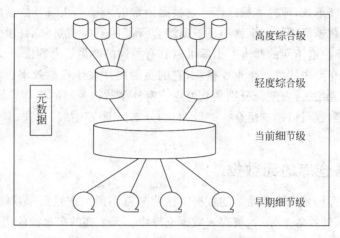

图 11-2 DW 数据组织结构

数据仓库中还有一种重要的数据——元数据（metadata）。元数据是"关于数据的数据"，如在传统数据库中的数据字典就是一种元数据。在数据仓库环境下，主要有两种元数据：第一种是为了从操作性环境向数据仓库转化而建立的元数据，包含了所有源数据项名、属性及其在数据仓库中的转化；第二种元数据在数据仓库中是用来和终端用户的多维商业模型/前端工具之间建立映射，此种元数据称之为 DSS 元数据，常用来开发更先进的决策支持工具。

数据仓库中常见的数据组织形式如下：

（1）简单堆积文件。它将每日由数据库中提取并加工的数据逐天积累并存储起来。

（2）轮转综合文件。数据存储单位被分为日、周、月、年等几个级别。在一个星期的 7 天中，数据被逐一记录在每日数据集中；7 天的数据被综合并记录在周数据集中；接下去的一个星期，日数据集被重新使用，以记录新数据。同理，周数据集达到 5 个后，数据再一次被综合并记入月数据集，以此类推。轮转综合结构十分简洁，数据量较简单，堆积结构大大减少。当然，它是以损失数据细节为代价的，越久远的数据，细节损失越多。

（3）简化直接文件。它类似于简单堆积文件，但它是间隔一定时间的数据库快照，比如每隔一星期或一个月做一次。

（4）连续文件。通过两个连续的简化直接文件，可以生成另一种连续文件，它是通过比较两个简单直接文件的不同而生成的。当然，连续文件同新的简单直接文件也可生成新的连续文件。

11.2.3 粒度与分割

粒度是数据仓库的重要概念。粒度可以分为两种形式，第一种粒度是对数据仓库中的数据的综合程度高低的一个度量，它既影响数据仓库中的数据量的多少，也影响数据仓库所能回答询问的种类。在数据仓库中,多维粒度是必不可少的。由于数据仓库的主要作用是 DSS 分析,因而绝大多数查询都是基于一定程度的综合数据之上的,只有极少数查询涉及到细节,所以应该将大粒度数据存储于快速设备,如磁盘上,小粒度数据存于低速设备,如磁带上。

还有一种粒度形式,即样本数据库。它根据给定的采样率从细节数据库中抽取出一个子集。这样样本数据库中的粒度就不是根据综合程度的不同来划分的,而是根据采样率的高低来划分,采样粒度不同的样本数据库可以具有相同的数据综合程度。

分割是数据仓库中的另一个重要概念,它的目的同样在于提高效率。它是将数据分散到各自的物理单元中去,以便能分别独立处理。有许多数据分割的标准可供参考:如日期、地域、业务领域等,也可以是其组合。一般而言,分割标准应包括日期项,它十分自然而且分割均匀。

11.2.4　数据仓库的元数据

数据仓库中存储着几百兆字节的数据。这些来自不同工作数据库系统的数据,在经过筛选、过滤、聚集、转换等工作后,被存入数据仓库中。元数据的概念被应用于数据仓库技术中。元数据通常定义为"关于数据的数据"。在数据库中,元数据是对数据库各个对象的描述,例如对表、列、数据库等的定义;在数据仓库中,元数据定义数据仓库的任何对象,例如一个表、一个查询等。数据仓库中的元数据在内容上和重要性上都不同于其他数据处理过程的元数据概念。

元数据使得决策支持系统中的分析过程更加易于管理和使用,并获得数据支持。元数据在数据仓库的设计、运行中有着重要的作用,它表述了数据仓库中的对象,遍及数据仓库的所有方面,是数据仓库中所有数据、管理、操作的数据,是整个数据仓库的核心。元数据是关于数据、操纵数据的进程和应用程序的机构和意义的描述信息,其主要目的是提供数据资源的全面指南。

一般情况下,元数据对数据仓库的以下对象和内容进行描述和定义:

(1) 数据仓库数据源信息。

(2) 数据模型信息,如仓库的表名、关键字、属性等。

(3) 数据的商业意义和典型用法。

(4) 数据筛选的名称及版本。

(5) 被筛选程序的名称及版本。

(6) 被筛选数据之间的依赖关系。

(7) 数据从各个 OLTP 的数据库中,向数据仓库中加载的频率。

(8) 数据加载数据仓库的日期及时间。

(9) 加载数据仓库的数据记录数目。

(10) 数据仓库中数据的利用率。

(11) 数据转换的算法。

(12) 数据的加密级别。

(13) 商业元数据,包括商业术语和定义、数据所有者定义和收费策略等。

11.3 如何建立数据仓库

开发一个数据仓库应用往往需要技术人员与企业人员有效合作。企业人员往往不懂得如何建立和利用数据仓库,不能充分发挥其决策支持的作用;而数据仓库公司人员又不懂业务,不知道建立哪些决策主题,从数据源中抽取哪些数据。这就需要双方互相沟通,共同协商开发数据仓库,这是一个不断往复前进的过程。

11.3.1 数据仓库的开发流程

开发数据仓库的流程包括以下 8 个步骤:

(1)启动工程。建立开发数据仓库工程的目标及制定工程计划。计划包括数据范围、提供者、技术设备、资源、技能、培训、责任、方式方法、工程跟踪及详细工程调度等。

(2)建立技术环境。选择实现数据仓库的软硬件资源,包括开发平台、DBMS、网络通信、开发工具、终端访问工具及建立服务水平目标(关于可用性、装载、维护及查询性能)等。

(3)确定主题。进行数据建模要根据决策需求确定主题、选择数据源、对数据仓库的数据组织进行逻辑结构设计。

(4)设计数据仓库中的数据库。基于用户需求,着重某个主题,开发数据仓库中数据的物理存储结构,及设计多维数据结构的事实表和维表。

(5)数据转换程序实现。从源系统中抽取数据、清理数据、一致性格式化数据、综合数据、装载数据等过程的设计和编码。

(6)管理元数据。定义元数据,即表示、定义数据的意义以及系统各组成部分之间的关系。元数据包括关键字、属性、数据描述、物理数据结构、映射及转换规则、综合算法、代码、默认值、安全要求、变化及数据时限等。

(7)开发用户决策的数据分析工具。建立结构化的决策支持查询,实现和使用数据仓库的数据分析工具,包括优化查询工具、统计分析工具、C/S 工具、OLAP 工具及数据挖掘工具等,通过分析工具实现决策支持需求。

(8)管理数据仓库环境。数据仓库必须像其他系统一样进行管理,包括质量检测、管理决策支持工具及应用程序,并定期进行数据更新,使数据仓库正常运行。

数据仓库的实现主要以关系数据库(RDB)技术为基础,因为关系数据库的数据存储和管理技术发展得较为成熟,其成本和复杂性较低,已开发成功的大型事务数据库多为关系数据库,但关系数据库系统并不能满足数据仓库的数据存储要求,需要通过使用一些技术,如动态分区、位图索引、优化查询等,使关系数据库管理系统在数据仓库应用环境中的性能得到大幅度的提高。

数据仓库在构建之初应明确其主题,主题是一个在较高层次将数据归类的标准,每一个主题对应一个宏观的分析领域,针对具体决策需求可细化为多个主题表,具体来说就是确定决策涉及的范围和所要解决的问题。但是主题的确定必须建立在现有联机事务处理(OLTP)系统基础上,否则按此主题设计的数据仓库存储结构将成为一个空壳,缺少可存储的数据。但一味注重 OLTP 数据信息,也将导致迷失数据提取方向,偏离主题。需要在OLTP 数据和主题之间找到一个"平衡点",根据主题的需要完整地收集数据,这样构建的数

数据库理论与应用

据仓库才能满足决策和分析的需要。

下面简单介绍建立一个数据仓库的几个重要环节：数据仓库设计、数据抽取和数据管理。

11.3.2 数据仓库设计

由于数据仓库较之传统数据库具有不同特点，两者的设计区别较大。数据库设计从用户需求出发，进行概念设计、逻辑设计和物理设计，并编制相应的应用程序；数据仓库设计是从已有数据出发的"数据驱动"设计法，是在已有数据基础上组织数据仓库的主题，利用数据模型有效识别原有数据库中数据和数据仓库中的主题数据的共同性，对数据的抽取、转换、统计工作进行充分构思和描述，是一个动态、反馈、循环的系统设计过程。

1. 事物建模

在需求分析的基础上，设计人员充分理解系统信息结构、属性及其相互关系，建立标准事物模型。

(1) 收集现行信息系统文档，与信息系统管理人员及现行系统设计人员积极交流，充分了解现行系统的整体结构。

(2) 了解用户需求。用户需求往往基于以往经验，受到现行系统提供信息的限制，因此与用户交流方式的选择极为重要。在分析过程中，设计人员应充分利用数据库管理员的经验，发现可能疏忽的或非正常的数据，尤其要注意对空值的正确控制，这是高质量查询的前提条件。考虑数据质量及其稳定性，选择操作数据。同时确定等价数据源，以保证视图与操作数据的同步更新。这里通常利用元数据聚集一致性来实现视图同步更新。确定集成数据，得到数据库范围内的完整视图集。已有大量数据库文献解决不同类视图的集成问题。深刻理解数据环境，使数据阶段过程中的数据交叉处理成为可能。

(3) 建立事物模型。首先，分析当前信息系统文档，选择事实。然后，用适当的建模工具描述事实。若当前信息系统用 E-R 图描述，事实可用实体图或 n 维图表示；若当前信息系统用关系图描述，则事实仍选用关系图表示。对于需要频繁更新的事物，最好选用实体图或关系图。

在建模时，还要求实体和关系的定义满足第三范式。这样，可以保证实体和关系的变更只作用于有效范围内，而且信息查询路径清楚明了。最终获得描述整个系统有效源信息的全局 E-R 图。在概念设计、逻辑设计中需要的方法、维度和初始的 OLAP 查询都可以从E-R 图中分析得到。

2. 概念设计

这里指的概念设计与数据库设计中的概念设计基本相同。它是主观和客观之间的桥梁，是为系统设计和收集信息服务的一个概念性工具。在计算机领域中，概念模型是客观世界到计算机世界的一个中间层次。人们将客观世界抽象为信息世界，再将信息世界抽象为机器世界，这个信息世界就是我们所说的概念模型。概念设计主要任务是：

(1) 界定系统边界。

(2) 确定数据仓库的主题及其内容。

概念模型仍然用最常用的 E-R 方法,即用 E-R 图描述实体与实体之间的关系。

3. 逻辑设计

逻辑设计是指在数据仓库中如何将一个主题描述出来,把实体、属性以及它们之间的关系描述清楚,它是对概念模型设计的细化。一般来说,数据仓库都是在现有的关系数据库基础上发展起来的,所以数据仓库中的数据仍然以数据表格的形式组织的,逻辑模型就是把不同主题和维的信息映射到数据仓库的具体的表中。这一阶段的设计主要包括:

(1) 分析主题域和维信息,确定粒度层次划分。

(2) 关系模式的定义。

4. 物理设计

数据仓库物理设计的任务是在数据仓库实现逻辑关系模型,设计数据的存放形式和数据的组织。目前数据仓库都是建立在关系型数据库的基础上,最终的数据存放是由数据库系统进行管理的,因此物理模型设计主要考虑物理存储方式、数据存储结构、数据存放位置以及存储分配等,特别 I/O 存储时间、空间利用率和维护代价等。对于大数据量的结构还要考虑数据分割。数据分割的标准应该是自然的、易于实现的。例如,以时间先后来组织数据的物理存储区域、将关系表中的记录按时间段分成若干互不相交的子集,将同一时间段的数据在物理上存放在一起,这样做一方面实现了数据的条理化管理,另一方面,还可以大幅度减少检索范围,减少 I/O 次数。

11.3.3　数据抽取模块

该模块是根据元数据库中的主题表定义、数据源定义、数据抽取规则定义对异地异构数据源(包括各平台的数据库、文本文件、HTML 文件、知识库等)进行清理、转换,对数据进行重新组织和加工,装载到数据仓库的目标库中。在组织不同来源的数据过程中,先将数据转换成一种中间模式,再把它移至临时工作区。加工数据是保证目标数据库中数据的完整性、一致性。例如,有两个数据源存储与人员有关的信息,在定义数据组成的人员编码类型时,可能一个是字符型,一个是整型;在定义人员性别这一属性的类型时,一个可能是 char(2),存储的数据值为“男”和“女”,而另一个属性类型为 char(1),数据值为 F 和 M。这两个数据源的值都是正确的,但对于目标数据来说,必须加工为一种统一的方法来表示该属性值,然后交给最终用户进行验证,这样才能保证数据的质量。在数据抽取过程中,必须在最终用户的密切配合下,才能实现数据的真正统一。早期数据抽取是依靠手工编程和程序生成器来实现,现在则通过高效的工具来实现。

11.3.4　数据维护模块

该模块分为目标数据维护和元数据维护两方面。目标数据维护是根据元数据库所定义的更新频率、更新数据项等更新计划任务来刷新数据仓库,以反映数据源的变化,且对时间相关性进行处理。更新操作有两种情况,即在仓库的原有数据表中进行某些数据的更新和产生一个新的时间区间的数据,因为汇总数据与数据仓库中的许多信息元素有关系,必须完整地汇总,这样才能保证全体信息的一致性。

11.4　数据仓库应用

　　数据仓库的最终目标是尽可能让更多的公司管理者方便、有效和准确地使用数据仓库这一集成的决策支持环境。为实现这一目标,为用户服务的前端工具必须能被有效地集成到新的数据分析环境中去。数据仓库系统(data warehouse system)以数据仓库为基础,通过查询工具和分析工具,完成对信息的提取,满足用户进行管理和决策的各种需要。用户从数据仓库采掘信息时有多种不同的方法,但大体可以归纳为两种模式,即验证型(verification)和发掘型(discovery)。前者通过反复的、递归的检索查询以验证或否定某种假设,即从数据仓库中发现业已存在的事实。这方面的工具主要是多维分析工具,如 OLAP技术。后者主要负责从大量数据中发现数据模式(pattern),预测趋势和未来的行为,这方面的工具主要是指数据挖掘(data mining)技术,这是一种展望和预测性的新技术,它能挖掘数据的潜在的模式,并为企业做出前瞻性的、基于知识的决策。

　　下面主要介绍 OLAP 技术。

1. OLAP 的特点

　　E. F. Codd 在他的文章中是这样说明的:"OLAP 是一个赋予动态的、企业分析的名词,这些分析是注释的、熟思的、公式化数据分析模型的生成、操作、激活和信息合成。这包括能够在变量间分辨新的或不相关的关系,能够区分对处理大量数据必要的参数,而生成一个不限数量的维(合成途径)和指明跨维的条件表达式。"

　　OLAP 是使分析人员、管理人员或执行人员能够从多种角度对从原始数据中转化出来的、能够真正为用户所理解的,并真实反映企业维特性的信息进行快速、一致、交互地存取,从而获得对数据的更深入了解的一类软件技术,它的核心是"维"概念。因此,也可以说OLAP 是多维分析工具的集合。

　　根据 OLAP 产品的实际应用情况和用户对 OLAP 产品的需求,人们提出了一种对OLAP 更简单明确的定义,即共享多维信息的快速分析。

　　(1) 快速性。用户对 OLAP 的快速反应能力有很高的要求。系统应能在 5s 内对用户的大部分分析要求做出反应。如果中断用户在 30s 内没有得到系统响应就会变得不耐烦,因而可能失去分析主线索,影响分析质量。对于大量的数据分析要达到这个速度并不容易,因此就更需要一些技术上的支持,如专门的数据存储格式、大量的事先运算、特别的硬件设计等。

　　(2) 可分析性。OLAP 系统应能处理与应用有关的任何逻辑分析和统计分析。尽管系统需要事先编程,但并不意味着系统已定义好了所有的应用。用户无须编程即可以定义新的专门的计算,将其作为分析的一部分,并以用户理想的方式给出报告。用户可以在 OLAP平台上进行数据分析,也可以连接到其他外部分析工具上,如时间序列分析工具、成本分配工具、意外报警、数据开采等。

　　(3) 多维性。多维性是 OLAP 的关键属性。系统必须提供对数据分析的多维视图和分析,包括对层次维和多重层次维的完全支持。事实上,多维分析是分析企业数据最有效的方法,是 OLAP 的灵魂。

（4）信息性。不论数据量有多大，也不管数据存储在何处，OLAP 系统应能及时获得信息，并且管理大容量信息。这里有许多因素需要考虑，如数据的可复制性、可利用的磁盘空间、OLAP 产品的性能及与数据仓库的结合度等。

2. OLAP 的多维结构

数据在多维空间中的分布总是稀疏的、不均匀的。在事件发生的位置，数据集合在一起，其密度很大。因此，OLAP 系统的开发者要解决多维数据空间的稀疏和数据聚合问题。

（1）超立方结构。超立方结构（hypercube）指用三维或更多的维数来描述一个对象，每个维彼此垂直。数据的测量值发生在维的交叉点上，数据空间的各个部分都有相同的维属性，这种结构可应用在多维数据库和面向关系数据库的 OLAP 系统中，其主要特点是简化了终端用户的操作。

（2）多立方结构。在多立方结构（multicube）中，将大的数据结构分成多个多维结构。这些多维结构是大数据维数的子集，面向某一特定应用对维进行分割，即将超立方结构变为子立方结构。它具有很强的灵活性，提高了数据（特别是稀疏数据）的分析效率。一般来说，多立方结构的灵活性较大，但超立方结构更易于理解。

3. OLAP 的常用分析方法

OLAP 方法中常用的分析多维数据的方法有数据切片（slicing）、数据切块（dicing）、数据钻取（drilling down）、数据上翻（rolling-up）和数据旋转（pivoting）。

11.5 数据挖掘

11.5.1 数据挖掘的定义

数据挖掘是数据仓库系统中最重要的部分。数据挖掘，就是从大型数据库的数据中提取人们感兴趣的知识。这些知识是隐含的、事先未知的有用信息，提取的知识可表示为概念（concepts）、规律（regulation）、模式（pattern）等形式。事实上，更广泛一点说，数据挖掘就是在一些事实或者观察数据的集合中寻找模式的决策支持过程。

目前比较公认的定义是 Fayyad 等给出的：KDD（knowledge discovtry in database）是从数据集中识别出有效的、新颖的、潜在的、有用的以及最终可理解模式的高级处理过程。

从数据挖掘的定义可以看出，作为一个学术领域，数据挖掘和数据库知识发现 KDD 具有很大的重合度，大部分学者认为数据挖掘和知识发现是等价概念。在人工智能（AI）领域习惯称 KDD，而在数据库领域习惯称数据挖掘。

11.5.2 数据挖掘技术分类

数据挖掘的核心模块技术经历了数十年的发展，其中包括数理统计、人工智能、机器学习。数据挖掘利用的技术越多，得出的结果精确性越高。原因很简单，对于某一种技术不适用的问题，其他方法也可能奏效，这主要取决于问题的类型以及数据的类型和规模。数据挖掘方法有多种，其中比较典型的有关联分析、序列模式分析、分类分析、聚类分析等。

（1）关联分析。即发现数据间的关联规则。在数据挖掘研究领域，对于关联分析的研究开展的比较深入，人们提出了多种关联规则的挖掘方法，如 APRIORI、STEM、AIS、DHP等算法。关联分析的目的是挖掘隐藏在数据间的相互关系，它能发现数据库中类似"90%的顾客在一次购买活动中购买商品 A 的同时也购买商品 B"之类的知识。

（2）序列模式分析。序列模式分析和关联分析相似，其目的也是为了挖掘数据之间的联系，但序列模式分析的侧重点在于分析数据间的前后序列关系。它能发现数据库中类型"在某一段时间内，顾客购买商品 B，而后购买商品 C，即序列 A 推出 B 再推出 C 出现的频度较高"之类的知识。序列模式分析描述的问题是：在给定交易序列数据库中，每个序列是按照交易时间排列的一组交易集，挖掘序列函数作用在这个交易序列数据库上，返回该数据库中出现的高频序列。在进行序列模式分析时，同样也需要由用户输入最小置信度 C 和最小支持度 S。

（3）分类分析。设有一个数据库和一组具有不同特征的类别（标记），该数据库中的每一个记录都赋予一个类别的标记，这样的数据库称为示例数据库或训练集。分类分析就是通过分析示例数据库中的数据，为每个类别做出准确的描述或建立分析模型或挖掘出分类规则，然后用这个分类规则对其他数据库中的记录进行分类。举一个简单的例子，信用卡公司的数据库中保存着各持卡人的记录，公司根据信誉程度，已将持卡人记录分成 3 类：良好、一般、较差，并且类别标记已赋给了各个记录。分类分析就是分析该数据库的记录数据，对每个信誉等级做出准确描述或挖掘分类规则，如"信誉度良好的客户是指那些年收入在 5万元以上，年龄在 40～50 岁之间的人士"，然后根据分类规则对其他相同属性的数据库记录进行分类。目前已有多种分类分析模型得到应用，其中几种典型模型是线性回归模型、决策树模型、基本规则模型和神经网络模型。

（4）聚类分析。与分类分析不同，聚类分析输入的是一组未分类记录。聚类分析就是通过分析数据库中的记录数据，根据一定的分类规则，合理地划分记录集合，确定每个记录所在类别。它所用的分类规则是由聚类分析工具决定的。聚类分析的方法很多，其中包括系统聚类法、分解法、加入法、动态聚类法、模糊聚类法、运筹方法等。采用不同的聚类方法，对于相同的记录集合可能有不同的划分结果。

11.5.3　数据挖掘的基本过程

数据挖掘过程一般由 3 个主要阶段组成：数据准备、挖掘操作、结果表达和解释。规则的挖掘可以描述为这 3 个阶段的反复过程。

（1）数据准备阶段又可进一步分成 3 个步骤：数据集成、数据选择和数据处理。数据集成将多文件和多数据库运行环境中的数据进行合并处理，解决语义模糊性，处理数据中的遗漏和清洗"脏"数据等。数据选择的目的是辨别出需要分析的数据集合，缩小处理范围，提高数据挖掘的质量。预处理是为了克服目前数据挖掘工具的局限性。

（2）挖掘操作阶段主要包括决定如何产生假设、选择合适的工具、挖掘规则的操作和证实挖掘的规则。

（3）结果表达和解释阶段。根据最终用户的决策目的对提取的信息进行分析，把最有价值的信息区分出来,并且通过决策支持工具提交给决策者。因此,这一阶段的任务不仅把结果表达出来,还要对信息进行过滤处理。

如果不满意,则重复上述数据挖掘过程。

小结

数据仓库是一个面向主题的、集成的、相对稳定的、反映历史变化的数据集合,用于支持管理决策。本章简要介绍了数据仓库基本概念、体系结构、数据组织,在此基础上,简略描述了建立一个数据仓库的过程。数据仓库应用广泛,其中最重要的是应用于 OLAP 和数据挖掘方面。OLAP 是使分析人员、管理人员或执行人员能够从多种角度对从原始数据中转化出来的、能够真正为用户所理解的并真实反映企业维特性的信息进行快速、一致和交互地存取数据;而数据挖掘就是从大型数据库的数据中提取人们感兴趣的知识。

综合练习 11

一、填空题

1. 根据数据仓库所管理的数据类型和它们所解决的企业问题范围,一般可将数据仓库分为_____、_____和_____等几种类型。

2. 一个典型的企业数据仓库系统通常包含_____、_____、_____以及_____ 4 个部分。

3. 数据仓库中常见的数据组织形式有_____、_____、_____和_____。

4. 数据仓库设计包括_____、_____、_____和_____。

5. 用户从数据仓库采掘信息时有多种不同的方法,但大体可以归纳为两种模式,即_____和_____。

二、选择题

1. OLTP 和 OLAP 的主要区别体现在( )。
   A. 数据内容　　　　　　　　B. 用户和系统的面向性
   C. 数据库设计　　　　　　　D. 视图和访问模式

2. 一个典型的企业数据仓库系统的前端工具主要包括各种数据分析、报表、查询工具和( )以及各种基于数据仓库或数据集市开发的应用。
   A. 数据挖掘工具　　　　　　B. 索引工具
   C. 决策工具　　　　　　　　D. 视图工具

三、问答题

1. 为什么需要一个数据仓库而不直接采用传统数据库进行分析决策?

2. 数据仓库有什么主要特点?

3. 简述数据仓库的开发流程。

4. 什么是数据挖掘技术？它的主要过程是什么？

5. 数据挖掘有哪些主要技术？

四、实践题

1. 根据已学知识设计一个数据挖掘系统框架。

2. 探讨在数据仓库中如何有效地使用高维数据，其难点在哪点？

应用程序访问数据库 第 12 章

本章主要以 Delphi 为例介绍应用程序对数据库访问的方法。包括 Delphi 基本概念、Delphi 数据库环境、Delphi 数据库组件、报表设计、Delphi 数据库应用程序开发等一系列内容。

12.1 Delphi 基本概念

Delphi 是 Borland 公司于 1995 年底发布的用于开发数据库应用程序的工具,它是面向对象的,是目前开发客户机/服务器数据库应用程序的强有力的工具。Delphi 可以访问多种数据库管理系统的数据库,凭借窗体(form)和报表(report),BDE 可以访问诸如 Paradox、dBASE、本地 InterBase 服务器的数据库,也可以访问远程数据库服务器上的数据库(如 Oracle、SyBase、Informix 等客户机/服务器数据库中的数据库),或任何经 ODBC(open database connecticity)可访问的数据库管理系统中的数据库。Delphi 发展至今,从 Delphi1、Delphi2 到现在的 Delphi9,不断添加和改进各种特性,功能越来越强大。

Delphi 实际上是 Pascal 语言的一种版本,但它又与传统的 Pascal 语言有着本质的区别。一个 Delphi 程序首先是应用程序框架,而这一框架正是应用程序的构架。在此构架上即使没有附着任何东西,仍可以严格地按照设计运行。正如我们的工作只是在构架添加自己的程序一样。默认的应用程序是一个空白的窗体,可以运行它,结果得到一个空白的窗口。这个窗口具有 Windows 窗口的全部性质:可以被放大、缩小、移动、最大化和最小化等,但却没有编写一行程序。因此,可以说应用程序框架通过提供所有应用程序共有的东西,为用户应用程序的开发打下了良好的基础。Delphi 已经为我们做好了一切基础工作——程序框架就是一个已经完成的可运行应用程序,只是不处理任何事情。而我们所需要做的,只是在程序中加入完成所需功能的代码而已。在空白窗口的背后,应用程序的框架正在等待用户的输入。由于我们并未告诉它接收到用户输入后做何反应,所以窗口除了响应 Windows 的基本操作(移动、缩放等)外,它只是接受用户的输入,然后再忽略。Delphi 把 Windows 编程的回调、句柄处理等繁复过程都放在一个不可见的 Romulam 覆盖物下面,这样就可以不为它们所困扰,轻松从容地对可视部件进行编程。

12.2　Delphi 开发环境

Delphi 作为一种可视化编程环境,有着它独特的魅力,Delphi 的编程语言是以 Pascal 为基础的。Pascal 语言具有可读性好、编写容易的特点,这使得它很适合作为基础的开发语言。同时,使用编译器创建的应用程序只生成单个可执行文件(.EXE),正是这种结合,使得 Pascal 成为 Delphi 这种先进开发环境的编程语言。Delphi 是基于面向对象编程的先进开发环境。面向对象的程序设计(OOP)是结构化语言的自然延伸。OOP 的先进编程方法,会产生一个清晰而又容易扩展及维护的程序。一旦为程序建立了一个对象,也可以在其他的程序中使用这个对象,完全不必重新编制繁复的代码。对象的重复使用可以大大地节省开发时间,切实地提高工作效率。一个对象是一个数据类型。对象就像记录一样,是一种数据结构。按最简单的理解,可以将对象理解成一个记录。但实际上,对象是一种定义不确切的术语,它常用来定义抽象的事务,是构成应用程序的项目,其内涵远比记录要丰富。在本书中,对象可被理解为可视化部件如按钮、标签、表等。一个对象,最突出的特征有 3 个:封装性、继承性、多态性。对象链接和嵌入(object linking and embeding)是一组服务功能,它提供了一种用源于不同应用程序的信息创建复合文档的强有力方法。对象可以是几乎所有的信息类型,如文字、位图、矢量图形,甚至于声音注解和录像剪辑等。在 Delphi 集成开发环境中也经常要使用字符串列表。如在 Object Inspector 窗体的取值栏中常列有 Tstrings 字符,双击该字符,将弹出字符列表编辑器,在编辑器中可进行编辑、加入、删除等操作。Delphi 继承了 Object Pascal 的文件管理功能,并有很大的发展,其中最主要的是提供了用于文件管理的标准控件,同时也提供了更多的文件管理函数。利用 Delphi 的强大功能,开发一个自己的文件管理系统就成为很容易的事。应用程序间的数据交换是像 Windows 这样的多任务环境的重要特性。作为一种基于 Windows 的开发工具,Delphi 支持如下 4 种数据交换方式:剪贴板、动态数据交换(DDE)、对象联接与嵌入(OLE)以及动态联接库(DLL)。

随着 Delphi 的不断升级,Delphi 中的集成开发环境也有了很大改进,能极大地提高开发效率,它主要依靠简化读写和浏览代码的操作来提高开发效率。代码编辑器让浏览本单元或相应单元的内容变得容易,项目管理器中的"拖放"功能使得从已打开的项目或资源管理器的对话框中选择文件并增加到项目中的文件变得更简单,使用项目管理器中多个项目管理的功能让用户能同时编辑多个项目文件,应用 Delphi 的可视化窗口设计让用户能够轻松地从模板中选择创建 Internet 程序、分布式计算及 Windows 程序,Delphi 仍然可以在 Delphi 的集成开发环境中调试 COM+组件,也可以让程序员在集成开发环境中在 COM+组件的程序单元中设定断点,此时 Delphi 便会把执行控制权带到 Delphi 的集成开发环境中,并且暂停在程序员设定的断点上让程序员开始调试。用户可以利用面向对象设计的强大功能开发出稳定、可靠、高效的程序,可以利用面向对象的构件创建自己的构件,Delphi 调试器能帮助用户理解并控制自己编写的代码。用户利用断点可以在需要的地方深入代码内部进行调试,而现在,用户甚至可以在断点处设置触发断点后要采取的动作,并把断点进行分组集中在一起,以便快速调试自己感兴趣的代码段。

12.3 Delphi 数据库组件

Delphi 操作数据库主要是利用 BDE 来进行,当然通过其他方式绕过 BDE 直接访问数据库在 Delphi 中也都可以实现,不过,对于本地数据库来说,通过 BDE 存取数据效率还是很高的。BDE 是负责用户和数据库打交道的中间媒介。事实上,应用程序是通过数据访问组件和 BDE 连接,再由 BDE 去访问数据库来完成对数据库的操作的,并非直接操作 BDE。这样用户只需关心数据组件即可,不用去直接和 BDE 打交道。数据库组件主要有数据访问组件和数据控制组件,它们和数据库的关系可用下面的示意图来表示:

用户←→数据控制组件←→数据访问组件←→BDE←→数据库

通过 BDE 几乎可以操作目前所有类型的数据库。下面简单了解一下常用的数据库组件。

1. 数据访问组件(data access component)

数据访问组件在组件面板的 Data Access 组件页上,在这里简单介绍一下,Table、Query 和 Storedproc 3 个组件也称为数据集组件,用于和数据库连接,可将这些组件视为数据库,对它们的操作就可被看作是对数据库的操作。

DataSource 组件是数据集组件和数据控制组件的连接媒介。数据控制组件是用户操作数据库中数据的界面,只有通过 DataSource 才能和数据集组件连接,从而获得数据来进行显示、修改等操作。

Table 组件是通过数据库引擎 BDE 来存取数据库中的数据的,并通过 BDE 将用户对数据库的操作如添加、删除、修改等传递回数据库,这是非常重要的一个组件。

Query 组件是利用结构化查询语言通过 BDE 来操作数据库的,和 Table 组件完成的功能基本一样,只是采用了 SQL 来实现,是重要的组件之一。

Storedproc 组件是通过 BDE 对服务器数据库进行操作的,常用于客户机/服务器结构的数据库应用程序。

DataBase 组件一般用于建立远程的数据库服务器——客户机/服务器结构的数据库应用程序和数据库之间的连接。

Session 组件是用于控制数据库应用程序和数据库连接的,主要用于复杂的功能,比如多线程数据库程序编程。

BatchMove 组件用于大批数据的转移、复制等。

UpdateSQL 组件专用于只读数据库,用于缓存数据库的更新。

NestedTable 组件通过 BDE 操作嵌套数据库(一个数据库作为一个字段保存在另一个数据库中),和 Table 组件类似。

2. 数据控制组件(data control component)

数据控制组件也可称为数据显示组件或数据浏览组件。它们的主要功能是和数据访问组件配合供用户对数据进行浏览、编辑等操作。数据控制组件在组件板上的 DataControl 页上,共有 15 个组件,分别是 DBGrid 组件、DBNavigator 组件、DBText 组件、DBEdit 组件、DBMemo 组件、DBImage 组件、DBListbox 组件、DBComboBox 组件、DBCheckBox 组件、DBRadioGroup 组件、DBLookupListBox 组件、DBLookupComboBox 组件、DBRichEdit 组件、DBCtrlGrid 组件和 DBChart 组件。

另外还有一些组件与数据库有关。Decision Cube 是一组主要用于统计的组件,以表格或图形等直观的方式表达统计结果,不过,似乎应用不太广泛。QReport 组件是用来最后输出报表的组件,从很多用户的反应情况来看,此组件不太适合中国人的报表习惯,此组件是 Borland 从别的公司购买的,性能不是太好,所以现在应用不太多,另有一些第三方提供的报表组件也很好用,也有一些国人做的报表组件,很适合中国人的习惯。这里特别提到 TbatchMove,它是 Delphi 中用来完成数据批处理任务的组件,TbatchMove 组件能够将一个数据集中的数据追加到一个表中;从一个表中删除满足条件的记录;按旧表结构生成一个新表,若欲生成的新表已存在,则覆盖。

12.4 ADO 组件

12.4.1 ADO 组件概述

与 BDE 不同,ADO(ActiveX Data Objects)是 Microsoft 推出的新一代数据访问规范,主要是使用 Microsoft 的 OLE DB 功能对在数据库服务器中的数据进行访问和操作,OLE DB 数据库可以使我们方便地访问各种类型的数据库,包括关系型或非关系型数据库、E-Mail 和文件系统、文本和图形以及各种自定义商用对象。在 Delphi 中,它的地位等同于一个和 BDE 并列的数据引擎,ADO 实际上和 ActiveX 技术联系紧密,它实现了一系列 COM 连接,通过资料库提供者(data provider)和资料库使用者(data consumer)来实现广义的资料库连接存取。ADO 模型一方面简化了资料存取的连接,另一方面在 ASP 等 Internet 应用中也得到了大量的使用。BCB 与 Delphi 中 ADO 资料控制元件封装了 ADO 的各项功能,使得编写 ADO 程序和在 Visual Basic 中一样容易。而 ActiveX 又和 OLE、COM 等技术有很密切的关系,其主要优点是易于使用、高速度、低内存支出和占用磁盘空间较少。ADO 支持用于建立基于客户端/服务器和 Web 应用程序的主要功能。ADO 同时具有远程数据服务(RDS)功能,通过 RDS 可以在一次往返过程中实现将数据从服务器移动到客户端应用程序或 Web 页、在客户端对数据进行处理,然后将更新结果返回服务器的操作。ADO 现在逐渐流行起来,ADO 本身也是很复杂的,Microsoft 有专门的帮助文件来解释如何使用 ADO。

和 BDE 相比,ADO 有一些重要的优势,比如,ADO 将会内置在从 Windows 2000 开始 Microsoft 新推出的所有操作系统中,单就这一点就足以给其他的数据访问方式画上问号。在 Delphi6 中提供了对 ADO 的全力支持,提供了很多 ADO 组件,还增加了一些新的字段类型如:WideString、GUID、Variant、interface、IDispatch 等。ADO 是面向各种数据的层次很高的接口,它提供了强大的数据访问功能,可以访问的数据对象有:

(1) 关系数据库中的各种数据。

（2）非关系型数据库，如层次型数据库、网状数据库等。

（3）电子邮件与文件系统。

（4）文本、图像、声音。

（5）客户事务对象。

ADO 是 ASP（active server page）内置的 ActiveX 服务器组件（ActiveX server component），通过在 Web 服务器上设置 ODBC 和 OLEDB 可连接多种数据库：如 SyBase、Oracle、Informix、SQL Server、Access 和 VFP 等，是对目前 Microsoft 所支持的数据库进行操作的最有效和最简单直接的方法。ADO 组件主要提供了以下 7 个对象和 4 个集合来访问数据库。

（1）Connection 对象。建立与后台数据库的连接。

（2）Command 对象。执行 SQL 指令，访问数据库。

（3）Parameters 对象和 Parameters 集合。为 Command 对象提供数据和参数。

（4）RecordSet 对象。存放访问数据库后的数据信息，是最经常使用的对象。

（5）Field 对象和 Field 集合。提供对 RecordSet 中当前记录的各个字段进行访问的功能。

（6）Property 对象和 Properties 集合。提供有关信息供 Connection、Command、RecordSet 和 Field 对象使用。

（7）Error 对象和 Errors 集合。提供访问数据库时的错误信息。

12.4.2　用 ADO 组件访问后台数据库

在 ASP 中，使用 ADO 组件访问后台数据库，可通过以下步骤进行。

1. 定义数据源

在 Web 服务器上选择"控制面板"→ODBC→"系统 DSN"→"添加"选项，选定希望的数据库种类、名称、位置等。这里定义为 SQL Server，数据源为 HT，数据库名称为 HTDATA，脚本语言采用 JScript。

2. 使用 ADO 组件查询 Web 数据库

（1）调用 Server.CreateObject 方法取得 ADODB.Connection 的实例，再使用 Open 方法打开数据库：

```
conn = Server.CreateObject("ADODB.Connection")
conn.Open("HT")
```

（2）指定要执行的 SQL 命令。

连接数据库后，可对数据库操作，如查询、修改、删除等，这些都是通过 SQL 指令来完成的，如要在数据表 signaltab 中查询代码中含有 X 的记录：

```
sqlStr = "select * from signaltab where code like'%X%'"
rs = conn.Execute(sqlStr)
```

（3）使用 RecordSet 属性和方法，并显示结果。

为了更精确地跟踪数据，要用 RecordSet 组件创建包含数据的游标，游标就是存储在内

数据库理论与应用

存中的数据。

```
rs = Server.CreateObject("ADODB.RecordSet")
rs.Open(sqlStr,conn,1,A)
```

注意：

A＝1 读取。

A＝3 新增、修改、删除。

在 RecordSet 组件中,常用的属性和方法如下：

rs.Fields.Count：RecordSet 对象的字段数。

rs(i).Name：第 i 个字段的名称,i 为 0 至 rs.Fields.Count-1。

rs(i)：第 i 个字段的数据,i 为 0 至 rs.Fields.Count-1。

rs("字段名")：指定字段的数据。

rs.Record.Count：游标中的数据记录总数。

rs.EOF：是否最后一条记录。

rs.MoveFirst：指向第一条记录。

rs.MoveLast：指向最后一条记录。

rs.MovePrev：指向上一条记录。

rs.MoveNext：指向下一条记录。

rs.GetRows：将数据放入数组中。

rs.Properties.Count：ADO 的 ResultSet 或 Connection 的属性个数。

rs.Properties(item).Name：ADO 的 ResultSet 或 Connection 的名称。

rs.Properties：ADO 的 ResultSet 或 Connection 的值。

rs.close()：关闭连接。

(4) 关闭数据库。

```
conn.close()
```

而在 Delphi 中利用 ADO 组件连接数据库,步骤如下：

(1) 新建工程。

(2) 在窗体中添加 TADOConnection 组件,并设置其 ConnectionString 属性,以便连接数据库。

(3) 添加 TADOTable 组件,并设置其 Connection 属性为 ADOConnection1。从 TableName 属性中选择数据表。

(4) 添加 TDataSource 组件,设置其 DataSet 属性为 ADOTable1。

(5) 添加 DataGrid 组件,设置 DataSource 属性为 DataSource。

(6) 设置 ADOTable1 的 Active 属性为 true。

(7) 运行测试程序。

由于 Delphi 在开发数据库应用系统中具有的强大的功能和极高的效率,所以笔者开发 ASP 组件较常用的是 Delphi 7.0(当然也可采用 Visual Basic 或 VC++开发 ASP 组件), Delphi 本身在 Internet 和 Internet Express 两个组件面板提供了众多的组件都可以直接生成 Web 页面,但是这些组件都缺少网页中数据显示常见的分页功能。众所周知,ASP 是通过建立 ADO 连接数据库后建立 RecordSet 对象,然后利用 RecordSet 的 AbsolutePage 进行页面定位,而在 Delphi 5.0 中,已提供了 ADO 组件封装了 Microsoft 的 ADO 库,所以同样具有页面定位功能。下面的实例将分步来开发一个通用的显示分页 Web 页面的 ASP 组件。

(1) 新建一个 ActiveX Library,命名为 PadoPage,然后再新建一个 Active Server Object Class,命名为 AdoPage,即建立了一个名为 AdoPage 的 ASP 组件,文件命名为 Adopage.pas。

(2) 打开 Type Library,新建一个方法 Get_Page,然后在 Get_Page 加入一个参数 Pconnandsgl,用于传递数据库连接语句和 SQL 语句,参数选择为 BSTR 类型。

(3) 新建一个 DataModule,放入 Adoconnection 组件和 AdoQuery 组件,将 Data Module 命名为 AdoDataModule。由于新建立的组件中的方法 Get_Page 要从 DataModule 中取得数据,所以需在 Adopage.pas 的 Uses 子句中加入 AdoDataModule,然后声明一个数据模块的变量 fadodm,同时加入 Initialize 和 Destroy 这两个方法,以便在 ASP 组件中生成数据模块。Adopage.pas 具体代码如下所示:

```
unit Adopage;
interface
uses
ComObj,SysUtils,Classes,ActiveX,AspTlb,Pbasedata_TLB,StdVcl,AdoDataModule;
/* 将 AdoDataModule 加入 USE 子句 */
type
T Adopage = class(TASPObject,Ibasedata)
private
fadodm:TAdoDataModuleform;
protected
procedure OnEndPage; safecall;
procedure OnStartPage(const AScriptingContext: IUnknown); safecall;
procedure get_page(const pconnandsql: WideString); safecall;
public
procedure initialize;override;
destructor destroy;override;
end;
implementation
uses ComServ,forms;
destructor Tadopage.destroy;
begin
inherited;
fadodm.Destroy;
end;
procedure Tadopage.initialize;
begin
inherited;
fadodm := tadodmform.Create(forms.application);
end;
```

(4) 建立通用的分页显示数据的方法 get_page,具体代码如下:

```
procedure Tadopage.get_page(const pconnandsql: WideString);
```

```
var i,j,n:integer;
connstr,sqlstr:widestring;
rs:_recordset;
cur_url:widestring;
page_no:integer;
begin
/* 首先从传递过来的参数中分别取出连接串和 SQL 语句 */
pconnandsql := uppercase(pconnandsql);
i := pos('CONNSTR',pconnandsql);
j := pos('SQLSTR',pconnandsql);
if i = 0 or j = 0 then
 begin
 response.write('数据库连接串或 SQL 语句错误!');
 abort;
 end;
for n := I + 8 to j-1 do
connstr := connstr + pconnandsql[n];
for n := j + 7 to length(pconnandsql) do
sqlstr := sqlstr + pconnandsql[n];
/* 将取得的连接串和 SQL 语句分别赋给 ADOconnection 和 ADOQuery */
fadodm.adoconnection1.connstring := connstr;
fadodm.adoquery1.sql.add(sqlstr);
/* 以下为打开数据库并进行分页的过程 */
try
 fadodm.adoquery1.open;
/* 打开数据库 */
 rs := fadodm.adoquery1.recordset;
/* 取得当前打开页面的 URL 和页码 */
 try
 if request.servervariable['url'].count>0 then
 cur_url := request.servervariable.item['url'];
 if request.querystring['page_no'].count>0 then
 page_no := request.querystring.item['page_no']
 else
 page_no := 1;
 except
 end;
 rs.pagesize := 20;
/* 每页设为 20 行 */
 rs.AbsolutePage := page_no;
/* 页面定位 */
 response.write('共' + inttostr(rs.pagecount) + '页 & ');
 response.write('第' + inttostr(page_no) + '页 & ');
/* 对每个页码建立超链接 */
for i := 1 to rs.pagecount do
response.write('<a href = "' + cur_url + '? page_no = ' + inttostr(i) + '">'
+ inttostr(i) + '</a>');
/* 数据记录按表格显示 */
response.write('<table>');
/* 取得表格标题 */
response.write('<tr>');
```

```
for i := 0 to fadodm. adoquery1. fields. count-1 do
response. write('<td>' + fadodm. adoquery1. fields[i]. fieldname + '</td>');
response. write('</tr>');
j := 1
with fadodm. adoquery1 do
while(not eof) and j< = rs. pagesize do
begin
response. write('<tr>');
/* 取得表格内容 */
for i := 1 to fields. count do
 response. write('<td>' + fields[i]. asstring + '</td>');
 response. write('</tr>');
 next;
 end;
response. write('</table>');
fadodm. adoquery1. close;
except
response. write('数据出错啦!');
 end;
end;
```

　　以上即为取得通用分页数据的过程,需要注意的是编译时部分函数会出错,只需在 USES 子句中加入 sysutils、classes 和 adodb 单元即可。

　　(5) 编译并注册 adopage 组件,即可在 ASP 代码中调用,调用示例如下:

```
< %
dim webpageobj
set webpageobj = server. createobject("padopage. adopage")
webpageobj. get_page("conn = provider = SQLOLEDB. 1;presist security info = false;
user id = sa;initical catalog = sale_data;data source = (local),
sqlstr = select * from customer")
 % >
```

　　通过以上步骤,就顺利地利用 Delphi 开发出了具有分页功能的 ASP 组件了。

12. 5　QuickReport 报表设计

　　QuickReport 是 Delphi 中由 QuSoft 公司开发的一套用于制作报表的构件组。使用它们可以制作一些相当复杂的报表,并且可以为报表加入各式各样的页眉、页脚、标题、水印、表格线等。

1. 制作一个简单的报表

　　首先制作一个仅包含有列标题和数据内容的报表。具体步骤如下:

　　(1) 建立一个新的 Form,字体设置为宋体五号,Print Scale 属性设置为 False。

　　(2) 在该 Form 上放入两个 QuickReport 组中的 TQRBand 构件 Band1 和 BandDetail,将其 type 属性设置为 rbColumnHeading 和 rbDetail。

　　(3) 放入一个 TTtable 构件 Table1,设置其 DataBase 属性为 DBDemos,TableName 属

数据库理论与应用

性为 Customer，Active 属性为 True，再放入一个 TDataSource 构件 DataSourcel，设置 DataSet 属性为 Table1。

（4）在 Band1 上加入 3 个 TQRLabel 构件，将其 Caption 属性值分别设为"公司名称"、"电话"、"传真"；在 BndDetail 中加入 3 个 TQRDBText 构件，将其 DataSource 属性设为 DataSourcel；DataField 属性分别设为 Company、Phone、Fax。

（5）加入一个 QuickReport 构件 Report1，右击，在弹出的快捷菜单中选择 Preview 项，可预览报表，此时发现该报表仅显示当前一条记录，将 TQuickReport 构件 DataSource 属性设为 DataSourcel，再进行预览就可看到所有的记录均显示在报表中。

（6）至此报表已基本完成，可在程序中加入 Form1. Report1. Priview，对该报表进行预览；加入 Form1. Report1. Print，这样就可以打印该报表了。

2. 制作带有主从关系的复杂报表

通常的报表都比较复杂，因此为了能够很好地理解复杂报表的结构，下面制作带有主从关系的复杂报表。具体制作步骤如下：

（1）加入一个新的 TTable 构件 Table2，设置其 DataBase 属性值为 DBDemos，TableName 为 Orders，Active 为 True，设置 MasterSource 为 DataSource1，建立主从关系为 CustNo；增加 DataSource2，设置其 DataSet 属性值为 Table2。

（2）增加一个 TQRBand 构件 Band3，设置其 Type 为 rbSubDetail。

（3）在 Band3 中增加两个 TQRLabel 构件，设置其 Caption 分别为"订单编号"、"金额"；相应在该 TQRLabel 构件后增加两个 TQRDBText 构件，设置其 DataSource 属性为 Datasource2，DataField 属性分别为 Order、AmountPaid。

（4）增加一个 TQRDetailLink 构件 QRDetailLink1，设置 DataSource 属性值为 DataSource2，设置 Master 属性为 Report1，设置 DetailBand 属性值为 Band3。

这样主从关系报表即可完成。

3. 给报表增加页眉和页脚、标题和封面及其表格线

为了美观和方便，用户常希望能在报表每页的页眉或页脚中打印出页码、总页数、打印日期等。在 QuickReport 中也提供了简便的方法：

（1）在该 Form 中再增加一个 TQRBand 构件 Band4，将其 Type 属性设置为 rbPageHeader，即可将 Band4 中的内容作为页眉打印出来。

（2）在 Band4 中加入 TQRLabel 构件，以在报表中每页显示文字；加入 TQRSYSdata 构件，设置其 Data 属性值，可在报表中显示页码、打印日期、打印时间、记录序号等文档信息。

（3）如希望在每页中显示总页数，则必须写入下面几行程序：

```
Report1. Prepare;
Count: KQRPrinter. PageCount;
QRLabell. Caption: KInttoStr(Conut);
Report1. Cleanup;
Report1. Preview;
```

（4）希望在第一页上加上标题或给报表加上封面，在使用 QuickReport 制作报表时，也是很简单的。在报表中增加一个 TQRBand 构件，将其属性设为 rbTitle，在 Band5 中所加的文字和图形，均在第一页中打印出来。当用于封面时，可在该 Band 的 AfterPrint 事件中加入 Report1. NewPage 即可。为了使报表看起来更为清晰明朗，在 QuickReport 中提供了两种方法：一是使用 TQuickReport 和 TQRBand 构件的 Frame 属性，二是直接使用 TQRSharp 构件。使用 TQuickReport 和 TQRBand 构件的 Frame 属性的优点是设置简单，不需要写程序代码；缺点就是不能随意修改其位置和大小，使用 TQRSharp 则恰恰相反。而且在其所属 Band 的 AfterPrint 事件中可自由修改其位置、线型、粗细等参数。

4. 制作一个自己的 Preview 窗口

QuickReport 提供了一个默认的 Preview 窗口，在 TQuickReport 构件上右击选择 Preview，显示报表时使用的也是该 Preview 窗口。该 Preview 窗口是英文版，当需要显示的是中文时，就需要制作一个自己的 Preview 窗口，其方法简单叙述如下：

（1）建一个新 Form——Form2。

（2）在其上加入一个 TQRPreview 构件。

（3）增加几个 Tbutton 构件，使用其 OnClick 事件，调用该 TQRPreview 构件的 ZoomtoFit 方法，ZoomToWidth 方法或修改 PageNumber 和 Zoom 属性值即可自由调整 TQRPreview 构件中所显示报表的显示状态。

（4）为了能在程序中调用 Preview 方法时显示的是自己的 Preview 屏幕，还须在程序的主单元中写入下面的代码：

```
QRPrinter. OnPreview; KOnPreview;
ProcedureTMyMainForm. OnPreview;
begin
Form2. ShowModal;
end;
```

至此便拥有了自己的 Preview 屏幕，值得注意的是此屏幕只能在程序执行的过程中显示。

综上所述，使用 QuickReportforDelphi 制作报表主要是通过将包含打印内容的构件 TQRLabel、TQRDBText、TQRCacl、TQRSysData、TQRSharpTQRMemo 等放置在相应的 TQRBand 上，并设置 TQRBand 构件的 Type 属性以确定该 Band 打印位置，从而实现页眉、页脚、标题、水印、表格线等报表的特殊效果，并可使用 TQRDetailLink、TQRGroup 等辅助构件给 Band 间建立连接关系及对数据内容进行分组，以实现明细表、数据分类等特殊的报表要求。

12.6　Delphi 数据库应用程序开发

随着数据库技术的不断完善，越来越多的数据库将按照应用程序模式开发。以前在大型机上运行的数据库如 Oracle、SyBase 等移植到小型服务器上以后，开发基于 SQL 的数据库应用的趋势更加明显了。它与以往的网络数据库系统相比，无论在技术上还是性能上，都有了很大的提高。Borland 公司的 Delphi 是开发数据库前端的优秀工具,具有开发速度快、编程简单、界面优美等特点,特别是和 Delphi 一起带来的数据库 InterBase 的服务器 Local Server,在所有类似编程语言中是最具特色的。但在很多 Delphi 的参考资料中对这一点介绍较少,而它却是 Delphi 开发客户机/服务器程序最有用和最强大的工具。Delphi 安装完毕后,会产生一个 InterBase 数据库类型的 Local Server,有了它可以编写客户机/服务器数据库程序,而无须一个真正的后台数据库服务器;Local Server 虽然在本地计算机中运行,但它的确扮演了一个数据库服务器的角色,应用程序在 Local Server 上运行和在服务器上运行没有什么不一样,这对于开发客户机/服务器数据库程序来说是很重要的,可以避免在运行着数据库的服务器上开发程序带来的危险性。同时,Local Server 上的数据库管理更加简洁,可以加快应用程序的开发速度。

下面简单介绍利用 Local Server 开发客户机/服务器程序的方法及适应性方面的问题。

1. 配置数据库

为了在 Local Server 上开发数据库程序,首先必须在 Local Server 上安装数据库,让它模拟完成数据库服务器的各种服务,对用户来说就像使用一个 SQL Server 或 Oracle 一样。方法如下:

(1) 查看控制面板的 ODBC 设置程序,确保 Data Source 项里有 InterBase(Borland InterBase)这一项。然后在 Delphi 程序组里执行 Server Manager 程序,完成数据库的维护工作,其中有一项是用户安全管理。用菜单 Tasks 中的 User Security 命令创建新用户,生成用户名和密码,以备在创建新数据库时用。

(2) 运行 Delphi 软件包中的 Windows ISQL,执行 CREATE DATABASE 命令,生成一个新数据库,假设命名为 TEST,用户名和密码要和第一步中产生的用户内容一致,然后在 SQL STATEMENT 中输入“CREATE TABLE NEWTABLE(NAME CHAR(10),TELE-PHONE CHAR(14))”命令,用 RUN 执行,接着可以用 INSERT INTO NEWTABLE 命令插入几条试验记录为编程时调试用,再退出 ISQL。

(3) 在第 2 步完成以后,在 C:\IBLOCAL\BIN 目录下可以发现新生成的数据库文件 TEST。接着运行 Database Engine Configuration 程序,在对 Aliases 的操作中,建立一个新的 Alias,这个 Alias 的 ALIAS TYPE 是 INTER-BASE,New Alias Name 是 TEST,将 SERVER NAME 改成“C:\IBLOCAL\BIN\TEST”,其他参数内容可以按照需要进行修改,然后存盘退出。这一步也可以在 Database Desktop 中完成。

2. 编程

现在可以编写客户机/服务器数据库的程序了。

(1) 运行 Delphi 程序后,新建一个 PROJECT,在 Form1 上放置 Data Access 构件 Data Source1 和 Query1,以及 Data Control 构件 DBGrid1 和 DBNavigatorl 等。

(2) 在 Data Source1 的 DataSet 属性中填 Query1,在 Query1 的 DatabaseName 属性中填 TEST 或在属性的下拉框中选择 TEST,在 Query1 的 SQL 属性中输入 SQL 查询语句如 SELECT * FROM NEWTABLE。

(3) 然后在 DBGrid1 和 DBNavigatorl 的 DataSource 属性中填写 DataSource1,最后,将

Query1 的 Active 属性置为 TRUE,这时会出现数据库注册对话窗,只要输入的用户名和密码无误,DBGrid 1 中将出现 Query1 查询的结果,也可以在运行时用 Query1 的 OPEN 方法来打开查询得到结果。如果将 Query1 的 RequestLive 属性设置为 TRUE,则不但可以查询数据库,而且能对数据库进行插入、更新及删除等操作,根本不需要编写 SQL 语句。

至此,一个短小而完整的客户机/服务器数据库程序就完成了。只要做适当的修改,就可以编写各种实用的数据库应用程序。

3. 可移植性

用 Delphi 开发客户机/服务器数据库,大家最关心的就是可移植性,而这一点,恰恰就是 Delphi 和 InterBase[①] 的 Local Server 的优势。在 Local Server 上开发完一个数据库程序后,只要在控制面板中 ODBC 的 SETUP 中建立真正数据库服务器的驱动器,然后在 Database Desktop 中生成利用该驱动器的数据库别名,并对 Query 或 Table 的相应属性略做修改,就可以在服务器上运行了。这些改动仅需花费几分钟时间,其他基本上不必改动。但要注意,各种不同的数据库服务器的 SQL 语言是有所不同的,如果使用标准的 SQL 语句而不用扩展功能,那么就没有什么问题,否则需要参考相应数据库服务器的 SQL 语法。

Delphi 是一个不错的前端开发工具,能够快捷地产生界面良好的应用程序。在数据库应用设计方面,Delphi 也具有强大的功能。开发一个较大的数据库应用往往只要很短的时间即可完成。

Delphi 提供了用于数据访问和控制的可视控件,用这些控件可以构造数据库应用。Data Access 控件主要用于访问数据记录,如查询、插入、删除等操作,Data Control 控件则主要用于表格的显示,当然也可进行一些编辑。

Delphi 的数据库应用通过 Data Access 控件与 BDE 连接,从而访问数据源。Data Control 控件是些所谓 Data_Aware 控件,提供用户接口。由于 BDE 支持 ODBC 标准,所以可以访问多种数据源表格。

Delphi 的数据控件基本支持标准 SQL 语言,但有些限制。在具体编程时可能会遇到一些麻烦。Query 控件的 Open 和 ExecSQL 方式的区别:Open 方式可以打开所联系的数据表格,而 ExecSQL 方式则只是运行 SQL 语句,并不将运行后的表格送往相连的 Data-Controls 控件。因此,如果要用 DBGrid 等来显示要求的数据记录时,先用 SELECT 语句筛选出符合要求的元组,再用 Open 对 Query 控件进行操作即可。例如:如果要在 DBGridl 中显示表格(表格名为 WORKERS. DB),则可将 Query1 的 SQL 属性设为 SELECT *
FROM WORKERS,再在程序中加入语句 Query1. Open;即可。如要插入一个记录,则 Query1 的 SQL 属性应为:

```
INSERT INTO WORKERS(No#,Name,Sex,Age,Depart) VALUES
(:No#,:Name,:Sex,Age,:Depart)
```

在程序中则应该加入下列语句:

```
Query1.Close;
```

---

① 注:interBase 是种复子数据管理系统。

```
Query1. ParamByName('No#'). asintegar := 2717;
Query1. ParamByName('Name'). asstring := '李四';
Query1. ParamByName('Sex'). asstring = '男';
Query1. ParamByName('Age'). asinteger := 40;
Query1. ParamByName('Depart'). asstring := '品质管理';
Query1. ExecSQL;
```

注意：此处如果不用 ExecSQL 而用 Open，则会出错。

若要在 SQL 语句中使用程序中的变量，只能在 SQL 中先用冒号加字段名来代替，然后在程序中把变量的值赋给字段。上面的例子便是这样完成的。

再如，若用户输入一个工号存放于 Number 变量中；要查询对应的记录时 SQL 语句应如下：

```
SELECT * FROM WORKERS WHERE No# =: No#
```

再在程序中加入如下语句：

```
Query1. Close;
Query1. ParamByName('No#'). asinteger := Number;
Query1. Open;
```

使用中文时的注意事项：

（1）要在 Delphi 编制的数据库应用程序中使用中文，必须对 BDE Configuration 进行正确设置，主要是对驱动语言的选择。对 Delphi 5.0 而言，可在 BDE Configuration Utility 的 System 页中将 LANGDRIVER 设置为 dBASE CHS CP936，对 Delphi 6.0，则可将 System 页中的 LANGDRIVER 设置为 Sybase SQL Dic850。设置好后，Delphi 中的数据访问控件和数据控制控件就可以使用中文了。值得注意的是，如果表格是在不支持中文的 BDE 设置中产生的，即使在使用时 BDE 已经设置为支持中文也不能用中文，此时可用 DATABASE DESKTOP 来修改表格的属性。将 TableProperty 中的 Table Languagx 改为支持中文的驱动语言即可。

（2）中文可以用作字段名，并能正确显示，但由于 PASCAL 语言要求变量名为以英文字母为首的字母数字串，所以汉字字符串不能用作变量名。所以如果表格中有中文字段名，那么使用 SQL 时要十分小心，尤其是在对中文名的字段进行赋值或比较时。例如下面几条 SQL 语句在使用时都会出错：

```
SELECT * FROM TEST WHERE 姓名 =: 姓名
INSERT INTO TEST(姓名,Age,Salary)values(:姓名,:Age,:Salary)
```

小结

Delphi 作为一种当今最为流行的面向对象可视化编程环境，以其短小精悍、功能强大而著称。

它结合了传统的编程语言 Object Pascal 和数据库语言的强大功能，既可以用于传统的算术编程又可以用于数据库编程，特别是 Delphi 具有强大的数据库功能，利用 Delphi 的数据库工具可以方便地创建数据库应用程序。本章简要介绍了 Delphi 数据库环境，组件及

Delphi 数据库程序开发,从而让我们了解到数据库对象的数据成员既可在设计阶段设置,也可在运行阶段通过程序代码进行设置,它可以访问多种数据库管理系统的数据库,也可以访问远程数据库服务器上的数据库或任何经 ODBC 可访问的数据库管理系统中的数据库。

综合练习 12

一、填空题

1. Delphi 使用了_____图形用户界面的许多先进特性和设计思想,提供了数据库引擎_____,采用了弹性可重复利用的完整的_____语言,是当今世界上最快的编辑器、最为领先的数据库技术。

2. Delphi 作为一种可视化编程环境,它的编程语言是以_____为基础的。

3. DataSource 组件是_____组件和_____组件的连接媒介。_____是用户操作数据库中数据的界面,只有通过 DataSource 才能和_____连接,从而获得数据用来进行显示、修改等操作。

4. QuickReport 是 Delphi 中由 QuSoft 公司开发的一套用_____的构件组。使用它们可以制作一些相当复杂的报表。

二、选择题

1. 作为一种基于 Windows 的开发工具,Delphi 可以支持的数据交换方式有剪贴板和(　　)。

  A. 动态数据交换   B. 对象联接

  C. 嵌入   D. 动态联接库

2. 应用程序实际上是通过(　　)和 BDE 连接,再由 BDE 去访问数据库来完成对数据库的操作的,并非直接操作 BDE。

  A. 数据访问组件   B. 数据控制组件

  C. 数据集组件   D. 数据链接组件

三、问答题

1. Delphi 语言与传统的 Pascal 语言的本质区别在哪里?

2. Delphi 数据库组件主要有哪些?它们与数据库有什么关系?

3. 与 BDE 相比,ADO 的优势主要体现在哪里?

四、实践题

1. 根据第 7 章上机实践题的成果,选择一种语言(Delphi、.NET 或 Java 等)予以实现。

2. 提出上述实现的优化措施。

参考答案

第 1 章

一、填空题

1. 数据描述语言
2. 应用程序,数据库的数据结构
3. 模型,数据
4. 数据库管理系统,数据库应用程序,数据库,数据库管理员
5. 外模式,概念模式,内模式

二、选择题

1. B　2. C　3. A　4. B　5. C　6. A、C、D　7. A、C　8. D、E
9. A、D、E

三、问答题

1. 信息是人们进行各种活动所需要的知识,是现实世界各种状态的反映;数据是描述信息的符号,是数据库系统研究和处理的对象。数据是信息的具体表现形式,信息是数据有意义的表现。数据处理是与数据管理相联系的,数据管理技术的优劣将直接影响数据处理的效率。

2. 数据库(database,DB)是指长期保存在计算机的存储设备上、并按照某种模型组织起来的、可以被各种用户或应用共享的数据的集合。数据库应该具有如下性质:

(1) 用综合的方法组织数据,具有较小的数据冗余。

(2) 可供多个用户共享,具有较高的数据独立性。

(3) 具有安全控制机制,能够保证数据的安全、可靠。

(4) 允许并发地使用数据库。

(5) 能有效、及时地处理数据。

(6) 保证数据的一致性和完整性。

(7) 具有较强的易扩展性。

四、实践题

1. 各个单位内部使用的数据库各不相同,有些是商业标准的,有些则是内部专用的。一个数据库存储了整个单位的所有数字化信息,是一个单位的必不可少的一部分。例如,一个学校的数据库,存储了学校的基本信息(包括学院信息、专业分布、学生人数等)、教师职工的相关信息(包括学历、职称、工资等)、学生的历年信息(包括学号、分数等)这些信息一旦丢失,要重建是非常困难的。特别是一些历史数据,丢失后根本无法找回。因此,一个数据库不但要懂得如何使用和维护,更重要的是如何备份和恢复。

2. 小强是个很节俭的学生,他参与了勤工俭学,希望能够帮补家庭。同时,小强也是一个精明的学生,他喜欢计算自己的收入支出。但是,让他头痛的是,每个月的收入和支出的

大量统计浪费了他不少时间。他每年总要统计总支出和总收入,并且和往年对比,并且把这些数据存储在文本文件中。这种情况下,数据库技术对小强可以起到作用了,因为目前的DBMS支持各种统计操作,并支持报表显示和历史分析,这样就省去了小强大量的重复劳动力。现在,小强还把这个功能进行推广成系统,他建立了一个网上个人理财的系统,让班级上有需要的同学都可以登录到此进行理财。

第 2 章

一、填空题

1. 数据结构,数据操作,数据约束条件
2. 计算机数据模型
3. 层次模式,网状模型,关系模型
4. 实体
5. 网络结构

二、选择题

1. D　　2. B　　3. B,C　　4. A　　5. A,B　　6. A,B,C　　7. A,B,C

三、问答题

1. 数据库领域采用的数据模型有层次模型、网状模型和关系模型。特点分别为层次模型将数据组织成有向有序的树结构;网状模型中结点数据间没有明确的从属关系,一个结点可与其他多个结点建立联系;关系模型是根据数学概念建立的,它把数据的逻辑结构归结为满足一定条件的二维表形式。

2. 关系数据模型是应用最广泛的一种数据模型,它具有以下优点:

(1) 能够以简单、灵活的方式表达现实世界中各种实体及其相互间关系,使用与维护也很方便。关系模型通过规范化的关系为用户提供一种简单的用户逻辑结构。所谓规范化,实质上就是使概念单一化,一个关系只描述一个概念,如果多于一个概念,就要将其分开。

(2) 关系模型具有严密的数学基础和操作代数基础——如关系代数、关系演算等,可将关系分开,或将两个关系合并,使数据的操纵具有高度的灵活性。

(3) 在关系数据模型中,数据间的关系具有对称性,因此,关系之间的寻找在正反两个方向上难度是一样的,而在其他模型如层次模型中从根结点出发寻找叶子的过程容易解决,相反的过程则很困难。

3. 数据模型是用来描述数据的一组概念和定义,包括概念数据模型、逻辑数据模型、物理数据模型3个级别。实例有层次数据模型、网状数据模型、关系数据模型、E-R 数据模型、面向对象数据模型等。

数据模式是指对某一类数据的结构、联系和约束的描述,即型的描述。数据描述是描述数据的手段,而数据模式是用给定数据模型对具体数据的描述。它们的关系正像程序设计语言和用程序设计语言所写的一段程序。

四、实践题

考虑到各系有学生、班级、课程、老师、教研组、选课等数据对象,关系模型为:

系(系别,名称,系主任)

数据库理论与应用

教研组(<u>名称</u>,教研组长,所属系)
班级(<u>班级号</u>,班长,所属系)
学生(<u>学号</u>,姓名,年龄,班级)
教师(<u>教师编号</u>,姓名,性别,职称,所属教研组)
课程(<u>课程号</u>,课程名,开课时间,学时,学分)
学生选课(<u>学号,课程号</u>,成绩)
教师授课(<u>课程号,教师编号</u>,授课地点)

或:

系表(Department)

系 号	系 名

学生表(Student)

学号	姓名	班级号

班级表(Class)

班级号	系号	班级名

课程表(Course)

课程号	课程名

教师表(Teacher)

教师号	教师名	教研组号

教研组表(Team)

教研组号	教研组名

选课表(Study)

课程号	学号	成绩

授课表(Teaching)

教师号	课程号

第 3 章

一、填空题

1. 数据结构,关系操作集合,关系的完整性约束

2. 关系

3. 关系代数,关系演算

4. 实体完整性,参照完整性

5. 规范化

6. 关系模型

7. 关系数据库

二、选择题

1. A　　2. B　　3. C　　4. D　　5. A　　6. A、B　　7. A、B、C　　8. B、D

9. C、D　　10. A、B、D

三、问答题

1. 关系模型是建立在集合代数的基础上的,是由(数据结构)、(关系操作集合)、(关系的完整性约束)3 部分构成的一个整体。

(1) 数据结构。数据库中的全部数据及其相互联系都被组织成"关系"(二维表格)的形式。关系模型基本的数据结构是关系。

(2) 关系操作集合。关系模型提供一组完备的高级关系运算,以支持对数据库的各种操作。关系运算分成关系代数和关系演算两类。

(3) 数据完整性规则。数据库中数据必须满足实体完整性、参照完整性和用户定义的完整性 3 类完整性规则。

2.(1) 元组分量原子性。关系中的每一个属性值都是不可分解的,不允许出现组合数据,更不允许表中有表。

(2) 元组个数有限性。关系中元组的个数总是有限的。

(3) 元组的无序性。关系中不考虑元组之间的顺序,元组在关系中应是无序的,即没有行序。因为关系是元组的集合,按集合的定义,集合中的元素无序。

(4) 元组唯一性。关系中不允许出现完全相同的元组。

(5) 属性名唯一性。关系中属性名不能够相同。

(6) 分量值域同一性。关系中属性列中分量具有与该属性相同的值域。

(7) 属性的无序性。关系中属性也是无序的(但是这只是理论上的无序,在使用时按习惯考虑列的顺序)。

3. 在数据库中需要区别"型"和"值"。在关系数据库中,关系模型可以认为是属性的有限集合,因而是型,关系是值。关系模式就是对关系的描述,也只能通过对关系的描述中来理解。关系模式是从以下 3 个方面进行描述进而显现关系的本质特征的:

(1) 关系是元组的集合,关系模式需要描述元组的结构,即元组有哪些属性构成,这些属性来自哪些域,属性与域有怎样的映射关系。

(2) 同样由于关系是元组的集合,所以关系的确定取决于关系模式赋予元组的语义。

(3) 关系是会随着时间流逝而变化的,但现实世界中许多已有事实实际上限制了关系可能的变化范围,这就是所谓的完整性约束条件。关系模式应当刻画出这些条件。

4.(1) 限定主键中不允许出现空值。

关系中主键不能为空值,主要是因为关系元组的标识,如果主码空值则失去了其标识的作用。

(2) 定义有关空值的运算。

在算术运算中如出现空值则结果也为空值,在比较运算中如出现空值则其结果为 F(假);此外在做统计时,如 SUM、AVG、MAX、MIN 中有空值输入时忽略空值,而在做

数据库理论与应用

COUNT 操作时如有空值则其值为 0。

5. (1) 关系代数使用关系运算来表达查询要求；关系演算是用谓词来表示查询要求。

(2) 关系代数、元组关系演算和域关系演算的理论基础是相同的，3 类关系运算可以相互转换，它们对数据操作的表达能力也是等价的。

6. 关系模式是从以下 3 个方面进行描述进而显现关系的本质特征的：

(1) 关系是元组的集合，关系模式需要描述元组的结构，即元组有哪些属性构成，这些属性来自哪些域，属性与域有怎样的映射关系。

(2) 同样由于关系是元组的集合，所以关系的确定取决于关系模式赋予元组的语义。

(3) 关系是会随着时间流逝而变化的，但现实世界中许多已有事实实际上限定了关系可能的变化范围，这就是所谓的完整性约束条件。关系模式应当刻画出这些条件。

7. 在一个给定的应用领域中，所有实体及实体之间的联系的关系的集合构成一个关系数据库。

说明：

(1) 在关系数据库中，实体以及实体间的联系都是用关系来表示的。

(2) 关系数据库也有型和值之分。关系数据库的型也称为关系数据库模式，是对关系数据库的描述，是关系模式的集合。关系数据库的值也称为关系数据库，是关系的集合。关系数据库模式与关系数据库通常统称为关系数据库。

(3) 这种数据库中存放的只有表结构。

8. 关系代数、元组关系演算和域关系演算实质上都是抽象的关系操作语言，简称关系数据语言，主要分成 3 类，如下表：

关系数据语言	关系代数语言	如 ISBL	
	关系演算语言	元组关系演算语言	如 ALPHA
		域关系演算语言	如 QBE
	具有关系代数与关系演算双重特点的语言	如 SQL	

9. 实体完整性是要保证关系中的每个元组都是可识别和唯一的。其规则为：若属性 A 是基本关系 R 的主属性，则属性 A 不能取空值。实体完整性是关系模型必须满足的完整性约束条件，也称作是关系的不变性，关系数据库管理系统可以用主关键字实现实体完整性，这是由关系系统自动支持的。

10. (略)

四、实践题

1. (1) $\prod\limits_{C,D}(R) \cup S$

$$\prod\limits_{C,D}(R)$$

C	D
c_1	d_1
c_2	d_2
c_3	d_3

$$\prod_{C,D}(R)\cup S$$

C	D
c_1	d_1
c_2	d_2
c_3	d_3

(2) $\prod_{C,D}(R)-S$

C	D
c_3	d_3

(3) $\sigma_{R.A=a2}(R)$

A	B	C	D
a_2	b_2	c_1	d_1
a_2	b_2	c_2	d_2

(4) $R\underset{c}{\bowtie}S, c=(R.C=S.A)\wedge(R.D=S.D)$

$R\times S$

R				S	
A	B	C	D	C	D
a_1	b_1	c_1	d_1	c_1	d_1
a_1	b_1	c_2	d_2	c_1	d_1
a_1	b_1	c_3	d_3	c_1	d_1
a_2	b_2	c_1	d_1	c_1	d_1
a_2	b_2	c_2	d_2	c_1	d_1
a_3	b_3	c_1	d_1	c_1	d_1
a_1	b_1	c_1	d_1	c_2	d_2
a_1	b_1	c_2	d_2	c_2	d_2
a_1	b_1	c_3	d_3	c_2	d_2
a_2	b_2	c_1	d_1	c_2	d_2
a_2	b_2	c_2	d_2	c_2	d_2
a_3	b_3	c_1	d_1	c_2	d_2

$R\underset{c}{\bowtie}S, c=(R.C=S.A)\wedge(R.D=S.D)$

A	B	C	D	C	D
a_1	b_1	c_1	d_1	c_1	d_1
a_1	b_1	c_2	d_2	c_2	d_2
a_2	b_2	c_1	d_1	c_1	d_1
a_2	b_2	c_2	d_2	c_2	d_2
a_3	b_3	c_1	d_1	c_1	d_1

数据库理论与应用

(5) $R \div \sigma_{A=c1}(S)$

A	B
a_1	b_1
a_2	b_2
a_3	b_3

(6) $(\prod\limits_{A,B}(R) \times S) - R$

$$\prod\limits_{A,B}(R) \times S$$

$$\prod\limits_{A,B}(R)S$$

A	B	C	D
a_1	b_1	c_1	d_1
a_2	b_2	c_1	d_1
a_3	b_3	c_1	d_1
a_1	b_1	c_2	d_2
a_2	b_2	c_2	d_2
a_3	b_3	c_2	d_2

$(\prod\limits_{A,B}(R) \times S) - R$

A	B	C	D
a_3	b_3	c_2	d_2

(7) $R \bowtie S$(约束条件 $R(C) = S(A)$, $R(D) = S(D)$)

A	B	C	D	C	D
a_1	b_1	c_1	d_1	c_1	d_1
a_1	b_1	c_2	d_2	c_2	d_2
a_1	b_1	c_3	d_3	null	null
a_2	b_2	c_1	d_1	c_1	d_1
a_2	b_2	c_2	d_2	c_2	d_2
a_3	b_3	c_1	d_1	c_1	d_1

2. 候选键：A、BC、BD 的值能唯一地标识一个元组，而其任何真子集无此性质为候选键。

超键：AB 因为 AB 含有主键 A 能唯一标识一个元组，且 AB 的组合可以唯一确定元组。

第 4 章

一、填空题

1. 关系代数,元组演算

2. 数据定义,数据操纵

3. 记录,集合

4. 物理空间

5. CREATE TABLE

6. ALTER

7. GROUP BY

二、选择题

1. A 2. B 3. C 4. D 5. A 6. A、B、C、D 7. A、B 8. A、B、C

9. C 10. A、C、E

三、问答题

1. SQL 的核心主要有 4 个部分：

(1) 数据定义语言，即 SQL DDL，用于定义 SQL 模式、基本表、视图、索引等结构。

(2) 数据操纵语言，即 SQL DML。数据操纵分成数据查询和数据更新两类。其中数据更新又分为插入、删除和修改 3 种操作。

(3) 数据控制语言，即 SQL DCL，这一部分包括对基本表和视图的授权、完整性规则的描述、事务控制等内容。

(4) 嵌入式 SQL 语言的使用规定。这一部分内容涉及到 SQL 语句嵌入在宿主语言程序中的规则。

2. 非关系数据模型的数据操纵语言是面向过程的语言，用其完成某项请求，必须指定存取路径。而 SQL 语言是一种高度非过程化的语言，它没有必要一步步地告诉计算机"如何"去做，而只需要描述清楚用户要"做什么"，SQL 语言就可以将要求交给系统，自动完成全部工作。因此一条 SQL 语句可以完成过程语言多条语句的功能，这不但大大减轻了用户负担，而且有利于提高数据独立性。

3. SQL 语言支持关系数据库的三级模式结构，其中，视图对应于外模式，基本表对应于概念模式，存储文件对应于内模式。关系数据库系统支持三级模式结构，模式、外模式、内模式对应的基本对象分别是表、视图、索引。

4. 在关系数据库中，表（table）是用来存储数据的二维数组，它有行（row）和列（column）。列也称为表属性或字段，表中的每一列拥有唯一的名字，每一列包含具体的数据类型，这个数据类型由列中的数据类型定义。

字段在关系型数据库中也叫列，是表的一部分，它被赋予特定的数据类型，用来表示表中不同的项目。一个字段应根据将要输入到此列中的数据的类型来命名。各列可以确定为 NULL 或 NOT NULL，意思是如果某列是 NOT NULL，就必须要输入一些信息。如果某列被确定为 NULL，可以不输入任何信息。

每个数据库的表都必须包含至少一列，列是表中保存各类型数据的元素。例如在客户表中有效的列可以是客户的姓名。

行就是数据库表中的一个记录。例如，职工表中的一行数据可能包括特定职工的基本信息，如身份证号、姓名、所在部门、职业等。一行由表中包含数据的一条记录中的字段组成。一张表至少包含一行数据，甚至包含成千上万的数据行，也就是记录。

5. SQL 语言是面向集合的描述性语言，具有功能强、效率高、使用灵活、易于掌握等特点。但 SQL 语言是非过程性语言，本身没有过程性结构，大多数语句都是独立执行的，与上下文无关，而绝大多数完整的应用都是过程性的，需要根据不同的条件来执行不同的任务，因此，单纯用 SQL 语言很难实现这样的应用。

数据库理论与应用

为了解决这一问题,SQL 语言提供了两种不同的使用方式。一种是在终端交互式方式下使用,前面介绍的就是作为独立语言由用户在交互环境下使用的 SQL 语言,称为交互式 SQL(interactive SQL,ISQL)。另一种是嵌入在用高级语言(C、C++、PASCAL 等)编写的程序中使用,称为嵌入式 SQL(embedded SQL,ESQL),而接受 SQL 嵌入的高级语言则称为宿主语言。

6. 在嵌入式 SQL 中,SQL 语句须在编写应用程序时明确指明,这在有些场合不够方便。例如,在一个分析、统计学生情况的应用程序中,须嵌入查询有关学生记录的 SQL 语句。这种语句常常不能事先确定,而须由用户根据分析、统计的要求在程序运行时指定。因此,在嵌入式 SQL 中,提供动态构造 SQL 语句的功能,是有实际需要的。

一般而言,在预编译时如果出现下列信息不能确定的情况,就应该考虑使用动态 SQL 技术:

(1) SQL 语句正文难以确定。

(2) 主变量个数难以确定。

(3) 主变量数据类型难以确定。

(4) SQL 引用的数据库对象(如属性列、索引、基本表和视图等)难以确定。

目前,SQL 标准和大部分关系 DBMS 中都增加了动态 SQL 功能,并分为直接执行、带动态参数和查询类 3 种类型。

7. 有 3 类特殊用户管理和控制 SQL Server,分别是:系统管理员(SA)、数据库拥有者(DBO)和数据对象拥有者(DBOO)。

系统管理员是独立于任何特殊应用的管理和操作函数的响应者,而且它对 SQL Server 和其他所有应用具有全局观察能力。

数据库拥有者是创建数据库的用户,每个数据库只有一个拥有者,其在数据库内具有全部特权,且决定提供给其他用户的访问和功能。

数据库对象拥有者是创建数据库对象(表、索引、视图、默认值、触发器、规则和过程)的用户,每个数据库对象只有一个拥有者,数据库对象自动地获得该数据库对象的所有权限。数据库对象的拥有者可以向其他使用该对象的用户分配权限。

8. 存储过程是存放在服务器上的预先编译好的 SQL 语句。存储过程在第一次执行时进行语法检查和编译。编译好的版本存储在过程高速缓存中用于后续调用,这样使得执行更迅速、更高效。存储过程由应用程序激活,而不是由 SQL Server 自动执行。存储过程可用于安全机制,用户可以被授权执行存储过程。在执行重复任务时存储过程可以提高性能和一致性,若要改变业务规则或策略,只需改变存储过程即可。存储过程可以带有和返回用户提供的参数。

四、实践题

1. create table 学生

（学号 char(10),

姓名 char(8),

出生年月日 date,

性别 char(2),

籍贯 varchar(20),

身高 dec(5,2),

班级号 char(7),

primary key(学号),

foreign key(班级号) references 班级 on delete restrict);

为教务员定义视图：

create view 成绩单

as select 学号,姓名,课程名,成绩,班级名

from 学生,选课,课程,班级

where 学生.学号＝选课.学号

and 课程.课程号＝选课.课程号

and 学生.班级号＝班级.班级号

2. 假定关系模式为学生：student(sno,sname),课程：course(cno,cname,credit),选课：sc(sno,cno,grade)。其中 sno 为学号,sname 为学生姓名,cno 为课程号,credit 为课程学分,grade 为修读成绩。则：

(1)　select cno,count(＊),max(grade),min(grade),avg(grade)
        from sc
        group by cno;

(2)　select sname,sno
        from student
        where sno not in
        (select sno
         from sc
         where grade＜80
           or grade is null)
        order by sno;

(3)　select sname,sc.cno,credit
        from student,course,sc
        where student.sno = sc.sno
          and course.cno = sc.cno
          and grade is null;

第 5 章

一、填空题

1. 代数优化,物理优化,代价估算优化

2. 磁盘

3. 用户手动处理,机器自动处理

二、选择题

1. A　2. A　3. C　4. B　5. D　6. B　7. C　8. D

三、问答题

1. 查询优化一般可以分为代数优化、物理优化和代价估算优化。代数优化是指对关系代数表达式的优化,物理优化则是指存取路径和底层操作算法的优化,代价估算优化是对多个查询策略的优化选择。

2. 用关系代数查询表达式,通过等价变换的规则可以获得众多的等价表达式,那么,人

们应当按照怎样的规则从中选取查询效率高的表达式从而完成查询的优化呢？这就需要讨论在众多等价的关系代数表达式中进行选取的一般规则。建立规则的基本出发点是如何合理地安排操作的顺序，以达到减少空间和时间开销的目的。

当前，一般系统都是选用基于规则的"启发式"查询优化方法，即代数优化方法。这种方法与具体关系系统的存储技术无关，其基本原理是研究如何对查询代数表达式进行适当的等价变换，即如何安排所涉及到操作的先后执行顺序；其基本原则是尽量减少查询过程中的中间结果，从而以较少的时间和空间执行开销取得所需的查询结果。

在关系代数表达式当中，笛卡儿乘积运算及其特例连接运算作为二元运算，其自身操作的开销较大，同时很有可能产生大量的中间结果；而选择、投影作为一元运算，本身操作代价较少，同时可以从水平和垂直两个方向减少关系的大小。因此有必要在进行关系代数表达式的等价变换时，先做选择和投影运算，再做连接等二元运算；即便是在进行连接运算时，也应当先做"小"关系之间的连接，再做"大"关系之间的连接等。基于上述这些考虑，人们提出了如下几条基本操作规则，也称为启发式规则，用于对关系表达式进行转换，从而减少中间关系的大小。

（1）选择优先操作规则：及早进行选择操作，减少中间关系。

（2）投影优先操作规则：及早进行投影操作，避免重复扫描关系。

（3）笛卡儿乘积"合并"规则：尽量避免单纯进行笛卡儿乘积操作。

四、实践题

1. 规则优化的一般步骤

（1）把所有选择操作的合取条件分割成选择操作级联。

（2）Select操作与其他操作交换，尽早执行选择操作。

（3）用连接、笛卡儿乘积的交换律和结合律，按照小关系先做的原则，重新安排连接（笛卡儿积）的次序。

（4）如果笛卡儿乘积后还须按连接条件进行选择操作，可以将两者组合成连接操作。

（5）用关于级联投影以及其他运算的规则，分割并移动投影列表，尽量把投影向下推，并在必要时增加新的投影操作，以消除对查询无用的属性。

2. 查询优化树如下：

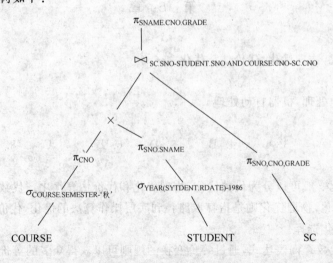

第 6 章

一、填空题

1. 数据冗余
2. 1NF
3. 第一范式
4. 模式分解

二、选择题

1. A 2. B 3. C 4. D 5. A 6. A、B、C 7. C、D、E
8. A、B、C、D 9. A、E 10. A、B、C

三、问答题

1. 一个关系可以有一个或者多个候选键,其中一个可以选为主键。主键的值唯一确定其他属性的值,它是各个元组区别的标识,也是一个元组存在的标识。这些候选键的值不能重复出现,也不能全部或者部分为空值。本来这些候选键都可以作为独立的关系存在,在实际上却是不得不依附其他关系而存在。这就是关系结构带来的限制,它不能正确反映现实世界的真实情况。如果在构造关系模式的时候,不从语义上研究和考虑到属性间的这种关联,简单地将有关系和无关系的、关系密切的和关系松散的、具有此种关联的和有彼种关联的属性随意编排在一起,就必然发生某种冲突,引起某些"排他"现象出现,即冗余度水平较高,更新产生异常。

2. 如果一个关系模式 R 不属于 2NF,就会产生以下问题:

(1) 插入异常。

假如要插入一个学生 Sno = '111841064'、Sdept = 'cs'、Sloc = '181-326',该元组不能插入。因为该学生无 Cno,而插入元组时必须给定候选键值。

(2) 删除异常。

假如某个学生只选一门课,如:11841064 学生只选了一门 6 号课,现在他不选了。而Cno 是主属性,删除了 5 号课,整个元组都必须删除,从而造成删除异常,即不应该删除的信息也删除了。

(3) 修改复杂。

如某个学生从计算机系(cs)转到数学系(ma),这本来只需修改此学生元组中的 Sdept分量。但由于关系模式 SLC 中还含有系的住处 Sloc 属性,学生转系将同时改变住处,因而还必须修改元组中的 Sloc 分量。另外,如果这个学生选修了 n 门课,Sdept、Sloc 重复存储了 n 次,不仅存储冗余度大,而且必须无遗漏地修改 n 个元组中全部 Sdept、Sloc 信息,造成修改的复杂化。

3. 一个关系仅满足第一范式还是不够的,为了降低冗余度和减少异常性操作,它还应当满足第二范式。其基本方法是将一个不满足第二范式的关系模式进行分解,消除部分依赖,使得分解后的关系模式满足第二范式。

采用投影分解法将一个 1NF 的关系分解为多个 2NF 的关系,可以在一定程度上减轻原 1NF 关系中存在的插入异常、删除异常、数据冗余度大、修改复杂等问题。

4.(1) 所有非主属性对于每一个键都是完全函数依赖的;这是因为如果某个非主属性Y 函数依赖于一个键的真子集,则该真子集就不是超键。由此可知,任一非主属性不会部分

数据库理论与应用

函数依赖。由于决定因素都是超键,当 $X{\rightarrow}Y$ 且 $Y{\rightarrow}Z$ 时,X 和 Y 都应当是超键,所以等价,自然不会有 Y 函数依赖于 X 成立,所以任意属性(包括非主属性)都不可能出现传递依赖。

(2) 所有主属性对于每一个不含有它的键也是完全函数依赖的,理由同上。

(3) 任何属性都不会完全依赖于非键的任何一组属性。

5. 规范化的基本思想就是逐步消除数据依赖中不合适的部分,使模式中的各关系模式达到某种程序的"分离",即"一事一地"的模式设计原则。让一个关系描述一个概念、一个实体或实体间的一种联系。若多于一个概念就把它"分离"出去。因此所谓规范化实质上是概念的单一化。

四、实践题

1.

方法一:(1) $X{\rightarrow}YZ$(给定)

(2) $X{\rightarrow}Y$,$X{\rightarrow}Z$(分解规则)

(3) $Z{\rightarrow}CW$(给定)

(4) $X{\rightarrow}CW$((2)、(3)、(A3)传递律)

(5) $X{\rightarrow}CWYZ$((4)、(2)合并规则)

方法二:

(1) $Z{\rightarrow}CW$(给定)

(2) $YZZ{\rightarrow}CWYZ$((1)、A2 扩展律)

(3) $YZ{\rightarrow}CWYZ$((2))

(4) $X{\rightarrow}YZ$(给定)

(5) $X{\rightarrow}CWYZ$((2)、(4)、A3 传递律)

2.(1) 2NF。因为关系的候选码是材料号,候选码为单属性,该关系一定是 2NF。又因材料号→材料名,材料名→材料号,材料名→生产厂,所以存在非主属性"生产厂"对候选码:材料号的传递依赖,因此 R 为 3NF。

(2) 存在。当删除材料号时会删除不该删除的"生产厂"信息。

(3)

R1

材料号	材料名
M1	线材
M2	型材
M3	板材
M4	型材

R2

材料名	生产厂
线材	武汉
型材	武汉
板材	广东

第 7 章

一、填空题

1. 需求分析,概念设计,逻辑设计,物理设计

2. 数据,处理

3. 数据元素,数据类

二、选择题

1. A 2. B 3. C 4. A 5. A 6. A、B、C、D 7. A、B、D、E

8. A、C、E 9. C、D、E 10. A、C、D、E

三、问答题

1. 数据库设计的基本任务是根据用户的信息需求、处理需求和数据库的支持环境(包括硬件、操作系统、系统软件与 DBMS)设计出相应的数据模式。

(1) 信息需求。主要是指用户对象的数据及其结构,它反映数据库的静态要求。

(2) 处理需求。主要是指用户对象的数据处理过程和方式,它反映数据库的动态要求。

(3) 数据模式。是以上述两者为基础,在一定平台(支持环境)制约之下进行设计得到的最终产物。

2. 数据库设计的内容包括数据库的结构设计和数据库的行为设计。

(1) 数据库的结构设计是根据给定的应用环境,进行数据库的模式或子模式的设计。由于数据库模式是各应用程序共享的结构,因此数据库结构设计一般是不变化的,所以结构设计也称静态模型设计。数据库结构设计主要包括概念设计、逻辑设计和物理设计。

(2) 数据库的行为设计用于确定数据库用户的行为和动作,即用户对数据库的操作。数据库的行为设计就是应用程序设计。

3. 人们把数据库应用系统从开始规划、设计、实现、维护到最后被新的系统取代而停止使用的整个过程,称为数据库系统的生命周期(life cycle),它的要点是将数据库应用系统的开发分解成若干目标独立的阶段:

(1) 需求分析阶段。需求分析阶段主要是通过收集和分析,得到用数据字典描述的数据需求和用数据流图描述的处理需求。其目的是准确了解与分析用户需求(包括数据与处理),是整个设计过程的基础,是最困难、最耗费时间的一步。

(2) 概念设计阶段。概念设计阶段主要是对需求进行综合、归纳与抽象,形成一个独立于具体 DBMS 的概念模型(用 E-R 图表示)。概念设计是整个数据库设计的关键。

(3) 逻辑设计阶段。逻辑设计阶段主要是将概念结构转换为某个 DBMS 所支持的数据模型(例如关系模型),并对其进行优化。

(4) 物理设计阶段。物理设计阶段主要是为逻辑数据模型选取一个最适合应用环境的物理结构(包括存储结构和存取方法)。

(5) 数据库实施阶段(编码、测试阶段)。数据库实施阶段主要是运用 DBMS 提供的数据语言(例如 SQL)及其宿主语言(例如 C),根据逻辑设计和物理设计的结果建立数据库,编制与调试应用程序,组织数据入库,并进行测试。

（6）运行维护阶段。数据库应用系统经过测试成功后即可投入正式运行。在数据库系统运行过程中必须不断地对其进行评价、调整与修改。

4. 数据需求分析说明书大致包括以下内容：

（1）需求调查原始资料。

（2）数据边界、环境及数据内部关系。

（3）数据数量分析。

（4）数据字典。

（5）数据性能分析。

四、实践题

1. 需求分析

1）系统概述。

（1）系统背景。

21世纪是网络的世纪，随着教学网络化的进步，不少学生已经可以通过网上课堂进行学习了。为了配合网上教学，需要功能完善的在线考试系统。

（2）系统描述。

- 系统全名　在线考试系统
- 系统意义　通过此平台，在平常的教学体验中使用在线考试系统，实现试题出题的自动化、改卷自动化等，也能有效地节约教学资源，减少教师的工作量。
- 范围　面向全国，系统具有良好的扩展性，对于各省市不同的考试方式，能提供有效的解决方案。
- 支持对象　各中小学、高校的师生。
① 初始需求
- 用户注册。
  · 用户包括学生、教师和管理员。
  · 用户类型支持扩展。
- 学生信息管理。
  · 增删学生用户。
  · 修改学生用户基本信息。
  · 查询学生用户。
- 教师信息管理。
  · 增删教师用户。
  · 修改教师用户基本信息。
  · 查询教师用户。
- 试题信息管理。
  · 查询试题。
  · 修改试题状态。
- 科目信息维护。
  · 增删科目信息。
  · 考试结果管理。

      ◆ 查询考试结果。

      ◆ 删除考试结果。

  • 管理员信息维护。

      ◆ 修改密码。

  • 考试功能。

      ◆ 考试并提交试卷。

      ◆ 自动评卷。

      ◆ 考试答案。

② 对象分析。

  • 用户。

      ◆ 学生。

      ◆ 教师。

      ◆ 管理员。

  • 试题。

  • 成绩。

  • 科目。

③ 需求细化与补充。

  • 用户注册前显示相关条款。

  • 学生和教师都有共同的基本信息。用户名、真实姓名。

      ◆ 学生,教师和管理员需要不同信息和处理,并支持扩展。

      ◆ 学生只能参加考试和修改自己的个人信息。

      ◆ 教师可以管理考试,科目和修改自己的个人信息。

      ◆ 管理员可以管理学生、教师、考试、考试结果、科目试题等信息。

④ 对象细化。

  • 用户。

      ◆ 学生　用户名、密码、真实姓名、性别、状态、科目分数。

      ◆ 教师　用户名、密码、考试科目、真实姓名、性别。

      ◆ 管理员　用户名、密码。

  • 试题　试题 ID、内容、答案 1、答案 2、答案 3、答案 4、正确答案、所属科目 ID、分数。

  • 成绩　成绩 ID、所属学生 ID、所属科目 ID、分数、状态。

  • 科目　科目 ID、科目名称、是否考试。

⑤ 性能需求。

  • 压力要求。

在标准服务器中能支持普通用户 100 线程并发访问以上。

  • 响应要求。

在普通可接受的时间内响应。

  • 安全性要求。

      ◆ 所有信息录入前先进行约束检查。

      ◆ 能够追踪到所有信息的发布者,包括管理员在内。

- 能够跟踪到信息的审批者。
- 防止越权操作。
- 增删可信度需要每天只能一次。

系统建模

1）用例分析

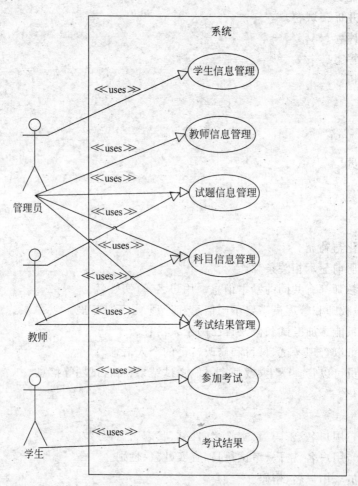

2）时序图

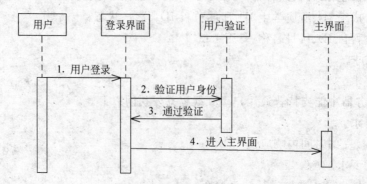

用户登录时序图

数据库分析与设计

1) E-R 模型

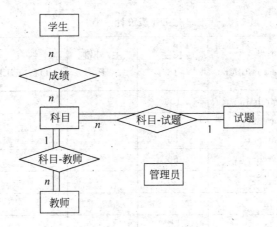

2）数据库初步设计

学生（<u>用户名</u>，密码，真实姓名，性别，状态，当前科目）

student 表设计

字段	类型	长度	主/外键	约束	说明
stuld	Varchar	15	P	NOT NULL	用户名
stuPwd	Varchar	10		NOT NULL	密码
stuName	Varchar	10		NOT NULL	真实姓名
stuSex	lnt	4			性别
stuStutas	lnt	4			状态
stuCurrentCourse	Char	20			当前科目

教师（<u>用户名</u>，密码，真实姓名，负责科目）

teacher 表设计

字段	类型	长度	主/外键	约束	说明
teacherld	Varchar	15	P	NOT NULL	用户名
teacherPwd	Varchar	10		NOT NULL	密码
teacherName	Varchar	10			真实姓名
courseID	Varchar	20	F		负责科目

管理员（<u>用户名</u>，密码）

a dministrator 表设计

字段	类型	长度	主/外键	约束	说明
adminld	Varchar	10	P	NOT NULL	用户名
adminpwd	Varchar	10		NOT NULL	密码

试题(试题 ID,内容,答案 1,答案 2,答案 3,答案 4,正确答案,所属科目 ID,是否发布,分数)

test 表设计

字段	类型	长度	主/外键	约束	说明
testld	Uniqueid entifier	16	P	NOT NULL	试题 ID
testContent	nvarchar	100			内容
testAns1	Varchar	50			答案 1
testAns2	Varchar	50			答案 2
testAns3	Varchar	50			答案 3
testAns4	Varchar	50			答案 4
rightAns	lnt	4			正确答案
Pub	lnt	4			是否发布
testCourse	Varchar	20	F		所属科目 ID
testScore	lnt	4			分数

成绩(成绩 ID,所属学生 ID,所属科目 ID,分数,状态)

score 表设计

字段	类型	长度	主/外键	约束	说明
scoreld	Uniqueid entifier	16	P	NOT NULL	成绩 ID
stuld	Varchar	15	F		所属学生 ID
courseID	Varchar	20	F		所属科目 ID
score	lnt	4			分数
courseStatus	lnt	4			状态

科目(科目 ID,科目名称,是否考试)

course 表设计

字段	类型	长度	主/外键	约束	说明
courseld	Varchar	20	P	NOT NULL	科目 ID
courseName	Varchar	20			科目名称
isTest	Bit	1			是否考试

3) 数据库涉及的操作概述

(1) 对管理员、学生、教师、科目、成绩、试题进行插入、更新、删除。

(2) 通过各种条件查找管理员、学生、教师、科目、成绩、试题的各种信息。

4）数据库进阶设计

考虑到性能需求,删去某些冗余列,并加入外键约束,得到下图。

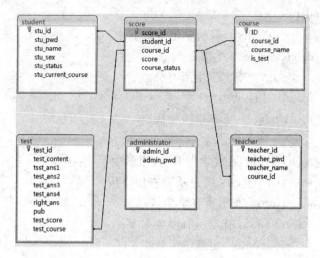

（1）特别约束

• 学号只能够用数字组成。

• 考试成绩 100 分制。

• score 里的 courseStutas 字段为成绩是否通过考试获得的成绩。

（2）统一约束。

id 限制于 15 字符之内。

（3）特别约定。

是否考试：值 1 表示考试,值 0 表示不考试

（4）存储过程。

使用存储过程能提高数据库访问效率,加快运行速度,大大增加安全性。

• sp_admin_insert　插入管理员。

• sp_admin_update　更新管理员。

• sp_administrator_select　找出管理员。

• sp_course_delete　删除科目。

• sp_course_ifExist　找出科目状态。

• sp_course_insert　插入科目。

• sp_course_isTest_select　找出科目是否考试。

• sp_course_selectCourseIdAsCourseName　通过科目名称查出科目 ID。

• sp_course_selectCourseNameAsCourseId　通过科目 ID 查出科目名称。

• sp_course_selectCourses　通过组合条件查出科目。

• sp_course_update　更新科目信息。

• sp_score_courseStatus_insert　插入科目状态。

• sp_score_courseStatus_select　通过组合条件查出科目状态。

• sp_score_select　通过组合条件查出。

• sp_score_delete　删除成绩。

- sp_score_selectASstuIdAndCourseId 通过学生 ID 和科目 ID 查出成绩。
- sp_score_statusUpdate 更新成绩状态。
- sp_score_updateScore 更新成绩。
- sp_student_cancelQualify 取消学生考试资格。
- sp_student_delete 删除学生 ID。
- sp_student_getCount 查出学生所有分数。
- sp_student_insert 插入学生。
- sp_student_pwdUpdate 更新学生密码。
- sp_student_select 查出所有学生。
- sp_student_selectAsId 通过学生 ID 查出学生。
- sp_student_selectAsStatus 通过状态查出学生。
- sp_student_selectInfo 查出所有学生信息。
- sp_student_selectName 查出所有学生名字。
- sp_student_StatusUpdate 更新学生状态。
- sp_student_update 更新学生。
- sp_student_updateQualify 更新学生考试资格。
- sp_teacher_delete 删除教师。
- sp_teacher_insert 插入教师。
- sp_teacher_select 查出所有教师。
- sp_teacher_selectAllInfo 查出所有信息。
- sp_teacher_selectAsCourseId 通过科目 ID 查出所有教师。
- sp_teacher_selectCourseId 查出教师信息。
- sp_teacher_selectInfo 查出教师名字。
- sp_teacher_update 更新教师。
- sp_teacher_updateInfo 更新教师信息。
- sp_test_create 创建试题。
- sp_test_delete 删除试题。
- sp_test_insert 插入试题。
- sp_test_rightAnsselectAsId 通过试题 ID 查出正确答案。
- sp_test_select 查出所有试题。
- sp_test_select_questionAndAns 通过答案和问题查出试题。
- sp_test_selectAsCourse 通过分数查出试题。
- sp_test_selectAsId 通过 ID 查出试题。
- sp_test_update 更新试题。

5）站点地图。

- login. aspx 登录页面。
- about. html 关于本系统页面。
- admin. aspx 管理员个人信息管理页面。
- adminInfo. aspx 管理员管理页面。

- courseView. aspx　科目信息管理页面。
- createTest. aspx　考试页面。
- result. aspx　考试结果页面。
- scoreanalyze. aspx　成绩分析页面。
- scoreanalyze. htm　成绩分析页面。
- seeResult. aspx　考试答案页面。
- showTest. aspx　试题信息维护页面。
- studentAdd. aspx　添加学生记录页面。
- studentDel. aspx　删除学生记录页面。
- studentUpdate. aspx　修改学生记录页面。
- stuInfoView. asp　学生信息管理页面。
- teacher. aspx　修改教师个人信息页面。
- teacherDel. aspx　删除教师信息页面。
- teacherInfo. aspx　教师管理页面。
- teacherInfoDetail. aspx　教师信息页面。
- teacherInfoView. aspx　教师信息管理页面。
- teacherManage. aspx　试题信息管理页面。
- testAdd. aspx　管理员添加试题页面。
- testAddByTeacher. aspx　教师添加试题页面。
- testResult. aspx　考试结果管理页面。
- testUpdate. aspx　管理员更改试题页面。
- testUpdateByTeacher. aspx　教师更改试题页面。
- userInfo. aspx　学生考试管理页面。

2. 对于上题的数据库,维护可以考虑的是:

(1) 定期删除过时的学生信息。

(2) 更新学生和老师信息。

(3) 更新试题。

重构可以考虑:

(1) 对于不适应的数据类型进行转换。

(2) 把数据移入另一个系统中。

(3) 规划或逆规范化数据模式。

第 8 章

一、填空题

1. 数据库的滥用,恶意滥用,无意滥用

2. 数据库保护

3. 计算机外部环境保护,计算机内部环境保护

4. 正确性,有效性,相容性

5. 实体完整性规则,参照完整性规则,用户定义完整性规则

二、选择题

1. A   2. B   3. A、B、C、D   4. A、B、C、D

三、问答题

1. 安全性是指保护数据库,防止不合法的用户非法使用数据库所造成的数据泄露,或恶意的更改和破坏,以及非法存取。

完整性是指防止合法用户的误操作、考虑不周造成的数据库中的数据不合语义、错误数据的输入输出所造成的无效操作和错误结果。

数据库安全性是保护数据库以防止非法用户恶意造成的破坏,数据库完整性则是保护数据库以防止合法用户无意中造成的破坏。也就是说,安全性是确保用户被限制在其想做的事情范围之内,完整性则是确保用户所做的事情是正确的;安全性措施的防范对象是非法用户的进入和合法用户的非法操作,完整性措施的防范对象是不合语义的数据进入数据库。

2. (1) 用户身份标识与鉴别。其方法是每个用户在系统中必须有一个标志自己身份的标识符,用以和其他用户相区别。当用户进入系统时,由系统将用户提供的身份标识与系统内部记录的合法用户标识进行核对,通过鉴别后方提供数据库的使用权。

(2) 存取控制。在数据库系统中,为了保证用户只能存取有权存取的数据,系统要求对每个用户定义存取权限。存取权限包括两个方面的内容:一方面是要存取的数据对象,另一方面是对此数据对象进行哪些类型的操作。在数据库系统中对存取权限的定义称为"授权",这些授权定义经过编译后存放在数据库中。对于获得使用权又进一步发出存取数据库操作的的用户,系统就根据事先定义好的存取权限进行合法权检查,若用户的操作超过了定义的权限,系统拒绝执行此操作,这就是存取控制。

(3) 审计。审计追踪使用的是一个专用文件,系统自动将用户对数据库的所有操作记录在上面,对审计追踪的信息做出分析供参考,就能重现导致数据库现有状况的一系列活动,以找出非法存取数据者,同时在一旦发生非法访问后即能提供初始记录供进一步处理。

(4) 数据加密。它的基本思想是:根据一定的算法将原始数据变换为不可直接识别的格式,不知道解密算法的人无法获知数据的内容。

3. 在数据库安全性问题中,一般用户使用数据库时,需要对其使用范围设定必要限制,即每个用户只能访问数据库中的一部分数据。这种必须的限制可以通过使用视图实现。具体来说,就是根据不同的用户定义不同的视图,通过视图机制将具体用户需要访问的数据加以确定,而将要保密的数据对无权存取这些数据的用户隐藏起来,使得用户只能在视图定义的范围内访问数据,不能随意访问视图定义外的数据,从而自动地对数据提供相应的安全保护。

4. SQL 提供 6 种操作权限。

(1) SELECT 权   即查询权。

(2) INSERT 权   即插入权。

(3) DELETE 权   即删除权。

(4) UPDATE 权   即修改权。

(5) REFERENCE 权   即定义新表时允许使用其他表的属性集作为其外键。

(6) USAGE 权   即允许用户使用已定义的属性。

5. 完整性约束条件涉及到 3 类作用对象,即属性级、元组级和关系级,这 3 类对象的状

态可以是静态的,也可以是动态的。结合这两种状态,一般将这些约束条件分为下面 6 种类型:

(1) 静态属性级约束。即对属性值域的说明,即对数据类型、数据格式和取值范围的约束。

(2) 静态元组级约束。即对元组中各个属性值之间关系的约束。

(3) 静态关系级约束。即一个关系中各个元组之间或者若干个关系之间常常存在的各种联系的约束。

(4) 动态属性级约束。即修改定义或属性值时应满足的约束条件。

(5) 动态元组级约束。即修改某个元组的值时要参照该元组的原有值,并且新值和原有值之间应当满足某种约束条件。

(6) 动态关系级约束。即加在关系变化前后状态上的限制条件。

6. DBMS 的完整性保护机制有下述 3 种功能:

(1) 定义功能。提供定义完整性约束条件的机制,确定违反了什么样的条件就需要使用规则进行检查。

(2) 检查功能。检查用户发出的操作请求是否违背了完整性约束条件,即怎样检查出现的错误。

(3) 处理功能。如果发现用户的操作请求与完整性约束条件不符合,则采取一定的动作来保证数据的完整性,即应当如何处理检查出来的问题。

四、实践题

1. 学生:查看成绩,选择课程,录入基本信息

老师:批准选课,录入成绩

教务员:修改课程学分,修改学生信息

2. 可以采用统计方法进行攻击。例如想知道某个人的工资,但数据库每次只能返回 N 个人以上的统计信息,那么可以先获得 $N+1$ 个人(包含攻击目标)的工资统计信息,然后再获得 N 个人(包括攻击目标)的统计信息,这样就可以通过减法获得攻击目标的工资信息。

要防止这种工资泄露,可以采用对统计信息加入随机化的方法进行抵御。

第 9 章

一、填空题

1. 事务开始,事务读写,事务提交,事务回滚

2. 并发执行

3. 丢失修改,读"脏"数据,不可重复读

4. 排他锁,共享锁

5. 静态转储,动态转储,海量转储,增量转储

二、选择题

1. B   2. D   3. A、D

三、问答题

1. 事务是用户定义的一个操作序列,这些操作要么全做要么全不做,是一个不可分割的工作单位,是数据库环境中的逻辑工作单位。

数据库理论与应用

事务具有 ACID 共 4 个特性：

（1）原子性。事务是数据库的逻辑工作单位，事务中包括的诸操作要么都做，要么都不做。事务的原子性质是对事务最基本的要求。

（2）一致性。事务执行的结果必须是使数据库从一个一致性状态变到另一个一致性状态。

（3）隔离性。一个事务的执行不能被其他事务干扰。即一个事务内部的操作及使用的数据对其他并发事务是隔离的，并发执行的各个事务之间不能互相干扰。事务的隔离性是事务并发控制技术的基础。

（4）持续性。持续性也称永久性，指一个事务一旦提交，它对数据库中数据的改变就应该是永久性的。

2. 在事务执行过程中，如果 DBMS 同时接纳多个事务，使得事务在时间上可以重叠执行，这种执行方式称为事务的并发操作或者并发访问。

并发操作又可分为两种类型：

（1）在单 CPU 系统中，同一时间只能有一个事务占用 CPU，实际情形是各个并发执行的事务交叉使用 CPU，这种并发方式称为交叉或分时并发。

（2）在多 CPU 系统中，多个并发执行的事务可以同时占用系统中的 CPU，这种方式称为同时并发。

3. 活锁是指在封锁过程中，系统可能使某个事务永远处于等待状态，得不到封锁机会。

死锁是指若干个事务都处于等待状态，相互等待对方解除封锁，结果造成这些事务都无法进行，系统进入对锁的循环等待。

（1）活锁的解除。

解决活锁问题的最有效办法是采用"先来先执行"、"先到先服务"的控制策略，也就是采取简单的排队方式。当多个事务请求封锁同一数据对象时，封锁子系统按照先后次序对这些事务请求排队；该数据对象上的锁一旦释放，首先批准申请队列中的第一个事务获得锁。

（2）死锁的解除。

解决死锁的办法目前有多种，常用的有预防法和死锁解除法。

① 预防法　即预先采用一定的操作模式以避免死锁的出现，主要有以下两种途径。

顺序申请法即将封锁的对象按顺序编号，事务在申请封锁时按顺序编号（从小到大或者反之）申请，这样就可以避免死锁发生。

一次申请法事务在执行开始时将它需要的所有锁一次申请完成，并在操作完成后一次性归还所有的锁。

② 死锁解除法　死锁解除方法允许产生死锁，在死锁产生后通过一定手段予以解除。此时有两种方法可供选用。

定时法对每个锁设置一个时限，当事务等待此锁超过时限后即认为已经产生死锁，此时调用解锁程序，以解除死锁。

死锁检测法：在系统内设置一个死锁检测程序，该程序定时启动检查系统中是否产生死锁，一旦发现死锁，即刻调用程序以解除死锁。

4. 数据库故障有:

(1) 事务级故障。事务级故障也称为小型故障,其基本特征是故障产生的影响范围在一个事务之内。

事务故障为事务内部执行所产生的逻辑错误与系统错误,它由诸如数据输入错误、数据溢出、资源不足(以上属逻辑错误)以及死锁、事务执行失败(以上属系统错误)等引起,使得事务尚未运行到终点即告夭折。事务故障影响范围在事务之内,属于小型故障。

(2) 系统故障。系统故障是指造成系统停止运转的任何事件,使得系统要重新启动,通常称为软故障。

(3) 介质故障。也称为硬故障,指的是外存故障。

(4) 计算机病毒。计算机病毒是具有破坏性、可以自我复制的计算机程序。计算机病毒已成为计算机系统的主要威胁,自然也是数据库系统的主要威胁。因此数据库一旦被破坏仍要用恢复技术把数据库加以恢复。

(5) 黑客入侵。黑客入侵可以造成主机、内存及磁盘数据的严重破坏。

5. 数据库恢复就是将数据库从被破坏、不正确和不一致的故障状态,恢复到最近一个正确的和一致的状态。数据库恢复的基本原理是建立"冗余"数据,对数据进行某种意义之下的重复存储。换句话说,确定数据库是否可以恢复的依据就是其包含的每一条信息是否都可以利用冗余的、存储在其他地方的信息进行重构。其基本方法有两种:

(1) 实行数据转储。定时对数据库进行备份,其作用是为恢复提供数据基础。

(2) 建立日志文件。记录事务对数据库的更新操作,其作用是将数据库尽量恢复到最近状态。

四、实践题

1. 串行调度:如果事务是按顺序执行,一个事务完全结束后,另一个事务接着才开始,则称这种调度方式为串行调度。

可串行化调度:如果一个调度与一个串行调度等价,则称此调度是可串行化调度。

例如,调度等价——两个调度 S_1 和 S_2,在数据库的任何初始状态下,所有读出的数据都是一样的,留给数据库的最终状态也是一样的。

对事务集 $\{T_1, T_2, T_3\}$ 的一个调度

$$S = R_2(x)W_3(x)R_1(y)W_2(y)$$
$$S \to R_2(x)R_1(y)W_3(x)W_2(y)$$
$$R_1(y)R_2(x)W_2(y)W_3(x) = S'$$

S' 是串行调度,S 是可串行化调度。

区别:可串行化调度交叉执行各事务的操作,但在效果上相当于事务的串行执行;而串行调度完全是串行执行各事务,失去并发的意义,不能充分利用系统的资源。

2.(1) 一般的两段封锁。T1 对 R1 加锁,T2 对 R2 加锁。此时 T1 再申请对 R2 加锁时将进入等待状态,T2 又再申请对 R1 加锁,也同样进入等待状态。最后,系统进入死锁状态。

T1	T2
⋮	⋮
x-lock(R1)	⋮
⋮	x-lock(R2)
申请 x-lock(R2)	⋮
wait	申请 x-lock(R1)
wait	wait

（2）具有 wait-die 策略的两段封锁。T1 对 R1 加锁，T2 对 R2 加锁。此时 T1 再申请对 R2 加锁，较年轻的 T2 占有 R2，则根据 wait-die 策略，年老的 T1 等待。然后年轻的 T2 申请 R1 锁，年老的 T1 占有 R1，则又根据 wait-die 策略，年轻的 T2 卷回，释放 R2，并重新启动。T1 得到 R1 和 R2，顺利执行，最后释放 R1 和 R2 供 T2 执行。

T1	T2
⋮	⋮
x-lock(R2)	⋮
⋮	x-lock(R2)
申请 x-lock(R2)	⋮
wait	申请 x-lock(R1)
wait	rollback
wait	unlock(R2)
x-lock(R2)	restart
⋮	⋮
⋮	申请 x-lock(R2)
⋮	rollback
⋮	restart
⋮	⋮
unlock(R1)	⋮
unlock(R2)	⋮
⋮	x-lock(R2)
⋮	x-lock(R1)
⋮	⋮
⋮	unlock(R1)
⋮	unlock(R2)
⋮	⋮

（3）T1 对 R1 加锁，T2 对 R2 加锁。此时年老的 T1 再申请对 R2 加锁，较年轻的 T2 持有 R2 锁，则根据 wound-wait 策略，T1 抢占 T2 的资源 R2，使 T2 卷回，释放资源 R2，并重新启动。年老的 T1 获得资源 R2，对 R2 加锁，继续执行，直至事务结束，并释放资源 R1 和 R2。在 T1 执行期间，年轻的 T2 申请 R2 锁，年老的 T1 拥有 R2，则又根据 wound-wait 策略，T2 等待，直到 T1 执行完释放资源 R1 和 R2 后，T2 才能申请到 R2 和 R1 而顺利执行。

T1	T2
⋮	⋮
x-lock(R1)	
⋮	x-lock(R2)
申请 x-lock(R2)	⋮
⋮	rollback
	unlock(R2)
x-lock(R2)	restart
⋮	⋮
⋮	申请 x-lock(R2)
⋮	wait
unlock(R1)	wait
unlock(R2)	wait
⋮	x-lock(R2)
⋮	x-lock(R1)
⋮	⋮
⋮	unlock(R1)
⋮	unlock(R2)
	⋮

(4) ① T1(R1)→T2(R2)→T1(R1)→T2(R1) 死锁

② T1(R1)→T1(R2)→T2(R2)→T2(R1)

③ T1(R1)→T1(R2)→T2(R2)→T2(R1)

第 10 章

一、填空题

1. 面向对象数据库系统，对象关系数据库系统

2. 平面关系模型，嵌套关系模型，复杂对象模型

3. 行类型，数组类型，列表类型，包类型，集合类型

4. 继承

5. 静态联编，动态联编

二、选择题

1. B　2. D

三、问答题

1. 由于处理问题的方法不同，ODBS 可以分为两种类型：

(1) 面向对象数据库系统（OODBS）。其基本特征是直接将面向对象程序设计语言引入数据库，完全与已有的数据库系统无关。

面向对象数据库的主要优势在于支持复杂的软件系统设计和类型更加广泛的数据库应用。

(2) 对象关系数据库系统（ORDBS）。其基本特征是在关系数据库系统自然加入 OO 技术从而使得其具有新的功能和应用。

数据库理论与应用

对象关系数据库具有如下的优势：

① 从事数据库研究与应用的人大多熟悉关系数据库。

② 现有关系数据库具有相当多的用户和顾客，具有主流的商业市场。

③ 关系查询语言具有很好的数学支撑，便于进一步研究和推广。

④ 现有的关系数据库语言具有广泛使用的工业标准。

2. 对象是由一组数据结构和在这组数据结构上的方法（程序代码）封装起来的基本单位。一个对象由属性集合、方法集合和消息集合 3 部分组成。这 3 部分通常称为对象结构。

(1) 属性集合。对象通常具有若干特征，每个特征称为对象的一个属性。对象的属性全体构成了对象的数据结构。

(2) 方法集合。方法是对象行为特性的描述，它定义了允许作用于该对象上的一种操作。因此，方法也称为操作。每个对象都有若干种方法。方法的定义包括方法的接口和方法的实现。

(3) 消息集合。消息是对象与对象之间的联系信息。

3. 类是对具有共同属性和方法的对象全体的抽象和概括的描述，它相当于关系模型中的关系模式。类的实例(INSTANCE)是对象。

抽象类是一种不能建立的实例的类。抽象类将有关的类组织在一起，抽象出一个公共的超类，其他一些子类都从这个超类派生出来。通常一个抽象类只是描述了与这个类有关的操作接口；或者操作的部分实现；具体的实现则在一个或几个子类中定义。抽象类一般用于定义一种协议或概念。

4. 封装是使对象的外部界面与内部实现之间实行清晰隔离的一种技术，是 OO 模型的主要特征之一。封装使用户只能看到对象封装后的界面信息（正如规格说明等），而看不到对象内部的信息（如方法实现细节），即对象的内部信息对用户是隐蔽的。

封装的目的是使对象的使用者与对象的设计者分开，从而允许设计者对对象的操作和数据结构进行修改，而不影响对象接口和使用对象的应用，这有利于提高数据独立性。由于封装，用户对对象内部方法实现的具体细节是不可见的，用户只需按设计的要求来访问对象即可。此外对象封装后成为一个自含的单元（模块），对象只接受已定义好的操作，其他程序不能直接访问对象中的属性，从而可以提高程序的可靠性，也为系统的维护和修改带来了方便。

5. 所谓持久数据是指创建这些数据的程序运行终止后数据仍然驻留在系统当中。数据库中的关系是持久数据。

作为扩充了的程序设计语言，持久化程序设计语言与嵌入式 SQL 不同之处在于：

(1) 在嵌入式语言中，由于宿主语言的类型系统与 SQL 的类型系统不同，人们需要在宿主语言和 DML 语言之间不断进行类型转换，而在持久化程序设计语言中查询语言与宿主语言完全集成在一起，具有相同的类型系统。创建对象并且将之存储在数据库中，不需要任何显式的类型或格式改变。任何格式转换对程序员都是透明的。

(2) 使用嵌入式查询语言的程序员要负责编写程序把从数据库中取出的数据放到内存中。在更新时，程序员还需要编写程序段将更新过的数据写回数据库。相比之下，在持久化语言中，程序员可以直接操作持久数据，而不必为存取数据编写程序。

四、实践题

1.

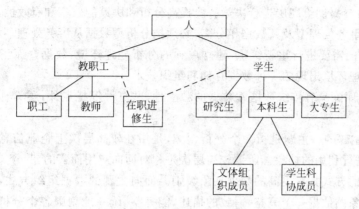

2. 对象持久化。现在很多应用程序,或单机,或 web 应用程序,或其他什么系统,都会用到数据库。对象持久化技术可以用一种直观的方法操作数据库。比如原来写的帖子都是放在数据库里的;当写了一个新帖子,服务器上会产生一个新对象。而对象是在内存里的,是临时存在的东西,持久化可以把对象"放"到数据库里去长久保存,这样帖子就保存了。现在很多应用的数据都用数据库,所以持久化就可以在很多地方使用了。

对象数据库:面向对象的数据库是一种数据库的模式数据库中的表,字段和内容都当成对象来处理,换言之,可以使用对象的属性和方法。以 Paradox 为例,如果 SQL 语句为 select * from A where b=: b,那么在 Delphi 中可以操作参数 b,即 Paramaters. ParamValue['b'] := x;此时就相当于使用了对象,现在比较流行的面向对象的数据库是 Oracle。

第 11 章

一、填空题

1. 企业数据仓库(EDW),操作型数据库(ODS),数据集市(data marts)

2. 数据源,数据存储与管理,OLAP 服务器,前端工具与应用

3. 简单堆积文件,轮转综合文件,简化直接文件,连续文件

4. 事物建模,概念设计,逻辑设计,物理设计

5. 验证型,发掘型

二、选择题

1. A、B、C、D   2. A

三、问答题

1. 传统的决策支持系统(decision-making support system,DSS)是建立在传统数据库体系结构之上的,存在许多难以克服的困难,主要表现在:

(1) 数据缺乏组织性。各种业务数据分散在异构的分布式环境中,各个部门抽取的数据没有统一的时间基准,抽取算法、抽取级别也各不相同。

(2) 业务数据本身大多以原始的形式存储,难以转换为有用的信息。

(3) DSS 分析需要时间较长,而传统联机事务处理 OLTP(online transaction processing)则要求尽快做出反应。另外,DSS 常常需要通过一段历史时期的数据来分析变

化趋势进行决策。由于数据在时间维上展开,数据量将大幅度增加。

因此,为了满足这种决策支持的需要,需要提供这种数据库,它能形成一个综合的、面向分析的环境,最终提供给高层进行决策。要提高分析和决策的效率和有效性,分析型处理及其数据必须与事务处理型及其数据相分离,必须把分析型数据从事务处理环境中提取出来,按照 DSS 处理的需要进行重新组织,建立单独的分析处理环境,数据仓库正是为了构建这种新的分析处理环境出现的一种数据存储和组织技术。

2. 数据仓库除具有传统数据库数据的独立性、共享性等特点外,还具有以下 5 个主要特点:

(1) 面向主题的。主题是指一个分析领域,是指在较高层次上企业信息系统中的数据综合、归类并进行利用的抽象。所谓较高层次是相对面向应用而言的,其含义是指按照主题进行数据组织的方式具有更高的数据抽象级别。面向主题的数据组织方式,就是在较高层次上对分析对象的数据一个完整、一致的描述,能完整、统一地刻画各个分析对象所涉及的各项数据以及数据之间的联系。

(2) 集成的。数据仓库中的数据不是简单地将来自外部信息源的信息原封不动接收,而是在对原有分散的数据库数据抽取、清理的基础上经过系统加工、汇总和整理得到的,必须消除源数据中的不一致性,以保证数据仓库内的信息是关于整个企业的一致的全局信息。

在创建数据仓库时,信息集成的工作包括格式转换、根据选择逻辑消除冲突、运算、总结、综合、统计、加时间属性和设置缺省值等工作。还要将原始数据结构做一个从面向应用到面向主题的转变。

(3) 相对稳定的。数据仓库反映的是历史信息的内容,而不是处理联机数据。在数据仓库中,数据一旦装入其中,基本不会发生变化。数据仓库中的每一数据项对应于每一特定时间。当对象某些属性发生变化就会生成新的数据项。数据仓库一般需要大量的查询操作,而修改和删除操作却很少,通常只需要定期的加载、刷新。因此,数据仓库的信息具有稳定性。

(4) 反映历史变化。数据仓库中的数据通常包含历史信息,系统记录了企业从过去某一时刻(如开始应用数据仓库的时刻)到目前的各个阶段的信息。通过这些信息可以对企业的发展历程和未来趋势做出定量分析和预测。

(5) 数据随时间变化。数据仓库的数据随着时间变化而定期被更新。数据仓库的数据是有存储期限的,一旦超过了这个期限,过期数据就要被删除。而且数据仓库中的数据要随着时间的变化不断地进行重新综合。

3. 开发数据仓库的流程包括以下 8 个步骤:

(1) 启动工程。建立开发数据仓库工程的目标及制定工程计划。计划包括数据范围、提供者、技术设备、资源、技能、培训、责任、方式方法、工程跟踪及详细工程调度等。

(2) 建立技术环境。选择实现数据仓库的软硬件资源,包括开发平台、DBMS、网络通信、开发工具、终端访问工具及建立服务水平目标(关于可用性、装载、维护及查询性能)等。

(3) 确定主题。进行数据建模要根据决策需求确定主题、选择数据源、对数据仓库的数据组织进行逻辑结构设计。

（4）设计数据仓库中的数据库。基于用户需求，着重某个主题，开发数据仓库中数据的物理存储结构，及设计多维数据结构的事实表和维表。

（5）数据转换程序实现。从源系统中抽取数据、清理数据、一致性格式化数据、综合数据、装载数据等过程的设计和编码。

（6）管理元数据。定义元数据，即表示、定义数据的意义以及系统各组成部分之间的关系。元数据包括关键字、属性、数据描述、物理数据结构、映射及转换规则、综合算法、代码、缺省值、安全要求、变化及数据时限等。

（7）开发用户决策的数据分析工具。建立结构化的决策支持查询，实现和使用数据仓库的数据分析工具，包括优化查询工具、统计分析工具、C/S工具、OLAP工具及数据挖掘工具等，通过分析工具实现决策支持需求。

（8）管理数据仓库环境。数据仓库必须像其他系统一样进行管理，包括质量检测、管理决策支持工具及应用程序，并定期进行数据更新，使数据仓库正常运行。

4. 数据挖掘就是在一些事实或者观察数据的集合中寻找模式的决策支持过程。

数据挖掘过程一般由3个主要阶段组成：数据准备、挖掘操作、结果表达和解释。规则的挖掘可以描述为这3个阶段的反复过程。

（1）数据准备阶段。这一阶段可进一步分成数据集成、数据选择和数据处理三个步骤。数据集成将多文件和多数据库运行环境中的数据进行合并处理，解决语义模糊性，处理数据中的遗漏和清洗脏数据等。数据选择的目的是辨别出需要分析的数据集合，缩小处理范围，提高数据挖掘的质量。预处理是为了克服目前数据挖掘工具的局限性。

（2）挖掘操作阶段。主要包括决定如何产生假设、选择合适的工具、挖掘规则的操作和证实挖掘的规则。

（3）结果表达和解释阶段。根据最终用户的决策目的对提取的信息进行分析，把最有价值的信息区分出来，并且通过决策支持工具提交给决策者。因此，这一阶段的任务不仅把结果表达出来，还要对信息进行过滤处理。

如果不满意，需要重复上述数据挖掘过程。

5. 数据挖掘方法有多种，其中比较典型的有关联分析、序列模式分析、分类分析、聚类分析等。

（1）关联分析。即利用关联规则进行数据挖掘。关联分析的目的是挖掘隐藏在数据间的相互关系。

（2）序列模式分析。序列模式分析和关联分析相似，其目的也是为了挖掘数据之间的联系，但序列模式分析的侧重点在于分析数据间的前后序列关系。

（3）分类分析。设有一个数据库和一组具有不同特征的类别（标记），该数据库中的每一个记录都赋予一个类别的标记，这样的数据库称为示例数据库或训练集。分类分析就是通过分析示例数据库中的数据，为每个类别做出准确的描述或建立分析模型或挖掘出分类规则，然后用这个分类规则对其他数据库中的记录进行分类。目前已有多种分类分析模型得到应用，其中几种典型模型是线性回归模型、决策树模型、基本规则模型和神经网络模型。

（4）聚类分析。与分类分析不同，聚类分析输入的是一组未分类记录。聚类分析就是通过分析数据库中的记录数据，根据一定的分类规则，合理地划分记录集合，确定每个记录所在类别。它所用的分类规则是由聚类分析工具决定的。聚类分析的方法很多,其中包括系统聚类法、分解法、加入法、动态聚类法、模糊聚类法、运筹方法等。采用不同的聚类方法,对于相同的记录集合可能有不同的划分结果。

四、实践题

1.

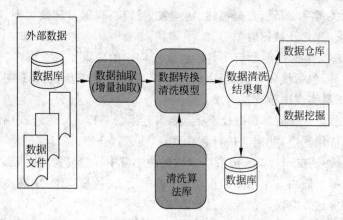

2. 对于高维数据的处理,一种有效的方法是在保持数据关系的基础上进行维归约,从而利用传统的聚类算法在较低维的数据空间中完成聚类操作,如主成分分析(PCA)、多维缩放(MDS)、自组织映射网络(SOM)、小波分析等,都是普遍应用的降维方法。在信息获取领域,类似 PCA 的潜在语义分析(LSI)也是经常使用的降维技术。由于降维后,噪音数据与正常数据之间的差别缩小,由此得到的聚类结果质量较差。另外,降维技术的使用虽然缩小了数据维度空间,但其可解释性、可理解性较差,可能会丢失重要的聚类信息,其结果的表达和理解也存在着一定的难度。

第 12 章

一、填空题

1. Microsoft Windows,BDE(Borland Database Engine),面向对象程序(Object-Oriented Language)

2. Pascal 语言

3. 数据集,数据控制,数据控制组件,数据集组件

4. 制作报表

二、选择题

1. A、B、C、D　　2. A

三、问答题

1. 一个 Delphi 程序首先是应用程序框架,在此构架上即使没有附着任何东西,仍可以严格地按照设计运行。正如我们的工作只是在构架添加我们自己的程序一样。缺省的应用程序是一个空白的窗体(form),可以运行它,结果得到一个空白的窗口。因此,应用程序框架通过提供所有应用程序共有的东西,为用户应用程序的开发打下了良好的基础。Pascal 语言具有可读性好、编写容易的特点,这使得它很适合作为基础的开发语言。

2. 数据库组件主要有数据访问组件和数据控制组件。数据访问组件在组件面板的

Data Access 组件页上，主要有 Table、Query 和 Storedproc 3 个组件，也称为数据集组件，用于和数据库连接；可将这些组件视为数据库，对它们的操作就可认为是对数据库的操作。数据控制组件也可称为数据显示组件或数据浏览组件。它们的主要功能是和数据访问组件配合供用户对数据进行浏览、编辑等操作。数据控制组件在组件板上的 DataControl 页上，共有 15 个组件。数据库组件和数据库的关系可用下面的示意图来表示：

用户←→数据控制组件←→数据访问组件←→BDE←→数据库

通过 BDE 几乎可以操作目前所有类型的数据库。

3. ADO 的优势主要体现在 ADO 将会内置在从 Windows 2000 开始 Microsoft 新出的所有操作系统中，单就这一点就足以给其他的数据访问方式画上问号。在 Delphi6 中提供了对 ADO 的全力支持，提供了很多 ADO 组件，还增加了一些新的字段类型如：WideString、GUID、Variant、interface、IDispatch 等。ADO 是面向各种数据的层次很高的接口，它提供了强大的数据访问功能，可以访问的数据对象有关系数据库中的各种数据；非关系型数据库，如层次型数据库，网状数据库等；电子邮件与文件系统；文本与图像，声音；客户事务对象。ADO 是 ASP(Active Server Page)内置的 ActiveX 服务器组件(ActiveX Server Component)，通过在 Web 服务器上设置 ODBC 和 OLEDB 可连接多种数据库，是对目前 Microsoft 所支持的数据库进行操作的最有效和最简单直接的方法。

四、实践题

1. 源代码在出版社网上发布。

2. 可以从查询、索引方面考虑。

附录　实　　验

实验 1　SQL Server 2000 的安装与系统设置

一、实验目的

掌握 SQL Server 2000 的安装和配置方法,熟悉 SQL Server 的系统环境。

二、实验设备

(1) 操作系统为 Windows 2000 Server 的计算机一台。

(2) SQL Server 2000 标准版安装软件。

三、实验步骤

(1) 在自动运行界面下选择安装数据库系统,包括服务器端工具与客户端工具。

将安装光盘放入 CD-ROM,将自动弹出"SQL Server 自动菜单"界面,如果没有自动弹出则选择光盘根目录下的 autorun.exe,双击运行。

选择运行"安装 SQL Server 2000 组件"进入安装组件界面,选择"安装数据库服务器",进入安装界面后,按照安装提示进行安装。一般需要人工进行干预的有:

① 选择安装类型和安装路径。安装类型有典型安装、最小安装和自定义安装。安装路径是指 SQL Server 的系统文件和数据文件的安装位置。默认情况下"安装类型"是典型安装,"安装路径"是操作系统设定的 Program Files 文件夹。可以自行改变,初次安装最好不要改变,按默认情况使用。

② 配置启动服务的账号。有两类用户账号:一类是与 Windows 操作系统的集成账号,一类是混合账号。选择第一类账号进行安装。

(2) 配置服务器端网络库。

SQL Server 支持多种网络库,这些网络库必须与操作系统的网络协议共同工作,才能实现客户机与数据库服务器的通信。安装完成后,可以通过操作系统的开始菜单操作:"开始"→SQL Server→"数据库服务器网络配置"进行配置。

(3) 配置客户端网络库。

客户机要与数据库服务器通信,必须安装有与服务器网络库一样的网络库。可以通过操作系统的开始菜单操作:"开始"→SQL Server→"客户端网络配置"进行配置。

(4) 熟悉 Master、Model、Msdb、Tompdb、Pubs 和 Northwind 6 个系统数据库,并了解它们的功能。

(5) 熟悉数据库中各个系统表及其相应的功能。

四、实验思考

(1) SQL Server 如何利用 Win NT 系统的身份验证代替 SQL Server 系统的身份验证?

(2) 假如服务器端网络库设置 TCP/IP 协议的端口为 2866,那么在客户端的网络库中应该怎样设置 TCP 端口?

实验 2 创建数据库与表

一、目的与要求

(1) 了解 SQL Server 数据库的逻辑结构和物理结构。

(2) 了解表的结构。

(3) 了解 SQL Server 的基本数据类型。

(4) 学会在企业管理器中创建数据库和表。

(5) 学会使用 T-SQL 语句创建数据库和表。

二、实验准备

(1) 明确各种数据库身份。

(2) 创建数据库必须要确定数据库名、所有者、数据库大小(最初的大小、最大的大小、是否允许增长及增长方式)和存储数据库的文件。

(3) 确定数据库包含哪些表,了解所包含表的结构、常用数据类型和创建方法。

三、实验内容

(1) 启动企业管理器。首先打开企业管理器,熟悉它的界面。

① 选择"开始"→"程序"→Microsoft SQL Server→"企业管理器",打开 SQL Server 2000 的企业管理器界面,这是一个典型的 MMC 窗口,界面如图 E2-1 所示。

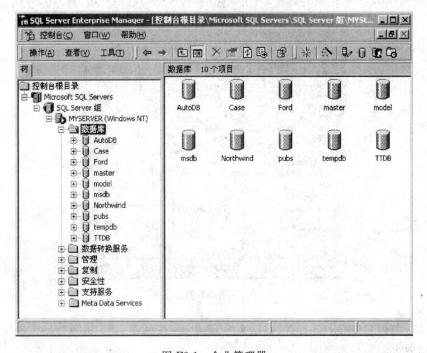

图 E2-1 企业管理器

② 从图 E2-1 可以看出企业管理器的管理层次,大多数工作都集中在"数据库"文件夹和"安全性"文件夹。

(2) 创建 School 数据库。

这里设计一个名称为 School 的样例数据库,设计数据库要考虑的因素主要有数据库名

数据库理论与应用

称；数据文件的文件名、位置、初始大小和增长方式；日志文件的文件名、位置、初始大小和增长方式，具体参数如表 E2-1 所示。

表 E2-1　样例数据库 School 设计参数

对象	参数设置	
数据库	名称	School
数据文件	文件名	School_Data
	位置	C:\Program Files\Microsoft SQL Server\MSSQL\data\School_Data. MDF
数据文件	初始大小	3MB
	增长方式	文件自动增长；按兆字节；1MB；文件增长不受限制
事务日志	文件名	School_Log
	位置	C:\Program Files\Microsoft SQL Server\MSSQL\data\School_Log. LDF
	初始大小	1MB
	增长方式	文件自动增长；按兆字节；1MB；文件增长不受限制

在表 E2-1 中，日志文件的初始大小通常约为数据文件大小的三分之一，文件增长方式设置为自动增长。

（3）通过企业管理器设计 School 数据库。

① 填写数据库名。选择"数据库"，右击，在弹出的快捷菜单中选择"新建数据库"命令，打开"数据库属性"对话框，在"名称"文本框中填写 School，界面如图 E2-2 所示。

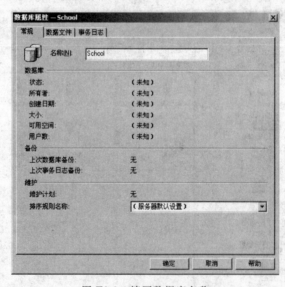

图 E2-2　填写数据库名称

② 填写数据文件参数。选择"数据文件"选项卡，按照表 E2-1 填写数据文件参数，界面如图 E2-3 所示。

③ 填写事务日志文件参数。选择"事务日志"选项卡，按照表 E2-1 填写事务日志文件参数，界面如图 E2-4 所示。

（4）设计数据库表。

School 数据库用来管理学生的基本情况和学习成绩，它包含 3 个表：Student 表、Course 表和 SC 表。

图 E2-3　填写数据文件参数

图 E2-4　填写事务日志文件参数

① 设计 Student 表。

该表用于存储学生的基本信息。下面通过企业管理器设计 Student 表。

第一步,选择 School 数据库下的"表"项目,右击,在弹出的快捷菜单中选择"新建表"命令,打开数据库表设计器,设计 Student 表结构,如图 E2-5 所示。

列名	数据类型	长度	允许空
学号	char	6	
姓名	varchar	10	✓
性别	char	2	✓
年龄	tinyint	1	✓
系别	varchar	20	✓

图 E2-5　设计 Student 表

数据库理论与应用

第二步，单击"保存"按钮，保存 Student 表。

② 设计 Course 表。

该表用于存储学校开设的课程信息。通过企业管理器设计 Course 表。

第一步，选择 School 数据库下的"表"项目，右击，在弹出的快捷菜单中选择"新建表"命令，打开数据库表设计器，设计 Course 表结构，如图 E2-6 所示。

第二步，单击"保存"按钮，保存 Course 表。

③ 设计 SC 表。

该表是 Student 表和 Course 表的关联表，换句话说，它存储着这两个表的关系。下面通过企业管理器设计 SC 表。

第一步，选择 School 数据库下的"表"项目，右击，在弹出的快捷菜单中选择"新建表"命令，打开数据库表设计器，设计 SC 表结构，如图 E2-7 所示。

列名	数据类型	长度	允许空
课程号	int	4	
课程名称	char	10	✓
学时	char	10	✓
学分	char	10	✓

图 E2-6　设计 Course 表

列名	数据类型	长度	允许空
学号	char	6	
课程号	int	4	
成绩	int	4	✓

图 E2-7　设计 SC 表

第二步，单击"保存"按钮，保存 SC 表。

(5) 实现表间关系。

数据库表之间通常有一种"一对多"的关系，其中"一"方的表称为主表，"多"方的表称为从表。为确保数据完整性，通常在从表上建立外键，这样当修改主表记录时，从表就会级联修改相应的记录。

通过企业管理器创建数据库关系图。

第一步，选择 School 数据库下的"关系图"项目，右击，在弹出的快捷菜单中选择"新建数据库关系图"命令，打开创建数据库关系图向导，单击"下一步"按钮，选择要添加的表，如图 E2-8 所示。

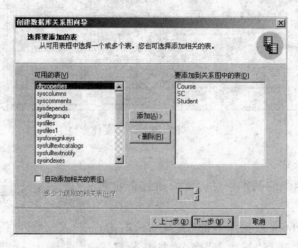

图 E2-8　选择要添加的表

第二步,单击"下一步"按钮,再单击"完成"按钮,打开"关系图"设计界面,如图 E2-9 所示。

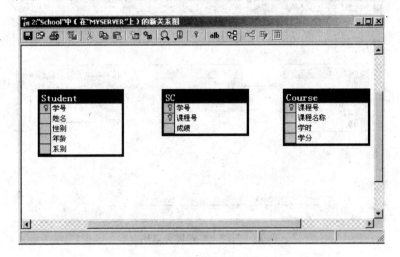

图 E2-9 关系图设计界面

第三步,建立 Student 表和 SC 表之间的关系。单击 Student 表的"学号"列,拖动到 SC 表的"学号"列上松开,将打开"创建关系"对话框,界面如图 E2-10 所示。

第四步,选中"级联更新相关的字段"和"级联删除相关的记录"两个复选框,单击"确定"按钮,将创建主表 Student 和从表 SC 之间的一个关系,即在 SC 上建立了一个外键,该外键将确保它和 Student 之间的数据完整性。

第五步,建立 Course 表和 SC 表之间的关系。鼠标左键按住 Course 表的"课程号"列,拖动到 SC 表的"课程号"列上松手,将打开"创建关系"对话框,界面如图 E2-11 所示。

图 E2-10 创建 Student 表和 SC 表关系对话框

图 E2-11 创建 Course 表和 SC 表关系对话框

第六步,选中"级联更新相关的字段"和"级联删除相关的记录"两个复选框,单击"确定"按钮,将创建主表 Course 和从表 SC 之间的一个关系,即在 SC 上建立了一个外键,该外键将确保它和 Course 之间的数据完整性。关系图创建完成后的界面如图 E2-12 所示。

(6) 添加样例数据。

第一步,为 Student 表添加样例数据,具体内容如图 E2-13 所示。

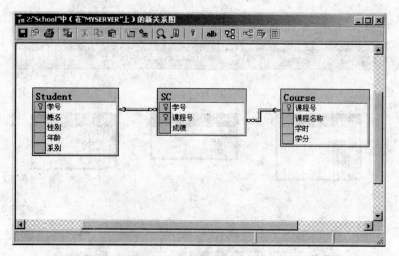

图 E2-12　数据库关系图

学号	姓名	性别	年龄	系别
060001	赵蕾	女	20	计算机系
060002	钱立惟	男	21	数学系
060003	孙海龙	男	21	计算机系
060004	李俊龙	男	20	计算机系
060005	周博	女	19	物理系
060006	吴雪	女	20	数学系
060007	郑燕妮	女	20	数学系
060008	王霜	女	19	英语系

图 E2-13　Student 表样例数据

第二步，为 Course 表添加样例数据，具体内容如图 E2-14 所示。

课程号	课程名称	学时	学分
1	计算机网络	50	2
2	高等数学	90	3
3	英语	120	4
4	设计模式	60	2
5	数据结构	60	2
6	操作系统	90	3
7	C#语言程序	60	2
8	英美概况	90	3

图 E2-14　Course 表样例数据

第三步，为 SC 表添加样例数据，具体内容如图 E2-15 所示。

学号	课程号	成绩
060001	1	90
060001	2	85
060001	3	88
060002	2	95
060002	3	76
060003	1	78
060003	2	82
060003	3	65
060004	1	65
060004	2	76
060004	3	65
060005	2	90
060005	3	89
060006	2	76
060006	3	69
060007	2	81
060007	3	91
060008	3	95
060008	8	87

图 E2-15　SC 表样例数据

四、实验思考

(1) 日志文件的作用是什么？

(2) 登录时,使用的是哪种登录方式? 为什么?

实验 3 SQL Server 2000 查询分析器

一、实验目的

SQL Server 2000 的查询分析器是一种特别用于交互式执行 SQL 语句和脚本的极好的工具。

本实验了解 SQL Server 2000 查询分析器的启动,熟悉如何在 SQL Server 2000 查询分析器中创建表、插入记录、查询记录。学会在 SQL Server 2000 的查询分析器中创建表、插入记录、查询记录。

二、实验内容

(1) 启动数据库服务软件 SQL Server 2000 的查询分析器。

① 在"程序"菜单中选择 Microsoft SQL Server 命令,如图 E3-1 所示。

② 选中"查询分析器"命令,如图 E3-2 所示。

图 E3-1 选择 Microsoft SQL Server 命令   图 E3-2 选择"查询分析器"命令

③ 出现"连接到 SQL Server"对话框,如图 E3-3 所示。

④ 单击 ▉ 按钮,出现"选择服务器"对话框,如图 E3-4 所示。

⑤ 选择本地服务(Local)选项,单击"确定"按钮。

⑥ 再单击"连接到 SQL Server"对话框中的"确定"按钮,出现"SQL 查询分析器"对话框,如图 E3-5 所示。

⑦ 选择"查询"→"更改数据库"命令,如图 E3-6 所示。

数据库理论与应用

图 E3-3 "连接到 SQL Server"对话框

图 E3-4 "选择服务器"对话框

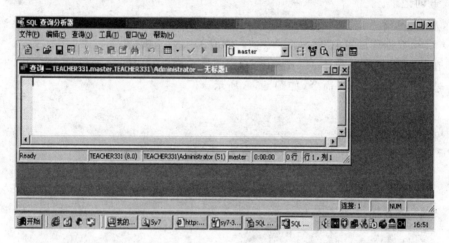

图 E3-5 "SQL 查询分析器"对话框

⑧ 出现选择数据库窗口,如图 E3-7 所示。

图 E3-6 "更改数据库"命令

图 E3-7 选择数据库窗口

⑨ 选择在实验 2 中建立的数据库 Test,单击"确定"按钮。

(2) 在查询分析器中建立表。

① 在查询分析器的查询窗口中输入 SQL 语句,如图 E3-8 所示。

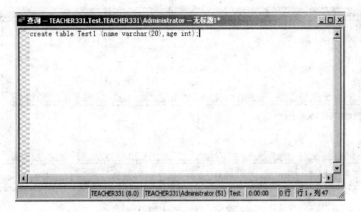

图 E3-8　输入 SQL 语句

② 单击 ▶ 按钮，执行该 SQL 语句，在查询窗口下部出现一个输出窗口，如图 E3-9 所示。

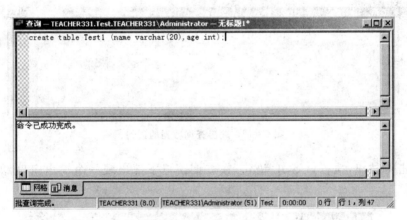

图 E3-9　输出窗口 1

③ 提示命令成功完成，或者报告出错信息。

（3）查询分析器中向表添加数据。

① 在查询分析器的查询窗口中输入 SQL 语句，如图 E3-10 所示。

图 E3-10　输入添加数据的语句

② 单击 ▶ 按钮，执行该 SQL 语句，在查询窗口下部出现一个输出窗口，如图 E3-11 所示。

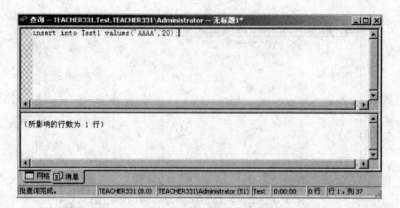

图 E3-11 输出窗口 2

（4）从表中查询数据。

① 在查询分析器的查询窗口中输入 SQL 语句，如图 E3-12 所示。

图 E3-12 输出查询数据的语句

② 单击 ▶ 按钮，执行该 SQL 语句，在查询窗口下部出现一个输出窗口，如图 E3-13 所示。

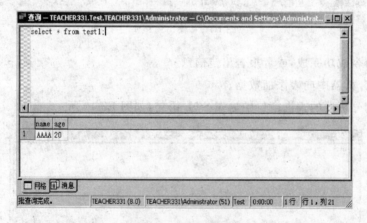

图 E3-13 输出窗口 3

三、实验任务

（1）打开数据库 SQL Server 2000 的查询分析器，用 SQL 语言建表 Course，表结构如图 E3-14 所示。

Course

字段名	类型	长度	含义
Cno	Char	5	课程编号
Cname	Varchar	20	课程名
Cpno	Char	5	先行课
Credit	Int		学分

图 E3-14 表结构图

（2）用 SQL 语言向各表中插入记录。

（3）练习使用查询语句，查找年龄大于等于 20 岁，计算机系的学生记录。

（4）练习 T-SQL 中的函数。

将以上的 SQL 语句存盘，以备检查。

四、实验思考

（1）企业管理器与查询分析器有什么区别？

（2）理解数据库与数据表的关系。

实验 4 数据库的查询

一、实验目的

熟练掌握 T-SQL 语句的各种子句及其语法结构。

二、实验准备

（1）掌握并灵活使用 T-SQL 及其相关技巧。

（2）了解 SELECT 语句的基本语法格式和执行方法。

（3）了解子查询的表示方法。

（4）了解 SELECT 语句的 GROUP BY 子句的作用和使用方法。

（5）了解 SELECT 语句的 ORDER BY 子句的作用和使用方法。

三、实验内容

（1）实验 4.1 T-SQL 语句的基本语法

SELECT 语句的使用：

① 查询 Employees 表中每个雇员的所有记录。

② 用 SELECT 语句查询 Departments 和 Salary 表中所有的记录。

③ 查询 Employees 表中每个雇员的地址和电话。

④ 查询 Departments 和 Salary 表中的一列或若干列。

⑤ 查询 EmployeeID 为 000001 的雇员的地址和电话。

⑥ 用 SELECT 语句查询 Departments 和 Salary 表中满足条件的一列或若干列。

（2）实验 4.2 数据库的查询（一）

子查询的使用：

① 用子查询的方法查找在财务部工作的雇员的情况。

② 用子查询的方法查找所有月收入在 2500 元以下的雇员的情况。

③ 用子查询的方法查找财务部年龄不低于研发部雇员年龄的雇员的姓名。

④ 用子查询的方法查找研发部比所有财务部雇员收入都高的雇员的姓名。

⑤ 用子查询的方法查找比所有财务部的雇员收入都高的雇员的姓名。

⑥ 用子查询的方法查找所有年龄比研发部谬论员年龄都大的雇员姓名。

(3) 实验 4.5　数据库的查询(二)

① 数据汇总。

- 求财务部雇员的平均收入。
- 查询财务部雇员的最高和最低收入。
- 求财务部雇员的平均实际收入。
- 查询财务部雇员的最高和最低实际收入。
- 求财务部雇员的总人数。
- 统计财务部月收入在 2500 元以上雇员的人数。

② GROUP BY 和 ORDER BY 子句的使用。

- 求各部门的雇员数。
- 统计各部门月收入在 2000 元以上雇员人数。
- 将各雇员的情况按收入由低到高排列。
- 将各雇员的情况按出生时间先后排列。

四、实验思考

(1) 最简单的 T-SQL 语句结构是怎样的?

(2) T-SQL 用到的关键字有哪些? 分别有什么作用?

实验 5　备份和恢复数据库

一、实验目的

掌握数据库的备份和恢复方法。

二、实验内容

(1) 复习教程中的相关示例操作。

(2) 按照如下顺序完成对学生管理数据库的操作:

① 创建永久备份设备 backup1 和 backup2。

② 将学生数据库完全备份到 backup1 上。

③ 在选课表中插入一行新的记录,然后将学生数据库差异备份到 backup2 上。

④ 再将新插入的记录删除。

三、实验思考

(1) 如何使用 SQL Server 企业管理器进行备份?

(2) 如何使用 T-SQL 的 RESTORE 语句恢复数据库?

实验 6　索引、存储过程和触发器的使用

一、目的与要求

(1) 掌握索引的使用方法。

(2) 掌握存储过程的使用方法。

(3) 掌握触发器的使用方法。

二、实验准备

(1) 了解索引的作用与分类。

(2) 掌握索引的创建方法。

(3) 理解数据完整性的概念及分类。

(4) 了解各种数据完整性的实现方法。

(5) 了解存储过程的使用方法。

(6) 了解触发器的使用方法。

(7) 了解 inserted 逻辑表和 deleted 逻辑表的使用。

三、实验内容

(1) 实验 6.1　索引、触发器。

① 建立索引。

对 STUDENT_学号数据库的 Employees 表中的 DepartmentID 列建立索引。

② 创建触发器。

- 向 Employees 表插入或修改一条记录时,通过触发器检查记录的 DepartmentID 值在 Departments 表中是否存在,若不存在,则取消插入或修改操作。

- 修改 Departments 表的 DepartmentID 字段值时,对该字段在 Employees 表中的对应值也做相应修改。

- 删除 Departments 表中一条记录的同时删除该记录 DepartmentID 字段值在 Employees 表中对应的记录。

(2) 实验 6.2　存储过程。

① 创建存储过程

- 添加职员记录的存储过程 EmployeeAdd。

- 修改职员记录的存储过程 EmployeeUpdate。

- 删除职员记录的存储过程 EmployeeDelete。

② 调用 3 中的 3 个存储过程。

(3) 实验 6.3　使用 T-SQL 编程。

① 自定义一个数据类型,用于描述 STUDENT_学号数据库中的 DepartmentID 字段,然后编写代码,重新定义数据库各表。

② 对于 STUDENT_学号数据库,表 Employees 的 EmployeeID 列与表 Salary 的 EmployeeID 列应满足参照完整性规则,请用触发器实现两个表间的参照完整性。

③ 编写对数据库 STUDENT_学号各个表进行插入、修改、删除操作的存储过程,然后编写一段程序调用这些存储过程。

四、实验思考

(1) 触发器的作用及使用到的系统库与系统变量有哪些?

(2) 带参数与不带参数的存储过程在调用时的异同点有哪些?

实验 7　数据库应用系统设计

一、实验目的

(1) 掌握嵌入式 SQL 语句的使用。

(2) 掌握使用 ODBC 或 ADO 等技术连接到 SQL Server 的方法。

数据库理论与应用

二、实验内容

(1) 创建 ODBC 数据源或直接使用 ADO 连接到 SQL Server 的技术。

(2) 在高级语言(VB、Delphi、PB、VC、VF 等)中编程对 SQL Server 中的数据进行访问、操作。

三、实验步骤

(1) 建立工程项目。

(2) 界面窗口设计,添加数据库相关的典型控件。

(3) 添加数据库控件。

(4) 修改控件属性,把控件和数据库绑定。

(5) 利用控件直接操作数据库。

(6) 退出宿主语言后,在 DBMS 环境下观察数据库的变化。

(7) 在操纵语言编程环境下为事件增加程序代码,实现对数据库的操纵。

(8) 保存设计的可执行代码和相应的数据库,供指导教师检查,作为实验成绩的依据。

下面以 Delphi 调用 SQL Server 数据库为例,说明数据库应用的详细过程。

(1) 配置 ODBC。

按照以下操作提示完成:"我的电脑"→"控制面板"→"管理工具"→ODBC→"用户 DSN 标签"→"添加"→SQL Server。

按照以下操作提示完成:"数据源名:tsk"→选择数据库→选择保存 Scmanage 的路径,单击 scmanage→"确定"→"确定"→"确定"按钮。

(2) 创建 Delphi 程序静态查询。

① 选择"开始"→"程序"→Borland Delphi→Delphi 9 命令。

② 从 BDE 标签双击 Query,生成 Query1,在其 DatabaseName 属性中单击下拉框,选择 tsk 选项。

③ 从 DataAccess 标签双击 Datasource,生成 Datasource1 其属性 Dataset 设为 Query1。

④ 从 Datacontrols 标签双击 Dbgrid,生成 Dbgrid1 控件,其 Datasource 属性设为 Datasource1。

⑤ 在 Form1 的 onActivate 事件中加入如下代码:

```
query1.close;
query1.SQL.Add('select * from student ');
query1.prepare;
query1.open;
```

⑥ 运行即可看到结果。

(3) 动态查询。

① 在 form1 窗体上添加控件。

添加 standard 标签上的 edit 控件,其 Caption 属性设为空,Name 为 edit1。

添加 standard 标签上的 button 控件,其 Caption 属性设为"确定",name 为 button1。

② 在 button1 的 onclick 事件中加入代码如下:

```
var sqlstr:string;
```

```
begin
sqlstr: = 'select * from student where sdept = ' + "'" + edit1.text + "'";
query1.close;
query1.sql.add(sqlstr);
query1.prepare;
query1.open;
end;
```

即可实现字符类型的查询。

四、实验任务

(1) 根据学生自身情况,选择一种常用高级语言作为数据库系统的宿主语言(建议用 VB、VC 或 Delphi)。

(2) 利用操纵语言的控件对数据库操作。

(3) 利用操纵语言(可使用嵌入式)完成数据库的查询、追加、删除操作。

要求:至少完成如图 E3-15 和图 E3-16 所示的两个界面。

图 E3-15 界面 1

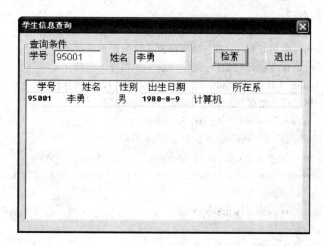

图 E3-16 界面 2

参 考 文 献

[1] Date C J. *An Introduction to Database System* (Ed. 7). Addison-Wesley, 2000

[2] Jeffrey D Ullman, Jennifer Widom. *A First Course in Database Systems*. Dept Of Computer Science Stanford University, Pearson Education, 2001

[3] 郑若中, 宁洪. 数据库原理. 北京: 国防科技大学出版社, 1999

[4] 刘云生. 现代数据库技术. 北京: 国防工业出版社, 2001

[5] 张维明等. 数据仓库原理与应用. 北京: 电子工业出版社, 2002

[6] 王能斌. 数据库系统教程. 北京: 电子工业出版社, 2002

[7] 邵培英, 张坤龙等译. 数据库系统基础(第3版). 北京: 人民邮电出版社, 2002

[8] 施伯乐, 丁宝康, 汪卫. 数据库系统教程. 北京: 高等教育出版社, 2003

[9] 王珊. 数据库系统概论学习指导与习题解答. 北京: 高等教育出版社, 2003

[10] 何玉洁. 数据库基础及应用技术(第2版). 北京: 清华大学出版社, 2004

[11] Thomas M. Connolly, Carolyn E. Eegg 著. 数据库设计教程(第2版). 何玉洁, 黄婷儿译. 北京: 机械工业出版社, 2005

[12] 王晟, 万科. Delphi 数据库开发经典案例解析. 北京: 清华大学出版社, 2005

[13] 邵佩英. 分布式数据库系统及其应用(第2版). 北京: 科学出版社, 2005

[14] 黄德才. 数据库原理及其应用教程. 北京: 科学出版社, 2005

[15] David M. Kroenke 著. 数据库原理(第2版). 郭平译. 北京: 清华大学出版社, 2005

[16] 郑阿奇, 刘启芬, 顾韵华. SQL Server 实用教程(第2版). 北京: 电子工业出版社, 2005

[17] Christopher Allen 等著. 关系数据库和 SQL 编程. 皮人杰, 任鸿译. 北京: 清华大学出版社, 2005

[18] 王珊, 陈红. 数据库系统原理教程. 北京: 清华大学出版社, 2005

[19] 何昭. 数据库技术课程设计案例精编. 北京: 中国水利水电出版社, 2006

[20] 赵致格. 数据库系统与应用(SQL Server). 北京: 清华大学出版社, 2006

[21] 王珊, 萨师煊. 数据库系统概论(第4版). 北京: 高等教育出版社, 2006

[22] Abraham Silberschatz, Henry F. Korth, S. Sudarshan. 数据库系统概念(第5版英文影印版). 北京: 高等教育出版社, 2006

[23] W. H. Inmon 著. 数据仓库(原书第4版). 王志海等译. 北京: 机械工业出版社, 2006

[24] 邱玉辉. SQL Server 实用教程. 重庆: 西南师范大学出版, 2006

[25] 陈润. 精通 Delphi 数据库设计与实例开发. 北京: 中国青年出版社, 2006

[26] Michael Kifer, Arthur Bernstein, Philip M. Lewis 著. 数据库系统面向应用的方法(第2版). 陈立军, 赵加奎, 邱海艳, 帅猛译. 北京: 人民邮电出版社. 2006

[27] http://geoinfo.usc.edu/rosrine/Publications/jpbardet/

[28] http://www-128.ibm.com/developerworks/cn/xml/index.html

[29] http://www.microsoft.com/china/msdn/archives/technic/develop/database/0509b.asp

[30] http://www.microsoft.com/china/msdn/archives/library/techart/SQLolap.asp

[31] http://www.xml.com/pub/r/684

[32] http://www.kenorrinst.com/dwpaper.html

[33] http://www.xmldb.org/

[34] http://xz.87kk.com/info/350.htm

读者意见反馈

亲爱的读者：

感谢您一直以来对清华版计算机教材的支持和爱护。为了今后为您提供更优秀的教材，请您抽出宝贵的时间来填写下面的意见反馈表，以便我们更好地对本教材做进一步改进。同时如果您在使用本教材的过程中遇到了什么问题，或者有什么好的建议，也请您来信告诉我们。

地址：北京市海淀区双清路学研大厦 A 座 602 室 计算机与信息分社营销室　收

邮编：100084　　　　　　　　　电子邮箱：jsjjc@tup.tsinghua.edu.cn

电话：010-62770175-4608/4409　　邮购电话：010-62786544

教材名称：数据库理论与应用

ISBN：978-7-302-18026-5

个人资料

姓名：_____　年龄：_____所在院校/专业：_____

文化程度：_____　通信地址：_____

联系电话：_____　电子信箱：_____

您使用本书是作为：□指定教材 □选用教材 □辅导教材 □自学教材

您对本书封面设计的满意度：

□很满意 □满意 □一般 □不满意　改进建议_____

您对本书印刷质量的满意度：

□很满意 □满意 □一般 □不满意　改进建议_____

您对本书的总体满意度：

从语言质量角度看　□很满意 □满意 □一般 □不满意

从科技含量角度看　□很满意 □满意 □一般 □不满意

本书最令您满意的是：

□指导明确 □内容充实 □讲解详尽 □实例丰富

您认为本书在哪些地方应进行修改？（可附页）

_____

_____

您希望本书在哪些方面进行改进？（可附页）

_____

_____

_____

电子教案支持

敬爱的教师：

为了配合本课程的教学需要，本教材配有配套的电子教案（素材），有需求的教师可以与我们联系，我们将向使用本教材进行教学的教师免费赠送电子教案（素材），希望有助于教学活动的开展。相关信息请拨打电话 010-62776969 或发送电子邮件至jsjjc@tup.tsinghua.edu.cn 咨询，也可以到清华大学出版社主页（http://www.tup.com.cn 或 http://www.tup.tsinghua.edu.cn）上查询。

重点大学计算机专业系列教材书目

本系列教材	作　者	书　号
C 语言程序设计	李春葆等	9787302144779
C 语言程序设计辅导	李春葆等	9787302144465
C 语言高级程序设计	张俐等	9787302132875
Java 与 UML 面向对象程序设计教程	刘晓冬等	9787302156451
Java 语言程序设计	郎波等	9787302106357
Linux 实践及应用	罗文村等	9787302130130
SoC 技术原理与应用	郭兵等	9787302125525
UML 与软件建模	徐宝文等	9787302118466
Web 开发技术及其应用	王成良	9787302162292
Windows 汇编语言程序设计实验指导	谭毓安、张雪兰等	9787302171942
电子商务导论	黄晓涛等	9787302111122
多媒体技术与网页设计	陈新龙等	9787302134633
多媒体计算机原理与应用	鲁宏伟等	9787302119708
汇编语言程序设计——从 DOS 到 Windows	张雪兰等	9787302124368
计算机病毒与反病毒技术	张仁斌等	9787302127277
计算机网络工程实践教程——基于 Cisco 路由器和交换机	陆魁军	9787302141938
计算机网络工程实践教程——基于华为路由器和交换机	陆魁军	9787302122159
计算机网络基础实践教程	陆魁军	9787302116653
计算机语言与程序设计	谌卫军	9787302154341
计算机组成原理	张功萱等	9787302113607
嵌入式系统开发原理与实践	陈文智等	9787302116004
实用数值计算方法	甄西丰	9787302118534
数据结构(C++ 描述)	金远平等	9787302107989
数据结构教程(第二版)	李春葆等	9787302142294
数据库系统基础教程	叶小平、汤庸等	9787302142638
数据库系统实验指导教程	汤娜等	9787302125600
数据通信基础	国林等	9787302130659
数字图像处理与分析	刘直芳等	9787302134824
数据挖掘原理与算法(第二版)	毛国君等	9787302158769
网络测试与故障诊断实验教程	曹庆华等	9787302134008
网站设计与建设	刘运臣等	9787302168539
网络协议与网络安全	凌力	9787302157564
微机系统和接口应用技术	朱世鸿	9787302124276
微型计算机技术	田艾平等	9787302105480
微型计算机原理与接口实践	宁飞等	9787302127284
信息安全技术基础和安全策略	薛质、李建华等	9787302140870
信息安全数学基础	陈恭亮	9787302084471
信息与网络安全实验教程	王常吉等	9787302156062
应用系统开发导论	韩伟力、臧斌宇等	9787302163695
中文文本信息处理的原理与应用	苗夺谦等	9787302154983